ELKE VESPER

KIKI

Roman

Edition Galgenberg
Rasch und Röhring Verlag

Die Zitate in diesem Roman stammen aus folgenden Texten: Foujta: *Mon amie Kiki, Vorwort zu Kiki Souvenirs*; Ernest Hemingway: *Vorwort zu Kiki's Memoirs*; Kiki (Alice Prin): *Kiki Souvenirs*, Paris, Henry Broca, 1929. Deutsch von Elke Vesper.

Die Deutsche Bibliothek – CIP-Einheitsaufnahme

Vesper, Elke:
Kiki/Elke Vesper. – Hamburg: Rasch und Röhring, 1994
(Edition Galgenberg)
ISBN 3-89136-515-2

Großer Burstah 42, 20457 Hamburg, Fax 040/37 13 89
Umschlaggestaltung: Peter Albers, Abbildung von Man Ray
Satzherstellung: KCS GmbH, Buchholz/Hamburg
Druck- und Bindearbeiten: Clausen & Bosse, Leck
Printed in Germany

17. August 1951

Nun gut, wenn Sie es sich was kosten lassen, rück ich mit der Sprache raus. Aber, Madame, mit einem Liter Roten kommen Sie nicht davon. Für ein Glas Wein mach ich schon mal die Zigeunerin und les aus der rechten Hand. Für eins mehr seh ich mir auch die linke an. Und wenn die Kundschaft mir zeigt, daß sie mich schätzt, und mir eine Münze in den Ausschnitt steckt, tu ich nicht nur als ob, dann schau ich richtig hin.
Kleine, das Madame bleibt mir bei dir im Halse stecken. Da sitzt du vor mir an diesem runden Tischchen mit dem wackeligen Bein, hast wohl erwartet, daß ich im Dôme vorbeikomme, hast mir aufgelauert, und warum? Hast mich angeschwindelt und mir deine sauberen Händchen gereicht, Kinderpatscheln, hast mir eine Flasche Roten in Aussicht gestellt nebst einem guten Essen – und auch Geld, so ich will –, und warum? Nur um von mir was über mein Leben zu erfahren. Kleine, Kleine, wo hört das Schwindeln auf, wo fängt es an?
Ich bin süchtig, meine Liebe, das sei vorweggenommen. Süchtig auf alles, was fröhlich macht. Und heutzutage kostet alles, was fröhlich macht, viel Geld. Mehr Geld noch als vor dem Krieg. Viel mehr Geld als während des Krieges. Fröhlichkeit war immer rar. Was rar ist, war immer teuer. Für mein Lachen haben sich Scheichs ruiniert. Heute ruiniere ich mich dafür. Und deshalb, Madame saubere Hand, kriegt heute nur noch selten einer was umsonst von mir. Früher, da war ich freigebig, davon hast du gehört, was? Ohne Grund schmeißt keine kleine Dame mit Geld um sich. Aber früher hatte ich genug, übergenug, ich konnte verschwenderisch sein, weil meine Fröhlichkeit nachwuchs wie beim Goldesel die Dukaten. Mein Lachen, der Glanz meiner Augen, das Samtene meiner Haut, all das wuchs nach, das verausgabte sich nie, und wenn ich gelacht hatte bis zum Ersticken, wenn ich geflirtet hatte, bis mir die Augen brannten, wenn ich berührt worden war bis an die Grenze der Übelkeit jenseits der Sattheit – eine Nacht Schlaf, und alles war wieder da. Heute muß ich zu meinem speziellen Freund dort an der Straßenecke gehen – und er verkauft mir,

was ich brauche, um fröhlich zu sein, einen Abend lang richtig fröhlich, so wie es sich gehört.
Hach, ich lach mich scheckig! Woher hast du das Foto? Gefällt es dir? Ich darf doch du sagen, oder? Du bist so jung, Kleine, und so grau. Du kommst mir vor wie meine Maus, von der bring ich dir mal ein Foto mit.
Ich verwirre dich? Gut, also schauen wir uns Man Rays erfolgreiches Foto der Königin vom Montparnasse an. Es langweilt mich, weißt du, deshalb mache ich meine Witze. Das Bild wurde eine viertelmillionmal verkauft. Und schau es dir an: Es zeigt die Königin des Montparnasse. Ein lachendes Frauengesicht, triumphierend halbgeschlossene Augen, um das blaß geschminkte Gesicht schmiegen sich weiche dunkle Locken – und zwischen den makellos weißen Zähnen steckt quer eine voll erblühte Rose. Kein besonders originelles Foto, oder? Schönheit à la Carmen, Rot und Dornen, Rosa und Triumph, dem Urheber nicht unbedingt angemessen. Aber eine Viertelmillion verkaufter Postkarten – ein beachtlicher Erfolg.
Du siehst einen Zauber darin? Oh, Liebchen, du schmeichelst mir. Mir und Man Ray.
Auch damals sprachen sie von meinem Zauber. O ja, man hat mir geschmeichelt. Wahrscheinlich liegt es daran, daß ich sogar auf einem Foto, das von mir nur halbgeschlossene Augen, einen triumphierenden Mund und gefällige Locken zeigt, so aussehe, daß man mich mit keiner anderen verwechselt. Du willst etwas von mir wissen, vielleicht reicht schon dies Foto: Die Frau darauf, Kiki, ist so dreist gekünstelt, wie sich keine traut, und zugleich ist sie völlig unverstellt.
Du runzelst die Augenbrauen. Runzel sie nur! So leicht versteht keiner Kiki. Kiki, das ist Rosenblüte und Dorn, Duft und Widerspenstigkeit zugleich, lockend geöffnet und stachlig geschützt: Kiki, das ist die Königin des Montparnasse.
Wir feierten damals, Petite, wir feierten, solange wir konnten, und danach feierten wir weiter. Auf einem der vielen Feste warf ein Kerl plötzlich lachend die Frage in die Runde: Ist Kiki eigentlich schön, oder ist sie hübsch? Und – du wirst es nicht glauben – sie haben diskutiert, als ginge es um die Frage, ob die

Frau aus des Mannes Rippe oder der Mann aus der Phantasie der Frau entsprungen ist.
Einige gingen so weit, anderen Prügel anzudrohen, bis schließlich einer auf die Idee kam, die anwesenden Frauen zu fragen. Und dann wurde freundlich gestichelt: Ist diese hübsch und jene schön, und wie steht es im Vergleich dazu mit Kiki?
Mir war das Ganze so gleichgültig wie die Frage, ob die Frau eine Frau ist, weil ihr der Schwanz abfiel, oder ob der Mann ein Mann ist, weil sein Kitzler irgendwann abartig wucherte. Das Foto, das du auf diesen Tisch mit den ungleich langen Beinen gelegt hast, zeugt von einem Abend, an dem es nicht um hübsch oder schön oder liebreizend oder charmant ging, an jenem Abend sollte entschieden werden: Welche ist die Königin?
Und es wurde entschieden. Einmütig, einstimmig, konkurrenzlos: Kiki. Alle Frauen, die sich zum Wettbewerb angemeldet hatten, machten einen Rückzieher, als sie hörten: Kiki tritt auch an. Wie ich mich gefühlt habe, willst du wissen. Es ist verdammt lange her, und ich habe mich verdammt viele Male erinnert, tausendmal oder mehr. Das war ich! habe ich zum Beispiel gedacht, als ich immer dicker wurde, das war ich. Geschminkt wie ein Kunstwerk. Ja, geschminkt bin ich immer noch, schön auch; komm, Kleine, ehrlich, sieh mir ins Gesicht und sag: Willst du mit fünfzig aussehen wie ich? Bald fünfzig, achte auf den Stolz in meiner Stimme, überhör die Bitterkeit. Ja, klar, für deine zwanzig sind meine fünfzig Jahre ein Verbrechen an den Augen der Mitmenschen. Nein? Nein? Geh, erzähl andern deine Witze.
Also, wie ich mich damals gefühlt habe. Wie ein Tier. Sobald ich mich daran erinnere, hab ich den Geruch in der Nase. Diesen einmaligen, ganz besonderen Duft findest du heute nirgends. Zum einen das Mottenpulver, das in unseren Kostümen steckte; dann der Angstschweiß der Künstler, und – du kannst sagen, was du willst, aus irgendeinem Grunde stinken unterschiedliche Völker unterschiedlich – damals wimmelte es auf Montparnasse von Rassen und Völkern, daß die Pariser Seltenheitswert bekamen; dann der Raum, dieser große Theatersaal

des Bobino-Theaters in der Rue de la Gaieté, von draußen drang ein wenig Maiduft herein, der sich mischte mit Staub und Reinigungsmittel drinnen. Außerdem riechen Theatersäle völlig anders, wenn es draußen hell ist. Unsere Veranstaltung war eine Matinée. Und dann, eindeutiger als alles andere, stank ich selbst wie ein Affenweibchen, das ein ganzes Rudel Affenkönige anlocken will. Ich habe in Treizes Tanzgruppe Cancan getanzt, und ich habe sogar eine Unterhose getragen.

In diesem verrückten Jahr, 1929, war ich achtundzwanzig Jahre alt. Achtundzwanzig – wie alt bist du? Nein, es ist nicht vergleichbar. Heute, sechs Jahre nach dem Krieg, haben alle das Gefühl, am Anfang zu stehen. Und alle riechen nach Staub und Seife. Alle? Nun, ich nicht.

Und du, Kleine, bist 1930 geboren? Das war für mich schon die Zeit der Verwirrung. Verwirrung, betone ich, nicht Untergang, wie es in den Zeitungen stand und wie Ernest geweissagt hatte, Ernest Hemingway, du hast sicherlich von ihm gehört, ein schöner, scheuer Mann. Ich mußte immer lachen, wenn ich ihn sah. Du bist ja noch Jungfrau, verspottete ich ihn. Er war einfach nicht entflammbar, kein Flirt, kein begehrliches Ranschleichen. Nur diese brennenden Augen, die fraßen mich auf. Und dann der scheue Mund. Es hat Frauen Spaß gemacht, mit ihm zu spielen – man konnte ihn völlig durcheinanderbringen. Seine Prophezeiung habe ich ihm allerdings verübelt, es war schwer, dagegen anzuleben.

Wie es nun 1929 war? Ich schweife ab, nicht wahr? Ich schweife immer ab, wenn ich rede, mein Gehirn ist aufgeweicht von Alkohol, durchlöchert von Heroin, verbrannt von Kokain, ausgefranst von Marihuana und all den anderen Sachen, die fröhlich machen. Ich habe alles genossen, und ich sage dir, ein Leben ohne Rausch ist öde. Sieh dich um! Alles grau, braun; blasse Gesichter wie deins, Hunger, keine Feste, mein Gott, diese Nachkriegsgestalten wissen nicht, was feiern heißt.

Leider bringt Fröhlichkeit einen um. Aber so ist es: Das Leben bringt einen um, am Schluß steht der Tod. Meine Kumpels haben sich totgesoffen, oder ihr Verstand ist umnebelt wie meiner, wenige haben so lange durchgehalten wie ich. Was soll's, wir haben gefeiert!

Und du, Chouchou, du willst *mich* als Droge, ist es nicht so? Die bunte, fröhliche, abgewrackte Kiki, dick und aufgedunsen, zum Leben ebenso bereit wie zum Sterben, die willst du noch ausweiden, willst dich an dem berauschen, was in ihr verborgen ist. Gut, Kleine, laß dich mitnehmen auf unsere Feste. Feste waren in den zwanziger Jahren unser Leben. In jenem Jahr, 1929, war das Feiern geradezu Pflicht.

Henri Broca, der Herausgeber, Chefredakteur und Mann-für-alles der Zeitschrift »Paris Montparnasse«, lud jeden Monat einmal zu einem Bankett seiner Zeitschrift ein. Er stellte diese Abende jeweils unter die Schirmherrschaft einer Berühmtheit des Montparnasse. Der Monat Mai hatte begonnen mit einem Essen unter meinem Namen, nun ging er zu Ende mit meiner Krönung. Auch das Fest, bei dem ich zur Königin des Montparnasse gekürt wurde, war von Henri Broca veranstaltet worden. Die Einnahmen der Gala sollten in eine Kasse zur Künstlerhilfe fließen.

Broca war mein Liebhaber. Stell ihn dir so vor: schmal, mit leicht blasiertem Gesichtsausdruck, schütterem blonden Haar, einem vollen, sinnlichen Mund und einer Art, Anzüge zu tragen, die ihm das Attribut elegant und die Aufmerksamkeit der Frauen eintrug. Er war der verstoßene Sprößling einer bekannten Arztfamilie, hatte sich in vielen Künsten erprobt, war seit einiger Zeit Verleger, hatte diese Zeitschrift, die ein Forum für die Künstler des Montparnasse sein sollte, erst im Februar 1929 gegründet, und er hatte sich in mich verliebt. Genau zu der Zeit, als er »Paris Montparnasse« gründete, erwachte seine Leidenschaft für mich.

Oder war er vielleicht schon seit langem interessiert gewesen und nahm nun seine Chance wahr? Zumindest hatte er bereits einige Zeit zuvor eine Karikatur von Man Ray und mir angefertigt: Man Ray, sehr klein, sehr alt und mit einem Gesichtsausdruck zwischen schlechtgelaunt und folgsam, trottet hinter einer mit überwältigenden Formen ausgestatteten Frau her. Die Frau hat eine außerordentlich spitze Nase. Klar also, wer

gemeint war. Broca veröffentlichte die Karikatur mit der Unterschrift: »Kiki fand keinen Pekinesen, den sie mochte, und adoptierte den süßen Man Ray.« Als die Zeichnung Man Ray in die Hände fiel, kritzelte er wütend den Text unleserlich und schrieb drunter: »Das ist Scheiße – von einem Irren.«
Seit dem ersten Erscheinen des Blattes »Paris Montparnasse«, das die voyeuristische Menge und die klatschsüchtigen Eingeweihten mit den jüngsten Neuigkeiten über das Leben in den Ateliers, den Galerien, den Bars und auch den Schlafzimmern und Besenkammern auf Montparnasse versorgen sollte, prangte mein liebliches Konterfei auf jeder Titelseite. Und natürlich wurde auch bei der Ankündigung des legendären Festes, um das es hier geht, auf mich ganz besonders verwiesen.
Beharrlich bist du. Willst immer noch wissen, wie ich mich gefühlt habe als Königin. Weißt du, Ernest schrieb im Vorwort zur amerikanischen Ausgabe meines Buches: »Kiki stand ohne Zweifel mehr im Mittelpunkt jener Ära in Montparnasse, als Königin Viktoria jemals im Mittelpunkt der viktorianischen Ära gestanden hat.« So ungefähr. Er schrieb es natürlich Ende der Zwanziger, und er fügte hinzu: »Diese Ära ist vorüber.«
Das war nicht in Ordnung.
Königin des Montparnasse.
Ich glaube nicht an Gott, eher an Götter. Wir glaubten alle nicht an Gott. Man, mein Mann Man Ray, hätte mir Gott ausgetrieben mit seinem Sarkasmus, hätte ich irgendwelche religiösen Macken gehabt, aber manchmal danke ich den Göttern dafür, daß sie mich zur richtigen Zeit an diesen einzig richtigen Ort der Welt gebracht haben. Montparnasse. Dabei wollte ich nicht dorthin. Partout nicht.
Sei nicht so beschränkt! Hast du deine Fragen etwa aufgeschrieben? Wenn du Buchhalterin werden willst, darfst du nicht Kiki besuchen, dafür hab ich kein Talent. Wenn du das Leben lernen willst, meine Liebe, dann hör zu und leier nicht immerfort dieselbe Melodie herunter. Ja, ich war aufgeregt und glücklich und hab geheult wie die Feuerwehr. Und Schluß!
Nicht Schluß?
Gut.

Es war am 30. Mai 1929 um fünfzehn Uhr im Bobino-Theater. Eine Wohltätigkeitsgala, für deren elegantes Programmheft Pascin das Deckblatt entworfen hatte. Unser Programm war ziemlich prima. Foujita – er war damals schon erfolgreich und geldreich, was allerdings einigen anderen Malern ebenso wie ihm in den zwanziger Jahren einfach so passiert war, weil es so viele reiche Amerikaner gab, die in Paris einfielen und moderne Kunst kauften – trat als Clown auf und brachte mit einem alten Regenschirm und einer einzelnen Kerze eine Pantomime. Er wirkte, als verdiene er sein Geld als Pantomime, so professionell war seine Nummer.
Marie Vassilieff – kennst du sie? Sie war eine legendäre Person auf Montparnasse. Marie war Russin, es gab viele Russen auf Montparnasse. Die meisten waren in Paris, weil sie sich versteckten oder ausruhten oder französische Geliebte hatten, aber ihre Revolution machten sie in Rußland. Marie Vassilieff hingegen machte ihre Revolution in Paris. Sie hatte 1910 für die Gründung einer russischen Akademie in Paris gesorgt, und während des Ersten Weltkrieges bewirtschaftete sie eine Kantine für hungrige Künstler. Sie war einfach grandios. Und, das nur nebenbei, als Man Ray und ich uns das erstemal küßten, ruhte Marie Vassiliefs Auge wohlgefällig auf uns. Kurz und gut, auf dem Fest tanzte sie ihren berühmten Kosakentanz.
Und dann trat Chiffon auf, meine Freundin. Sie war umwerfend wie immer. Chiffon war winzig, die Nase in ihrem Spatzengesicht schob sich gerade zwischen meine Brüste, wenn wir beide einander gegenüberstanden. Ich liebte Chiffon, und ich war fürchterlich wütend, weil das Publikum so ungerecht war. Wenn ich sang, trampelte es mit den Füßen und jubelte, und wenn Chiffon ihre frechen Straßenlieder sang, bekam sie einen freundlichen Applaus. Aber sie trat, davon ganz unbekümmert, immer wieder als zweite Sängerin neben mir auf.
Auch die anderen Darsteller waren Berühmtheiten des Montparnasse, Freunde derjenigen, die diesmal Publikum waren, bei der nächsten Gala würden die Rollen getauscht werden. Und nach dem Ball gingen wir in die Coupole feiern. Wir waren unter uns.

Daß ich zur Königin des Montparnasse gekürt wurde, überraschte niemanden, auch mich nicht. Ich war nun einmal die Königin. Und Henri Broca, der große dünne Mann mit der spitzen Nase und den sinnlichen Lippen, lächelte sein blasiertes Aristokratenlächeln. *Seine* Königin war ich sowieso.
Du verpaßt das Leben, Kleine, wenn du auf einer Frage beharrst. Guck dich um, diese graue Eintönigkeit, dies Drama der Zerstörung, hat doch seine Ursache darin, daß die Deutschen, seit es sie gibt, immer nur eine einzige Frage stellen. Ja, das meine ich. Weiß nicht, wie lange es die Deutschen gibt, bin nicht bewandert in Geschichtszahlen, in überhaupt keiner Art von Zahlen, auch nicht denen, die auf Geldscheine gedruckt sind, aber es ist die Erklärung, die ich für dieses eigenartige Volk habe. Und ich kenne sie, die Deutschen, bin dort gewesen, in Berlin, monatelang; sie haben mich geholt und gut bezahlt, und ich brauchte den Zaster, meine Mutter war krank. Nirgends, niemals, an keinem Ort, zu keiner Zeit in meinem Leben, nicht einmal, als André mich eingesperrt und auf Entzug gesetzt hat und ich in der kleinen Kammer ganz allein gegen all die ungebetenen Gäste mit den gemeinen Stimmen und den fiesen Fratzen kämpfen mußte, nein, nicht einmal zu der Zeit habe ich mich so lausig gefühlt wie damals in Berlin. Die Frage, die die Deutschen sich immerfort stellen, lautet: Wer gewinnt? Sie sind große Kinder, die nichts anderes gelernt haben, als dieses eine Spiel zu spielen: Wer gewinnt? Das läßt sie so grandios erscheinen in allen möglichen Bereichen, denn natürlich wollen sie immer gewinnen – und das macht sie so armselig in der Liebe. Oh, natürlich bin ich mit Deutschen an Orte gegangen, wo man Liebe machen kann, nicht ins Bett, bewahre, da schlafe ich ein. Und wenn ich nicht so höflich, jaja, höflich oder, besser, mitfühlend wäre, hätte ich sie geschüttelt oder weggestoßen, hätte sie beschimpft oder wäre gegangen und hätte sie mit ihrem aufgerichteten Ding alleingelassen. Aufgerichtet, na ja. Kein Volk auf der Welt, glaube ich, hat so wenig Sex in pompösen Uniformhosen. Ob die Dinger aufgerichtet sind oder nicht, ist ja für die Liebe nicht so wichtig. Aber die Deutschen sind stolz auf ihre aufgerichteten Schwänze, das

kannst du dir nicht vorstellen. Deshalb benutzen sie beim Sex auch nichts anderes als dieses eine kleine Teil. Von all den schönen Sachen, die sie mit ihren Lippen, ihrer Zunge, ihren Haaren, ihrem Bart, ihren Knien, ach, mit dem ganzen Körper machen könnten, haben die deutschen Kerle keine Ahnung. Die Frauen gefielen mir besser, sie hatten Glitter und Glamour, und sie konnten lachen. In der Liebe waren sie aber allesamt wie Jungfrauen, unerfahren wie du, nicht wahr, Kleine? Kommst du mit deinen Fragen zu mir, um von mir etwas über die Liebe zu lernen?

Hast keine Mutter?

Ich habe nie eine Mutter gehabt.

Natürlich haben wir alle eine Mutter, ohne Mutter wären wir nicht am Leben. Aber dann, später, die Frau, die uns sagt, wie es weitergeht, oder auch nichts sagt, aber etwas zeigt, das ist die Mutter, an die wir uns erinnern. So eine hatte ich nicht. Du kannst es nachlesen in meinen »Souvenirs«, doch wenn du willst, erzähle ich dir auch davon.

Mein Vater, Maxim Legros, war ein Holz- und Kohlehändler. Er arbeitete in den Wäldern oberhalb von Châtillon als Köhler. Und meine Mutter, Marie, wohnte in Châtillon. Sie war nicht dumm, die hübsche Marie, sie hatte sogar einen Beruf gelernt, Linotypistin, wenn du weißt, was das ist, aber sie war doch wiederum so dumm, daß sie sich von Maxim drei Kinder andrehen ließ. Maxim war ein Maulaufreißer, er kündigte wohl sogar an, er würde sie heiraten; außerdem kündigte er sein Kommen mit einem großen Jagdhorn an, wenn er seine Ware in die umliegenden Städtchen brachte. Was von beidem meine Mutter Marie dazu bewegte, die Beine breit zu machen, weiß ich nicht. Jedenfalls war mein Vater ein Schlappschwanz, er hatte nicht genug Mumm, sich gegen seinen Vater durchzusetzen. Der verbot ihm die Heirat mit Marie und bestimmte eine andere Frau für ihn. Später übernahm Maxim Legros den Bauernhof seines Vaters und war ziemlich wohlhabend. Für mich allerdings hatte er nie auch nur einen Sou übrig. Und seine Kinder grüßten mich nicht.

Geboren wurde ich, als unser Jahrhundert noch in die Windeln schiß, wir sind zusammen in die Jahre gekommen. Im Oktober kam ich zur Welt, Waage, ausgeglichen und untreu, ob das stimmt, weiß ich nicht. Châtillon-sur-Seine, meine Geburtsstadt, liegt im Burgund und ist wie alle Kleinstädte in der Provinz: Jeder kennt jeden, der Klatsch blüht.

Kurz nach der Geburt ging meine sitzengelassene Mutter nach Paris, weil die Nonnen sie zur Baudeloque-Frauenklinik verwiesen hatten. Das war damals so üblich für Mütter eines Bastards. Meine kluge schöne Maman hatte sich das Leben allerdings anders vorgestellt, und so suchte sie sich eine Anstellung als Linotypistin, mietete eine Wohnung und schickte fünf Francs monatlich an ihre Mutter, die für mich sorgte. Meine Großmama.

Mein Großpapa war Straßenarbeiter und verdiente einen Franc fünfzig am Tag. Kannst du dir vorstellen, was das heißt?

Das heißt, oft, viel zu oft zu den Nonnen gehen zu müssen, die mit der Suppe boshafte Sprüche über deine Mutter austeilen. Willst du das eine fressen, mußt du das andere schlucken.

Ich war nicht der einzige Bastard in der Familie. Meine Großmama zog mit mir noch fünf Cousinen und Cousins groß, allesamt uneheliche Kinder meiner beiden Tanten, der Schwestern von Marie.

Großmama war der wunderbarste Mensch, den ich je kennengelernt habe. Sie liebte uns alle, sträubte sich mit Händen und Füßen dagegen, uns ins Armenhaus zu geben, nahm Wasch- und Näharbeiten an, damit wir nicht verhungerten.

Was ist denn das, Kind, Tränen? Spar dir dein Mitleid. Komm, komm. Oder ich sing dir ein schönes Lied. »Les filles de Camaret« zum Beispiel. Damit hatte ich Erfolg. Es ist ein wenig das, was manche Spießer unanständig nennen, aber, glaub mir, ich konnte alles singen, es war nie unanständig. Und weißt du, warum? Ich kenne nichts, was unanständig wäre – außer Prüderie. Dieses verlogene Tun, als gäbe es einen Menschen mit Haut und Haar und Arm und Bein und Daumen – und gesondert das Geschlecht. Als sitze das Geschlecht allein zwischen den Beinen und diene dem Pipimachen und dem, was hinter verschlossener Tür bei verdunkeltem Fenster einmal wöchent-

lich exerziert wird. Ja, exerziert wie auf dem Truppenübungsplatz – das nenne ich unanständig.
Es ist, als schlügen sich die Menschen freiwillig einen Finger ab, zeigten den Stumpf überall herum und erwarteten für die Selbstverstümmelung auch noch Lob.
Nein, Petite, ich weiß nicht, was dir deine Maman und dein Papa erzählt haben, aber unser Geschlecht sitzt überall im Körper. Das zwischen den Beinen ist ein Teil davon.
Weißt du, meine Freundin Treize schimpfte mich immer aus, weil ich ohne Unterhose durch den Tag lief, ich bitte dich, ohne Unterhose, na und? Ich trug einen Rock und manchmal Hosen, als sie in Mode kamen. Und über meinen Brüsten trug ich eine Bluse, kein Mieder, nein, das zwickt. Wenn ich tanzte, flogen meine Röcke hoch, na klar. Und wenn ich sang, zum Beispiel auf dem Ball, bei dem ich zur Königin des Montparnasse gewählt wurde, rutschten die Träger meiner Bluse von meinen Schultern, nicht nur von einer, nein, von beiden – und alle freuten sich, weil ihnen gefiel, was sie zu sehen bekamen.
Treize kaufte mir Unterwäsche, wie es genannt wird. Ich habe das Zeug auch getragen, aber ich bitte dich, welche Einfalt! Diese Vorstellung, das Geschlecht sei bedeckt, wenn das Geschlecht bedeckt ist. Meine Haut, welch Geschlecht! Wenn ich meine Haut zeige – und wann zeige ich sie nicht –, dann glimmt in den Augen der Männer diese gewisse Raubtiergier auf. Überhaupt, die Augen, es gibt weibliche und männliche, das Geschlecht liegt auch dort, es liegt überall. Mein kleiner Finger, Kleine, kann obszöner sein als mein nackter Arsch.
Aber ich habe sie getragen, die verruchten kleinen weißen Dinger, um ehrlich zu sein, weil ich sie lachhaft aufreizend fand. Nie war My Man geiler als an dem Mittag, als ich ihn mit dem weißen Höschen überraschte. Das Beiseiteschieben war für ihn das schärfste.
Ich weiß, die Zeitungen schrieben über mich und mein lasterhaftes Leben, meine Memoiren wurden in Amerika verboten, es war zum Schreien komisch. Du weißt wahrscheinlich, damals, bei diesem legendären Ball mit Königinwahl, schlug

unter meiner begehrten Haut schon das Herz einer Schriftstellerin.
Warum ich es mit Schreiben versucht habe? Um berühmt zu werden? Was für ein Quatsch! Berühmt war ich schon, noch berühmter konnte ich nur in Übersee werden, aber meine Memoiren machten eine ernstzunehmende Künstlerin aus mir, so hatte ich wohl gehofft; ach, eigentlich war es wohl mehr My Man gewesen, der gehofft hatte, ich würde seriös werden, für mich war es ein Spiel, ein Ausprobieren. Ja, es reizte meine Neugier. Es war ein Abenteuer, ein Buch zu schreiben, und ich hab eins geschrieben – und was für eins.
Lügen hat keinen Sinn, also ehrlich gesagt: Ich wollte Man beeindrucken, ich wollte, daß er neues Interesse an mir fand. Sein Begehren hatte sehr nachgelassen. Es war nie besonders heiß, aber seine Eifersucht war immer voller Feuer gewesen. Doch zu jener Zeit, 1928, 1929, beschäftigte er sich damit, reiche Leute zu fotografieren, und ich war ihm nicht fein genug, ihn auf seinen Reisen zu Schlössern und an sonstwelche illustren Orte zu begleiten. Obgleich diese Vorbehalte völlig absurd waren, weil die Adligen damals alle verrückt spielten. Wenn man allein an die Marquise Casati denkt, die Man fotografiert hat. In ihrer italienischen Villa soll sie kaum anderes getan haben, als Feste zu feiern. Dafür, so erzählte My Man, hat sie die Bäume in ihrem Garten vergolden lassen. Und sie hat ihre Gäste mit einer dreieinhalb Meter langen lebendigen Python um den Leib begrüßt. Solche Leute wären doch von mir nicht geschockt gewesen, ganz im Gegenteil. Lee Miller, seine Geliebte nach mir, hat er später mitgenommen. Das hat mich geärgert, wenn ich davon hörte. Einmal, zu meiner Zeit, hab ich ihm einen fetten Lippenstiftabdruck auf seinen Hemdkragen gesetzt, damit die adligen Weiber wußten, was los war. Anschließend hat er vorm Weggehen immer noch mal in den Spiegel gesehen.
Vielleicht hatte er nur Angst, ich könnte ihm die Schau stehlen, wenn er mich mitnähme. Hatte wohl auch Angst, mit mir an seiner Seite seine überlegene ironische Maske verlieren zu können. Doch die Distanz war nicht nur Maske, er war wirklich

fürchterlich gleichgültig Menschen gegenüber. Treize sagte oft, Man sei ein schlechter Mann und ich sollte ihn verlassen, sie konnte gar nicht verstehen, was mich bei ihm hielt.
Aber ich liebte ihn.

19. August 1951, nachmittags gegen fünf

Kindchen, heute bin ich krank. Krank und schrecklich traurig. Immer schon wurde ich um die Nachmittagszeit traurig, gegen fünf, wenn unser Dorf auf eine ganz bestimmte Weise roch, unterschiedlich natürlich je nach Wetter und Jahreszeit, aber doch besonders, völlig anders als zu jeder anderen Tageszeit. Es lag dann so eine Stille in der Luft, deutlich unterschieden von der, die sonntags mittags das Dorf lahmlegte, oder der im Sommer, wenn die Arbeitspause mit einem Nickerchen endete. Nein, diese Stille um fünf Uhr nachmittags umhüllte auch ein lautes Gespräch, die Stimmen klangen dumpfer, ein wenig traurig, als wäre Leben herausgeflossen. Um fünf Uhr nachmittags war der Urteilsspruch über den Tag gefällt: Wieder zu viele Stunden des Lebens vergeudet, wieder die Kraft eines Tages verschenkt und keine Sehnsucht befriedigt.
Dieses Gefühl von Sinnlosigkeit spüre ich Tag für Tag gegen fünf Uhr, seit ich aus meinem Dorf fort und in Paris bin. Sie hat mich verfolgt, oder ich habe sie mitgeschleppt, ich weiß es nicht, aber sie erschien pünktlich um die gleiche Zeit auch in Amerika, auch in Berlin.
Und gestern, Kleine, war es den ganzen Tag fünf Uhr, ja, guck nicht so vorwurfsvoll, ich habe dich sitzenlassen, ich weiß. Rechne bloß nicht jeden Tag mit mir. Und auch nicht jeden zweiten. Wenn du mit mir reden willst, mußt du Geduld haben. Und Zeit. Glaub bloß nicht, daß du mich in zwei Wochen hinter dich bringen kannst. Abfertigen. Wenn du mich kennenlernen willst, du kleine graue Maus, mußt du damit rechnen, daß ich unberechenbar bin. Sonst laß es bleiben.
Ich bin die Königin im Sitzenlassen.

Als ich noch im Boeuf sang, Boeuf sur le toit, Ochs' auf dem Dach, einem Nachtclub, dem ersten und einzigen wahren Nachtclub auf Montparnasse überhaupt, da habe ich mich allabendlich ungefähr zehnmal mit irgendwelchen Männern verabredet – selbstverständlich habe ich alle sitzenlassen. Ich war regelmäßig so betrunken, daß ich mich morgens nie erinnern konnte, irgendein Rendezvous vereinbart zu haben.
Treize habe ich nie sitzenlassen. Du hebst die Augenbrauen, Buchhalterin? Also zugegeben, fast nie. Am darauffolgenden Mittag bei unserem ersten Café crème erzählte mir Treize, was ich am Vorabend verbrochen hatte. Sie kannte die Zahl der Verabredungen. Auch Treize hatte etwas von einer Buchhalterin. Treize war mein Gedächtnis, und sie war mein guter Geist.
Gestern hat sie mir gefehlt. Gestern hatte ich alles vergessen. Hatte vergessen, wo André lebt und ob ich noch Freunde habe; hatte vergessen, ob ich Kiki bin oder wirklich eine Bettlerin, eine, die auf Zigeunerin macht. Sollte ich wahrhaftig jemals Kiki gewesen sein?
Kiki, die einmal die Königin des Montparnasse war, die Bilder malte und ausstellte und die auf einer Vernissage einmal alle ausgestellten Bilder in fünf Stunden verkauft hatte; die Kiki, die ein Buch geschrieben und veröffentlicht hat, ein Buch, das von einem berühmten Übersetzer – Samuel Putnam, kennst du ihn? – ins Englische übertragen wurde und beinahe nach Amerika verschifft worden wäre; die Kiki, deren Schallplatten in Geschäften verkauft wurden; ach, und all das andere, es war so gänzlich verschwunden, als wäre jene Kiki nie etwas anderes gewesen als eine Märchenfigur.
Ich fand mich irgendwann auf dem Klosett im Treppenabsatz unter meiner Bude und begegnete einem Gesicht im Spiegel. Es war die Visage einer fetten, aufgedunsenen, heruntergekommenen alten Frau. Die Augen glotzten aus dem Spiegel heraus. Es waren die Augen eines toten Fischs, und sie glotzten mich an, als wollten sie mich an etwas erinnern. Der tote Fisch will ans Meer erinnern, aber das Meer hat mir noch nie viel bedeutet. Ich starrte zurück und war sehr schuldbewußt, weil ich vergessen hatte, woran ich mich erinnern sollte. Angestrengt durch-

forstete ich das Durcheinander in meinem Kopf. Fand das Wort André, nur ein Wort. Wer er war, wußte ich nicht mehr.
Ich starb, Kindchen.
Und ich wollte mich so verzweifelt erinnern. Ich wußte ganz genau, daß ich mich erinnern mußte, irgendwie. Da bin ich stehen geblieben, vor den Fischaugen, und habe mit ihnen geredet. Über Erinnerung und so, genau weiß ich nicht mehr, was wir gesagt haben, der tote Fisch und ich, aber ich weiß, es war eines der wichtigsten Gespräche, die ich in meinem Leben geführt habe. Vielleicht das wichtigste überhaupt.
Leider wurden wir gestört. Leute klopften an die Tür und behaupteten, sie wollten nun endlich aufs Klo. Es waren dumme Leute, die nichts begriffen. Ich sagte ihnen, sie sollten woanders ihr Wasser abschlagen, nicht hier, hier sei besetzt. Auf längere Dauer. Sie wollten einfach nicht begreifen und randalierten weiter. Da erklärte ich ihnen, ich hätte gerade ein äußerst wichtiges Stelldichein mit einem toten Fisch und dieses Stelldichein könne nicht an einen anderen Ort verlegt werden. Eine Weile ging es hin und her. Dann machten sie zwei Fehler. Einer drohte mir mit dem Gendarm. Ich bin vor langer Zeit schon mal im Gefängnis gewesen und kurz nach dem Krieg wieder. Bevor mich jemand ins Gefängnis bringt, werde ich ihm gefährlich. Und wenn sie mich wirklich noch einmal einlochen, das habe ich mir geschworen, damals im Knast und danach immer mal wieder: Sollte ich jemals wieder im Gefängnis landen, bring ich mich um.
Nach endloser Rangelei – ich wollte die Tür schließen, und sie rissen sie mir aus der Hand, ich schlug ihnen auf die Hände, und sie beschimpften mich, und ich versuchte, ihnen zu erklären, daß der Fisch und ich allein sein müßten – habe ich einen in die Hand gebissen.
Wenn mir einer an die Wäsche geht, werde ich rabiat, sehr rabiat, es ist gefährlich, mir nahe zu kommen, wenn ich es nicht will, davon können manche Kerle eine Moritat singen.
Immer wieder hatte er an der Tür gezerrt und versucht, den Haken hochzudrücken, Neunmalklugscheißer, der Kerl, der seine Klavierlehrerpfoten durch den Türspalt schob und durch

mein Kneifen und Schlagen nicht abzuhalten war. Da mußte ich ihn beißen. Er hat gebrüllt, als wäre er an meiner Stelle da drin im Klo, mit der schrecklichen Aufgabe, dem Fisch in die Augen zu sehen. Aber er hat die Hand weggezogen, ich hatte gewonnen, und die anderen haben auch aufgegeben. Da konnte ich endlich die Tür fest schließen und dem Fisch wieder in die toten Augen sehen.

Der Fisch war weg, und ich sah mich: eine Frau, die einen Mann in die Hand gebissen hatte, weil sie sich im Klo auf dem dritten Treppenabsatz eines Mietshauses ungestört mit ihrem Spiegelbild unterhalten wollte, das sie als einen Fisch ansah, mit dem sie unbedingt ein wichtiges Gespräch führen mußte.

Da habe ich aufgeheult, viel furchterregender als der Kerl draußen, und ich habe mir überlegt, daß ich mir auch in die Hand beißen wollte, dahin, wo die Pulsader sitzt, damit sie endlich zu Ende geht, die ewige Achterbahnfahrt, die Leben heißt.

Bevor die Meute die Tür rausreißen und über mich herfallen konnte, erschien André. Die Concierge hatte wohl nach ihm geschickt. Er klopfte an die Tür, ganz vorsichtig, wie nur einer klopfen kann, der der Überzeugung ist, daß derjenige, der sich eingeschlossen hat, ein Recht darauf hat und nicht öffnen muß. Er hat geklopft, wie ein Mann um eine Frau wirbt, der er es zugesteht, daß sie sich verschlossen hält, daß sie vielleicht sogar übermäßig stolz ist, launisch, alles andere als willig, er hat geklopft wie ein Liebender.

Beim ersten Klopfen wußte ich, daß er es war. Ich habe mich entsetzlich geschämt. Dabei hat André mich schon in viel schrecklicheren Lagen gesehen und im Arm gehalten und nicht aufgehört, mich zu lieben. Aber ich habe mich geschämt, so entsetzlich geschämt – und auf eine verrückte Weise habe ich das Klopfen genossen. Er gab sich so preis mit diesem Klopfen, er zeigte alles.

Zugleich beobachtete ich mich in dem dreckverschmierten viereckigen Spiegel des Etagenklosetts, wie ich vampirgleich meine Zähne auf meiner Pulsader ansetzte. Ich erblickte weiße, gesunde, gut gewachsene junge Zähne, die sich rosigem Fleisch näherten, zarter pulsierender Haut.

Ich wirbelte herum, wollte den Metallhaken aus der Öse reißen und die Tür öffnen, doch es mißlang. Der Haken hatte sich verbogen, paßte nicht mehr durch den Kreis hindurch, ich war einen Moment lang von Panik erfüllt, dort nie wieder herauszukommen, und dann lag ich weinend in Andrés Armen. Ich schrie: Ich will nicht sterben. Ich konnte nicht aufhören, diesen Satz zu schreien.

André führte mich an den Gaffern vorbei zu meinem Zimmer. Er tat es so geschickt, daß ich sie nicht sehen mußte. Er drückte meinen Kopf an seine Schulter, er schob mich, trug mich fast, obgleich er halb so breit ist wie ich. Aber ich wußte, daß sie da waren, die Gaffer, immer waren sie da, überall.

André setzte sich auf mein Bett, wiegte mich in seinen Armen, gab Ammenlaute von sich, lange, lange Zeit; so lange, bis ich aufhören konnte zu brüllen, ich wolle nicht sterben. Als ich mit dem Brüllen fertig war, schlugen meine Zähne aufeinander, als hätte ich Schüttelfrost, und er wiegte mich immerfort.

In dem Augenblick glaubte ich an Andrés unerschöpfliche Liebe, glaubte auch, er hätte unermüdliche Kraft, mich so zu halten. Danach, als das Zittern und Zähneklappern endlich abgeebbt war, konnte ich ihm alles erzählen. Das mit dem Klo und das mit dem Fisch und auch, daß ich mich nicht einmal mehr an ihn, meinen einzigen Freund, hatte erinnern können. Er hörte zu und gab bestätigende Laute von sich, als sei eine Begegnung mit einem Fisch auf dem Etagenklo das Natürlichste der Welt.

Und dann irgendwann, Petite, nach Stunden, in denen er mich nur gehalten und gewiegt hatte, begann er mich zu streicheln, meinen aufgedunsenen Körper hat er gestreichelt und gestreichelt, überall. Allmählich zog er mich aus, liebkoste mich und flüsterte mir wunderbare Worte über meine Haut und meine Haare und meine unbehaarte Pflaume ins Ohr. Und dann hat er mich genommen, mit all seiner Liebe und seiner Gier hat er mich durchdrungen, sich in mich eingepflanzt, das, was in mir Gefühl war, bestimmte er.

Er bot mir an, wieder mit mir zu leben, sich von seiner Freundin zu trennen; ach, das ist keine Rivalin, ich bin froh, daß er sie hat

nach all dem Kummer mit mir. Er war vollkommen aufgelöst und beteuerte, ich sei ihm das Liebste in seinem Leben, er wolle alles für mich tun, wenn, ja, wenn ich auf Entzug ginge. Er würde alles bezahlen, Krankenhaus, Arzt, alles, aber ich müsse es wollen und ihm versprechen, daß ich durchhalten wolle.
Ja, Kleine, gestern war es den ganzen Tag fünf Uhr nachmittags, und du verstehst, ich konnte nicht zu dir kommen, an diesen wackeligen Tisch im Dôme.

21. August 1951

Jetzt will ich von dir etwas wissen.
Ich habe nachgedacht. Du läßt mich reden und reden, und du bezahlst mich wie die Fürstin ihren Hoffnarren, und ich weiß nichts von dir. Schluß damit, Kleine, heut bezahl ich den Roten, und du erzählst. Willst du ein bißchen Marihuana rauchen? Das spendier ich dir auch.
Du brauchst dein Geheimnis. Und ich soll das verstehen.
Wer braucht nicht sein Geheimnis?
Ich war auf eine geheimnisvolle Art ohne Geheimnis. Und alle anderen haben ihre Geheimnisse in mich gelegt. Ich kann es schwer erklären, Petite, aber wenn ich etwas weiß, dann sag ich es auch. Das Gegenteil ist mir einfach nie in den Sinn gekommen.
Nie? Nein, das stimmt nicht. Als die Deutschen hier in Paris herumlümmelten, da hab ich sie angelogen, wenn es notwendig war. Und es war oft notwendig.
Natürlich willst du jetzt wissen, ob ich zur Résistance gehörte. Die Preisfrage der Nation, es ist zum Lachen. Jetzt hab ich's: Du hast das Interview mit mir in »Paris Hebdo« gelesen und hast mit deinen Freunden eine Wette abgeschlossen: Ich kriege raus, ob sie im Widerstand war oder nicht. Was gewinnst du? Nein, keine Wette? Kleine, deine Sphinx-Miene hat etwas Aufregendes an sich. Du solltest als Modell für Sphinx-Maler arbeiten.

Was also willst du lieber hören, die Geschichte, wie ich anfing, Modell zu stehen, oder soll ich dir von meiner Zeit bei den Deutschen erzählen?
Es langweilt mich, Kleine, und es macht mich auch zornig, wenn du stumm vor mir sitzt, wie eine Wand, tolerant bis zur völligen Gleichgültigkeit. Aber schmeißt dein Geld zum Fenster hinaus, nur damit ich rede. Spar dir Entschuldigungen, mein Kind! Daß du alles wissen willst, bedeutet auch: Du willst gar nichts wissen. Wenn deine Augen kein bißchen leuchten und in deinen Mundwinkeln kein bißchen Gier auf irgendwas ist, hab ich keine Lust, dir von mir zu erzählen.
Und ich scheiß auf dein Geld. Steck es dir in die Muschi, da macht es dir mehr Vergnügen. Allemal mehr, als meine Geschichten bewirken können. Salut, mein Kind, mein Marihuana rauch ich mit Leuten, die lachen.

22. August 1951

Da bin ich wieder. Ich habe Hunger und Durst. Schieb den Roten rüber, und ich erzähl ein wenig.
Du erinnerst mich an Treize. Es kann doch nicht sein, daß du ihre Tochter bist, oder? Weißt du, ich sehne mich nach ihr. Wir waren ein Herz und eine Seele. Aber dann haben wir einander verloren. Es war, glaube ich, nicht so sehr, weil sie geheiratet hat, diesen Hering von Mann, dem sie eine richtige Ehefrau sein wollte, eine kleine Bourgeoise eben; es war, glaube ich, wegen meiner Partnerin.
Meine Partnerin in den Dreißigern, als es bergab ging, wie Ernest sagte. Margot Vega, Partnerin und Geliebte, ich sag's dir lieber gleich. Ich habe sie zwischen meine Schenkel gelassen wie auch André zu der Zeit, wie auch den einen oder anderen, aber meine Favoritin war sie. Damals kühlte Treize ab. Es war, als rücke sie eine Stuhlbreite von mir weg, auch wenn sie neben mir sitzen blieb. Dabei ist Treize der Mensch, den ich neben André am meisten geliebt habe.

Ich sehe die Frage nach Man in deinem Griff nach dem Weinglas, ja, tu nicht so scheinheilig, das ist mir an dir aufgefallen: Du hast eine Art, das Glas zu bewegen, die sagt mehr als ein Wortschwall. Vor allem Einwände formulierst du mit Hilfe deines Glases besonders scharfzüngig, Kleine. Du legst deine kurzen Finger mit den viereckigen, lieblos geschnittenen und ungelackten Fingernägeln auf den Fuß des Glases, schiebst den Stiel zwischen Mittel- und Ringfinger ein wenig nach rechts oder links, winzige, fast unmerkliche Bewegungen auf der Tischplatte sind das, aber es liegt eine massive Gereiztheit darin. Es ärgert dich wohl, wenn ich dir etwas von mir erzähle, was du schon weißt. Oder wenn du in meinen »Souvenirs« oder sonstwo das Gegenteil von dem gelesen hast, was ich dir erzähle. So ist es nun mal mit mir. Ich habe keine Wahrheit. Manchmal schluckst du den Wein, du graue Maus, als stecke dir etwas in der Kehle. Bin ich das?
Andrés Freundin, Flo, kaut auch schwer an mir. Sie liebt ihn, sagt sie. Und sie mag mich, sagt sie. Nicht, daß sie es auf einen Dreier anlegt. Davon hat sie noch nichts zu erkennen gegeben. Mag sein, daß es sie mit mir als geistiger Dritter im Bett besonders aufgeilt. Vielleicht muß André ihr, als Vorspiel oder um sie besonders anzuheizen, von meinen Qualitäten erzählen und wie und wo er mich genommen hat. Es gibt unglaubliche Variationen davon, wie Leute sich mit Quälerei in Glut versetzen, die Geschichte von der Hölle ist nur eine davon – im übrigen eine, die mir gefällt. Welchen schwitzenden Schwengeln könnte ich dort begegnen!
Aber eigentlich trau ich Flo keine besonders einfallsreiche Quälerei zu, abgesehen von ihrem kindsköpfigen Lieben und Heilen eines Mannes, der immer wieder schwach wird, wenn er das Lachen einer kokasüchtigen, fetten Alkoholikerin hört.
Als André mich nach dem Krieg aufgelesen hat, war ich am Ende.
Ich hatte einen schweren Fehler begangen.
Während der Besatzung tat sich André mit Flo zusammen, und ich suchte mir eine Woche später den schönsten Kerl aus, den ich finden konnte. Ich war trotzig wie ein Kind. Ich schwor

mir: keinen Künstler wie Man oder Broca oder André. Die fühlen zuviel und denken zuviel oder zuwenig, auf jeden Fall fühle und denke ich mit ihnen im Übermaß, und das tut weh. Also beschloß ich: Ein Kerl muß ran, der schön ist und zupacken kann. Mehr nicht.
Mein Kerl war Klempner. Einer, der bei anderen Leuten in der Scheiße rumwühlt, allein das hätte mir alles erklären müssen, bevor es überhaupt anfing. Wer freiwillig immer wieder Rohre legt, damit die Scheiße abfließen kann, dem muß das von dringlicher Bedeutung sein. Hinterher habe ich begriffen: Ich war das Rohr, durch das er seine gesamte Scheiße loswerden wollte. Aber am Anfang habe ich nur die Pranken und die blauen Augen gesehen. Augen von einem Blau, das Mütter zum Weinen bringt, habe ich immer gesagt. Und die Arme. Ich liebe Männerarme. Kräftige, muskulöse Männerarme machen mich feucht. Und wenn sie dann noch behaart sind!
Mein Klempner hatte unglaubliche Augen und berückende Arme, aber zuwenig Herz und Grips. Und er wurde seine Scheiße nicht los. Er konnte sogar charmant sein, na klar, er machte Witze, die Lacher hatte er immer auf seiner Seite, aber seine Scheiße wurde er dennoch nicht los. Dafür brauchte er mich. Er schlug mich, bis ich ebenso blaue Augen hatte wie er. Er witzelte über mich, bis ich nicht mehr wußte, ob ich eine Karikatur war oder Kiki, deren Schallplatten man überall kaufen konnte. Ich hatte solche Angst vor ihm, daß ich oft nachts fortlief und bei irgendeiner Freundin auf dem Boden schlief, mit oder ohne Matratze. Geld hatte ich auch keins mehr. Konnte ja nie mit Geld umgehen, also kontrollierten meine Kerle mein Geld. Der Klempner hielt mich kurz.
Manchmal hab ich mir was aus den Abfällen vom Restaurant Marronniers geholt, da waren selbst die Abfälle noch Luxus. Und dann wurde ich auch damals immer mal wieder eingeladen, hatte das Lachen selbst mit Veilchenaugen nicht verloren. Gib mir Geld, ich lade dich ein! Das war mein Spruch, und er hatte Erfolg.
André und ich waren schon vor dem Krieg nicht mehr wie Liebende zusammen. Wir haben einander aber auch nie verloren.

Florienne Fontaine, Flo, seine kleine Spitzmaus, hat er eigentlich durch mich kennengelernt. Während der Okkupation sang ich im neuen Boeuf, und da fiel mir so eine blonde Unschuld auf. Ohne meinen Hinweis hätte André sie nicht bemerkt. Nie bin ich einem Menschen begegnet, der so nach frisch gewaschener Spitzenwäsche roch wie Flo. Sie lebte bei ihrer Mutter, die fürs Theater jene Spitze herstellte, aus der die prächtigen historischen Kostüme geschneidert wurden. Und auch Flo hat so etwas Geklöppeltes. Heute noch.
André hat sich damals in sie verliebt. Wahrscheinlich, weil sie das genaue Gegenteil von mir ist und er so etwas wie mit mir nie wieder erleben wollte. Nun, seitdem erlebt er das Gegenteil. Wenn er die Asche auf den Boden fallen läßt – André ist Kettenraucher, mußt du wissen –, bindet Flo die Schürze um und wischt den Boden der ganzen Wohnung. Und wenn er die Asche noch einmal fallen läßt – er ist eben Kettenraucher –, frönt sie abermals ihrem Putzfimmel. Sie schreit nie. Sie macht auch keine Vorwürfe, geschweige denn, daß sie Gläser an die Wände wirft oder den Aschenbecher, nein, sie bindet die Schürze um und putzt. Und sie weigert sich, mit André zusammenzuziehen.
Und sie verbot ihm, als er mich nach dem Krieg in so jämmerlichem Zustand von der Straße auflas, sich meiner irgendwie anzunehmen. Sie oder ich, sagte die zarte, feine Flo, nimmst du Kiki bei dir auf, darfst du deine Asche woanders abwerfen.
André war richtig in Schwierigkeiten geraten, das konnte ich sehen, er mußte es mir nicht erzählen. Gib mir Geld, witzelte ich, ich lade dich zum Wein ein, und anschließend läßt du mich weitertrinken und bindest Flo die Schürzenschleife.
André versuchte, uns beide zufriedenzustellen. Ihr schwor er, mich nie bei sich aufzunehmen, mich steckte er in ein Hotelzimmer, gab mir zu Essen, kleidete mich neu ein, ja, er kaufte mir Seife und Körperpuder.
Da hatte das Glück mich wiedergefunden. Kurz darauf wurde ich geholt, um abermals im Boeuf zu singen. Und ich sang. Mein altes Repertoire und die Chansons meiner letzten

Polydor-Platte, »La Volerie« und »Sur les marches du palais«. Ich singe, daß die Leute aufhören, sich selbst zu beobachten. Da bleibt ihnen der Mund offenstehen, oder die Beine sind grotesk verdreht. Sie vergessen sich. So singe ich, auch wenn ich betrunken bin. Es fällt mir schwer, so zu singen, wenn ich *nicht* betrunken bin. Dann habe ich Angst.

Übrigens, André hat eine Lösung gefunden. Er hat ein ganzes Haus gekauft, Rue Bréa Nr. 1, wo ich seitdem im zweiten Stock wohne.

Als ich André damals kennenlernte, kurz nachdem Henri Broca ins Irrenhaus gekommen war, hat Treize mir zugeraten wie eine Mutter. Er war Angestellter in einer Versicherung, er sah aus wie Jean Gabin, und für den schwärmten wir damals alle. Er trug einen Anzug, einen Regenmantel und die Zigarette wie der andere. Was Treize zwar wenig interessierte, mich hingegen fügsam machte wie der Fischkopf das Kätzchen, das war sein Akkordeonspiel. André spielt Akkordeon, da werden mir die Nippel steif, und meine Schenkel werden weich und öffnen sich wie unter Hypnose.

Künstlern beim Arbeiten zuzusehen betört mich. Diese Versunkenheit, wenn sie Blut geleckt haben! Wenn es kein Zurück mehr gibt. Diese völlige Gleichgültigkeit gegen alles andere – öffentliche Meinung, Geldverlust oder sonstwas –, wenn sie entzündet sind. Wie sie das Material liebkosen oder auch vergewaltigen, die Besessenheit. Es erregte mich, als Modell Bestandteil dieser Arbeit zu sein. Die Augen des Malers lassen nicht los, der kämpft und erobert und entreißt und becirct, bis er endlich auf der Leinwand etwas hat, das er mit einem müden Abschiedsblick entläßt, bevor er sein Modell fickt. Das Modell fickt er, sein Bild erobert er. Ich ließ mich nicht ficken, darauf legte ich Wert.

Ich hatte solche Sehnsucht danach, Man Ray das zu sein, was ihm die Kunst war: das Ziel seiner Träume. Dabei ließ er sich auch an die Kunst nicht ran, verachtete sich, weil er bei der technischen Fotografiererei hängenblieb, und bei Gott, die Fotos, die er von mir gemacht hat, sind poetischer, künstlerischer als die meisten der Gemälde oder Skulpturen, die nach mir als

Modell entstanden sind. Man Ray ließ sich nicht ans Malen, und er ließ sich nicht an mich. Er hantierte mit Maschinen und Materialien und hantierte mit mir, er konnte seine Fotografiererei nicht lassen, und er konnte mich nicht lassen. Und er haßte uns dafür. Man und den Fotoapparat ebenso wie Man und mich verband eine Haßliebe. Während er mich haßte, liebte er mich. Und während er mich liebte, haßte er mich. Und ich Trottel litt unter beidem, Haß und Liebe, ich wollte ihm so gern heilig sein wie die Kunst.

Während der ersten Monate unseres Zusammenlebens meinte ich, nun den Sinn und die Form meines Seins gefunden zu haben: Man Rays Frau. Ich war zwanzig, mit zwanzig ist man dumm. Ich wollte My Mans Frau sein, wie es sich gehörte. Wollte auf ihn warten, bis er nach Hause kam von schwerer Arbeit, wollte mich still im Hintergrund halten, wenn er wichtige Gespräche führte, und dann hervorkommen, gebadet und gut riechend, eine köstliche Speise auf den Tisch bringen und einige interessante Redewendungen gebrauchen, die ich im Laufe des Tages aus einem seiner gelehrten Bücher herausgesucht hatte. Ich wollte ein Kind von ihm, mit ihm, für ihn. Ich habe es ihm gesagt, und er war einverstanden.

O ja, meine Kleine, du könntest mein Kind sein oder Treizes Tochter, ja, eher noch Treizes Tochter, du siehst ihr ähnlich. Die großen grauen Augen, der kleine runde Mund, und du hast auch so etwas Dünnes, Muskulöses wie sie. Einundzwanzig bist du, laß uns zurückrechnen, 1930 wurdest du geboren. Im März? Der März ist ein schwerer Monat, er lastet einem auf der Seele. Im März glaube ich nie, daß es jemals wieder Frühling wird. Wenn ich einmal sterbe, glaube ich, wird es im März sein. Im März 1930 bist du geboren. Im Jahr davor war bei mir vieles zu Ende gegangen.

Man und ich trennten uns 1929, und in allem wirkte er nach. 1929 war das Jahr der Veröffentlichung meiner »Souvenirs«. Ich hatte begonnen, diese kleinen Geschichten aus meiner Kindheit zu schreiben, als ich im Jahr zuvor bei meiner Familie in Châtillon war. Und dann habe ich sie Man in einem dicken

Brief geschickt. Vielleicht würde er mich dann besser verstehen, das war meine Hoffnung. Er war begeistert, aber ganz anders als beabsichtigt. Als ich zurückkam, feuerte er mich an, weiterzuschreiben. Du schreibst genial, Kiki, sagte er, so frisch und direkt, mach ein Buch daraus, deine Memoiren!
Daß ich auf diese Weise seinem Nachfolger in die Arme getrieben würde, hat er, glaube ich, nicht erwartet. Im April 1929 unterbreitete Henri Broca mir einen Vertrag, in dem er mir zusicherte, mein Manuskript mit dem Titel »Kiki« in einer signierten, auf zweihundert Exemplare begrenzten Vorzugsausgabe und in einer regulären Ausgabe herauszubringen. Die Druck- und Werbekosten sollten von den ersten Verkäufen bestritten werden; alle weiteren Einkünfte sollten zwischen ihm und mir geteilt werden. Ich hatte ja keine Ahnung von solchen Verträgen, aber My Man kniff die Augen zusammen, als wolle er fotografieren, überflog den Text und sagte: Okay, Kiki, unterschreib!
Da war Broca schon mein Liebhaber.
Im Juni fand die erste Autogrammstunde für »Kiki Souvenirs« statt, im Falstaff, einem kleinen Restaurant nahe beim Boulevard du Montparnasse. Wir machten ein großes Ereignis daraus, obwohl das Buch noch gar nicht verkauft werden konnte. Es war nämlich noch nicht gedruckt, dafür hatte Broca das Geld noch nicht zusammengekratzt. Treize nahm bei dieser Autogrammstunde den Vorschuß für die Vorbestellungen in Empfang, und ich schrieb meinen Namen auf alles, was mir vorgelegt wurde, selbst auf einen Bettvorleger, nur nicht in mein Buch, von dem es erst das Muster für den Umschlag gab: ein von Kisling gemaltes Kiki-Porträt. Wir nahmen so viel Zaster ein, daß wir hinterher unseren Triumph in der Bar der Coupole feiern konnten. Alle meine Freunde kamen: Hermine David, Charlotte Gardelle, Marie Laurencin, Jacqueline, Foujita, Per Krohg, Kisling, Youki, Treize und viele, viele andere.
Danach hatte Broca Geld für den Druck, und bei der nächsten Autogrammstunde, am 26. Oktober in der Buchhandlung Edouard Loewy, wurde verkauft. Broca hatte sich einen Reklametrick ausgedacht. Jeder, der das Buch kaufte, bekam dafür

meine Signatur und einen Kuß von mir. Kleine, vor dem Buchladen am Boulevard Raspail hatte sich eine Schlange von Männern gebildet, es war nicht zu fassen. Und einer war da, der bezahlte mit Fischen, schade, daß ich den Kerl nicht kennengelernt habe, er spukte mir noch eine Weile im Kopf herum. Ein großer, weißt du, mit einem kräftigen Gesicht und guten Händen. Und er roch so angenehm nach Schweiß und Arbeit und Fisch und Begehren. Die Männer hatten alle Gier in den Augen, aber der da war besonders. Er hatte Augen grau wie Kieselsteine, aber sie waren ganz weich und zärtlich. Hach, ich erinnere mich: Broca spuckte Galle vor Eifersucht, er sagte, ich hätte dem Kerl geradezu Avancen gemacht.
Im Mai war ich zur Königin gewählt worden. Ich schlief mit Broca, aber die Fotos von mir machte Man. Und er streichelte mich mit diesen Fotos, wie er es selten getan hatte. Er nahm mich damit in Besitz. Vielleicht liegt auch darin der Zauber jenes Fotos, auf dem ich die Rose zwischen den Zähnen halte. Ich blieb seine Frau, auch als er später Lee Miller fickte, diese blonde Fotografin, die drei Köpfe größer war als er und ihn mehr hörnte, als ich es je getan hatte.
Ich war teuflisch eifersüchtig auf jede Frau, die in seine Nähe kam. Ich war bei ihm ausgezogen und zu Broca gegangen, gut, aber das gab ihm nicht das Recht, so zu tun, als wäre ich nicht mehr seine Frau. Lach nicht! Heute weiß ich, daß ich verrückt war, damals wußte ich nur, daß ich Man wollte, auch wenn ich bei Broca wohnte. Einmal hatte ich ihn gesehen, wie er mit einer Frau draußen auf der Straße flirtete; es war so eine kleine – kleiner als er, und das will etwas heißen –, die ihn mit bewundernden Augen anblickte, als er sich vor ihr aufplusterte. Ich sah alles, denn ich saß an der Bar der Coupole, und da kannst du gut hinausschauen, ohne gesehen zu werden. Als er dann die Dreistigkeit besaß, in die Coupole zu trampeln, hab ich genau den Augenblick abgewartet, in dem er oben auf der Treppe stand und mich mit stupidem Gesichtsausdruck begrüßte. Munition hatte ich vorher schon gesammelt: Aschenbecher, Gläser, Löffel, Messer und Gabeln, jaja, auch Messer und Gabeln. Und dann ging's los. Es hat

mir gutgetan. Mit jedem Gegenstand hab ich ihm eine Wahrheit an den Kopf geworfen. Deine Obszönitäten kann ich nicht mehr hören, sagte Treize hinterher, aber Obszönitäten sind meist wahr.
Er hat sich ganz klein gemacht und ist auf allen vieren rausgekrochen. Da erst liefen mir die Tränen. Zuerst war ich so wütend, daß ich nicht einmal gemerkt habe, wie schrecklich traurig ich war. Aber irgendwann hab ich den Kopf auf die Theke gelegt und nur noch geweint.
Ich schrieb meine »Souvenirs«, als es mit Man und mir ganz fürchterlich geworden war. Da fuhr ich zu meiner Großmama. Es kommt dir sicher seltsam vor, wenn ich sage: Ich fuhr zu ihr, obwohl sie schon tot war. Immer, wenn mir ganz schrecklich zumute war, wollte ich in ihre Arme.
Hast du eine Großmama, Kleine? Keine zu haben ist ein Unglück. Keine Mutter zu haben kann ein Glück sein. Ich hatte nicht nur eine Großmama, ich hatte eine ganz besonders großmütterliche Großmama. Mit nach hinten gestriegelten Haaren, im Nacken zu einem Dutt geknäuelt, mit einem großen weichen Busen und einer Schürze, die alles fortwischte: Tränen, Blut, Rotz und Spucke. Meine Großmama war alt, solange ich zurückdenken kann, immer schon trug sie diese Frisur, dieselben aus- und einladenden Brüste, dieselbe Schürze. Sie hatte immer schon diese alten Hände, die stets in Bewegung waren, alte Wangen, weich und behaart, einen faltigen Mund. Sie hat nie strenge Regeln aufgestellt, nie Moral gepredigt. Meine Großmama lebte gern, und sie nahm das Leben, wie es kam. Nie wurde geschimpft. Wenn ich schmutzig von meinen Streifzügen heimkehrte, dann mußte ich mich erst einmal zu ihr setzen und erzählen, was ich alles erlebt hatte. Und sie fragte neugieriger als meine Freundinnen. Alles wollte sie wissen. Nicht, weil sie mich kontrollieren wollte, nein, sie wollte es miterleben. Gewaschen wurde ich später.
1928 komme ich heim zu ihr, auch wenn sie schon tot ist. Ich bin unglücklich. Alles an mir schmerzt, ich bin geflohen vor meinem Mann, der ebenso eifersüchtig wie gleichgültig ist, mit dem ich mich prügele und der die Pistole zückt. Ich bin todun-

glücklich, als ich zu Hause ankomme bei meiner Großmama. Sie weiß nicht einmal, daß ich kommen werde, wie sollte sie auch, lesen kann sie nicht, und ein Telefon hat sie auch nicht. Ich besuche sie wie der Regen: zuverlässig und unberechenbar, zu allen Jahreszeiten, aber ohne Anmeldung. Und sie öffnet mir, als könnte es nur jetzt und heute sein, daß ich komme. Ich stürze an ihre Brust und weine und schluchze, meine Schminke strömt auf ihre Schürze, und sie wiegt mich an ihren weichen Brüsten und wischt meine Tränen, die Schminke und die Rotze mit der Schürze weg, bis wir beide lachend vor einem Roten sitzen.

1929, ein Jahr bevor du geboren wurdest, meine mögliche Tochter, hatte ich mit My Man kein Kind, und Treize hatte von Per Krohg auch keins bekommen, obwohl sie ein Kind weitaus mehr ersehnte als ihren wunderbaren Gymnastiksaal. Du bist also nicht Treizes Tochter, das wüßte ich.

1924 sah meine Großmama ganz genauso aus wie zwanzig Jahre früher. Und wäre sie da nicht gestorben, hätte sie auch 1929 noch so ausgesehen.

Immer, wenn ich sie brauchte, bin ich nach Châtillon gefahren, auch dann noch, als sie tot war. Meine Cousine Madeleine lebte dort mit ihrer Familie, und ich wohnte bei ihr. Madeleine hatte 1928 eine kleine Tochter mit Klumpfuß geboren, das nur nebenbei, die habe ich später nach Paris geholt, damit der Klumpfuß im Krankenhaus schöner gemacht würde. Ich liebte das Kind, es war eine Art Ersatz für ein eigenes. Wir hatten die Kleine lange in Paris, sie wohnte bei meiner Mutter, ich besuchte sie jeden Tag. 1928 wohnte ich bei Madeleine, doch zu Besuch war ich bei meiner Großmama. Wir sprachen viel über sie. Ich besuchte ihr Grab und erzählte ihr alles, und dann schrieb ich meine kleinen Kindheitsgeschichten auf. Zunächst nur, weil ich meine Großmama wieder lebendig machen wollte, aber dann wuchsen die Geschichten, und als Man so begeistert war, schrieb ich in Paris weiter.

Auf der Beerdigung meiner Großmama habe ich geheult. Aber einen Tag später war alles wieder gut. Da war sie wieder lebendig, das wußte ich. Sie war immer da. Auch in Paris. Am leben-

digsten aber war sie in Châtillon. Und wenn ich sterbe, ja, ich weiß, ich bin zu jung und ihr wollt mich alle retten, aber wenn ich sterbe, dann ist da meine Großmama und nimmt mich in den Arm und wiegt mich an ihrer Brust und sagt: Schön, meine Kleine, daß du dich so schönmachst, das sehen wir hier auch gern. Und dann wischt sie mir den Rotz ab und versteht, ohne daß sie jemals in Paris war, daß es schwer ist, von hier Abschied zu nehmen, von André, vom Montparnasse und den Erinnerungen, von der Hoffnung, Treize könnte an meine Tür klopfen und sagen: Mensch, Kiki, wie konnte ich so lange nichts von mir hören lassen! Und von dir, Petite. Noch nie hat mir jemand so lange und geduldig zugehört wie du. Und sogar dafür bezahlt, daß ich rede.
Meine Mutter hat manchmal geschrien: Was muß man bezahlen, damit du schweigst? Ich hatte das Schweigen auf Kommando nicht gelernt. Mit Großmaman redete ich und schwieg, wie es kam. In der Schule hatten sie es mir beibringen wollen, aber das war schiefgegangen. Sobald ich nicht redete, wenn die Lehrerin es wollte, und sobald ich nicht schwieg, wenn sie es verlangte, stellte sie mich in die Ecke. Mit dem Gesicht zur Wand. Ich wurde müde dabei und mochte nicht mehr stehen. So habe ich in der Schule das Hassen gelernt. Dabei konnte ich wunderbar schweigen. Wenn wir im Gehölz spielten, mußte ich schweigen, sonst hätte ich mich verraten. Und wenn ich allein war und redete, war es auch in Ordnung. Wenn Großmama da war und die anderen, dann redeten alle. Gleichzeitig oder nacheinander, darauf kam es nicht an, Großmutter hörte zu. Wenn ich leer geredet war, schwieg ich. Und lauschte. Auf Großmamans Stricknadeln. Auf das Magenknurren einer meiner Cousinen oder eines meiner Cousins. Auf die Katzen draußen. Auf das Käuzchen. Meine Mutter war so anders als ihre Mutter, daß ich manchmal dachte, sie wäre fälschlich untergeschoben.
Meine Mutter blieb sich auch nie gleich. Als ich sie das erstemal gesehen habe, jedenfalls soweit ich mich erinnern kann, muß ich ungefähr fünf Jahre alt gewesen sein. Ich weiß, ich ging noch nicht zur Schule.

Meine Großmama hatte mich nicht vorbereitet. Nicht schön angezogen, nicht extra gewaschen, nichts dergleichen. Nicht einmal vorher angekündigt hatte sie, daß wir Besuch bekommen würden. So geschah es also, daß ich von einem meiner Ausflüge in die umliegenden Wälder zurückkam, verdreckt, die Haare voller Blätter und Gestrüpp, die Knie aufgescheuert und der Magen knurrend, und meine Großmama auf der Bank vor dem Haus mit einer fremden Frau antraf. Beide machten schmale Lippen, und ich dachte, die Dame sei von irgendeinem Amt gekommen und wolle mich ins Waisenhaus entführen. Denn wenn wir zu großen Hunger hatten oder die Lehrerinnen oder die Nonnen sich über uns beklagten, sagte meine Großmama manchmal, wir würden ihr weggenommen werden, wenn sie und der Großpapa es allein mit uns nicht schafften.

Ich versteckte mich hinter der großen Pappel, die heute noch vor dem Haus steht, in dem wir gewohnt haben, und horchte, was die Frauen sprachen. Aber sie sprachen gar nicht, bis meine Großmaman mich rief, obwohl ich gehofft hatte, mich perfekt versteckt zu haben. Als ich näher schlurfte, zog sie mich unwirsch am Ellbogen und stellte mich der fremden Dame vor mit den Worten: Das ist sie. Könnte dir jede andere zeigen, würdest sie nicht erkennen.

Die fremde Dame zog mich mit spitzen lackierten Fingernägeln vor sich und betrachtete mich streng. Ich hatte so furchtbare Angst, daß ich vor Schreck in die Hose pißte. Die Dame ekelte sich, ich sah es daran, daß die Mundwinkel sich senkten, bis der Mund eine dünne Mondsichel war. Großmaman schimpfte, das erschreckte mich noch viel mehr, und ich kackte sogar ein wenig. Großmaman schimpfte so selten, und ich schämte mich so sehr und war so wenig vertraut mit diesem Gefühl der Scham, daß ich schlagartig meinen ganzen Darm entleerte. Es gab eine Riesenunruhe. Ich wurde ausgeschimpft und ausgezogen und mit eiskaltem Wasser gewaschen, und dann wurde ich gekämmt. Ich weiß noch, daß meine Zähne aufeinanderschlugen, als wäre es Eiszeit, dabei war ein so schöner Tag Ende August wie heute. Und auch wenn es gegen Abend etwas

kühler war, ist es doch völlig unmöglich, daß ich, die auch im Winter noch ohne Mantel herumlief, fror. Als ich wieder zur Besinnung kam, war die Dame weg, und Großmaman sagte: Das war deine Mutter.
Von da an träumte ich von meiner Mutter. Meine Großmaman liebte ich. Meine Mutter verehrte ich. Sie war für mich das, was für andere Kinder vielleicht eine Märchenfee oder die Jungfrau Maria ist.

25. August 1951

Pff, hinsetzen fällt mir schwer. Allein das Hinsetzen. Ich habe Schmerzen, Kleine. Überall Wasser. Wenn du mit einer Nadel in mich hineinstichst, laufe ich aus, probier es nur. Andere trocknen aus im Alter, ich quelle auf. Alle tuscheln, ich sei so fett geworden. Aber es ist ein Irrtum. Ich täusche sie. Unter dem Wasser bin ich mager wie eine Bergziege. So komme ich mir auch vor: Eine Bergziege, die dabei ist zu ersaufen. Das Wasser ist nicht mein Terrain. Ich habe nie schwimmen gelernt. Und jetzt bin ich umgeben von einem Meer. Es ist unheimlich. Probier es nur aus: Gib meinem Bauch an einer Seite einen kleinen Stoß.
Sieh hin, ich tu es jetzt. Da, Wellen! In meinem Bauch ist ein riesiges Meer, das Wellen wirft, wenn du es in Bewegung setzt. Es schwappt und schwappt, bis es auf der anderen Seite des Bauches gegentippt und zurückflutet.
Unheimlich.
Und die Sonne scheint. Mein Meer verdampft und läuft mir an den Beinen und zwischen den Brüsten herunter. Doch zur Hölle: Irgendwo in mir gibt es eine Quelle, aus der Wasser in mich hineinströmt. Ein Meer, das nie versiegt.
Schmerzen hab ich, Kleine. Ich bin wie ein dünner Schlauch, in den das Meer gefüllt worden ist. Immer kurz vorm Platzen. Überall reißt es. Ich halte nicht mehr.
Und draußen die Liebespaare. Sehen aus, als wäre das Zeitalter

der Glückseligkeit angebrochen. Die neue Zeit. Von nun an wird alles immer gut sein. Nichts wird. Sie werden sich streiten, und er wird fremdgehen, und sie wird dick werden. Und sie kommen mit dem Geld nicht hin, und sie kriegen Kinder, und die Kinder werden dumm und häßlich und langweilig. Aber irgendwann verlieben die Kinder sich, und in diesen wenigen Wochen in ihrem Leben sind sie schön und klug und interessant und denken, jetzt ist die neue Zeit angebrochen. Aber nichts da.

Kiki scheißt darauf. Kiki hat immer darauf geschissen. Kiki hat sich immer gefühlt, als wäre sie verliebt. Die wenigen Wochen hat sie zu einem Leben gestreckt, einem Leben, das so fröhlich und bunt und ausgelassen war wie bei anderen die wenigen Wochen des Verliebtseins. Dann kam der Krieg. Und Kiki fiel in ein Meer. Jetzt hockt sie drin.

Ach, Kleine, ich geh nach Hause. Zieh mir was rein, das macht, daß ich mich fühle wie verliebt, und fliege wie die Seeschwalbe übers Meer. Hoch oben und frei und fröhlich. Und stürz nie wieder ab.

27. August 1951

Meine Mutter veränderte sich wie ein Chamäleon. Vor allem ihr Gesicht. Ich habe nie einen Menschen kennengelernt, in dessen Gesicht sich so viele unterschiedliche Menschen verbargen. Als ob sie auf ihre Chance lauerten und einen dann unvermutet ansprangen. Einmal kam sie noch zu uns ins Dorf. Es war zur Erntezeit, und meine Großmama schickte ihre Tochter zum Bauern. Ich weiß nicht, warum sie damals kam, habe auch nicht gefragt. Ich war acht, neun Jahre alt und hatte andere Probleme. Die erste Liebe meines Lebens war aufgetaucht. Henri hieß er, hatte lange dunkle Locken, die ihm auf die Schultern fielen, was ich bewunderte, weil ich nur einen kurzgeschorenen Jungenkopf aufzuweisen hatte. Wie meine Cousinen und Cousins. Das ersparte der Großmutter Arbeit. Wir hatten trotzdem

Läuse. Henri hingegen hatte keine Läuse, aber eine Mutter und einen Vater, er mußte in der Schule nicht in der ersten Reihe sitzen, wurde nicht von der Lehrerin gequält, die die Armen nicht leiden konnte und ohne Grund bestrafte. Er hatte lange dunkle Locken. Und ich war in ihn verliebt, wie ein hungriges Mädchen mit kurzgeschorenen Haaren nur verliebt sein kann.

Es war auch die Zeit, da mein Vater mir nachstellte. Heute denk ich: das alte Schwein! Damals habe ich nicht verstanden, was er von mir wollte. Aber ich bin nie mitgegangen, wenn er plötzlich vor mir stand und mich zu einem Spaziergang in den Wald einlud.

Zu der Zeit sah meine Mutter aus wie ein junges Mädchen. Sie trug ein buntes Kopftuch, hinten geknotet, die dunklen Locken ringelten sich daraus hervor. Ich erinnere mich daran, weil mich die Bewegung, mit der sie die Strähnen aus ihrem Gesicht schlug, ängstigte. Wie eine Vorahnung. Ansonsten jedoch war sie sanft und unauffällig. Meine Großmama reihte sie in die Schar ihrer Enkel ein, so schien es mir, und meine Mutter fügte sich.

Vorahnungen. Glaubst du an Vorahnungen?

Als ich mit Man zusammen war, glaubten wir alle an Vorahnungen. Nur er nicht. My Man glaubte an gar nichts. Er gehörte zwar zu den Männern, die alle möglichen Dummheiten veranstalteten und sich Dadaist und Surrealist nannten, aber der einzige Grund, glaube ich, warum er dazugehörte, war der, daß sie ihn gern dabeihaben wollten und er sie gern fotografierte. Jahrelang habe ich gefürchtet, er sei deshalb auch mit mir zusammengewesen: weil ich ihn wollte und er mich fotografierte. Nun, da war noch etwas, bei den Surrealisten und bei mir: Wir waren verrückt, und My Man stellte sich die Verwirklichung seines Künstlerseins nur in der Nähe der Verrücktheit vor.

Er war elf Jahre älter als ich. Das machte etwas aus, er war im vorigen Jahrhundert geboren, irgendwie merkte man ihm das an. Er benahm sich, als müßte er ständig gegen etwas rebellieren. Das taten wir alle, aber Man mußte gleichzeitig dafür sorgen, daß es ihm nicht schlechter ging als einem Bourgeois. Das zerriß ihn.

Er erzählte, daß er schon als Kind nichts anderes hatte tun wollen als zeichnen. Die Schule langweilte ihn. Er hat in vielen Berufen gearbeitet, die er alle nur danach beurteilte, ob sie ihm viel Geld einbrachten und wenig Zeit abverlangten. Aber siehst du, darin unterscheiden wir uns: Ich hätte gehungert, wenn mir die Kunst so wichtig gewesen wäre. My Man ist Buchhalter und Künstler zugleich, dachte ich immer, er ist Anarchist und auch Bourgeois.

Darauf, daß er sich mit Anarchisten herumtrieb, war er stolz. Schon in den Anfängen seines Künstlerdaseins, so betonte er stets, fühlte er sich zu ihnen hingezogen. Seine ersten Zeichenkurse belegte er an einem Zentrum, das in Gedenken an einen spanischen Anarchisten gegründet worden war; der Mann war auf Druck der katholischen Kirche erschossen worden. Francisco Ferrer hieß er, ich erinnere mich an den Namen, weil er für alle Anarchisten eine Autorität war, wenn sie über Kindererziehung debattierten. Und sie debattierten oft über Kindererziehung, weil sie den bourgeoisen Drill zu Ordnung und Gehorsam grausam fanden. Ebenso, versteht sich, wie alle anderen Unfreiheiten, zum Beispiel die in der Liebe. My Man, mein geliebter bourgeoiser Anarchist, berichtete oft voller Stolz, wie frei es in diesem Zentrum zugegangen sei, wo die Lehrer kostenlos in Literatur und Schreiben und Malen und sonstwas unterrichteten. Auch die Liebe, sagte er – immer schmunzelnd –, vor allem die Liebe war frei.

Aber von seinen Frauen erwartete er Treue, sonst wurde er sehr zornig.

So waren allerdings viele.

Die Gruppe der Anarchisten umgab uns wie eine Gebärmutter, in der My Man und ich herumplanschten. Ihretwegen war er überhaupt nach Paris gekommen. Er hatte schon vor dem Krieg Marcel Duchamp kennengelernt. Duchamp war einer der gerissensten Provokateure unter den Dadas. Man Ray begeisterte sich ohne Unterlaß für Duchamps Ideen. Schon in New York waren sie die besten Freunde geworden, obwohl der eine nicht französisch und der andere nicht amerikanisch sprach. Gemeinsam versuchten sie, Dada in New York bekannt zu

machen und brachten sogar eine Zeitschrift, »New York Dada« hieß sie, glaube ich, heraus.
So, wie er sich für Duchamp erwärmte, tat er es nie für mich. Darauf war ich aber nicht eifersüchtig. Oder doch? Kurz und gut. In jenen Jahren lebte ich mit dem Anarchismus und der Kunst wie mit dem Verrücktsein und der Vorsehung. Das alles war überaus gesund.
Einmal habe ich allerdings Angst bekommen.
Das war, laß mich rechnen, ach, ich weiß nicht mehr, Zahlen waren nie meine Stärke, 1922 oder '23, Man und ich waren wie eines, und er nahm mich mit zu den Treffen. Wenn ich wollte. Es ist schwierig, dir zu erklären, was damals vor sich ging bei den Surrealen. Sie waren alle Atheisten, an Gott glaubte niemand, auch nicht an eine andere überirdische lenkende Gestalt. Spiritismus war damals groß in Mode, und sie veranstalteten spiritistische Sitzungen, ohne aber an irgendeinen Spirit zu glauben. Sie machten Experimente, weil sie neugierig auf das waren, was verborgen in ihnen schlummerte. Dieser Österreicher, der Freud, hatte die Künstler in Wien und in Paris darauf gebracht, daß es noch etwas anderes gibt als das, was unser Verstand weiß. Das Ungreifbare, das Unbewußte, das aber da ist. Eine andere Welt, die wir in irgendeinem Ort in uns kennen und erleben, von der wir aber nichts wissen. Die wollten sie in Trance erkunden. Wenn ich an die spiritistischen Sitzungen denke, schaudert mich immer noch.
René Crevel hatte entdeckt, daß er ein Medium ist. Irgend so eine Dame, eine Spiritistin, hatte ihm beigebracht, sich in den Trancezustand zu versetzen, in dem angeblich ein fremder Geist durch ihn sprach. Und natürlich probierten auch die anderen sofort aus, was sie als Medium alles erleben konnten, welche Eingebungen ihnen zuteil wurden.
Zu einem dieser Experimente bin ich mit Man gegangen. Als wir ankamen, waren Robert Desnos, Max Morise, André Breton und seine Simone schon da. Später trafen dann noch andere aus der Gruppe um Breton ein. Die Stimmung schwankte zwischen feierlich und aufgedreht. Schließlich wurde einhellig beschlossen, daß Desnos sich als erster in Trance versetzen

sollte. Er protestierte und sagte, er sei völlig ungeeignet für solche Erscheinungen, stimmte aber schließlich zu. Dabei grinste er so schief, daß ich das Gefühl hatte, er wünschte nichts sehnlicher, als ganz schnell ein Wunder zu erleben. Benjamin Péret erklärte sich auch bereit. Éluard, Ernst und noch einige andere versuchten angestrengt, aber vergeblich, in Trance zu fallen. Ich mußte sehr lachen, was My Man natürlich ärgerte. Er hatte mir schon auf dem Hinweg in strengem Ton untersagt, die Séance durch irgendwelche Albernheiten zu stören.
Die Männer sahen aber zu ulkig aus: Sie verdrehten die Augen, bis nur noch das Weiße zu sehen war, verzogen ihr Gesicht zu Grimassen und erwarteten sichtlich irgendeine Offenbarung, die ihnen über die Größe ihres eigenen Geistes zuteil werden sollte.
Das ulkigste war die Rede, die Breton zu Beginn der Séance hielt. Er mußte die bedeutungslosesten Ulks der Dadas und Surrealen noch mit einem tieferen Sinn versehen. Das hatte mich immer abgestoßen, aber an jenem Abend mußte ich darüber kichern, wahrscheinlich, weil ich so nervös war.
Er brachte die Zustände, in welche die Medien sich versetzten und in welchen eigenartige Dinge mit ihnen geschahen, mit Magnetfeldern in Verbindung. Frag mich nicht, wie. Ich habe es damals nicht begriffen, wie soll ich es heute erklären. Trotzdem sehe ich ihn aber vor mir, wie er dieses Abenteuer feierlich und unverständlich zu einem wagemutigen Akt der künstlerischen Forschung umdeutete. Am Schluß sprach er über die Wahrheit der Poesie.
Himmel! Die Wahrheit der Poesie!
Die Dadas waren doch einmal genau dagegen angetreten, daß irgend jemand von einer Wahrheit in der Poesie überhaupt sprechen konnte! Und nun kam Priester Breton und verkündete eine neue.
Ich kicherte nervös vor mich hin, das war wie ein Anfall, und My Man trat mir auf den Fuß. Bevor ich mich revanchieren konnte, wurde das Licht gelöscht. Es war stockduster. Wir saßen alle um einen Tisch herum, absolutes Schweigen, hielten uns an den Händen.

den Geistern, die aus dem Mund eines ihrer Freunde sprechen. Die Berichte über die Sitzungen wurden immer furchterregender. Einmal fand Breton die meisten der Teilnehmer – sie waren unbemerkt aus dem Salon verschwunden – im Flur, wo sie, von einem Strick um den Hals festgezurrt, versuchten, sich gemeinsam an der Garderobe zu erhängen. Klar, auch zum Schreien komisch. Aber stell dir vor, es wär gelungen! Paris hätte auf einen Schlag eine ganze Perlenkette seiner besten Künstler verloren.

Ein anderes Mal verfolgte Desnos Éluard mit einem Messer in der Hand. Und noch ein anderes Mal reichten Bretons Schläge nicht aus, um Desnos wieder wachzuklopfen. Er alarmierte einen Arzt, und Desnos beschimpfte diesen auf so derbe Weise, daß der Arzt mit dem Gericht drohte. Ich glaube, sie mußten sich richtig entwöhnen, als ihnen das Ganze zu gefährlich wurde. Sie benutzten diese Séancen wie Drogen. Es war wohl wie verliebt sein. Eine andere Welt.

Meine Vorahnungen haben sich meistens bestätigt.

Diejenige, die mir angst gemacht hat, als meine Mutter ihre Haarsträhnen so brutal aus dem Gesicht schlug, allemal. Ich war Prügeleien gewohnt, als ich nach Paris kam. Auf dem Dorf wurde eingesteckt und ausgeteilt, darüber wurden keine Klagen verloren. Großmama und Großpapa allerdings schlugen selten. Sie hatten es nicht nötig. Sie stellten so wenige Gebote auf, daß wir diese wenigen ziemlich leicht befolgen konnten: vorm Essen die Hände waschen, nicht über Nacht fortbleiben, in die Schule gehen und lesen und schreiben lernen.

Dem letzten Gebot allerdings widersetzte ich mich. Die Lehrerin mochte mich nicht. Sie schikanierte mich, wo sie konnte. Sie nannte mich verlaust. Das stimmte zwar, aber ich war trotzdem empört. Sie hatte kein Recht, die anderen so weit zu bringen, daß sie über mich lachten!

Meine Mutter hatte meinen Großeltern befohlen, mich auf die Schule zu schicken, und sie hielten sich daran. Es gab kein Pardon. Wenn ich schwänzte und mein freies Leben in den Wäldern aufnahm, tat ich dies in sicherer Erwartung, gewaschen und in Schulkleidung gesteckt zu werden, sobald meine Groß-

eltern von der Lehrerin erfuhren, daß ich der Schule wieder einmal abhanden gekommen war. Du hast es in den »Souvenirs« gelesen, Kleine, was soll ich mich wiederholen.
Wiederholung seiner selbst, so wiederholte Man oft, ist das Gegenteil von Kreativität. Und ich? Wie habe ich mich wiederholt! Immer und immer wieder »Les filles de Camaret« gesungen, willst du es hören? Meine Stimme ist noch gut, und manchmal singe ich in den Cafés vor den Amerikanern, um meine Ration zusammenzubekommen. Der Arzt hat mir verboten zu trinken. Er wollte mich zur Operation schicken, aber die Ärzte im Krankenhaus haben es nicht gewagt.
Prost, Kleine, auf unsere Gesundheit!

28. August 1951

Hallo, Kleine, auf dich kann man sich verlassen. Du sitzt ja wirklich jeden Tag hier an diesem Tisch.
Heute will ich dir von meinem letzten Heiratsantrag erzählen. Den ganzen Tag schon denke ich daran. Vor vier Jahren, Chérie, stell dir vor, wurde mir ein Antrag gemacht. Nein, nein, nicht von einem der Clochards an der Ecke in seligem Rausch, nein, von einem schönen Mann in vollkommen nüchternem Zustand. Wer weiß, was aus mir geworden wäre, wenn ich mitgegangen wäre?.
Nach dem Krieg war das, im Frühling 1947, der Tag war heiß gewesen, eine weiße Sonne über der Stadt, und die Luft staubig, als wäre Hochsommer. Nachkriegs-Paris, die Stadt voller Amerikaner wie nach dem Ersten Krieg. Nach dem Ersten Krieg hob ich manchmal am Abend meinen Rock oder entblößte meine Brüste, und schon hatte ich genug zu essen für die nächste Woche. Damals brauchte ich allerdings die Droge noch nicht; ein wenig Wein, und ich war fröhlich.
Kleine, ehrlich gesagt, versteh ich nicht, warum du hier bei mir sitzt und deine Zeit nicht nutzt. Öffne deine Bluse, damit ich sehen kann, was du drin hast, eigentlich haben alle Frauen etwas,

womit sie die Männer beeindrucken und sich das tägliche Brot sichern können. Du willst nicht? Du genierst dich, ach Kind, du vergeudest deine Zeit mit mir, du wirst mich nie verstehen.
Nach diesem letzten Krieg habe ich wieder gesungen. Chez Adrien, eine Piano-Bar, in der vor allem Frauen verkehrten; Frauen, die Frauen liebten; Frauen, die, während sie ihren Mann im Bett ertrugen, davon träumten, eine Frau zu lieben; reiche, gelangweilte Frauen, deren Männer es nicht interessierte, auch nur einen kleinen Finger unter ihren Rock zu schieben, und die sich daran aufgeilten, Frauen, die sich lieben, dabei zu beobachten, wie zwischen ihnen die Funken heimlich höher stieben – ich habe sie alle kennengelernt.
Dort habe ich also gesungen.
Vor dem Krieg hatte ich mein eigenes Cabaret. Na ja, für eine Weile. Chez Kiki. Es war sogar erfolgreich, aber wir machten frühmorgens einen solchen Höllenradau, daß der Hausbesitzer mir kündigte.
Kurz und gut, ich kenne mich aus mit der Frauenliebe und den Voyeuren. Ich liebe Voyeure, Chérie, Voyeurismus ist die Grundlage jeder Kunst, sagte My Man immer. Er bekannte oft und gern, daß er in seinen Anfängen nur deshalb am Akt interessiert war, weil er eine nackte Frau sehen wollte. Man war der hingebungsvollste Voyeur, den ich je kennengelernt habe. Und ich habe es geliebt, mich zu zeigen. Es ist wunderbar und erregend, du kleine Spießerin, die vor mir sogar ihre Brüste versteckt! Wenn du dich entblößt, das ist wie ein Kinderstreich und zugleich wie die Krönung zur Königin. Nur für eine Sekunde hebst du deinen Rock und drehst dich um und siehst ihn – erbleicht, damit hat er nicht gerechnet: Unter diesem Rock ist nichts als blanke weiße Haut. Er sieht sehr dumm aus in diesem Moment, die Augen starr und wie unter Drogen glänzend, der Mund leicht geöffnet und voll Speichel, die Hände auf dem Sprung, und in der Hose rumort es, als sei ein Tier aus dem Schlummer hochgeschreckt. Und du – lachst den Zauber weg, streichst den Rock glatt und den Geldschein ein. Steckst ihn zwischen die Brüste in die Bluse, lenkst damit seinen Blick hinauf. Er schluckt. Und du lachst und verschwindest.

Auf diese Weise, Petite, habe ich die schlimmsten Zeiten überlebt. Auf den Strich mochte ich nicht. Dabei haben einige Männer versucht, mich dahin zu bringen.
Ach ja, ich wollte von Alfonso Reyes erzählen.
Sagt der Name dir etwas? Nein, auch gut, nicht jede kennt sich in Politik aus. Ich habe mich auch nie dafür interessiert, allerdings wußte ich immer, wo's langging. Kein deutscher Soldat hat jemals meinen nackten Arsch gesehen. Bevor ich von einem Boche auch nur einen Sou genommen hätte, wäre ich lieber verhungert. Es gab Französinnen, die mit Deutschen ganz öffentlich im Café saßen, die habe ich nach ihrem Gewissen befragt, öffentlich, auch als es noch gefährlich war.
Alfonso Reyes. Mein letzter Heiratsantrag.
Also, ich singe im Chez Adrien in der Rue Vavin. Anschließend sammle ich Geld auf einem Teller und zeige dabei meine Strumpfhalter, oder ich trage eine Rose zwischen den Zähnen, in Erinnerung an meine Krönungszeremonie.
Die Zeit war gar nicht so schlecht. Ich hatte genug zu essen. So viel, daß ich Clochards oder armen Malern, die zu mir kamen, immer etwas auf den Teller füllen konnte. Eines Tages kommt nun Moysès, mein Chef, zu mir in die Rue Bréa gerannt und schreit, noch halb auf der Treppe: Kiki, Kiki, die Chance deines Lebens! Ein steinreicher Mann ist aufgekreuzt. Es ist ein Märchen!
Moysès war so außer Atem, daß ich ihn erst mal auf mein Bett gesetzt und mit einem Glas Roten beruhigt habe. Er schwitzte und war vollkommen aufgelöst. Als er so weit war, daß er vernünftige Sätze rausbringen konnte, fiel ihm nicht mehr viel ein, nur, daß ein sehr vornehmer und reich gekleideter Herr nachmittags im Chez Adrien vorbeigekommen war, um einen Tisch zu bestellen. Moysès tänzelte in meinem Zimmerchen herum, um mir den Mann vorzuführen. Die Fensterbank war ein imaginäres Piano, Moysès strich mit der Hand darüber und machte ein Gesicht, als hätte er zuviel Pudding im Mund. Er schluckte den Pudding runter und flötete: Hier also singt sie? Ist sie immer noch so schön? Und dann kreischte er los: Das waren seine Worte. Nie werde ich sie vergessen.

Ach, ich war schon dabei, sie zu vergessen. Sie waren zu angenehm. Ich wollte sie mir lieber nicht merken. Es ist besser, die Hände geöffnet zu haben, so kann alles hindurchrieseln. Wer die Hände verkrampft, weil er halten will, bekommt leicht die Finger gebrochen, wenn er hergeben soll. Nein, Leben ist vergehen und vergessen. Es ist eigentlich auch nicht gut, daß ich die Geschichte jetzt hervorhole.
Denn ich habe nichts vergessen.
Ich erinnere mich noch genau an den Duft, der von Moysès' schweißigem Körper ausging; es war der säuerliche Geruch abgestandenen Alkohols mit einem so brünstigen Zusatz, als wäre Moysès ein Moschusochse, dem eine Kuh vorgeführt wird. Ich erinnere mich noch genau an meine Eifersucht. Was gab dem Affen von Moysès das Recht, brünstig zu riechen, wenn ein Mann auf mich geil war? Der Nabob hatte doch nicht über Moysès fetten Arsch gestrichen, sondern über das Klavier. Und auch das nur, weil er an meinen Arsch dachte.
Doch da war der Stachel: Er dachte nicht an meinen fetten Arsch, sondern an die Rundung, die Man dazu gebracht hatte, mich als die Verkörperung der Geige zu fotografieren. Meine Rundungen waren einmal makellos gewesen, mein Hintern wie ein perfektes Ei, meine Tailleneinbuchtung wie der Halbmond. Und nun kam der Herr und wollte jene Kiki, aber die war fort, durch ihre offenen Hände gerieselt, zu haben war nur der fette Arsch.
Ich war sehr aufgeregt. Warf Moysès grob hinaus. Öffnete das Fenster und atmete den Fliederduft ein, als hätte ich noch nie Flieder gerochen. Und wirklich, ich war voller Staunen. Wir hatten gerade einen Krieg hinter uns, und Paris duftete nach Flieder. Am liebsten hätte ich mich hineingeworfen in die Büsche, mich gesuhlt in ihrem Duft, damit auch ich so röche: jung und frisch und erwartungsfroh. Aber ich stank nach dem Rauch der vergangenen Nacht, nach Alkohol, in meinem Mund war die schale Mischung von Morgen und schwarzem Kaffee. Es war Nachmittag. Ich schlief lange, das Schicksal der Nachtarbeiter. Und ich war ungewaschen. Ich war sechsundvierzig Jahre alt. Sehnsucht ist ein Gefühl, das ich gut kenne,

aber nie zuvor habe ich eine solche Sehnsucht gespürt wie in jenem Augenblick, als ich am geöffneten Fenster stand und nichts anderes wollte, als mich mit gespreizten Beinen auf die Fliederblüten setzen und reiben und reiben, bis ich zwischen den Beinen riechen würde wie die Luft, die ich staunend und gierig einsog.
Ich stank muffig, faulig, abgestanden.
In meinem Zimmer ist ein kleines Waschbecken. Nur einmal in meinem Leben bin ich so geschrubbt worden, wie ich es an diesem Nachmittag eigenhändig tat, das war, bevor ich mit zwölf Jahren von meiner Großmutter in den Zug nach Paris gesetzt wurde, der mich für immer von ihrer Obhut fort in die Hände meiner Mutter führen sollte.
Ich hatte keine Ahnung, wer der reiche Mann war. Ich hatte viele reiche Männer gekannt, und viele hatten mich begehrt, und sehr, sehr viele unter ihnen hätten mich geheiratet, wenn ich gewollt hätte. Aber mein Herz klopfte, als wäre ich sechzehn und ein Scheich hätte sich bei meiner Mutter angemeldet, um mich als Lieblingsfrau in seinen Palast zu holen.
Über meinem Waschbecken hängt ein kleiner Spiegel. Er ist zum Glück klein und zeigte nur einen Ausschnitt wabbeliger Haut, weiß wie Ziegenschmalz. Mit wachsender Wut schrubbte ich meinen Körper. Hin und her mit dem Waschlappen, wrang ihn aus, Dreck suhlte raus, und weitergegearbeitet: Planquadrat auf Planquadrat. Wie ein Boden, auf dem wochenlang matschige Stiefel den Dreck festgetreten haben, so kam mir mein Körper vor. So putzte ich ihn. Als wollte ich die oberste Schicht meiner Haut ablösen.
André kam. Er hatte gehört. Er war auch aufgeregt. Das rührte mich. Er fühlte nur für mich. Es hätte ihm das Herz gebrochen, wäre ich an der Seite eines anderen gesund und heil geworden. Aber er hätte mir eigenhändig den Brautkranz geflochten. So ist er. Der Abend hetzte näher. Und ich schlotterte vor Angst, mich in meinem Fett zu zeigen. Da, plötzlich, hatte ich die Schnauze voll. Ich hatte mir mein Fett, meine Ziegenschmalzbeine und meinen faden Geschmack in der Mundhöhle verdient. Ich hatte es nicht mehr nötig, für irgendeinen Nabob die

Jungfrau in mir rauszufummeln. Ich setzte mich auf mein Bett, nackt und allmählich abgekühlt, und sagte zu André: Wenn du mich jetzt ficken willst, komm her, besser als jetzt riech ich im Leben nicht wieder. Heute abend bleib ich im Bett.
André stürmte fort, rief mir an der Schwelle noch über die Schulter zu, er werde etwas Passendes zum Anziehen auftreiben. Ich legte mich hin und zog die Decke so hoch, daß nur noch meine Nase rausguckte, die den Fliederduft, gemischt mit dem Geruch meiner Seife, in vorsichtigen Zügen trank. Als André zurückkam, schlief ich. Er weckte mich behutsam wie einen Säugling, breitete triumphierend seine Beute vor mir auf dem Boden aus: ein langes seidig schimmerndes Cape in einem betörenden Rot, vorn mit einem Ausschnitt, der versprach, meine immer noch schönen Brüste hervorzuheben, hinten durch einen Reißverschluß geschlossen.
André hatte noch mehr getan: Er hatte Unterwäsche mitgebracht. Ein Mieder in glänzendem Altrosa und eine ebenso glänzende Unterhose im Stil der Jahrhundertwende, knielang und mit gerüschten Spitzen am Saum.
Mir stockte der Atem, nicht so sehr wegen der Wäsche, ich hatte Aufregenderes getragen, nein, wegen Andrés Begeisterung. Meine Wut, meine Scham, meine Bitterkeit wegen meines verunstalteten Körpers erschienen mir in diesem Augenblick unglaublich dumm. Ich beschloß, nie wieder ein anderes Gefühl als Dankbarkeit zu empfinden. Dankbarkeit für alles, was ich hatte: meine Stimme, meine immer noch vorhandene Schönheit, meine Fröhlichkeit und meine Freunde, vor allem aber für Andrés Liebe und Freundschaft. Für ihn wollte ich mich an diesem Abend schönmachen, für ihn wollte ich singen, wie ich noch nie gesungen hatte. Ich ließ mich von ihm ankleiden, und meine Haut war bereit, bei der Berührung seiner Hände zu erschauern. Die aber waren kalt und feucht.
Ich schminkte mich dezenter als sonst. Es sollte auf keinen Fall der Eindruck entstehen, ich wollte mein Alter vertuschen. Meine Augen verwandelte ich mit Hilfe von Grün und Schwarz und Silber in die einer Katze, meinen Mund mit dem gleichen Rot wie das des Umhangs in ein vielversprechendes Herz. Ich

habe eine ungewöhnliche Haut, Kleines, habe sie immer gehabt, auch heute noch. Du kannst sie benutzen wie eine Leinwand erster Güte. Es gibt keine Farben, die auf meiner Haut nicht ihren schönsten Glanz entfalten.
Als ich durch den Spalt der leicht geöffneten Tür zwischen Küche und Tresen des Chez Adrien lugte, schien mir der Mann, auf den Moysès gewiesen hatte, unbekannt. Er sah nicht schlecht aus, keineswegs. Südländer, dunkler Schnäuzer, dunkle Haare, dunkler Anzug, weißes Hemd. Sehr anständig, sehr seriös, trotz der kleinen Locken, die sich im Nacken kräuselten, und trotz des goldenen Siegelrings, der auf seinem linken Ringfinger prangte.
Ich kramte in meinem Gedächtnis. Nichts. Zumindest hatte ich mit diesem Mann nie eine Liebschaft gehabt.
Aber er sah nett aus. Ganz zweifellos sah er nett aus. Und ich bemerkte auch, wie viele Frauen ihm diesen einfallslosen Blick aus den Augenwinkeln zuwarfen. Moysès tänzelte um mich herum und wedelte mit seinen Wurstfingern, ich solle mich in den Saal begeben, an den Tisch meines Verehrers. Himmel, was ging der Kerl mir auf die Nerven! Er hatte sich sogar eine Mimose ins Knopfloch gesteckt. Ich bitte dich, Kleine, eine Mimose; er war auf eine so simple Art geschmacklos.
Ich öffnete die Tür weiter, ging in die Hocke und kroch unter die Theke. Dann streckte ich den Arm nach der Flasche Brandy aus, die halb voll dort oben stand, schnappte sie mir und kroch rückwärts zurück. Niemand hatte etwas bemerkt. Gerade als ich die Flasche an den Mund setzen wollte, stand André neben mir. Wie ein Geist. Er entwendete mir die Flasche, und dann tat er etwas, das ich bei ihm noch nie gesehen hatte: Er setzte die Flasche und genehmigte sich einen Schluck, der einem durstigen Kamel zur Ehre gereicht hätte. Danach nahm er mich an die Hand, und ehe ich mich wehren konnte, hatte er mich ins Cabaret gezogen, setzte sich selbst ans Klavier, obgleich das überhaupt nicht sein Instrument war – wenn André Klavier spielte, kam er mir immer so vor, als bedaure er es, nicht mit den Füßen spielen und mit den Händen das Pedal bewegen zu können –, und intonierte »Les filles de Camaret«.

Ich sang.
Irgendwann überließ André das Klavier unserem Musiker, einem jungen Farbigen, der phantastischen Jazz spielen konnte, irgendwann verschwand André aus meinem Bewußtsein, und irgendwann blickte ich dem Mann in die Augen, während ich sang. Da erkannte ich ihn.
Es war im Jockey – später werde ich dir mehr über das Jockey erzählen, es war ein Nachtclub, aber nicht irgendeiner, es war ein ganz besonderer Nachtclub. Nun ja, besser gleich als irgendwann. Wenn du nicht weißt, was das Jockey war, begreifst du nicht, warum mir das Herz klopfte, als ich den Mann erkannte. Warum ich leiser sang und meinen Kopf andächtig neigte und langsam von einer Seite zur anderen bewegte und mich ganz besonders leise in den Hüften wiegte. Ich sah sie alle vor mir, als ich die Augen schloß und sang.
Den dicken Russen, der mit atemberaubender Leichtigkeit in die Knie ging und seinen Kosakentanz vorführte, als wirble eine ganze Truppe Cancan-Tänzerinnen die Beine. Meine süße, winzige Chiffon, deren Kopf sich auf gleicher Höhe mit dem eines Bernhardiners befand; wie sie mit der Zunge anstieß, wenn sie sang; wie sie mit dem Klavierspieler kämpfte, der ihr seinen Tempo aufzwingen wollte, aber sie ließ sich gar nichts aufzwingen und schon gar keine Hast. Ein klein wenig langsamer, als er spielte, sang sie immer, es gab keinen, der sie dazu bringen konnte, im Takt zu singen oder gar voranzupreschen. Sie ist tot, meine Chiffon, von der Brücke gesprungen, in die Seine. Als es kalt war.
Und dann Florianne. Solche Frauen gibt es selten, Kleine. Und es würde nichts nützen, wenn ich dir sagte, du solltest dich bemühen, so zu werden wie sie. Florianne ist ein Geschenk der Natur. Sie war lang und schlank, sehr schlank. Eigentlich können solche Frauen nicht tanzen. Weil sie eckig sind und dürr, und weil sie sich weigern, vernünftig zu essen, weil sie sich weigern, auszusehen wie Frauen. Florianne verweigerte nichts. Und sie tanzte wie eine Schlingpflanze. Ich habe Frauen aus dem Orient gesehen, die getanzt haben, als seien sie die wabernde Erde, aus der der Urmensch gemacht worden ist. Flo-

rianne hingegen wand ihren schmalhüftigen langen Körper wie eine Schlingpflanze. Ihre Wirbelsäule schien aus weichem Peddigrohr gemacht. Sie brachte es fertig, ihren Oberkörper weit nach hinten zu legen und gleichzeitig mit den Schultern zu wackeln, so daß ihre kleinen Brüste oben auf und nieder wippten, dabei flogen ihre Arme wie die Flügelschwingen eines Storches. Wenn sie sich wieder aufrichtete, war keine Spur Anstrengung in ihrem Gesicht, ihr Mund, geschwungen in Mondsichelbögen, war voll Gefühl. Sie wirkte so leidenschaftlich entrückt in ihrem Tanz, daß alle zuschauenden Männer starre Augen und rote Nasen bekamen. Doch sobald ihr Tanz zu Ende war, streifte sie die Schlingpflanze ab und war eine lange schlaksige Frau, die Zigaretten rauchte und Whisky trank.
Das Jockey war etwas ganz Besonderes, Kleine, besonders wie wir alle, die dort zusammenkamen wie eine Familie aus Verrückten. Vor der Eröffnung des Jockey hatte es auf Montparnasse kein Nachtleben gegeben. Um sich nachts zu amüsieren, fuhr man nach Montmartre; Place de Clichy war das Dorado des Nachtlebens. Ich glaube, es war 1923, ein ganz besonders wirbeliges Jahr, als Miller, der ehemalige Jockey, und Hilaire Hiler, der Maler aus Amerika, das Jockey an der Ecke Boulevard du Montparnasse und Rue Campagne Première aufmachten. Vorher war dort ein heruntergekommenes Café gewesen. Sie änderten nicht viel. Es gab da eine lange hölzerne Bar, Tische entlang der Wand und eine winzige Tanzfläche. Die Wände schmückte Hiler mit Plakaten, die Fassade bemalte er mit Mexikanern, Cowboys und Indianern. Warum Miller das Ganze Jockey nannte? Na, weil er nicht phantasievoll war. Phantasie brachten wir mit. Jeder, der wollte, ging selbst auf die Bühne und zeigte sich. Dort begann ich, vor Leuten zu singen. Es fiel mir schwer. Ich hatte Angst. Ich konnte immer erst auftreten, wenn ich betrunken war.
Außerdem mußte mir Treize vorsagen, ich vergaß vor Aufregung den Text. Und mein Gedächtnis ist wohl auch nicht besonders. Treize brachte mir Cancan bei, und wir nähten uns Unterröcke, die wunderbar schwangen, wenn wir tanzten. Treize regte sich natürlich auf, wenn ich meine Unterröcke so

hoch schwingen ließ, daß alle meine unbehaarte Muschi sehen konnten. Dabei hat es im Jockey eine Frau gegeben, die sich splitternackt auf die Tanzfläche begab. Von der haben wir aber erst erfahren, als Jean Oberlé anschließend erzählte, er habe ein hübsches junges nacktes Mädchen tanzen gesehen. Uns allen war sie im Gedränge nicht aufgefallen. Am Klavier saß Les Copeland, ein Excowboy, der ein großes Repertoire an Cowboy-, Jazz-, Blues- und komischen Liedern hatte. Wenn Hiler gutgelaunt war, spielte auch er Klavier. Wenn keiner spielte, lärmten wir alle mit Besteck.

Im Jockey habe ich meine erste Liebschaft neben Man kennengelernt: Ivan Mosjoukine. Ein unglaublich schöner Mann, der einen schnellen Sportwagen fuhr. Er war unwiderstehlich, ein so raffinierter Charmeur und Verführer, daß die Frauen gar nicht merkten, wie er sie eroberte, weil sie selbst an nichts anderes dachten als daran, wie sie ihn verführen könnten. Seine Augen waren von einem dunklen Glanz, der die Frauen magnetisch anzog. Ich traf mich in seinem Hotel mit ihm. Es war schön, mit ihm Liebe zu machen.

Man Ray hatte schon nach den ersten Wochen an alles mögliche andere gedacht, nur nicht an mich. Mit ihm hatte ich oft das Gefühl, als sei ich der Mann und er die Frau, die an Sex nicht so interessiert ist oder sich sogar entzieht. Ivan dachte an nichts anderes. Mit ihm Liebe zu machen war wie eine lange Reise in märchenhafte Länder, mit Man Liebe zu machen hingegen wie ein Kurzausflug in den nächstgelegenen Park.

Trotzdem verließ ich Man nicht, belog ihn und traf mich heimlich im Hotel mit Mosjoukine. Auch nicht allzu lange. Ivans Frau wurde mißtrauisch. Wie es geendet hat, habe ich vergessen.

Aber in dieser Zeit, als Mosjoukine und ich uns mittags im Hotel trafen wie zwei rollige Katzen, Man mich stärker begehrte denn je zuvor – Männer sind so seltsam, nichts macht sie heißer als eine untreue Frau –, da trafen mich eines Abends die gefährlich tiefbraunen Augen des Mannes, der mich an diesem Frühlingsabend vor vier Jahren genau so wieder anschaute. Es war erregend. Während ich meine Hüften wiegte und meinen Kopf neigte, erinnerte ich mich an das heftige Begehren von drei Männern im Raum. Du lachst, klar, es waren mehr Männer im Raum, die mich mit Blicken auszogen, aber diese drei Augenpaare sagten mir etwas anderes. Sie fraßen mich nicht auf, sie boten sich mir an zum Fraß. Anders kann ich es nicht erklären. Diese drei Männer lieferten sich mir aus, ihr Begehren kam so sehr aus der Tiefe ihres Mannseins, daß es sie selbst erschreckte und auch mich. Aber zugleich erregte es mich.

Die Geschichte lief wie ein Film vor meinem inneren Auge ab, während ich im Chez Adrien sang.

Jeden Abend, monatelang, stand sein glänzender Hispano Suiza vor dem Jockey. Alfonso Reyes hieß er, jetzt wußte ich es. Er war der bevollmächtigte Gesandte von Mexiko, und alle sagten, er sei irrsinnig reich. Jeden Abend schickte er seinen Chauffeur, der mich vom Jockey zum Claridge fahren sollte. Jeden Abend erwartete mich dort eine Suite, übervoll mit Blumensträußen, und jeden Abend wurde ein Menü serviert, das so teuer und so köstlich war, daß man davon nicht einmal dick wurde. Ich habe nicht ein einziges Mal davon gekostet.

Jeden Abend schickte ich eine andere Freundin an meiner Stelle in den Hispano Suiza. Alfonso Reyes empfing jede in der Suite, ohne das geringste Befremden zu zeigen, er verköstigte sie, und jede von ihnen verbrachte einen wunderbaren Abend, weil er ein unterhaltsamer und charmanter Begleiter war, wie sie anschließend schwärmten. Jede entließ er mit einem riesigen Blumenstrauß und einem freundlichen Gruß an Kiki.

Ich ließ ihm ausrichten, daß er mich im L'Escargot treffen könne, einem berühmten Restaurant. Über dem Saal schwebte ein Balkon mit einem schmiedeeisernen Gitter, wo man speisen konnte, ohne gesehen oder gestört zu werden.

Ich nahm Treize als Anstandsdame mit. Der Chauffeur riß die Autotür auf, als wir erschienen, und schlug sie wieder zu, nachdem wir eingestiegen waren. Ich kam mir vor wie in einem Gefängniswagen. Flüsternd fragte ich Treize, ob er die Tür wohl abgeschlossen habe, aber sie schüttelte nur lächelnd den Kopf. Sie war eben mit solchem reichen Firlefanz vertrauter als ich. Im Restaurant eilte uns der Maître entgegen und führte uns zum Balkon, wo Alfonso Reyes schon wartete. Der Mexikaner verhielt sich grandios. Er küßte Treize ebenso die Hand wie mir, ließ sie gegenüber von mir an dem Zweiertisch Platz nehmen; und im Nu wurde alles so arrangiert, als seien drei Personen erwartet worden. Treize und Alfonso Reyes plauderten. Über Paris, über Mexiko, über die Welt nach dem Krieg, über den Kubismus, den Fauvismus, über die dadaistischen Spektakel. Ich schwieg. Alfonso Reyes bezog mich aber auf geschickte Weise mit den Augen, seinem Mienenspiel und seinen sprechenden Händen ins Gespräch ein, so merkte ich gar nicht, daß ich nichts sagte. Erst als er mich etwas fragte und meine Stimme wie eingerostet klang, wurde mir bewußt, daß ich während des gesamten Soupers geschwiegen hatte.

Ich war so befangen, Kleine!

Du kennst den Zustand?

Ich hatte Angst, Suppe zu verschütten, befürchtete, den Fisch nicht richtig zu zerteilen und daß mir die Erbsen von der Gabel rollen könnten. Ich fühlte mich wie ein Trampel, das nichts im Kopf hat. Als wir vom Maître hinausgeleitet wurden, stieß ich gegen eine Blumenvase, die umgefallen wäre, hätte Alfonso Reyes sie nicht im letzten Augenblick aufgefangen. Nicht einmal da konnte ich lachen, ich murmelte nur erschrocken, daß es mir leid tue.

Die nächsten vierzehn Tage schickte ich wieder Freundinnen vom Montparnasse in den Hispano Suiza, sie drängelten sich geradezu danach, wohl in der Hoffnung, Alfonso Reyes könnte auf sie ein Auge werfen. Mir wäre das gleichgültig gewesen. So einen schrecklichen Abend wollte ich nie wieder erleben.

Dann ließ er mir ausrichten, er habe wieder einen Tisch im L'Escargot bestellt. Treize ließ mich sitzen, warum, weiß ich nicht mehr, und ich, obwohl es mir eigentlich nicht entsprach, fühlte mich so verpflichtet, daß ich tapfer zu dem Hispano Suiza marschierte, obwohl meine Beine seltsam weich waren. Mein Auftritt im Jockey vorher war phantastisch gewesen, und ich hatte einiges getrunken. Das half mir.

Im Auto erwartete mich eine Überraschung. Vorn saß bereits

der mexikanische Politiker, der nun heraussprang und selbst Chauffeur spielte. Ich war so perplex, daß ich ihm auf meine unverschämte Art Fragen stellte. Was er in Paris tue, ob er verheiratet sei, ob er wirklich so reich sei, wie alle sagten, nun, alles, was ich wissen wollte, fragte ich während der kurzen Autofahrt zum L'Escargot.

Als wir im Restaurant an der Vase vorbeikamen, stieß ich sie im Scherz abermals an, und er fing sie wieder auf. Danach waren wir vertraut. An diesem Abend, Kleine, fühlte ich mich wie eine Königin. Jahre später wurde ich die Königin des Montparnasse, aber an diesem Abend war ich die Königin. Wir erzählten einander von unserem Leben, und wir mußten immer wieder über irgendwelche Belanglosigkeiten so sehr lachen, daß ich meinen Schminkkoffer nahm und mir ein neues, fröhliches Gesicht schminkte. Das brachte ihn aus der Fassung. Um ihm vorzuführen, wie ich Gesichter zauberte, schminkte ich ihn wie einen schwarzen Magier und mich als seine Assistentin.

Der Abend war wirklich wunderbar. Wir versicherten es uns gegenseitig, als wir heimfuhren. Wie durch ein Wunder hatte sein Chauffeur auf uns gewartet, als wir bei Morgenanbruch das Restaurant verließen. Wir waren die letzten Gäste gewesen.

Danach hörte er auf, allabendlich meine Freundinnen zu beköstigen, statt dessen kam er regelmäßig ins Jockey, und alle vierzehn Tage trafen wir uns im L'Escargot. Oft kam Treize mit, manchmal ging ich allein.

Ich habe nie mit ihm geschlafen. Er war ein zärtlicher Mann, dessen Augen mich intimer berührten, als Man Rays Hände es taten, wenn er mich etwas gedankenlos streichelte. Allerdings ließ ich mich nicht nur von seinen Augen berühren.

Doch Man Ray erschien irgendwann, als ich mit Treize hier im Dôme saß, ja, ich glaube, es war an dem Tisch dahinten, da trat er also ein, stolzierte wie ein Cowboy geradewegs auf uns zu und richtete einen Revolver auf mich. Stell dir das vor! Ich hatte ihm meine Treffen mit Alfonso Reyes ebenso verschwiegen wie meine Affäre mit Ivan Mosjoukine. In dem Augenblick dachte ich an beide. Ich hatte furchtbare Angst vorm Sterben.

Bitte, Man, sagte Treize. Ihre Lippen waren blau, und ihre Augen lagen in ganz tiefen Höhlen. Sie sah so erschreckend aus, daß ich bei ihrem Anblick meine Angst vor Man verlor. Ich hatte nur noch Angst um Treize. Wenn sie vor Schreck starb? Man bekam es wohl auch mit der Angst zu tun, denn er ließ den Revolver sinken und grinste schief. Ist doch nur ein Spielzeug, sagte er verlegen.

Danach habe ich Alfonso Reyes nicht wiedergesehen. Ich glaube, es gab keine Verbindung zwischen dem Revolver und dem Ende unserer Treffen, er war wohl einfach aus Paris abgereist, aber für mich gehörte beides zusammen.

Mädelchen, ich sag dir eins über Männer: Solltest du jemals einen treffen, der dich so anschaut, daß du dich fühlst wie eine Königin, geh mit ihm. Es ist selten und kostbarer als eine Austernperle. Wie er dich anschauen soll? Nun, ich sag dir, wie nicht.

Nicht wie ein Laufbursche, mit bedingungsloser Unterordnung und dir entgegengestreckter offener Hand. Der kündigt dir seine Dienste an, aber allein deshalb, weil er geil auf deine Gaben ist. Sein Herz behält er für sich. Auch nicht mit dem männlich aufgesetzten Raubtierblick. Der will dich als Trophäe. In Wirklichkeit ist er ein wenig schwul, ich schwör's dir: Die Eroberertypen sind ein wenig schwul. Sie wollen nicht dich, sie wollen andere Männer beeindrucken. Und am meisten beeindrucken sie andere Männer, wenn sie eine wertvolle Trophäe ergattern.

So also nicht. Es gibt aber Männer, in deren Blick liest du, daß sie ganz tief innen zittern, wenn sie dich anschauen. Sie können es sich selbst nicht erklären, sie wehren sich sogar, aber es ist so: Etwas tief in ihnen, ihre Seele, der Kern ihres Wesens, ihr Herz oder was auch immer, zittert, ist erschüttert, reagiert so heftig auf dich, als hätte da etwas geschlummert, bis du auf der Bildfläche erschienen bist. In diesen Männern erwacht, wenn du ihnen nahe bist, eine gewaltige Kraft, als kämen Urinstinkte hoch. Sie machen sich vor anderen Männern lächerlich, das ist ihnen völlig gleichgültig, sie wollen dich auf Händen tragen, nur weil es sie dazu treibt. Sie wollen sich in dich hineinbohren,

eingraben, wollen dir ihren Stempel aufdrücken, weil sie durch dich so geprägt sind, daß sie nie wieder wie vorher sein werden. Ja, lächle nur, ich bin sentimental, vielleicht, aber nicht wirklichkeitsfremd. My Man erging es so mit mir. Und das war unser Drama, denn die Macht, die ich über ihn hatte, hat ihn furchtbar geängstigt. Mosjoukine war von mir so angerührt, aber er hat sich der Urgewalt zwischen uns hingegeben und schwamm dann weiter in seinem Lebensstrom. Mit seiner Frau, seiner Kultur, seiner Kunst. Alfonso Reyes aber hatte mich zwanzig Jahre lang nicht vergessen. Ja, es war Alfonso Reyes, der mich vor vier Jahren, im Mai 1947, anschaute. Ich war die Frau, die ihn zwanzig Jahre zuvor so erschüttert hatte, daß ihn nie wieder eine wirklich hatte berühren können, das las ich in seinem Blick und in seinem zitternden Schnäuzer.
Später sagte er es mir selbst.
Aber vorher geschah noch etwas, das ich dir nicht verschweigen will, da es zu diesem denkwürdigen Abend gehört. Ich hatte das Publikum mit meinen Liedern so verzaubert, daß sie überhaupt nicht wieder aufhörten zu klatschen. Ich verbeugte mich ein ums andre Mal. Da machte es rrrtsch!, und der Reißverschluß meines roten Umhangs riß mit einem enormen Geräusch. Da stand ich in rosa Unterhosen vor den flammenden Blicken meines Mexikaners. Ich mußte lachen, viel mehr als die Leute, drehte mich um, zeigte allen meinen Hintern und entschwand hinter die Theke, um mir jemanden zu holen, der mir wie eine Brautjungfer die Schleppe halten sollte. Inzwischen tobten die Leute, sie trampelten und johlten und klatschten und wollten unbedingt Zugaben. Ein junges Mädchen aus der Küche hielt den Umhang hinten zusammen, während ich zurückging und noch einmal »Les filles de Camaret« anstimmte: »Die jungen Mädchen von Camaret tun alle so, als seien sie Jungfraun, aber ...«
Als ich sang: »... wenn sie in meinem Bett sind, nehmen sie mein Gerät lieber als eine Kerze, lieber als eine Kerze ...«, trafen sich unsere Blicke, und ich sah, wie er errötete. Da spürte ich, wie auch mir das Blut ins Gesicht schoß. So etwas war mir in meinem Leben nicht passiert. Kiki wird rot! Es war unglaub-

lich. Und weil ich so verblüfft war, wurde mir immer heißer. Schließlich konnte ich nicht weitersingen, brach ab, lachte und rauschte davon. Die kleine Helferin war so überrascht, daß sie meinen Umhang losließ und ich also zum Abschied wieder mein behostes Hinterteil präsentierte. Ich brauchte einige Zeit, bis ich mich wieder gefaßt hatte. Ich war sehr verwirrt. Wie sollte es jetzt weitergehen?
Da erschien der Barmann mit einer Depesche: Madame, draußen steht mein Auto, bitte leisten Sie meiner Einladung Folge. Hier hätten wir bei Ihrem triumphalen Erfolg keine Minute Zeit, ruhig miteinander zu sprechen. Alfonso Reyes.
Ich ließ ihm ausrichten, er möge eine halbe Stunde warten, und in dieser Zeit nähten drei Leute den Reißverschluß wieder fest. Dann schritt ich hinaus.
Kleine, wie viele Männer haben mich schon in ihre Autos gebeten. Funkelnagelneue blitzblanke Sportwagen, die nur darauf warteten, einen in den Tod zu fahren. Behäbige, elegante Kaleschen, auf deren Polstern du besser Liebe machen konntest als in der Badewanne. Und kleine, mickrige Leihwagen, die einem die Nieren durchschüttelten. Als ich aber diese wenigen Schritte vom Adrien zu Reyes schwarzem Diplomatenwagen tat, raste mein Herz, als hätte es einen Fehler. Doch es hielt durch bis zu diesem Mann im schwarzem Anzug, der mir entgegenkam wie einer Königin, mich zur anderen Seite geleitete, die Tür öffnete, wartete, bis ich mich reingepfercht hatte – der Reißverschluß, herrje –, und die Tür schloß, so sanft und behutsam, wie er das Auto dann auch chauffierte. Als sei ich eine Schwangere kurz vor der Niederkunft.
Da sagte ich ihm, daß er meinen Bauch nicht mißverstehen sollte. Ach, und während der Fahrt noch begannen wir miteinander zu albern und zu lachen. Schließlich fragte er mich, wohin wir wollten. In dein Hotel, natürlich, sagte ich. Wo bist du abgestiegen?
Er wirkte keine Sekunde irritiert, dabei hatte ich schon gedacht, ich könnte ihn auf diese Weise verwirren. Wir fuhren zum Impérial. Firlefanz, Uniformen, Glanzknöpfe, Lifts, Bars, Musik, das kannte ich gut. Alfonso Reyes führte mich an die

Bar, half mir auf einen dieser abscheulich unbequemen Hocker, wir erzählten einander Witze und tranken irgend so einen teuren Cocktail, den Resteeintopf der Bars.
Irgendwann fühlte sich meine Pflaume an wie in Alkohol eingelegt, und ich hatte keine Lust mehr auf die Sanftheit, mit der er von Zeit zu Zeit meinen Ellbogen berührte, viel mehr Lust hatte ich auf das Feuer seiner Augen und die wilden Gefühle, die ich im Zittern seines Schnäuzers erkannte. Also bat ich ihn, mir sein Zimmer zu zeigen. Vor zwanzig Jahren hätte ich ihn aufgefordert, mir etwas anderes zu zeigen, aber er war so entsetzlich reserviert und vornehm, daß ich ihm das nicht antun wollte, ich wußte ja auch nicht, ob er vielleicht Schwierigkeiten mit diesem Teil hatte, das ich gern gezeigt haben wollte.
Seine Augen blitzten auf, daß er ganz Mexiko damit hätte illuminieren können, aber er nahm mein Angebot nicht an. Er ergriff meine Hand und gestand mir seine Liebe. Seit zwanzig Jahren, sagte er, denke er an mich. Seit zwanzig Jahren habe er in jede Frau mein Bild gelegt, und er habe sich geschämt, weil er den Frauen unrecht getan und seine Liebe mit seiner Begierde verraten habe. Aber er sei ein Mann mit großer Begierde, und er habe nicht zwanzig Jahre warten können. Ich prustete vor Lachen und sagte, ihm sei verziehen. Und dann bat er mich, ihn zu heiraten.
Einfach so. Ganz schlicht.
Mir blieb die Luft weg.
Ach, und bevor ich zu lachen begann, bat er mich, diesmal nicht zu lachen; ich solle mein Leben lachend an seiner Seite verbringen, aber für diesen einen Augenblick ernst bleiben.
Ich blieb ernst. Mein lieber Alfonso, sagte ich und erschrak über den Wandel seiner Gesichtsfarbe von leicht gebräunt in grau, früher gefielst du mir gut, und auch heute gefällst du mir. Aber ich gefalle mir heute nicht mehr. Früher war ich schön. So sollst du mich in Erinnerung behalten. Morgen werde ich verfallen, eine solche Frau will ich dir nicht zumuten. Ich bleibe heute nacht bei dir, und, wenn du willst, auch morgen, bis du Paris verläßt, dann sagen wir adieu.

Er hatte riesige schwarze Augen in einem kieselgrauen Gesicht. Ich küßte ihn, und wir gingen hinauf.
In diesen Nächten habe ich mich mit Liebe und Zärtlichkeit, mit Gier und Wildheit und dem Geruch von geilem Mann vollgesogen. Ich hole die Erinnerung oft hervor, das kannst du mir glauben.
Vier Abende später saß Alfonso plötzlich nicht mehr an dem Tisch im Chez Adrien, der damals schon *sein Tisch* geworden war. Ich wußte sofort: Er ist weg. Es tat weh.
Ich ging nicht mehr ins Hotel. Wäre ich hingegangen, hätte ich einen Brief vorgefunden mit der Begründung für sein Verschwinden und der Bitte, doch nachzukommen. Ich erfuhr von diesem Brief erst im Juli. Am 18. Juli 1947 schrieb er mir aus Mexiko. Den schönsten, erschütterndsten, melancholischsten Liebesbrief, den ich je bekommen habe.
Er sei von der UNESCO dringend nach New York gerufen worden und habe sich nicht verabschieden können. Aber er könne mich nicht vergessen. Er habe im Mai in Paris die Frau gefunden, die mit ihrer Glut das Bild der jungen Kiki von vor zwanzig Jahren ausgelöscht habe: mich. Er liebe nun eine reife Frau. Und diese Liebe werde nie enden.

1. September 1951

Die Erinnerung an Alfonso Reyes hat mich in meine Träume verfolgt. Gestern nacht bin ich aufgewacht und habe seinen Brief gesucht. Er ist wirklich ergreifend. Ich hatte Sehnsucht. Sehnsucht wie seit langem nicht.
Ich sollte ihr nachgehen? Du machst einen Scherz.
Ich könnte heute noch zu ihm nach Mexiko fahren, da bin ich sicher. Und manchmal phantasiere ich mir so eine Reise zusammen.
André und seine Flo wären ohne mich glücklicher, auch wenn sie eine verdammte Kleinbürgerin ist, die André, wenn ich nicht mehr da bin, innerhalb weniger Wochen zu Tode langwei-

len wird. Aber vielleicht auch nicht, er könnte Erholung von mir gut gebrauchen, wie lange kämpft er nun schon um meine Gesundheit! Er ist zärtlich, André, und sehr gut. Und er hat immer um mich gekämpft, bis heute. Aber er ist müde.
My Man war nie sehr zärtlich. My Man hat nie um mich gekämpft, er hat mich genommen, wie ich kam. Er hat mich auch geschlagen. Kürzlich habe ich ihn wiedergesehen. Ein feiner Herr im Anzug. Er hat mir ein Kompliment gemacht. Mein Gesicht sei unverändert schön. Vom Rest hat er nicht geredet. Ich habe ihm als Gegengabe einige Anekdoten erzählt. Er wohnt jetzt wieder in Paris, er soll geheiratet haben, eine ehemalige Tänzerin, ganz mager soll sie sein mit riesigen Augen. Und natürlich viel jünger als er. Eine Doppelhochzeit mit Max Ernst und Dorothea Tanning soll es gewesen sein.
Ja, wir Montparnois wissen Bescheid. Einer über den anderen, auch aus der Ferne. Viele sind weit fort!
Einige so weit, daß sie nie wiederkommen. Modigliani, Pascin, Chiffon, Robert Desnos. Mein Freund Robert Desnos, an den sich Milliarden Erinnerungen knüpfen. Sein somnambuler Blick, sein verrücktes Werben um Treize, seine Liebe zu Youki, die von Foujita zu ihm übergewechselt ist. Verdammt, was war er stur! Wenn er etwas richtig fand, hat er es getan. Auch gegen die Nazis. Ohne den leisesten Versuch, seine Arbeit heimlich zu erledigen, hat er Flugblätter und andere Schriften gegen die Boches in die Briefkästen gesteckt. In alle Briefkästen, die er erreichen konnte. Uns hat er gebeten, ihm zu helfen.
Schließlich, da war ich mit meinem brutalen Klempner schon aus Paris geflohen, soll er seltsame Verkleidungen angelegt haben, während er Botschaften gegen die Nazis verteilte. Alle möglichen Leute amüsierten sich über Robert, weil er Résistance spielte, als führe er auf der Bühne ein Kasperlestück auf. Aber die Deutschen verstehen keinen Spaß. So weltfremd war Robert nicht, daß er das nicht wußte. Er wurde denunziert und kam ins KZ nach Theresienstadt. Er nannte die Gestapo immer j'ai ta peau. Da hatten sie ihn dann, Haut und Haare. Er wurde krank. Typhus, sagte man. Er starb einen Tag, bevor die Allierten das

Lager befreiten. Einen Tag vorher! Eine Woche früher hätte er gerettet werden können.
Und die anderen, die einmal hier waren. Hemingway, mein sanfter Boxer Hem, er ist berühmt geworden. Scott Fitzgeralds Frau Zelda hat sich verbrannt, ich mochte sie nie. Per Krohg, der Treize verlassen hat, als es keinen Grund mehr gab, sie nicht zu heiraten. Ich weiß sogar, wo Treize ist, auch wenn man hier nur wenig von ihr hört. Treize will mich nicht mehr sehen, weil ich sie an ihren Schmerz erinnere. Sie hat, mußt du wissen, eine lange, schöne und traurige Liebesgeschichte hinter sich, die zu Ende gegangen ist, als sie hätte glücklich werden können. Von Liebe versteh ich was, von Politik nicht. Und ich sage dir, Kleine, es ist der Schmerz, der Menschen aneinanderkettet, nicht das Glück. Es waren meine schrecklichen Nachmittage, die die strahlenden Abende schufen. Die Wiederauferstehung wird aus dem Tod geboren.
Welche Wiederauferstehungsfeier mir wohl bevorsteht?
Außer der mit dir, Kleine, die du schöner wirst, je länger ich dir erzähle. Auch du eine Voyeurin, die sich daran aufrichtet, wie ich mich entblöße?
Ich brauche eine kräftige Wiederauferstehung, eine, die mich aus der Kloake in die Höhe schießt. Ich werde im Oktober fünfzig Jahre alt, sieh mich an! Ich bin gut ausgefüllt, meine Beine voll Wasser, mein Gehirn voll Wein. Meine Augen sind blutunterlaufen wie die einer hungrigen Hyäne, und meine Kleidung stinkt nach Ziegenstall. Ab und zu zwingt André mich zum Baden, kleidet mich neu und lädt mich zum Essen ein. Meist finde ich mich am nächsten Morgen in voller Montur mit verschmierter Schminke und naßgepißt in meinem Bett, das ich *auch* nicht hätte ohne André.
Meine Wiederauferstehung: Ich nehme Andrés Angebot an und mache wieder mal eine Entgiftung. Wie viele Male habe ich das schon getan? Ich weiß es nicht, eins war mehr Hölle als das andere, und es hat nichts gebracht, als meine Gier krebsartig wuchern zu lassen. Bei Gelegenheit, wenn dir der Sinn danach steht, kann ich dir die Odyssee meiner Entgiftungen erzählen. Meine mögliche Wiedergeburt. Ich habe sie oft phantasiert,

aber noch ist sie mein Geheimnis. Soll ich ausspucken? Gut, mal sehen, ob es dich zufriedenstellt. Also, mit Andrés Geld geh ich wieder zu Doktor Dupuis nach Roussel in die Klinik, im Sommer 1937 war ich das letztemal da, und bleibe eine Woche. Eine Woche Geisterfahrt, die kein Mensch sich ausmalen kann, weil wir zwar Phantasie haben, aber diese Phantasie läßt mit den Bildern Gefühle in uns aufsteigen, und kein Mensch, so selbstquälerisch er auch sein mag, zaubert sich mittels seiner Vorstellung die Gefühle herbei, die eine Kreatur – du wirst zum Tier in diesen Kliniken – erleidet, wenn ihrem Körper entzogen wird, was er braucht.

Gut, aber nehmen wir einmal an: Für meine Wiederauferstehung werde ich zur Heldin und zum Tier und nehme alles auf mich. Dann komme ich zurück, entgiftet, entwässert, wahrscheinlich schrumpelig und kraftlos und gebrochen, aber egal, der Mensch soll ja gottähnlich sein, und also arbeiten wir an Kikis Wiedergeburt.

Folglich besuche ich ein Gymnastikstudio. Treizes Schuppen gibt es leider nicht mehr. Ich war während meiner Königinzeit einmal dort, als ich anfing, Speck zuzulegen. Das gute Essen mit Man, dreimal täglich, da wurden mein Arsch rund und meine Brüste schwer. Um mich herum nur die knochigen Weiber, da dachte ich mir, ich müßte was für mich tun. Treize drohte auch mit dem Zeigefinger: Laß dich nicht gehen, Kiki, turne. Also hob ich meinen faulen Hintern in die Höhe und begab mich zum Training.

Hach, hab ich gelacht. Treize kommandierte, und alle folgten. Arme hoch und springen, Arme weit und kreisen. Und im Entengang durch den Saal gewatschelt. Cancan habe ich gern getanzt, am liebsten ohne Unterwäsche. In Treizes Folterstudio schaute allerdings keiner zu, wenn wir Frauen die Beine schwenkten. Und wie ernsthaft sie übten und sich anstrengten, alles richtig zu machen! Vielleicht lag es an Treize, sie war immer so ernst, so ordentlich, so arbeitsam. Doch unter meinem wohltuenden Einfluß, Kleine, veränderte sich die Stimmung, wie du dir denken kannst, im Nu: Es wurde gelacht und gekichert und auch mal gequatscht. Das erbitterte Schweigen hörte auf. Da wurde Treize aber streng. Konzentration! forderte sie. Geregeltes Atmen und kein unkontrolliertes Kichern. Und Ruhe, bitte, meine Damen, wir sind doch nicht im Kinderzimmer. Warum eigentlich nicht? hab ich gefragt, vielleicht ein wenig patzig. Im Kinderzimmer wird gespielt, da wird man bestimmt nicht nur schlank, sondern auch fröhlich, und das hebt die Titten, wie jeder gute Kerl weiß und jede gute Gymnastiklehrerin wissen sollte.

Treizes Lippen wurden schmal. Und eigentlich hatte ich gar keine Lust auf einen Königinnenkampf mit ihr. Der Gymnastiksaal war ihr Reich, da wollte ich in keine Ecke pinkeln. Aber für ihr strenges Regiment war mein Fleisch zu schwach, und mein Arsch wollte da einfach nicht hin.

Herrje, ja, meine Wiedergeburt. Ich lasse mir also mein Blut entgiften, bis durch meine Adern der reinste Stoff der Welt fließt, Lieblingsfraß für antialkoholische Vampire. Und dann hin zum Training. Vielleicht schaff ich mir ein Fahrrad an und radle mit Alfred Jarry in seligem Angedenken um die Wette. Vielleicht alarmiere ich Man, damit er mich fotografiert. Wir könnten sogar einen Film drehen, darin haben wir Übung. Es würde der dadaistischste Film aller Zeiten.

Er könnte mir eine Kamera zwischen die Brüste schieben und filmen, wie unter den Brüsten Tropfen auf Tropfen herausquillt und den Bauch hinunterperlt. Ein Naturereignis, das den Zuschauer vor die Frage stellt, wo die Quelle entspringt. Ich könnte nackt radeln, und er könnte Moore und Sümpfe und feuchte Berge in erdbebenartig bedrohlicher, wabernder Bewegung zeigen. Die Sensation, wie aus Poren Wasser tritt. Ein von Wasser aufgequollener Körper, der schmatzende, quatschende Geräusche macht, unaufhörlich Feuchtigkeit ausschwitzt und doch nie austrocknet. Unendlicher Sumpf.

Es könnte ein gespenstischer, apokalyptischer Film werden.

Man und ich haben mehrere Filme gemacht, der letzte entstand nach einem Gedicht von Robert Desnos. Robert schlug sich damals als Zeitungsschreiber durch, verfaßte Theater-, Literatur- und Kunstkritiken.

Willst du die Geschichte von unserem letzten Film hören oder lieber den Plänen für meine Wiedergeburt folgen? Gut, also verzetteln wir uns. Chaos ist mir ohnehin vertrauter, und Pläne bedürfen einer langen Schwangerschaft. So ist es.

Anfang 1928 war es, glaube ich, da verkündete Robert, er werde nach Kuba fahren zu einem Schriftstellertreffen, über das er berichten wolle, und er werde ein paar Monate lang fern von uns sein. Wir veranstalteten ein Abschiedsessen mit Robert und Yvonne George, der Schauspielerin und Sängerin, in die Robert damals wahnsinnig verliebt war. Gegen Ende der Mahlzeit wurde er gesprächig, rezitierte Gedichte von Victor Hugo und anderen, was Man mächtig in Wallung brachte, da diese Leute bei den Surrealisten nicht besonders hoch im Kurs standen. Man beteiligte sich zwar nie an den Streitereien, hatte aber ein diebisches Vergnügen daran, Zwistigkeiten zwischen den Parteien herauszupicken und sich daran zu erregen.

Plötzlich zog Robert ein zerknittertes Blatt Papier aus der Tasche. Errötend gestand er in Yvonnes Richtung: Ich habe es heute geschrieben, ich möchte, daß du es dir anhörst. Robert war ein schöner Mann, mit vollen Lippen und einem verträumten Blick. Das Männlichste an ihm war seine Stimme. Sie hatte etwas Klares – im Gegensatz zu seinen Zügen, die eher weich verwischten –, und sie tönte einem bis in den Bauch. Ja, sie tönte weit und tief. Roberts Stimme klang wie ein männliches Versprechen: Ich habe Kraft, ich halte dich. Und sie klang werbend: Mir kannst du vertrauen. Seine Leidenschaft für Youki hat später bewiesen, daß das Versprechen seiner Stimme alles andere als hohl war. An jenem Abend jedoch las er für Yvonne; Man und ich waren gewissermaßen Statisten. Durch seinen Vortrag bekam das Gedicht eine Kraft, die es nie gehabt hätte, wenn er es uns zu lesen gegeben hätte.

Wir lauschten. Ja, wirklich, wir lauschten. Das Gedicht war ziemlich lang, und ich glaube, ich hätte es langweilig gefunden, wenn ich es hätte lesen müssen. Aber so habe ich ihn angesehen, und seine Stimme fuhr mir in den Bauch, und seine Bilder stiegen vor mir auf. Das Gedicht erzählte keine richtige Geschichte, aber es war voller Bilder. »L'Étoile de Mer« – so hieß es. Ein Seestern in einem Glasbehälter. Ich sah die Arme des

Seesterns, wie sie sich schlängelten, ausdehnten und zusammenzogen.
Ich sah den Seestern noch vor mir, da war Robert schon drei Verse weiter. Ein Mann und eine Frau kommen in ein Zimmer. In einer Ecke ein Feldbett; die Frau läßt fallen, was sie in der Hand hatte, zieht sich vor dem Mann aus und legt sich nackt auf das Bett. Er sieht ihr zu, dann erhebt er sich von seinem Stuhl, ergreift ihre Hand, küßt sie, sagt adieu und geht fort, den Seestern nimmt er mit. Zu Hause untersucht er das Glas und seinen Inhalt sorgfältig.
Mir war, als hätte Robert in meinen Bauch geboxt. Das Ganze erinnerte mich so verdammt an Man und mich. Wie oft hatte ich mich ihm nackt gezeigt, hatte mich vor ihm gerekelt, ihn gelockt, alles für ihn fallen lassen! Und er hatte mich geküßt, mir adieu gesagt, war in sein verdammtes Labor gegangen und hatte Fotos von mir studiert und entwickelt und wieder studiert und wieder entwickelt.
Dann andere Bilder: die Frau ausgestreckt auf der Couch, nackt, ein Glas Wein in der Hand; ihre Hände streicheln den in ihrem Schoß liegenden Kopf eines Mannes; mit einem Dolch in der Hand geht sie eine Treppe hinauf; oh, wie oft hatte ich in Gedanken einen Dolch in die Hand genommen und auf Rache gesonnen.
Ein Satz kehrte in dem Gedicht immer wieder. »Sie ist schön, sie ist schön.« Andere Sätze lauteten etwa: »Wären doch Blumen aus Glas gemacht«, oder: »Man muß die Toten schlagen, solange sie kalt sind.« Am Schluß begegnen der Mann und die Frau einander in einer engen Gasse. Ein Unbekannter tritt hinzu, nimmt die Frau beim Arm und führt sie davon, während der erste Mann fassungslos zurückbleibt.
Da war ich erleichtert. Schaute Man an, wollte sehen, ob er begriffen hatte. Doch dieser dumme Kerl hatte nichts begriffen, der hatte gar nicht gemerkt, daß das Gedicht von ihm handelte. Oder doch? Auf jeden Fall sagte Man, als der Ton des letzten Wortes aus Roberts Mund noch nicht verklungen war: Robert, wenn du zurück bist, habe ich aus deinem Gedicht einen Film gemacht. Ungewohnt andächtig klang seine Stimme. Ich sehe

den Film schon vor mir, der ideale surrealistische Film, fügte er im selben Ton hinzu.
Ich dachte, er sei besoffen.
Als Yvonne und Robert gegangen waren und ich Man ins Bett ziehen wollte, wurde das Gedicht brutale Wahrheit. Der fing doch wahrhaftig an, mit mir zu diskutieren, ob es richtig gewesen sei, daß er dieses wahnwitzige Versprechen gemacht habe, eigentlich wolle er gar keinen Film mehr drehen und überhaupt, er habe gar keine Zeit. Er bemitleidete sich, daß es nur so triefte. Aber mein Körper schrie.
Dann läßt du's eben bleiben, sagte ich, Robert war auch besoffen. Wenn der zurückkommt, hat er das Ganze vergessen. Nein, blökte Man auf, hab ich zugesagt, muß ich es auch halten. Himmel, sagte ich, nun sei nicht wie der Typ aus dem Gedicht, sonst lass ich dich stehen und geh mit einem andern. Währenddessen schälte ich ihn aus seinen Kleidern. Für eine Weile brachte ich ihn vom Diskutieren ab, und nachdem er mir zu Gefallen ein wenig Sex gemacht und mich auf meine Bitte hin ein wenig gestreichelt und geküßt hatte, stand er auf und kritzelte auf Papieren herum.
Am nächsten Morgen war Man wie elektrisiert. Er wollte sofort beginnen. Er habe sich überlegt, teilte er mir mit, daß er nicht wirklich schauspielen, aber eine Art Marionettenballett mit Laienschauspielern aufführen wolle. Die Hauptdarstellerin, na, wer sollte das wohl sein? Ich natürlich. In der Nacht hatte er sich überlegt, daß er die letzte Szene des Films mit der Frau und den beiden Männern noch vor Roberts Abreise drehen wollte. Den zweiten Mann, der gegen Ende des Films für einen kurzen Augenblick auftrat, sollte nämlich Robert selbst spielen.
My Man hatte alles bedacht. Aktaufnahmen, sagte er, würden die Zensur nicht passieren. Aber er wollte nicht die Verhüllungstricks anwenden, er wollte keinen Weichzeichner, sagte er, und auch keine artistischen Schattenspiele.
Beim Drehen weichte er dann einige Stücke Gelatine ein und brachte sie vor das Objektiv. Die Bilder würden auf diese Weise marmoriert, wie durch dickes Glas gesehen, wie eine Skizze oder ein nur eben angedeutetes Gemälde wirken, erklärte er.

Auf mich wirkten sie allerdings, als wäre nicht nur der Seestern im Wasserglas, sondern auch ich.
Nach mehreren Wochen hatte er alles zusammen. Sei nur du selbst, hatte er mich immer wieder angewiesen und erklärt, diese Frau im Gedicht von Desnos sei wie ein Tier, verrückt und schön, erschütternd und tödlich.
André de la Rivière spielte den Mann, der mich nur betrachtet und bewundert, aber nie berührt, als wäre mein Körper eine Heiligenstatue.
Den Seestern bestellte Man bei Jean Painlevé. Der stellte die wunderbarsten Dinge fürs Kino her, ein absoluter Spezialist des Unsichtbaren. Er schuf einen herrlichen Seestern. Wir drehten mehrere Wochen lang, und dann verkündete Man stolz, er habe Material für einen halbstündigen Film. Wie immer schnippelte er an den Streifen herum, bis schließlich eine Viertelstunde Film übriggeblieben war. Zwischen die Szenen setzte er Text. Zeilen aus dem Gedicht, zum Beispiel: »Nous sommes à jamais perdus dans l'éternèbre«, oder: »Il faut battre les morts quand ils sont froids!«
Hast du den Film gesehen, Kleine? Ich weiß auch nicht, ob er noch irgendwo läuft. Die Stummfilme sind nicht mehr beliebt bei den Kinobesitzern, keiner will einen Klavierspieler bezahlen. Bei der ersten Vorführung, die My Man in einem kleinen Filmtheater arrangierte, spielte sogar ein Dreimannorchester, mit dem Man einige Tage lang geprobt hatte.
Während der Vorbereitungen zu dieser ersten Aufführung passierte etwas sehr Ulkiges. My Man und Desnos berieten über die Einladungsliste. Man schlug arglos vor, André Breton einzuladen; da nahm Robert einen Brieföffner und zerstach ein Foto Bretons, das auf Mans Schreibtisch lag. Dabei schrie er: Fluch über ihn!
Das gefiel mir. Ich schrie auch: Fluch über ihn! Breton hatte mir nie zugesagt.
Als ich den Film das erstemal sah, hatte ich Herzklopfen. Jedesmal, wenn ich mich auf der Leinwand sehe, habe ich Herzklopfen. Und jedesmal bemerke ich meinen Auftritt erst einen Augenblick später, weil ich mich einfach nicht wiedererkenne.

Alle waren von dem Film begeistert. Der Direktor des Filmtheaters wollte »L'Étoile« als Vorspiel zu »Der blaue Engel« mit Marlene Dietrich, machte aber zur Bedingung, daß Man die Genehmigung der Filmzensur einhole. Schließlich gebe es in dem Film Nacktszenen.
My Man bemühte sich brav zur Filmzensur und kam grinsend zurück. Die Herren waren von der Zusammenhanglosigkeit des Films mehr geschockt gewesen als von den Aktaufnahmen. Zwei kurze Szenen sollte Man entfernen: die, in der ich mir Unterwäsche über den Kopf ziehe – Ausziehen fanden sie obszön –, und einen Untertitel: »Man muß die Toten schlagen, solange sie kalt sind«.
Das war Man Rays letzter Film mit mir. Danach drehte er für den Vicomte de Noailles noch einen zur Partyunterhaltung. Damit hatte ich aber schon nichts mehr zu tun.
Nun, weiter in meiner Wiederauferstehung, denn, wie du bemerkt hast, der Film war nur ein Film, und Man hat ihn zwar gedreht, aber nichts daraus gelernt, und ich bin bald darauf mit Broca von ihm weggegangen, ohne ein Wort der Erklärung.
Zwischen den einzelnen Fahrrad-Trainingsetappen setze ich mich also an den Straßenrand und schreibe in Radlerhosen à la Jarry einen Brief an Alfonso Reyes.
Werter Herr,
erinnern Sie sich noch an unsere letzte Nacht?!
Ihr Liebesbrief aus Mexiko hängt eingerahmt über meinem Bett. Und erinnern Sie sich noch an unsere unvollendete Liebesgeschichte vor zwanzig Jahren? Damals gefielen Sie mir gut, nur leider kam ich nie dazu, mich von Ihnen heiraten zu lassen. War immer so beschäftigt.
Jetzt aber, werter Herr, da ich für nichts Geringeres trainiere als die Tour de France, bin ich bereit, aus Liebe zu Ihnen für Mexiko zu starten. Unter einigen winzigen Bedingungen allerdings:
1. Übersenden Sie umgehend ein Ticket nach Mexiko und zwar *aller et retour*, letzteres für den Fall, daß es mir bei Ihnen wider Erwarten doch nicht gefällt.

2. Sorgen Sie dafür, daß Alkohol, Morphium, Opium, Kokain, Marihuana und sämtliche Ersatzdrogen aus Mexiko entfernt werden, bevor ich ankomme, denn sonst könnte es sein, daß Ihnen die Freude an mir vergeht.
3. Erklären Sie sich schriftlich damit einverstanden, daß ich 1. die Hälfte des Tages auf dem Fahrrad verbringe, 2. auch bei strengster Enthaltsamkeit und ernsthaftestem Training nicht wieder dreißig Jahre alt werde und 3. Ihnen nie einen Sohn gebäre, da ich 1. zu alt und 2. steril bin.
Trotz meines enormen Alters, mein Herr, und aller Vorsichtsmaßnahmen, die im Zusammenleben mit mir zu treffen sind, verspreche ich Ihnen eine reiche Entschädigung für alle Entbehrungen, die Sie in den letzten zwanzig Jahren auf sich genommen haben. Denn wegen meines grandiosen Alters verfüge ich über enorme Erfahrungen in der menschlichen Anatomie, was das Liebesleben lebhaft fördert. Wie sagte Man Ray: Über Wissen in Anatomie verfügen müssen nur Schlachter, Ärzte und Liebende. Vielleicht, mein Herr, sind auch einem Politiker anatomische Kenntnisse nicht unwert, dann wird Ihr Profit an meiner Seite um so reicher ausfallen.
Ihre Investition könnte sich also lohnen, schicken Sie mir das Ticket deshalb eiligst.
Unterschrift: Königin-Mutter.
Wie würdest du reagieren, wärst du mexikanischer Politiker mit Vorliebe für französische Pflaumen?
Oder besser kurz und schmerzlos?
Telegramm: Chéri, wenn Du mich noch willst, zieh mich umgehend aus dem Sumpf! Handle schnell, sonst verramsch ich mich. Deine K.
Und dann?
Holt er mich? Schickt nicht nur ein Ticket, sondern setzt sich selbst ins Flugzeug, schnappt mich samt meinem Schminkkoffer und fliegt mit mir nach Mexiko?
Da soll es heiß sein. Also lege ich mich in eine Hängematte, trinke Tequila und warte, bis mein Gönner heimkommt. Dann trink ich mit ihm Tequila, bis wir ins Bett gehen. Dort trinken wir weiter Tequila.

Bis irgendeine kleine mexikanische Frau mit journalistischen Ambitionen spitzkriegt, daß Kiki im Lande ist und mir kurz vorm Absaufen Fragen zu meinem Leben stellt – was dazu führen wird, daß ich ein besserer Mensch werden will und Pläne zur Veränderung schmiede.
Dann, na, was wohl, Kleine? Kauf mir ein Fahrrad, schick André ein Telegramm. Text, na rat mal. Was hältst du davon?
Hast du dich eigentlich schon einmal vor einem Mann ausgezogen und dich von ihm anschauen lassen? Ich habe damit angefangen, als ich fünfzehn war. Damit ich nicht verhungere. Damit ich nicht auf den Strich gehen muß. Damit ich arbeiten kann, ohne zu sehr gedemütigt zu werden.
Als ich dreizehn Jahre alt war, nahm meine Mutter mich von der Schule. Ich habe also ein Jahr in Paris auf der Schulbank verbracht. Anschließend schickte sie mich von einer Arbeit zur anderen, damit ich ihr Geld nach Hause brachte.

Kiki Souvenirs, Kapitel III, IV und V

Meine ersten Berufe

... Die Freundin meiner Mutter sagt, ich kann drei Francs am Tag verdienen, wenn ich die Schuhe der Soldaten repariere. Die Schuhe kommen von der Front. Um desinfiziert zu werden, kommen sie in die Fabrik, dort werden sie in Öl gebadet, damit das Leder weicher wird. Ich lege sie auf Holzformen und mit Hammerschlägen gibt man ihnen eine Form.
... Anschließend verrichtete ich andere Arbeiten: Schweißen von dirigierbaren Ballons, von Flugzeugen, von Handgranaten.
Mittags aß ich in einer öffentlichen Kantine für acht Sous, aber sie ließen zu viele Steine in der Suppe.

Für alles gut

Als ich vierzehneinhalb Jahre bin, gibt meine Mutter mich zur Bäckerin, Place Saint-Charles, dort bekomme ich zu essen. Ich liefere zu Hause monatlich dreißig Francs ab.
Um fünf Uhr muß ich aufstehen, um Arbeitern, die zur Arbeit

gehen, für einen oder zwei Sous Brot zu verkaufen. Um sieben Uhr muß ich den Bourgeois Brot bringen, Treppen steigen und wieder hinunter, bis ich ganz außer Puste bin. Um neun Uhr muß ich den Haushalt der Bäckerin erledigen und einkaufen gehen. Anschließend muß ich eine Viertelstunde in einen großen Wandschrank voll Mehl. Dort muß ich mittels einer schweren Eisenlatte bewerkstelligen, daß das Mehl in ein Sieb hinunterfließt. Wenn ich rauskomme, bin ich weiß wie eine Maus. Dann helfe ich dem Gesellen, das Brot aus dem Ofen zu holen.
Er zieht sich nackt aus und macht Faxen, während er sagt: Guck, Alice, so etwas Schönes siehst du niemals wieder.
Anschließend muß ich kochen. Die Chefin ist böse, spröde, grummelt bei ihren Befehlen. Abends will ich nur noch ins Bett.
Ich möchte mich retten vor der Chefin, vor dem Gesellen, aber ich weiß nicht, wohin ohne Geld.
Und ich habe Angst, meine Mutter könnte mich in ein Erziehungsheim stecken, wo ich bis zum Alter von einundzwanzig Jahren bleiben müßte. Ich erinnere mich an eine achtzehnjährige Tante, die dort nach Mißhandlungen gestorben ist. Im Winter band man, um ihr Gehorsam einzutrichtern, ihren Kopf unter einem Wasserhahn fest, so daß ihr kaltes Wasser über den Nacken lief.
Sie hieß Alice, sie war eigensinnig, und da es schien, als hätte ich ihren Charakter, gab man mir denselben Namen.
Also muß ich eine Gelegenheit abwarten.

Erster Kontakt mit der Kunst!
Die Chefin hat übertrieben!
Sie hat mich als kleine Dirne behandelt, weil ich mir die Augenbrauen mit abgebrannten Streichhölzern geschwärzt habe. Ich bin auf sie gesprungen und habe sie mit all meiner Kraft geschlagen. Sie hat sich nicht gewehrt. Der Geselle hat uns getrennt und leise gesagt: Gut gemacht. Du hättest sie töten sollen.
Ich packe.
Sie will den Monat nicht mehr zahlen. Ich gehe also, um acht Uhr am Abend, wohin? Erinnere mich an eine Landsmännin, die ich vor einigen Tagen kennengelernt habe, ich kenne ihre Adresse.

Am folgenden Tag gehe ich Arbeit suchen. Ein alter Bildhauer läßt mich posieren, als er sieht, daß ich in Schwierigkeiten bin. Es macht mir etwas aus, mich nackt auszuziehen, aber wenn's sein muß!
Das Atelier ist dicht bei der Mutter. Nach drei Sitzungen rauscht meine Mutter plötzlich herein, schlägt mir ins Gesicht und nennt mich »ungebildete Hure«. Sie verbietet mir, zurück nach Hause zu kommen.
Das hat mir nichts ausgemacht. Das hat mich sogar erleichtert, weil ich wußte, daß jetzt alles zu Ende war.

Meine Mama hat mich verstoßen, aber ich sag dir eins: Sie tat es nicht wegen der Moral, sie war alles andere als auf meine Moral bedacht. Ich sage es ungern, und es macht mich immer noch traurig, aber was Wahrheit ist, muß Wahrheit bleiben, auch wenn es schmerzt: Ich war ihr im Weg.
Sie hatte sich verliebt, und ihr Galan wohnte bei ihr. Der glotzte, wenn ich mich auszog. Sie hat mich geschlagen, und er durfte mich auch schlagen.
Es gab keinen Grund!
Ich war ziemlich willig gegenüber allem, was sie von mir wollten. Doch sie wollten nicht das gleiche. Sie wollte, daß ich mich in Luft auflöste, sobald er erschien, und er wollte, daß ich ihn nachts, wenn sie schlief, an mich ranließ. Da hätte ich ihm allerdings die Finger einzeln abgebissen, und noch was anderes dazu. Warum sie mich überhaupt nach Paris geholt hat, war mir immer schleierhaft. Ich habe sie nicht darum gebeten, ganz im Gegenteil.

Kiki Souvenirs, Kapitel II

Meine Ankunft in Paris

Als ich zwölf Jahre alt war, schreibt meine Mutter, ich solle lesen und schreiben lernen, also soll ich nach Paris kommen.
Ich war traurig. Ich mag nicht wieder zur Schule gehen, außerdem liebe ich die Großmutter und kenne die Mutter nicht gut: eine Dame aus Paris, die jedes Jahr einen Monat Ferien macht bei uns, die Spielzeug, Lackschuhe oder ein schönes Kleid mitbringt.
Meine Großmutter kommt mit bis Troyes, und da vertraut sie mich dem Bahnhofschef an, der mich in der Ersten Klasse einer Dame anvertraut, die mich von oben herab ansieht. Ich muß wohl lächerlich aussehen. Schwarze Haare unterschiedlicher Länge, eine zu kleine blaue Baskenmütze, obendrauf ein roter Pompon. Ein magerer gelber Körper. Aus Angst verlorenzugehen, habe ich meine Leinentasche umgehängt, auf die mit einem roten Faden mein Name gestickt ist. Ich weine furchtbar, ohne Unterlaß, die Dame glotzt und fragt, warum. Ich schluchze, daß ich die Großmutter verlassen müsse. Ich sehe, daß die Madame sich ärgert, weil ich weine. Um mich heldenhaft zu verhalten, hole ich ein großes Stück Knoblauchwurst und eine kleine Flasche Rotwein aus meinem Beutel. Ich esse, ich trinke, ich weine. Die Wurst stinkt, die Dame sieht angewidert aus.
In Paris … liegt meine Mutter am Boden vor Lachen, als ich frage, ob die Straßen von Paris gebohnert werden, damit sie so glänzen, und sage, das müsse aber viel Arbeit sein.

Warum hat sie mich bloß geholt? Jahrelang habe ich in den Nächten gegrübelt, warum. Ich habe es nicht verstanden.
Eine kurze Zeit, sehr kurz, hatten wir es schön miteinander. Paris war ein unglaubliches Abenteuer, so groß, und ich war grenzenlos begeistert. Und meine Mama war eine bedeutende Frau, arbeitete in der Druckerei gegenüber von unserer Wohnung; die Nachbarn grüßten sie wie jemanden, der wichtig ist. Später habe ich begriffen, daß sie jeden so grüßten, egal wie sehr

sie einander verabscheuten. Meine Mama wurde aber nicht verabscheut.

Sie meldete mich in der Schule an. Da ging ich dann mit unvorstellbar schönen und wohlerzogenen kleinen Mädchen zusammen in eine Klasse. Ich war unmöglich. Ich begriff nicht, warum, aber ich war einfach monströs anders als die anderen. So neugierig am Anfang, so völlig hingerissen von der Vielfalt der Farben in dieser bunten Stadt, so fasziniert von den Löckchen und Kettchen und Ringen meiner Mitschülerinnen. Ich drückte mich ganz nah an sie heran und wollte alles anfassen, wollte spüren, wie es sich anfühlt, so etwas zu besitzen. Außerdem stellte ich der Lehrerin Fragen, die sie als absolut ungehörig empfand. Also zum Beispiel, ob sie einen Freund habe und ob der sie heiraten wolle, ob sie schon Kinder habe oder gerade schwanger sei. Und ob sie weiter in der Schule arbeiten dürfe, wenn sie ein Kind bekomme, ohne verheiratet zu sein. Am Anfang antwortete sie so freundlich, wie ich es von meiner Lehrerin in Châtillon nie erlebt hatte, aber sie war hinterhältig. In Wirklichkeit nämlich hatte ich sie mit meinen Fragen beleidigt. Sie rächte sich, indem sie mich vor den anderen lächerlich machte. Aber auch wieder auf eine so perfide Art, daß ich sie immer noch anlächelte, während meine Mitschülerinnen sich schon auf die Schenkel schlugen und über mich kreischten.

Nach kürzester Zeit war ich still, vollkommen verschüchtert und vereinsamt. Während meiner Schulzeit in Paris hatte ich keine Freundin. Die anderen Mädchen mieden mich, ich war das Trampel vom Lande.

Deshalb war ich auch gar nicht unglücklich, als meine Mutter sagte, nun solle ich Geld verdienen und ihr nicht länger auf der Tasche liegen.

Ja, ich komme heute oft vom Thema ab, du hast recht. Aber was ist das Thema? Meine Wiedergeburt oder alle meine Tode? In Mexiko wäre ich wieder genauso fremd wie anfangs in Paris. Fremder noch – wegen der Sprache. Für die Mexikaner wäre ich eine dicke Ausländerin. Kiki? Wer kennt in Mexiko Kiki? Nehmen wir einmal an, Alfonso machte es möglich, daß sie

mich kennenlernen. Und er gäbe mir sogar die Chance, mich – o Wunder – in ihn zu verlieben. Er ist ein Mann voller Kraft und Leidenschaft – mit schwarzen Haaren, Locken im Nacken und tiefbraunen Augen. Er würde vielleicht sogar erreichen, daß ich wieder begierig werde auf dieses Stöhnen, das ein Mann auspreßt, wenn du mit dem Mund von seinem Nabel ganz langsam abwärts gleitest. Dieses schluchzergleiche Stöhnen, fast widerwillig ausgestoßen von einem Mund, der sich kein Schluchzen erlaubt – ein Stöhnen, das unwillkürlich und unmittelbar aus der Brust zu kommen scheint, ohne Umweg über die Kehle, wenn du die Schenkelinnenseite mit dem Fingernagel entlangfährst, ganz langsam, auch mal sacht und kurz den Falten zwischen Schenkel und Geschlecht einen Besuch abstattetst, aber keinen Millimeter weiter zwischen die Beine vordringst. Dieser schluchzende Seufzer kommt aus so verborgenen Tiefen!
Was geschähe, wenn ich begierig würde, Alfonso Reyes Töne zu entlocken, die noch nie auf ihm gespielt wurden? Und was, nicht auszudenken, wäre, käme er auf die Idee, meinen Körper wieder zum Klingen zu bringen wie ein verstaubtes Instrument, das viel zu wertvoll ist, um in der Ecke zu vergammeln? Ja, da schluchzt es aus meiner Brust, ich höre es, und du hörst es. Was wäre, wenn Mexiko mir und ich den Mexikanern und Alfonso Reyes mir und ich ihm – wenn wir also alle einander gefielen?
Mädchen, mir wird übel. Manche Träume sollte man nicht träumen. Laß uns schweigend die Flasche leeren und morgen, das verspreche ich, komme ich wieder.

2. September 1951

Siehst du! Ich strenge mich an, halte mein Versprechen, bin wieder da, pünktlich wie verabredet. Ja, lob mich nur!
Du hast schon wieder ein Foto mitgebracht. Der Fotograf Man Ray scheint es dir angetan zu haben. Dich fasziniert das

Modell? Petite, merkst du, wir fangen an zu flirten, wohin soll das mit uns noch führen?
Dieses Foto war berühmt. Sie veröffentlichten es in ihrer surrealistischen Zeitschrift. Ein grandioses surreales Foto, sagten sie, »Le Violon d'Ingres«.
My Man hatte diebische Freude daran, mit französischen Wortspielereien zu hantieren. Ingres war ein begeisterter Geigenspieler gewesen, und mein Körper war Mans Instrument. Le Violon d'Ingres bedeutet ja auch: Womit ich mich in meiner Freizeit beschäftige, mein Steckenpferd, und ich war Mans Lieblingsspielzeug, sein Steckenpferd.
Auf diese Weise warb er um mich, so zeigte er mir seine Liebe. Ich Dummkopf habe es nie begriffen. Ich hörte immer nur sein Nein und seine Sarkasmen und seine Verachtung für meine simplen Freuden. Das Kino ist dumm, sagte er, die Straße ist besser. Geh ins Kino und langweile dich, geh auf die Straße, und du siehst einen Kurzfilm nach dem anderen, prall, voller Geschichten. Ein Kinofilm dauert mindestens eine Stunde zu lange.
Es gebe keinen Film, behauptete Man, den er nicht auf fünfzehn Minuten zusammenschneiden könne, dann erst würde ein Film interessant und hätte nichts weiter verloren als überflüssigen Ballast. Wenn er seine Filme vorführte, war das erste, was er einführend sagte: Liebes Publikum, man kann über meinen Film sagen, was man will, aber eines spricht eindeutig für ihn: Er ist kurz.
Und ich liebte lange Liebesfilme, hatte ihn doch sogar während einer solchen Vorführung das erstemal berührt. Wir waren essen gegangen, nachdem wir uns im Café kennengelernt hatten, und dann ins Kino. Ein prima Film: »Die Kameliendame«. Es war sehr romantisch. Während mir der Film ans Herz griff, griff der unbekannte Amerikaner nach meiner Hand. Doch wenn ich ihn später darauf ansprach, machte er dumme Bemerkungen: Ein Kino entspricht den modernen Anforderungen an die Ökonomie der Zeit. Wo sonst kannst du einer Frau so schnell näherkommen?
Er verletzte mich mit seinem Spott, auch wenn ich mich hütete,

das zu zeigen. Für mich war es Romantik gewesen: Mans Hände im Dunkel, während sich auf der Leinwand das Drama der Liebe entfaltete.

Das Essen hatte mich ohnehin schon berauscht, ich war doch so ausgehungert damals. Und dann mußt du wissen: Der Amerikaner hatte sich vorher meinetwegen mit dem Wirt gestritten! Meinetwegen! Und dann die Kameliendame und Mans Hand, ja, da gerate ich ins Schwärmen.

Den Streit mit dem Wirt hatte es gegeben, weil ich in dem Café nicht bedient werden sollte. Damals war es noch so, daß du im Café einen Hut tragen mußtest, sonst hielten sie dich für eine Hure und bedienten dich nicht. Ich hatte aber keinen Hut, und außerdem fand ich das Ganze dumm.

Ich schnauzte den Kellner also an, er verwechsle seinen Schuppen mit einer Kirche und ich sei als Französin schließlich nicht weniger wert als die amerikanischen Weiber, die allesamt bedient würden, obwohl sie keinen Hut trügen. Der Kellner holte seinen Chef. Der salbaderte, als wäre er wirklich in der Kirche. Sie sind Französin, Mademoiselle, sagte er, und Sie wollen sicherlich keinen falschen Eindruck erwecken. Am liebsten hätte ich ihm einen Aschenbecher an den Kopf geworfen. Aber ich beschloß, mir einen eindrucksvollen Abgang zu verschaffen. Also brüllte ich durch den Laden: Hierhin setze ich keinen Fuß mehr – und meine Freunde auch nicht. Man kennt mich auf Montparnasse – wir werden diese Scheißspelunke in den Ruin treiben!

Damit ich denen in Erinnerung blieb und auf keinen Fall den Eindruck erweckte, als gäbe ich klein bei, kletterte ich auf einen Stuhl, von dort auf den Tisch und sprang schließlich mit Schwung hinunter. Ich wollte gerade meine Freundin, die, ebenfalls ohne Hut, mit mir rausgeworfen werden sollte, an die Hand nehmen und majestätisch das Lokal verlassen, als Marie Vassilieff uns von einem entfernten Tisch aus zuwinkte. Neben ihr saß ein kleiner Mann. Und nun kommt's: Dieser Mann bestellte laut und deutlich für meine Freundin und mich etwas zu trinken.

Hach, da kam der Wirt aber in die Klemme. Pardon, Monsieur,

und so weiter. Er könne ja nicht wissen, daß wir uns kennen, er befolge nur die Vorschriften. Es war ein Genuß!
Den Tag werde ich nie vergessen: Man Ray lud Marie Vassilieff und mich zum Essen ein, meine Freundin hatte keine Zeit. Danach ins Kino. Da war ich schon berauscht, als hätte ich Kokain geschnupft. Im Kino berührte er schüchtern meine Schulter. Meinen Nacken hinauf traute er sich nicht, damals wußte er auch nicht, welche Gefühle das bei mir auslöst. Nein, seine Hand blieb auf meiner Schulter, tastete sich einige Zentimeter am Rücken hinunter und wieder hinauf. Am Rücken, wohlgemerkt. Und irgendwann drehte er meinen Kopf zu sich und küßte mich. Ganz scheu neben den Mund. In den Mundwinkel. Ob der Kuß im Dunkeln verrutschte oder ob es einfach Schüchternheit war, wußte ich nicht. Für mich war es Romantik. Heiß und feucht machende Romantik. Wie Liebe im Sommer, unter einer Decke mit einem, der impotent ist. Erregend und intensiv und romantisch und voller Gefühl und Mütterlichkeit.
Zeitökonomie in der Liebe kannte ich zur Genüge. Ich war seit Jahren Modell und – weiß der Himmel! – keine Jungfrau mehr, aber das da mit Man im Kino war für mich Romantik, und ich liebte ihn sofort.
Am selben Abend noch wurde er mein Liebhaber. Von da an pendelte ich eine Zeitlang zwischen Mendjizky und Man hin und her, eine Nacht hier, eine Nacht dort. Mendjizky war schon auf dem Absprung in den Süden, er hatte lange gebettelt, ich solle doch mitkommen, aber was sollte ich dort. Als Mendjizky abreiste, zog ich zu Man Ray.
Ich liebe Romantik, Kleine!
Jetzt trocken und gesund zu werden, das wäre eine romantische, große Hoffnung. Und eine Hoffnung, noch einmal im Leben Romantik auskosten zu dürfen. Es gibt ja welche, schau dich um, die sind so alt wie ich und begehrenswerter als jede Junge. Hast du die Arletty gesehen in »Die Kinder des Olymp«? Die Arletty ist älter als ich. Als sie diesen Film, in dem sie so unglaublich schön ist, gedreht hat, war sie fünfundvierzig. Ich habe nachgerechnet, sofort nachdem ich ihn gesehen hatte.

Nach dem Krieg war das, in Paris, und ich noch keine fünfundvierzig.
Die Arletty hat den Film gemacht, da war Krieg. Sie hatte einen deutschen Liebhaber, einen Offizier. Schlau, die Arletty! hab ich gelacht, als mir die Freunde davon erzählten. Die Arletty und eine Kollaborateurin, das war für mich wie Hemingway und Apfelsaft. War doch nicht selten, daß die Résistance den Deutschen französische Pflaumen anbot, wenn es in irgendeiner Weise nützte.
Und Arlettys Liebschaft muß genützt haben, sonst wären die alle im KZ gelandet. Jacques Prévert hat einmal vor versammelter Mannschaft im Café erzählt, wie sie sich beim Filmen einen Scheißdreck um die Animositäten der Deutschen geschert haben. Marcel Carné und Jacques hatten für »Die Kinder des Olymp« einige gute Juden rangeholt; Alexandre Turner, der Bühnenbildner, und Joseph Kosma, der Komponist, waren zum Beispiel Juden. Da hatte die Arletty ihren deutschen Liebhaber schon.
Jacques hat erzählt, wann sie sich den deutschen Offizier gekapert hat: nämlich als es sehr nützlich war. Sie drehten gerade den Film »Madame sans Gêne«, der zu Napoleons Zeiten spielt. Regisseur Richebé hatte als Kulisse das Schloß Grosbois vorgesehen und dort für einen bestimmten Tag Dreherlaubnis bekommen. Als das Team aber mit Kostümen und Karossen vor dem Tor stand, hieß es plötzlich, die Genehmigung gelte nicht mehr. Katastrophe! Ich habe beim Film gearbeitet, ich weiß, was das bedeutet, aber die Arletty bekam heraus, welcher Offizier für die Genehmigung verantwortlich war, rief ihn an – und am nächsten Tag war alles geregelt.
Kleine, das ist es, was du begreifen mußt: Dein Sex ist deine Macht!
Wer spricht denn da von Prostitution?
Glaub doch nicht, daß die Arletty mit dem Deutschen ins Bett gegangen ist! Die hat für den nicht mal die Bluse geöffnet oder den Rock gehoben, wie ich es mache, wenn ich Geld brauche. Nein, die hat den Sex im kleinen Finger, sie hat vielleicht ihr Empire-Kleid angezogen, das aus der Napoleon-Klamotte

stammt und die Ballons so frech und verlogen hochdrückt, daß sie wie kurz vorm Platzen aussehen. Übrigens, der Offizier war *später* dann ihr Geliebter.

Als die Arletty »Les enfants du paradis« drehte, war ich für einige Wochen von den Deutschen eingesperrt. Zuerst hatten sie mich zu Verhören geholt. Ich sollte erzählen, welcher meiner Freunde auf welche Weise gegen die Deutschen konspirierte. Ich will über die Verhöre nicht reden. Meine Angst vorm Eingesperrtsein ist größer als meine Angst vor dem Tod. Ich spielte ihnen vor, geisteskrank zu sein. Es war nicht schwer. Ich hatte solche Angst, daß ich tatsächlich verrückt war. In meinem Kopf ging alles durcheinander, Chaos. Sie ließen mich aus dem Gefängnis, aber dafür steckten sie mich in die Irrenanstalt. Einige Wochen lang, oder Monate, frag mich nicht. Diese Zeit ist für mich in einem Meer aus Kloake und Schreien und grotesker Komik versunken. Ich verdreckte und verkam wie alle anderen, aber ich starb nicht ab. Ich wurde verrückt, ich verwirrte mich, aber ich gab mich nicht auf. Ich zeichnete, das hielt mich davon ab unterzugehen.

Als ich rauskam, fiel es mir schwer, die alltäglichen Verrichtungen wieder zu erledigen. Ich wusch und kämmte mich nicht regelmäßig und ähnelte wahrscheinlich einer Clocharde. Ich glaube, das änderte sich erst, als André, der nicht in Paris gewesen war, weil er Krieg geführt hatte, zurückkam. Da schlüpfte ich aus meiner unsichtbaren Kapsel und sang wieder im Jockey. Wenig später lernte er seine Flo kennen und ich meinen Klempner. Einige Zeit später wurde mir gesteckt, die Gestapo wolle mich schnappen und arretieren. Da verschwand ich. Es gab Gebiete, die von den Deutschen nicht okkupiert waren, dorthin haben die Freunde mich und meinen brutalen Klempner verschickt.

Da ging es mir nicht übel. Ich trank Wein, diskutierte mit Freunden über den Krieg und darüber, wie man die Deutschen vertreiben könnte. Einige von uns sind zu den Kommunisten gegangen, André Breton, Louis Aragon.

Prévert kenne ich schon lange. Er hat damals, Anfang der zwanziger Jahre mit Yves Tanguy und Marcel Duhamel zusammengewohnt. Sie machten in der Rue du Château 54 aus dem völlig heruntergekommenen Laden einer Firma, die mit Kaninchenfellen handelte, eine Wohngemeinschaft, die zu einem Zentrum der Surrealisten wurde. Dorthin habe ich Man viel lieber begleitet als zu Bretons täglichen Versammlungen im Café Cyrano oder in der Radio Bar in Montmartre. Bei Jacques und Yves wurde gelacht, es ging lustiger und entspannter zu als bei jenen abstrakten und strengen Diskussionen über rein gar nichts, die die Männer bei Breton mit der bedeutsamen Miene der Weltveränderer führten.

Robert Desnos und mein Freund Georges Malkine nahmen Man und mich das erstemal mit in die Rue du Château 54. In diesem Teil von Montparnasse, nahe bei der Bahntrasse, gab es damals hauptsächlich zweistöckige Häuser mit kleinen Lädchen, zwielichtige Hotels mit Schuppen und Künstlerateliers. Es war eine etwas bäuerliche, etwas schmuddelige und angenehm verwahrloste Ecke.

Die Männer waren damals gerade dabei, die Räume wohnlich zu machen. Marcel Duhamel hatte neue Strom- und Wasserleitungen installiert, und Yves Tanguy pflasterte die Zimmerwände mit Zeichnungen, Plakaten und Ladenschildern. Es war sein Hobby, nachts loszugehen und Ladenschilder abzumontieren.

Wir hörten uns dort in den Zwanzigern die neuesten Jazz-Schallplatten an und diskutierten wild herum. Diese Debatten waren aber nicht zu vergleichen mit denen, die André Bretons Stempel trugen. Wir lachten viel. Es war nicht möglich, Jacques Prévert und Yves Tanguy zu besuchen, ohne daß man ihr Opfer wurde. Jede und jeden, den sie zu fassen kriegten, nahmen sie beiseite, um ihre neuesten poetischen Schöpfungen vorzutragen.

Die Arletty schwirrte in den Zwanzigern auch auf Montparnasse herum. Wir haben uns im Jockey kennengelernt, sie war Schauspielerin im Théâtre des Capucines, hatte eine hübsche Stimme, konnte gut singen. Und sie hatte Brüste, die die Männer anlockten, ziemlich groß, aber vielleicht streckte sie sie auch nur raus, damit jeder sie sah. Wir fühlten auf den ersten

Blick eine Art Verwandtschaft, die Arletty und ich, wir lebten beide, ohne uns um Konvention oder Moral zu scheren. Ich kenne einige Männer, die sie heiraten wollten. Arletty und Ehe, das war wie Gestapo und Liebe. »J'aime celui qui m'aime/Est-ce ma faute à moi?/Si ce n'est pas le même/Qui m'aime chaque fois.« Das hat ihr Prévert in »Die Kinder des Olymp« gedichtet, es paßte zu ihr.
Bei ihrem deutschen Offizier allerdings hatte ich mich geirrt. Ich glaube, den hätte sie sogar geheiratet. Das muß eine wahnsinnige Liebe gewesen sein. Ich habe sie zusammen im Jockey gesehen, das war wohl Anfang der Vierziger. Sie sprachen französisch miteinander. An der Sprache konnte man ihn nicht erkennen, aber er sah deutsch aus. Er war ein wirklich schöner Mann, für meinen Geschmack allerdings zu glatt. Und sie liebte ihn, das spürte ich so deutlich, als trüge sie die Liebe zu ihm wie ihre Augen, ihren Mund oder ihre grandiosen Brüste. Robert Desnos und viele andere von uns gehörten damals zur Résistance, Aragon war der kommunistischen Partei in aller Form beigetreten, mit Mitgliedsbuch und Beitragsmarken. Andere auch, und trotzdem sagte keiner von uns etwas, als die Arletty mit ihrem Deutschen in unserem Club aufkreuzte. Wir wußten alle, daß das etwas anderes war als Kollaboration.
Ende 1944 war es, glaube ich, daß die Arletty verhaftet wurde. Sie wurde nach Drancy gebracht, eine makabre Angelegenheit. Die Deutschen hatten es als KZ errichtet, und nun brachten die Franzosen die Kollaborateure dorthin. Damals gingen wüste Gerüchte um, viele rankten sich um die Brüste der Arletty. Man habe sie abgeschnitten und die Arletty dann erschossen. Aber auch ausschweifendere, vor Neid triefende Geschichten wurden erzählt. Auch von Frauen. Heute ist sie wieder in Paris – und schöner denn je. Sie muß, laß mich rechnen, ja, ungefähr dreiundfünfzig sein. Sie ist schön, Mädel, schöner als die meisten in deinem Alter.
Vielleicht wäre ich wie die Arletty geworden, wenn ich in Amerika geblieben wäre. Du hast die Geschichte meiner Amerikareise sicher gelesen. Sie ist oft erzählt worden, ich habe sie aufgeschrieben. Alle haben mich ausgelacht: Kiki ist nach Ame-

rika gefahren, um ein Filmstar zu werden. Und dann läßt sie die Filmaufnahmen sausen, weil sie einen Kamm vergessen hat. Eigentlich gab's da gar nichts zu lachen. Nichts und überhaupt gar nichts.

My Man kam aus Amerika, und Marcel Duchamp, der bei uns fast wohnte, so viel unternahmen wir gemeinsam, der war von Paris nach Amerika gefahren, einfach so, ohne ein Wort amerikanisch zu sprechen. Sie hatten einander in New York kennengelernt, nicht auf der Straße oder im Café, zufällig, wie Menschen sich kennenlernen, nein, sie lernten sich kennen, weil sie einander kennenlernen wollten. Weil sie Künstler waren.

Eine ihrer Lieblingsanekdoten war die Geschichte, wie sie zusammen Tennis gespielt hatten, ohne Netz. My Man sprach kaum französisch und Duchamp fast kein Wort amerikanisch. My Man zählte, um irgend etwas zu Duchamp zu sagen, auf französisch die Schläge, also, er nannte die Zahlen, die er kannte, ob es nun stimmte oder nicht, und Duchamp antwortete jedesmal: yes.

Das war seltsam an Man. Er wollte alle Künstler kennenlernen, aber wenn er sie schließlich kannte, spielte er mit ihnen Schach oder Tennis, vor allem Schach. Und wenn er diskutierte, dann über alles mögliche, über Mode, Autos, Geschwindigkeit, aber nicht über Kunst. Erst ganz am Schluß begriff ich, daß er unaufhörlich über Kunst sprach. Wie besessen.

Es gab viele Amerikaner in Paris. Allein wenn ich heute durch Montparnasse gehe, sehe ich, hier hat Hem gesessen, da hat er gewohnt; hier hat Sylvia Beach ihren Buchladen gehabt und all den armen, abgerissenen Amerikanern Bücher geliehen.

Und nicht nur, daß die Amerikaner in Paris waren, auch viele unserer französischen Freunde waren in Amerika gewesen. New York rückte sehr nahe in diesem Alltag auf Montparnasse zwischen Posieren und Singen und Diskutieren und Trinken. Viele rieten mir, nach Amerika zu gehen.

Ich sang jede Nacht im Jockey. Du kannst heute noch hingehen und dir anschauen, wie es früher *nicht* war. My Man hat einmal Nägel auf die Bügelfläche eines Bügeleisens geklebt, das Gegenteil haben sie mit dem Jockey gemacht. Sie haben die heiße Fläche abmontiert.

Damals war das Jockey eine Attraktion, weil ich dort sang. Und alle sagten: Kiki, du bist wie geschaffen für den Film. Du kannst singen, wie es unnachahmlich ist; du kannst tanzen, wie es in keiner Tanzschule gelehrt wird; du bist so fotogen, daß du dich nur aufs Klo setzen mußt, und von hinten fotografiert wird ein Kunstwerk draus. Du hast keine Scheu, dich auszuziehen. Du mußt nach Amerika.
Ich verwandelte mich mit so viel Freude. Täglich schuf ich mit Hilfe der Utensilien aus meinem Schminkkoffer ein neues Bild von mir. Die Surrealisten redeten davon, daß die alten Materialien, die alten Gegenstände der Kunst erledigt waren, daß es galt, die Kunst im Leben zu entdecken und nicht mehr in den Anatomieklassen. Ich war ein lebendes surreales Kunstwerk. Ich war eine größere Künstlerin als all jene, die nach meinem Körper Gemälde, Skulpturen, Fotos machten. Ich war für die doch so etwas wie ein »objet trouvé«. Sie mußten mich nur aufsammeln und ausstellen. Aber geschaffen hatte ich mich selbst. Täglich aufs neue schuf ich mich.
Die Frage ist, Chérie: Wer war der Urheber der Fotos von Man, er oder ich?
So, jetzt mußt du mich nach Hause bringen, ich kann nicht mehr geradeaus gehen.

5. September 1951

Du willst mehr von Amerika wissen. Verstehe ich.
Mein Amerika hat allerdings ein besonderes Gesicht. Ich war empört, daß das Amerika, das ich vorfand, nicht die geringste Ähnlichkeit mit dem hatte, wovon Man und all die anderen gesprochen hatten. Mein Amerika, das war ein Eintopf aus Einsamkeit, Verzweiflung und Trotz. Ohne meinen Trotz wäre ich dort nicht einen Tag länger geblieben, nachdem Mike abgereist war.

Kiki Souvenirs, Kapitel XXIII

Ich fahre nach Amerika.
Ich bin sehr unruhig. Ich habe Angst, New York nicht so zu finden, wie man es im Kino sieht.
Ich fahre auf einem englischen Schiff, das alles andere als fröhlich ist. Wir sind drei Frauen in derselben Kabine. Als ich am ersten Abend reinkam, um zu schlafen, war da eine, die lag auf dem Rücken, schlief mit offenem Mund. Sie war gelb wie eine Zitrone, hatte weiße Haare und Zähne, die vorstanden bis zur Mitte des Zimmers. Die andere schnarchte. Sie hatte ihre Vorhänge runtergezogen. Mein Bett war so hoch, daß ich gar nicht wußte, wie hochkommen. Also bin ich in die Halle schlafen gegangen. Am Morgen, als ich um sieben Uhr kam, haben sie mir einen schmutzigen Blick zugeworfen, aber ich habe erklärt, daß eine Leiter fürs Bett fehlte. Das ist entnervend am Morgen: Die mit den langen Zähnen braucht eine Stunde, um sich zu waschen, und dann ist die andere dran. Sie tun freundlich mit mir, und ich blecke die Zähne, um zu zeigen, daß sie mir sympathisch sind.
Ich trinke viel Champagner, habe schwere Beine, bin aber nicht seekrank. Mit Appetit nehme ich allerdings nur den Kaffee am Morgen zu mir. Ich denke traurig an Montparnasse. Dieses weite Meer ängstigt mich, vor allem, wenn es zornig ist.
Das Schiff kracht und stoppt oft, weil Nebel ist.
Wir kommen nachts an.
Ich warte sehnsüchtig auf den beginnenden Tag, um spazierengehen zu können.
Ich wohne im Hôtel Lafayette, einem französischen Hotel, dort gibt es guten Wein, das ruft mir mein Frankreich in Erinnerung, nur die Tassen, in denen er serviert wird, taugen nichts.
Nachmittags gehe ich ins Kino, morgens in den Doppeldecker-Autobus, von wo aus ich ganz New York besichtigen kann. Es ist hier so, daß die Leute sich nicht um dich kümmern, man geht über die Straße, ohne Furcht, gefoppt zu werden.
Ich wäre beinahe beim Film bei Paramount gelandet. Ich bin zu einer Probe hingegangen, und bevor ich das Studio betrat, wollte

ich mich kämmen. Hatte meinen Kamm vergessen. Da bin ich voller Wut umgekehrt. Alles für einen Kamm. Aber es ist vielleicht besser. Es ist schöner, ins Kino zu gehen, als es zu machen...
Drei Monate bin ich in New York geblieben.

Mein Amerika hieß auch Mike. Ja, davon steht nichts in meinen »Souvenirs«, ich weiß. Die sind so geschrieben, daß My Man keinen Anlaß hatte, sich darüber zu ärgern.
Mein amerikanischer Eintopf war gewürzt mit Gleichgültigkeit schlimmster Sorte und mit Fremdheit. Zu gern hätte ich eine amerikanische Frau gefragt, ob ihr Kerl wenigstens im Bett voyeuristische Neigungen hat.
Auf Montparnasse konnte ich einem Alten meine beiden Sahnetörtchen mit der Erdbeerverzierung zeigen und dafür kassieren. In Amerika? Ich glaube, die hätten mich ausgelacht. Die wollten gar nichts sehen. Dabei mochte ich die amerikanischen Soldaten in Paris so gern. Das waren Männer.
Und dann mein Liebeskummer. Doppelter Liebeskummer. Das ist eine bittere Medizin gegen den Übermut. Warum hatte ich Man verlassen? Aus welchem Abgrund meiner Seele war dieser Wunsch gekommen, warum mußte ich ihm beweisen, daß ich mindestens so unabhängig war wie er?
Ich hatte wenig Macht über ihn. Das verräucherte Jockey, zum Platzen voll von Freunden und Fremden konnte ich mit einem Schnipser meines Fingers dirigieren. Beugte ich mich ein wenig nach vorn, lenkte ich die Blicke in Richtung meiner rosa oder rot geschminkten Nippel; öffnete ich meinen Mund, um eines dieser Lieder zu singen, wurden sie rasend, obwohl, im Vertrauen gesagt: Ich kann gar nicht singen. Ich lasse Töne aus meiner Brust und aus meinem Bauch kommen und erzähle den Leuten eine Geschichte.
So leicht, wie es klingt, fiel es mir allerdings nie. Jedesmal starb ich fast vor Angst. Ich durchschaute meinen Zauber nicht, wußte nur, daß er funktionierte. Es gab keinen Zauberspruch, den ich hätte benutzen können, die einzige Möglichkeit

bestand darin, Kiki zu sein, die Kiki von gestern, von vorgestern, diejenige, die sich irgendwann das erstemal hingestellt und gesungen und das Publikum hypnotisiert hatte. Solange ich nicht ziemlich betrunken war, traute ich mich nicht, nie. Es ist ein Rausch, ein ganz anderer Rausch als der von Alkohol oder Koka, das ich damals manchmal schnupfte. Es war der Rausch, in der Mitte zu stehen, ungeschützt, von allen angeschaut. Wie ein Kampf: Du bietest dich ihnen an, sie können dich auffressen, aber wenn du gewinnst, fressen sie dir aus der Hand.

André Citroën, der Autokonstrukteur, dessen Augen herumstöberten, als wüßte er, daß irgendwo verborgen ein Schatz lauere, kam oft ins Jockey und setzte sich zu Treize und mir an den Tisch. Einige sagten, er sei ein Spieler, der nur das unverbindliche Herumlungern und das Spiel liebe und der mit seinem Vermögen von sechshundert Millionen seine Mätressen unterhalte. Er sprach wenig, wenn er bei uns saß; wir lachten und tranken miteinander. Er bestellte diese unmöglichen Cocktails, wo Alkohol auf Sahne gekippt wird. Das sind die teuersten, aber sie halten lange, weil man sie langsam süffelt.

Im Jockey wurde gesoffen. Die Stimmung war entsprechend ausgelassen. Manchmal gab es auch Ärger; und wenn ich wütend oder unlustig war, habe ich mich geweigert zu singen. Einmal, ich hatte sehr schlechte Laune, war mir absolut nicht nach Singen. Ach, da jaulten sie: Kiki, sing, Kiki, sing doch! Aber ich wollte nicht. Da zückte Citroën einen Hundertfrancsschein und bot ihn mir an. Ich will nicht, wiederholte ich. Aber Citroën blieb hartnäckig. Er streckte mir den Schein entgegen, und ich spürte, wie entsetzlich wichtig es ihm war, mich mit seinem Geld zu kriegen. Da nahm ich es ihm freundlich ab, entzündete es an der Zigarette des nächsten Rauchers und verbrannte es vor aller Augen. Anschließend habe ich gesungen. Weil ich es wollte.

Und immer kommt irgendwann My Man zur Tür herein. Ein kleiner Man mit großen traurigen Augen. Und ich weiß, er bringt eine Stimmung mit, und an der hält er fest, was auch geschieht. Wenn er traurig ist, deprimiert, wie er es nennt, dann hockt er hinter einer großen Hecke, errichtet aus mit Nägeln gespickten Bügeleisen. Da könnte ich mich in den berühmten Debureau verwandeln, den legendären Pierrot aus dem vorigen Jahrhundert, und Man würde nicht lachen. Weil er nicht hinsehen würde. Und wenn er fröhlich oder übermütig ist, dann verspritzt er seine boshaften Geistesblitze wie Wasser aus einem Schlauch, vor dessen Öffnung er den Daumen hält. Und ich werde patschnaß.

Irgendein Dummkopf hat Man einmal gefragt, ob ich eigentlich intelligent sei. Er antwortete: Ich bin intelligent für zwei. Er war alles für zwei, so dachte er, nur fürs Ficken brauchte er ein Loch. So glaubte ich zumindest, als ich mich in Mike verliebte.

Einmal gestand ich Man meine Liebe, vor aller Augen. Ich sagte: Man, My Man, ich liebe dich. Und er drehte sich weg, grinste auf eine unerträglich überhebliche Weise und sagte: Liebe? Wer redet denn von Liebe? Wir vögeln, Kiki, wir lieben uns nicht. Treize hat es miterlebt, sie war sehr zornig auf mich. Sie sagte: Alle Männer, die dir dreist kommen, ohrfeigst du, nur Man nicht. Dabei braucht er es.

Ja, und nun war ich in New York. My Man hatte mich zum Schiff gebracht. Da waren seine Augen voller Liebe gewesen. Und ich hatte geweint und geweint. Da waren auch Mans Augen feucht geworden, und er hatte sich geräuspert, als hätte er seinen eigenen Schwanz verschluckt. Als das Schiff mit einem bedrohlich grollenden Geräusch ablegte, wußte ich: Heute hat Man mich geliebt.

Die Überfahrt war von einem Paar bezahlt worden, das bei Man die Einwilligung für meine Reise erbeten hatte, als wäre er mein Gatte. Sie hatten mich im Jockey kennengelernt und waren von meinem Talent für den Film so überzeugt, daß sie mich fördern wollten. My Man hatte sich widersetzt, als *wäre* er mein Gatte. Zu komisch, wie er in seinem eigenartigen Französisch Einsprüche vortrug: Kiki kann nicht mit Geld umgehen; Kiki sagt doch immer, sie gehe lieber ins Kino, als daß sie Film mache; Kiki findet sich an fremden Orten nicht zurecht; Kiki spricht keine andere Sprache als Französisch.

Und nun bringt er mich zum Schiff.
Es ist September und schon ziemlich kalt. Ich trage einen weißen Hut und weiße Handschuhe, ich bin dreiundzwanzig Jahre alt, zwei Jahre zuvor hatte ich noch keinen Hut und wurde deshalb aus manchen Cafés hinausgeworfen.
In der Nacht zuvor habe ich nicht gesungen, wir haben uns geliebt, die ganz Nacht hindurch, so wie ich es mag, und ich habe Man verborgene Töne entlockt; er stöhnte, und ich habe ihn gebissen und gekratzt, und er hat nicht gesagt: Kiki, laß das, das mag ich nicht. Er hat mich am Hals geküßt, was ich mag, ich lege den Kopf zurück und lasse mich in Besitz nehmen.
Als ich nach Amerika abfuhr, war mein Hals voller Male. Ich mag es, wenn ein Mann zeigt, daß er mich begehrt, daß er mich besitzen will, daß ich sein Violon d'Ingres sein soll. Ich mochte es. Heute will ich keinem mehr gehören, habe zu viele Schläge kassiert.
Der Kerl, mit dem ich dann in Amerika im Hotel war, wollte mich auch besitzen. Und eine Weile gehörte ich ihm auch. Mike war ein guter Mann. Solange Mike bei mir war, war Amerika noch nicht dieser unbekömmliche Eintopf, da war Amerika zwanzig Stunden täglich Hotelzimmer, bei kurzen Spaziergängen Lachen und Spaß auf der Straße und dann wieder Eintauchen in die Sinne. Und trotzdem Sehnsucht nach Man.
Dann war Mike plötzlich verschwunden. Er kam aus St. Louis und mußte dorthin zurück. Er erklärte, sein Geld sei ausgegangen und er müsse wieder arbeiten. Die Zeitung, für die er Artikel schrieb, sitze nun einmal in St. Louis, das könne er nicht ändern, sagte er zerknirscht. Ich solle mitkommen, bat er. Ich lachte ihn aus. Er versprach zurückzukommen. Lieber nicht, lachte ich. Von soviel Liebe kriegt man Hornhaut zwischen den Beinen.
Und dann war er weg. Mike war ein großer Mann mit breiten Schultern und einem wiegenden Gang. Er hätte in einem Film über die Südstaaten einen prima Farmer mit heimlicher Sympathie für die Schwarzen abgegeben. Als er noch bei mir war, kriegte ich alles, was ich brauchte. Stundenlange Ganzkörpermassagen, Koseworte ohne Ende und auch zu essen. Und natür-

lich den guten französischen Wein, den es in dem französischen Hotel gab, in dem wir wohnten. Dann war ich plötzlich allein. Kaum Geld. Und die große Steinstadt. Die fremden Laute, als gurgelten die Leute unaufhörlich. Diese Menschen mit den Scheuklappen vor den Augen.
Morgens nach dem Frühstück setzte ich mich in einen Bus und fuhr den ganzen Tag herum. Anschließend ging ich ins Kino und blieb dort bis zum Schlafengehen. Das war nicht teuer, und ich lernte New York kennen. Aber lustig war es nicht, Kleine. Dann kam der Vorstellungstermin bei den Leuten von der Paramount im Astoria-Hotel.
Zuerst war ich wie berauscht, als die Nachricht kam, der Vorsprechtermin sei klar. Ein paar Tage vorher ging ich nicht ins Kino, spazierte herum, weil mir mein Teint zu bleich vorkam. Obwohl mein Teint eigentlich nur als Untergrund für die Schminke von Bedeutung ist.
Der Tag rückte näher, zwei Tage noch, ein Tag, und da bereits fiel ich in einen Trog von Ernüchterung.
Als ich mich auf den Weg begab: Panik. Ich war geschminkt wie für den heißesten Auftritt im Jockey, war so gekleidet, daß ich beim Singen, Tanzen und Spielen noch viel enthüllen konnte. Auf den ersten Blick sah ich aus wie eine hübsche junge Frau mit spitzer Nase, schwarzen Augen und einer Figur, von der Man sagte, sie sei makellos. Auf den zweiten Blick jedoch würde ich ihnen mein Lächeln zeigen und meinen Hals, und ich würde ihnen eine Ahnung von den Schätzen unter meiner Bluse vermitteln. Ich hatte einiges zu bieten, dessen war ich mir sicher, als ich aus dem Haus ging.
Der Weg zum Astoria war nicht einmal sehr weit, aber er führte an einer endlosen Reihe von Häusern vorbei, die so riesig in die Höhe ragten, daß meine Beine zu schrumpfen schienen, als ich dort entlang eilte. Sie wurden kürzer und müder. Mein Makeup verwandelte sich in eine Staub-Fett-Maske. Mein Haar trug eine Haube aus Schmutz, und meine Brustwarzen scheuerten sich wund an meiner staubigen weißen Bluse.
In Paris hatte ich mich stets geweigert, irgendwelche unbekannten Wohnungen allein aufzusuchen. Ich hatte Angst vor frem-

den Türen und noch mehr Angst vor fremden Gegenden. Immer schon. Ich hatte Angst, mich zu verlaufen und nie zurückzufinden. Suchte ich irgendwelche neuen Adressen auf, mußte Treize mich begleiten. Man Ray hatte mich verspottet wegen meiner Unfähigkeit, mich zu orientieren. Norden, Osten, Süden, Westen, das waren für mich romantische Seefahrerworte, ich kannte rechts und links und geradeaus. My Man lachte auch über meine Angst vor irgend etwas ganz furchtbar Schlimmem, das mir in fremden Gegenden und hinter fremden Türen begegnen könnte.

Nun war ich in einem fremden Land, weit weg von Treize, die mich hätte begleiten müssen, wäre es nach den christlichen Geboten gegangen, wie viele das auch immer sein mögen. Entgegen allen Gesetzen der Menschlichkeit näherte ich mich allein und völlig verbiestert diesem Hotel Astoria, dessen Äußeres ich ebensowenig kannte wie das Innere. Was erwartete mich dort? Was erwarteten sie von mir? Und wer erwartete mich? Wie würde es sein, wenn ich keinen Ton herausbrächte? Würde mir kühle Ablehnung entgegenschwappen, in der Art, wie Man sie meisterhaft beherrscht?

Und danach würde ich wieder allein zu meinem Hotel zurückfinden müssen. Abermals durch die einschüchternden staubigen Straßen.

Als ich schließlich vor der fremden Tür stand, war ich plötzlich sehr müde. Alles, was ich mir wünschte, war ein Zauber, der mich umgehend zu meiner Großmama brachte. Ich wollte ihren liebevollen Blick auf mir spüren, ihr Schnüffeln hören, ihre Worte: Wie gut du riechst, meine Alice.

Ich wollte weg von dieser Tür. Mit einem Mal dämmerte mir, daß das Ganze kein Spiel war, es bestand sogar die Gefahr, daß sie mich haben, als ihren Filmstar besitzen wollten. In mir stieg eine Panik auf, deren Wildheit Widerstand zu leisten zwecklos war. Weißt du, Kleine, in meinen »Souvenirs« habe ich diese Episode ein wenig amüsant beschrieben. Souvenirs schreibt man so. Ich habe geschrieben, ich hätte mich kämmen wollen und gemerkt, daß ich keinen Kamm dabei hatte. Da sei ich den ganzen Weg zurückgelaufen. Ich weiß nicht einmal mehr, ob ich wirklich keinen Kamm bei mir hatte. Woran ich mich erinnere, ist diese Angst vor totaler Vernichtung. Ich sollte durch die Tür hindurch, sollte bei irgend so einem fremden Mann einen Wettbewerb in Gefallen bestehen, und bis zu diesem Augenblick hatte ich noch nicht einen Menschen in New York getroffen, der französisch sprach. Die allerbedrohlichste Vorstellung aber war plötzlich: Sie könnten mich nehmen. Da drin könnte einer sein, der mich haben will. Und ich würde wieder einmal nicht nein sagen können. Ich fühlte mich wie eine Fliege auf dem Rand eines Sirupglases: Fiele ich dahinein, würde ich vielleicht Abenteuer und Ekstasen erleben, die ich noch nicht kannte, aber ich würde mit dem Leben bezahlen. Nie wieder herauskommen.

Nie wieder zurück zu Treize, die meine Freundin war, seit ich sie ein Jahr zuvor, am 14. Juli, zufällig beim Tanzen auf der Straße kennengelernt hatte. Wir waren unzertrennlich, es war Liebe auf den ersten Blick. Ja, auch mit Frauen kann es auf den ersten Blick funken. Nie wieder zurück zu Robert Desnos, zu Foujita und Zadkine und Soutine – nie wieder zurück zu Man, den ich liebte. Man, My Man.

In diesem Augenblick war ich durchströmt von Liebe. In meinen lackierten Fingernägeln, in meinen verlängerten schwarzen Wimpern, in meinem parfümierten Nabel und natürlich in meinen geschminkten Brustwarzen, überall liebte ich. So sehr hatte ich nie geliebt. Es war, als krieche die Liebe zu meiner Mutter unter Trümmern hervor, als erwache die irgendwo in mir schlummernde Liebe zu meinem Vater aus einem Alptraum, als erkämpfe sich die Liebe für das Kind, das ich Man so gern geboren hätte, seinen Platz in mir, als fließe all das in den großen Strom meiner Liebe zu meiner Großmutter und meinem Großpapa und dann in einen noch größeren zu Man Ray, My Man.

Ich weinte den ganzen Rückweg über. Ich fühlte mich, als hätte ich ein Stück aus meinem Leben herausgebrochen und an einen Schwindler verschenkt. Ich war entsetzlich einsam. Und ich hörte keine Sekunde Mans spöttische Stimme: Kiki, was bist du französisch, so sentimental!

Seit zwei Jahren erst war mein Leben einigermaßen erträglich. Vorher war ich immer hungrig gewesen und kurz davor, auf den Strich zu gehen. Seit zwei Jahren erst lebte ich mit Man. Und hatte ich nicht gut gelebt? Meine Knochen waren allmählich von Fett umhüllt worden, wir aßen täglich dreimal, eine für meine damaligen Verhältnisse fast unanständig luxuriöse Lebensweise. Seit meine Mutter mich rausgeworfen und verstoßen hatte, kannte ich Hunger und Obdachlosigkeit. Wir hatten eine Badewanne im Atelier, und ich war immer sauber. My Man hatte mir Kleidung geschenkt, und ich trug sogar Hüte. My Man fotografierte meinen Körper und mein Gesicht so, wie Mike mich liebkost hatte. Aber war denn das eine besser als das andere? My Man war der richtige Mann für mich, wußte ich plötzlich, weil seine Erregung entfacht wurde, wenn er mich durch eine Kamera beobachtete. Und mich erregte es, angeschaut zu werden, erotische Posen einzunehmen, mich zu rekeln und zu zeigen – mit sicherem Abstand zum Betrachter. Ich kehrte gar nicht erst in das unfreundliche Hotelzimmer zurück, sondern ging sofort zur Post und gab ein Telegramm an Man auf. Er solle mir das Geld für die Rückreise schicken. Als ich dem Fräulein auf der Post die Worte diktierte, fühlte ich mich erleichtert wie ein Kind, das sich zwei Tage und zwei Nächte im Geräteschuppen versteckt hat, damit die Eltern in Angst und Sorge entdecken, wie lieb sie es haben, und das nun aufgibt, weil es in den Geräteschuppen hineinregnet.

Von nun an ging ich nicht einmal mehr ins Kino. Ich lag auf dem Bett und wartete auf das Geld. Ich weiß nicht mehr, wie lange dieser Zustand andauerte. Mir schien es wie Gummiband, das gewaltsam in die Länge gezogen wird und kurz vorm Zerreißen ist. Schließlich kam das Geld, Man hatte es umgehend geschickt, aber Paris und New York sind nun einmal weit voneinander entfernt.

Während der Rückreise war ich entsetzlich ungeduldig, auch wenn es wieder Champagner gab, denn Männer, die Champagner spendieren, finden sich auf Schiffen, wie sie sich überall finden. Ich versuchte, nicht zum Nachdenken zu kommen, immer bemüht zu lachen, zu flirten, zu trinken.

Ach, Kind, eigentlich bin ich immer nur nachmittags um fünf für eine halbe Stunde zum Nachdenken gekommen, und das war dann ebenso fürchterlich, wie es heute noch ist.

12. September 1951

Hallo, Petite, da bin ich wieder. Eine Woche lang hab ich gelegen. Schmerzen. André war bei mir. Er hat mich betäubt mit seinem Betteln und Drohen und Argumentieren.
Kiki, du wirst sterben, wenn du weitertrinkst. Ich will nicht länger zusehen, wie du dich zerstörst. Kiki, alle wenden sich ab von dir, du wirst einsam sein. Kiki, Gott hat dir so viele Schätze geschenkt, und du läßt sie verkommen.
Was, sagst du, Kleine, soll ich? Ein neues Leben? Und welches?
Ich hab dich vermißt, kleines Mädchen mit den traurigen Augen, und hungrig sind sie, so hungrig auf Leben.
Mein Gott, ja, ich bin auch hungrig auf Leben. Dieser Schmerz in meiner Mitte, direkt in der Mitte, der ruft alle anderen Schmerzen wach. My Man sagte, wenn ihm etwas weh tue, dann kneife er sich an einer anderen Stelle, bis der Schmerz dort größer sei als der erste. So überwinde er jeden Schmerz. Aber das stimmt nicht. Mein Schmerz ruft alle anderen wach. Alle, die ich jemals erlitten habe. Und das völlig Verrückte ist, daß ich dann so hungrig werde auf Leben.
Ich kenne viele, die vorhatten, in dem Augenblick Schluß zu machen, da sie krank oder leidend wären, oder dann, wenn sie ihre sexuelle Anziehungskraft verloren hätten.
Und ich?
Wenn ich so durch die Tage schleiche, nachmittags um fünf zu dir schlurfe, um von dir ein wenig Wein oder einen kleinen Imbiß gegen meinen Wortschwall einzutauschen, dann ist mir das Leben ziemlich gleichgültig. Ich ersticke es unter der Masse meines unförmigen Körpers. Manchmal, wenn ich dir erzähle, taucht es in meinem Kopf wieder auf, vor meinen Augen nimmt es Gestalt an, zieht in meine Nase und breitet sich in

meinem Körper aus, als lebte in mir versteckt die Kiki von früher. Doch gleichzeitig ist Müdigkeit und Gleichgültigkeit in meinen Armen, in meinen Fesseln. Kein Zweifel, hier sitzt die abgestorbene, fette, müde Kiki, auch wenn die innere, die lebensfrohe, sich regt.

Wenn ich aber Schmerzen bekomme, wenn ich mein Siechtum deutlich spüre, wenn ich begreife, daß es zu Ende geht, ja, dann werde ich wach. Wie durch einen Zauber lebendig. Die Kiki dieses Augenblicks, der ganze schwere Körper lechzt nach Leben. Ich möchte aufspringen und singen. Aufspringen und tanzen.

Ich will lieben, will diesen kranken Körper auspellen, bis die verführerische, strahlende Kiki zum Vorschein kommt. Ich würde nach jedem Strohhalm grabschen. Gäbe es doch die Möglichkeit, mein Fett zur Ader zu lassen! Dann würde ich André lieben, mich von ihm lieben lassen, seine Fürsorge annehmen und ihn dafür mit meinem Sex, meiner Raffinesse entschädigen. Dann würde ich ihn zum Lachen bringen, nie mehr dieses angstvolle Lächeln auf seinem Gesicht sehen. Oder einen anderen lieben, wenn André mürbe ist und bei Flo seine Ruhe haben will. Ich würde ihm die Ruhe gönnen.

Ich will leben, verdammt! Immer dann, wenn die Schmerzen mich wehrlos machen gegen den Schrei, der aus meinem Bauch kommt, will ich leben. Mehr als alles andere.

Und du? Ich hatte auch nach dir Sehnsucht, wollte dich sehen, plötzlich war mir wichtig, daß du alles über mich weißt, daß ich in deinen Aufzeichnungen zu erkennen bin. Es war, als hieltest du mich fest mit deinen grauen Augen, grau wie Gehirnzellen. Komm, ich will dir erzählen, wie es war, als ich aus New York zurückkehrte zu My Man, zu Treize, zu Foujita und Soutine, zu meinen Freunden und zu meinem Montparnasse.

My Man erwartete mich in demselben Mantel, in dem er mich zum Schiff gebracht hatte. Es war November und nur wenig kälter als im September. Ich flog ihm in die Arme, fühlte mich wie ein Vogel, leicht und zwitschernd, war zurückgekommen zu My Man. Nach Hause. Ich lachte und weinte gleichzeitig und plapperte und erzählte die buntesten Begebenheiten aus New York. Ich erzählte auch die Geschichte mit dem Kamm. Und ich erzählte ihm ein nettes Anekdötchen von meinem Besuch bei seiner Schwester in Brooklyn. Sie hatte einen lustigen Namen, Do Ray Goodbread, und ich nannte sie Madame Bon Pain. Sie hatte Kinder, und es war ein fröhlicher, übermütiger Besuch gewesen. Sie hatten mich nach der Französischen Revolution ausgefragt, also hatte ich eine Suppenkelle als Tambourstab genommen und eine kleine Familiendemonstration angeführt, indem ich die Suppenkelle schwang und die Marseillaise sang. Wir waren beeindruckend. Als wir die Straße rauf und runter marschierten, hatten sich schon einige Passanten, vor allem Kinder und Verrückte, der Ehrenkundgebung zur Französischen Revolution angeschlossen. Das war mein Besuch bei Mans Schwester. Wir hatten uns gut verstanden, herzhaft gelacht, und ich erzählte My Man ziemlich gern davon. Viel lieber als von anderen Sachen.

My Man war mir wichtig, als ich ihm einiges erzählte und einiges verschwieg; er war ein Mensch, der zu mir gehörte, was auch geschah. Ich war dankbar, weil er My Man war. Man war schweigsam, aber er hörte zu, und ich sah ihm an, daß er auftaute, zutraulicher wurde, bis er mich schließlich fragte, wo ich in New York gewohnt und wie ich es bezahlt hatte. Ich erzählte ihm, was er hören wollte, und spürte, daß er mir nur zu gern glaubte.

Schließlich gestand er drucksend, er habe nach meiner Abreise unsere Wohnung aufgegeben und sei in ein Hotel gezogen. Das war ein starkes Stück. Der hatte mich abgeschrieben, als meine Scheiße noch in der Kloschüssel dampfte. Für einen Moment kochte mein Blut hoch. Aber ich beruhigte mich vor einem Wutanfall, ich war zu dankbar und glücklich über die Zärtlichkeit in seinen braunen Augen, und außerdem dämmerte mir, daß es nicht ungünstig war, einen Ärger auf ihn in der Hinterhand zu halten, falls er mich nach einem gewissen Journalisten aus St. Louis fragen sollte. Ich wußte, was Man sexuell bevorzugt, und hatte die feste Absicht, ihn in jener Nacht außergewöhnlich heiter zu stimmen. Aber sein Hunger nach mir übertraf das, was ich mir nach meiner Erfahrung mit ihm vorgestellt hatte. Er war so überwältigend hungrig, daß ich einen Moment lang dachte, er hätte vielleicht die drei Monate mönchisch gelebt. Obgleich die Idee wirklich absurd war. Ich fragte ihn, und er ließ heilige Beteuerungen, auf unser Liebeslager tropfen. In dieser ersten Nacht in einem kleinen Hotel in Le Havre schliefen wir keine Sekunde.

My Man verspritzte sich und verlogene Beteuerungen, und ich verschlang ihn und seine Lügen. In den Pausen erzählte er mir von allem, was ich verpaßt hatte. Das Hotel Istria, in dem er jetzt wohnte, lag direkt neben seinem Atelier in der Rue Campagne Première. Dort gehe es munter zu, verkündete er, ich würde ja sehen.

Die Streitereien unter den Dadaisten trieben ihrem Höhepunkt zu. Breton gegen Tzara. Picabia gegen Breton und Tzara. Und Aragon ziehe sich allmählich aus allem raus. Schreibe an einem Roman. Und auch er, Man, halte sich aus allem raus.

Am nächsten Tag fuhren wir nach Paris. Die Zugfahrt war seltsam. So etwas hatte ich mit My Man noch nie erlebt. Er wirkte irgendwie ehrfürchtig, andächtig wie in der Kirche oder als wäre er krank gewesen und plötzlich durch einen heiligen Eingriff gesundet. Lauter solche Sachen, die er, hätte ich sie ausgesprochen, nun wirklich zum Lachen gefunden hätte. Aber er machte genau so ein Gesicht. Und ich war doppelt aufgeregt. Einmal, weil Man so heilig wirkte, und dann, weil ich zurück zum Montparnasse kam. Ob sie mich wohl vermißt hatten? Ob sie sich freuten? Ob am Bahnhof eine Jazzband Radau machte für Kiki?

Im Zug glaubte ich plötzlich, daß My Man mich nicht betrogen hatte, dachte, er sei vielleicht auch zu bequem dafür. Man Ray schwärmte für de Sade, du weißt schon, Kleine, diesen Schreiber von Sexgeschichten. Sex mit dem Knauf eines Sofas, aus dem plötzlich Phalli und irgendwelche Monster schnellen. Sex mit Maschinen, mit Pferden, mit Hunden. Lustige Geschichten, ich mochte sie damals auch sehr. Heute lese ich sie nicht mehr, heute lese ich gar nicht mehr. My Man las immer viele Bücher gleichzeitig. Und de Sade begeisterte ihn. Er saß im Ses-

sel, und der Speichel war nahe am Raustropfen, so geil war My Man, wenn er de Sades Sexgeschichten verschlang. Und dann? Stand er auf, machte ein intellektuelles Gesicht und sagte, er liebe de Sade nur wegen seines politischen Scharfblicks.
In Amerika hatte My Man unter Anarchisten gelebt. Die Dadaisten waren ja eigentlich alle Anarchisten. Außer Breton. Breton war nicht nach meinem Geschmack. Er hätte auch nicht nach Mans Geschmack oder dem der anderen sein dürfen. Die Dadas diskutierten sich die Lippen fransig über die Abschaffung der Tyrannei in der Kunst, in der Politik, unter Mann und Frau – und gleichzeitig schwiegen sie andächtig, wenn Breton seine Geistesblitze durch das Café Cyrano schleuderte. Es sprach schon Bände, daß der Lieblingstreffpunkt der Dadas nur wenige Schritte von Bretons Wohnung entfernt lag. Wer hatte da wohl seinen Einfluß geltend gemacht?
Mir gefiel das Café trotz Breton. Es lag an der Place Blanche, nahe beim Moulin Rouge, und war knallvoll mit den Huren der Place Pigalle und mit Fleischern und Blumenverkäufern vom Markt an der Rue Tholozé. Breton nannte das Publikum *Arbeiterklasse*. Die Huren übersah er. Breton war nicht nur prüde wie ein Pfarrer, er schämte sich dessen auch nicht, nein, er mischte sich sogar in das Sexleben seiner surrealistischen Untertanen ein. Homosexuelle fand er abartig, daher ganz sicher auch sein Haß auf Jean Cocteau. Er tönte rum wie die vatikanische Wochenschau: Die Leidenschaft des Surrealismus sei nur durch eine auf Treue gegründete Verbindung von Mann und Frau zu erreichen.
Das war komisch genug. Noch viel komischer aber war sein Trinkkommando: Er bestand darauf, daß alle Surrealisten Pernod tranken, weil das kein Getränk für die Bourgeoisie sei. Außerdem machte er ein absurdes Aufhebens davon, wie sich der Anislikör, wenn man ihn mit Wasser mischt, in eine milchige Flüssigkeit verwandelt. Er hatte Bücher über Alchemie gelesen und protzte damit rum. Soweit ich mich erinnere, leistete Aragon als einziger Widerstand und trank Wermut. Aragon wurde später ja auch regelrecht ausgeschlossen. Aber irgendwas hatte der Breton. Er war männlich, fast aufdringlich männlich.

Kleidete sich grün, rauchte sogar eine grüne Pfeife, und über allem thronte sein dicker Haarschopf. Der hat heute noch diese Löwenmähne, heute ist sie natürlich grau. Mittlerweile hat er übrigens seine dritte Frau, glaube ich, oder sogar die vierte. Von wegen Ehemoral. Und alle sind sie dünn wie Bügelbretter, von wegen abartiger Homosexualität. Der braucht keine Knaben, der nimmt sich Frauen, die wie Knaben sind. Ich war immer davon überzeugt, daß er geil war wie der Mönch unter der Kutte. Vielleicht war sein Unterbiß daran schuld, der ließ ihn so dominant aussehen. Nein, im Ernst: Der ganze Mann loderte vor Leidenschaft, oben zu liegen. Manchmal stehen ja gerade diese Kerle im verborgenen nur mit einer Schürze bekleidet vorm Spülstein, während hinter ihnen die Peitsche geschwungen wird. Nun ja.

Breton leitete jede der Debatten, die ich mitbekommen habe, wie ein Schulmeister ein. Und alle gegen die Tyrannei kämpfenden Dadas lauschten andächtig: Yves Tanguy, André Masson, Max Ernst, Marcel Duchamp und René Crevel, René Char, Jacques Prévert und Benjamin Péret. Auch My Man. Obgleich er später auf dem Nachhauseweg ironische Bemerkungen machte.

Ach nein, ich erinnere mich: Widerstand wurde schon geleistet, aber ganz anders. Wenn Gala Éluard erschien, schrumpfte Breton irgendwie. Paul Éluard kam nie ohne seine Gala, wenn Breton hofhielt. Sie waren einfach phantastisch. Allein ihre gelangweilten Gesichter, wenn Breton seine Texte vorlas. Und dann Galas Aufzug in dieser Arbeiterkneipe: Pelze und Modellkleider von Coco Chanel und Elsa Schiapparelli. Die beiden elegantesten Modeschöpferinnen von Paris wetteiferten miteinander, Gala mit ihren Kreationen zu behängen. Gala spielte die beiden gegeneinander aus und schwatzte ihnen Kleider ab, ohne dafür bezahlen zu müssen. Das war ein offenes Geheimnis in der Modebranche, und My Man kannte es natürlich, weil er dort als Fotograf verkehrte. Nie wieder habe ich so schöne Modefotos gesehen wie diejenigen, die My Man geschossen hat. Die Frauen sehen alle aus wie Engel und Teufel zugleich.

Gala stand im Mittelpunkt, sobald sie in der Tür erschien. Alle erwiesen ihr Aufmerksamkeiten, und sie genoß es. Sie beherrschte einen Blick von oben herab, dem Breton stets auswich. Ich habe ihn nie ein Wort gegen sie richten hören, aber hinter ihrem Rücken machte er sie schlecht. Na klar, den machte ihr Sex-Appeal rasend. Eigentlich war sie sein Typ: winzig und knabenhaft. Gala hatte hohe slawische Wangenknochen und war mager. Aber sie wirkte nicht ziegig, denn sie bewegte sich wie eine rollige Katze: lasziv und geschmeidig. Das betonte sie noch durch die langen, in gedeckten Farben gehaltenen Kleider, in die sie ihren wertvollen Körper hüllte. Die war bestimmt nicht größer als anderthalb Meter, vielleicht trug sie deshalb immer hohe Hüte und guckte von oben herab. Aber so klein sie war, sie füllte jeden Saal von Ecke zu Ecke aus. Wenn Gala auf der Bildfläche erschien, wurde Breton ein wenig bleich, und seine wohltönende Wochenschaustimme bekam einen leicht knarzenden Beiklang. Galas Vertrauter war der schwule Dichter René Crevel. Das wußten alle, auch Breton, aber er griff sie nie an. Und sie sagte wenig. Max Ernst hat ja ein Bild gemalt, auf dem die Dadaisten zusammenstehen: »Das Rendezvous der Freunde«. Die einzige Frau auf dem Bild ist Gala, ein Affront gegen Simone zum Beispiel, Bretons Frau, die übrigens gar nicht dumm und unsympathisch war. Was sich allein daran schon zeigt, daß sie ihn später verlassen hat.

Warum Gala?

Sie war fast stumm und überhaupt nicht kreativ. Galas Beiträge zum Gesamtwerk der Surrealisten beschränkten sich auf ein paar Zeichnungen beim »Exquisiten Leichenspiel«. Das war ein Scherzspiel, es wurde ein Stück Papier gefaltet, auf das jeder Teilnehmer etwas zeichnete – irgend etwas –, ohne zu wissen, was die anderen gemalt hatten. Gala zeichnete oft Brüste mit antennenartigen Fühlern.

Galas Kunst war es, Männer mit Genie zu kapern und zu beeinflussen. Sie hatte was Hexenähnliches. Als die Séancen in Mode kamen und das automatische Schreiben, verlegte sie sich aufs Kartenlegen und kleidete sich in lange wallende Seidengewänder. Gegen Gala war ich ein Bauerntrampel. Ich habe sie nie

lachen sehen, und ihr ging es mit mir sicherlich genau andersherum: Sie hat mich nie mit ernster Miene gesehen. Genaugenommen hat sie mich überhaupt nie gesehen. Sie sah einfach durch mich hindurch. Gala war völlig auf Männer ausgerichtet, und die Kerle flogen auf sie wie die Fliegen auf den Misthaufen. Damals flüsterte man: Aha, er hatte etwas mit Gala!, wenn einer aus der Dada-Gruppe etwas besonders Gutes geschaffen hatte. Ihr Einfluß muß phantastisch gewesen sein. Auf jeden Fall war er so überwältigend, daß Max Ernst ihretwegen seine Familie verließ und nach Paris dampfte und daß Dalí, dieser spanische Junge mit dem Schnäuzer, ihretwegen seine Abneigung gegen Frauen aufgegeben und sie sogar geheiratet hat.
Und Éluard? Éluard war ein komischer Kauz. Ein schwärmerischer, übersensibler Jüngling, so kam er mir vor. Ohne Gala hätte er wahrscheinlich geistreich das bourgoise Leben seiner Familie geteilt und sich ein paar sexuelle Pikanterien im geheimen erlaubt. Mit Gala wurde alles öffentlich.
Ungefähr zu der Zeit, als My Man und ich frisch verliebt waren, wurde im Café Cyrano getratscht: Gala hat wieder zugeschlagen. Es geschah in einer Dadaistenkolonie in einem Bauernhof, oben in den österreichischen Alpen. Eigentlich machte sie dort mit Éluard Ferien. Auch Max Ernst war da, mit ihm seine Frau und ihr zweijähriger Sohn. Als eine Gruppe Dadaisten nackt in einem nahen Bergsee herumtollte, trieben Gala und Ernst es völlig unbekümmert vor aller Augen. Éluard soll es am meisten genossen haben. Später erzählte mir Tzara, daß Éluard Gruppensex liebte. Er war scharf darauf, daß seine Freunde es mit Gala trieben. Er sah zu oder machte mit.
Es war schon absurd mit den Dadaisten. Im Café Cyrano tranken sie Pernod, Breton begann zu sprechen, und dann überzeugten sie sich gegenseitig immer aufs neue: Große Dinge gehen vor sich. Naturwissenschaftliche Entdeckungen haben den Aktionsradius des Menschen und die Grenzen des Universums erweitert. Freud hat das unbekannte Reich der menschlichen Träume erforscht. Eine Mondfinsternis hat den Beweis für Einsteins Relativitätstheorie erbracht. Die Folgen des Krieges und die russische Revolution sind dabei, die europäische

Politik in ihren Grundfesten zu erschüttern. Nur *eine* Explosion fehlt noch, die im Bereich der Kunst. Man muß die Ratio begraben. Man muß ein befreites Universum frei darstellen!
Und dann verkündete Breton Richtsprüche über Abwesende oder auch Anwesende. Breton schalt Éluard wegen seiner flachen Zügellosigkeit. Alle wußten, daß diese Zügellosigkeit simpler Voyeurismus war. Éluard liebte sexuelle Freizügigkeit, Bordelle und Orgien, er schaute gern zu. Ob er jemals eine Hure gefickt hatte, konnte keiner bezeugen. Und waren sie nicht alle Voyeuristen, mehr oder weniger? Oder sollte der Künstler verdammt werden, der seine Augen auch im Puff aufmachte? Tod dem Toulouse-Lautrec, es lebe die Salon-Malerei! Und dann der Schrei nach der Revolution – Breton war grotesk.
Max Ernst kam nach Paris. Nusch, Éluards Tröste-Frau, nachdem Gala ihn wegen Dalí verlassen hatte, erzählte später, wie sich das alles abgespielt hatte. Max hatte zu seiner Frau gesagt: Ich wäre sehr gern glücklich mit dir verheiratet, aber es klappt eben nicht. Die arme Frau und ihr kleiner Sohn blieben verarmt zurück, und Gala rekelte sich unter den Händen zweier Männer. Ernst zog natürlich zu den Éluards. Sie wohnten ziemlich bürgerlich in einer Vorstadtwohnung in Saint-Brice. Ich habe Man dorthin begleitet.
Gala hat ihn mit einem lockenden Blick empfangen, mich hat sie übersehen. Da herrschte eine brünstige Stimmung, so etwas habe ich nie wieder erlebt; Éluard und Ernst waren völlig verrückt nach Gala, sie besaß eine unglaubliche Macht. Außer ihr waren nur Männer da. Na ja, dann ich. Sie diskutierten über ihren gemeinsamen Kampf für die totale Emanzipation des Menschen, aber es war wie Gruppensex. Gala streifte den einen mit dem Arm, den andern mit dem Kleid, den dritten mit dem Blick, und es war als webe sie alle in ein Muster für einen Bettvorleger.
Sie hatte sich zwei einander ergänzende Kerle ausgesucht: Éluard war ruhig, bedächtig, passiv, Ernst dagegen feurig und dominant. Er war sehr deutsch: blonder als Éluard, mit blauen Augen, und er trug stets ein ironisches Lächeln auf den Lippen. Als wäre es die natürliche Form seines Mundes.

Ich mochte Gala nicht, sie war verbohrt und überheblich. Bildete sich etwas ein, keine Ahnung auf was. Auf ihren Paul vielleicht, diese Schmachtlocke; na gut, manchmal war ich neidisch, wenn ich mitkriegte, wie er sie verehrte, anbetete, wie er Gala vor sich herschob, als sei sie eine Visitenkarte. My Man versteckte mich eher. War natürlich unmöglich. Guck mich an. Na, nicht die Statur, aber guck mir ins Gesicht. Kann man so etwas verstecken? Ausgeschlossen.
Man und ich haben am Anfang in einer Galerie gewohnt, da mußte ich doch wirklich oben auf der Empore ganz still sein, wenn unten Kundschaft kam. Lächerlich. My Man war zum Lachen.
Zu den Treffen der Surrealisten oder Dadaisten, wie sie sich am Anfang nannten, ging er auch am liebsten ohne mich. Dabei waren die besten unter ihnen meine Freunde. Mehr als seine. Desnos, von ihm habe ich dir erzählt, und auch Tristan Tzara; er war eine Weile der Mann, dem ich meine intimsten Regungen preisgab, mein allerbester Freund. Tristan war ein winziges Energiebündel. Und wenn Breton auch so tat als ob, war Tristan der eigentliche Impresario der dadaistischen Bewegung. Ihm verdankte der Dadaismus schon in der Schweiz, wo sie sich während des Krieges unter pazifistischer Flagge getroffen hatten, sein Konzept. Ich fand das Konzept prima, wenn Tristan schmetterte: Der Künstler muß zu den primitiven Ursprüngen zurückkehren, muß sich seinen spontanen Einfällen hingeben, muß gegen alle Regeln über *guten Geschmack* in der Kunst rebellieren, und er darf nicht abheben von dem, was ihn auf der Erde umgibt, muß wissen, daß er dazugehört, und Stellung beziehen. Und dann beschwor Tristan immer die große Bedeutung der Sprache für den Künstler, weil, wie er sagte, in der Sprache die Geschichte der Menschheit eine Form gefunden hat, in die der Künstler nun eingreifen muß, indem er die Sprache gebraucht und verändert. Daraus folgte: Bei dadaistischen Veranstaltungen sprachen sie so, daß keiner sie verstand. Sie nannten es: eine primitive unzusammenhängende Sprache, die von allen Zwängen befreit ist. Sie schufen auch Verse ohne Wörter, Lautgedichte. Hört sich gut an, oder? Ich habe es so oft

gehört, daß es sogar in meinem alkoholzerlöcherten Gehirn hängengeblieben ist.
Tristan war es auch, der das Wort *Dada* für die Gruppe gefunden hatte. Er hat es mir erzählt. Er und ein anderer Künstler, den ich nicht kannte, hatten irgendwann beschlossen, der neuen Kunstrichtung, die sie im Café diskutiert hatten, einen Namen zu geben. Da ihnen keiner einfiel, steckten sie einen Brieföffner in ein Lexikon und suchten sich das schönste Wort auf der Seite aus. Es war *Dada*.
Ich habe nie endgültig herausbekommen, ob Man Angst hatte, ich könnte ihm die Schau stehlen, oder ob er sich schämte, weil ich so anders sprach als die Gruppe um Breton. Ich langweilte mich sofort, wenn ein Kerl sich mit intellektuellen Tiraden aufspielte, und ich verheimlichte das nicht. Vielleicht befürchtete Man auch, irgendeiner seiner intellektuellen Freunde könnte sich an mich ranmachen. Taten sie natürlich alle.
Auch wenn ich nicht so intellektuell war wie die Dada-Kerle, war ich mehr Dada als sie alle zusammen. Aber das gefiel Man gar nicht. Zum Beispiel schenkte er mir einmal zwei Modellkleider von Elsa Schiapparelli. Man Ray hatte sie in Amerika kennengelernt, da war sie nichts als eine unglückliche Ehefrau gewesen. In Paris hatte er sie wieder fotografiert, und sie gab ihm als Entgelt zwei Kleider ihrer Kreation. Sie waren bestimmt sehr wertvoll. Aber ich war doch unter Mans positivem Einfluß Dadaistin geworden. Also nahm ich die beiden Kleider, zerschnitt sie der Länge und der Breite nach in vier Teile und nähte sie auf meine Weise wieder zusammen. My Man tobte vor Wut. Das fand ich völlig anti-Dada.
War er womöglich gar kein Dadaist, sondern ein bourgeoiser Spießer? Als ich ihn das fragte, tobte er natürlich noch mehr. Aber ich hatte einen wunden Punkt getroffen, das wußte ich. Er fotografierte, um Geld zu verdienen. Er schämte sich ein wenig, weil er nicht arm sein und nicht hungern wollte, um der Kunst zu dienen.
Wo sind all die revolutionären Dadaisten abgeblieben?
Robert hat seine Youki einfach im Stich gelassen und ist gestorben. Robert, der so wunderbar in Trance fallen konnte.

Du fragst nach de Sade und Man. Ach ja. Nun, von Man und seinen nicht gelebten Obsessionen erzähle ich dir ein andermal. Auch von Youki und Robert und ihrer Liebesgeschichte, die Stoff wäre für einen Hollywoodfilm. Youki ist heute noch da, hier auf Montparnasse, und sie ist immer noch meine Freundin. Sie läßt mich nicht im Stich.
Ich muß gehen, bin verabredet mit André, der nicht lockerläßt mit meiner Rettung. Er hat nach dir gefragt, ich weiß nicht, wer ihm unsere Treffen gesteckt hat. Nun hofft er, daß ich mit deiner Hilfe meiner Heilung entgegengeführt werden kann. Ich laß ihn in dem Glauben, Hauptsache, er bleibt bei mir und spendiert von Zeit zu Zeit einen Roten.

13. September 1951

So, Kleine, damit du es gleich weißt, heute läßt du die Hose runter, oder du hast mich das letztemal gesehen. Ich will wissen, wer du bist. Bist du von der Polente? Wollt ihr wissen, wie das mit dem Rauschgift ist und den gefälschten Rezepten? Ihr wißt doch schon alles, habt mich lange genug auf die Armesünderbank gesetzt, und ich mußte schwören, daß ich die Wahrheit sage. Welche Farce! Wenn ihr wüßtet, was ich alles schon geschworen habe. Die Strafe gegen mich wurde aufgehoben, liebe junge Dame. Wenn du von der Polente bist, müßtest du den Freispruch kennen, steht alles in dem Protokoll, das ihr euch doch immer unterschreiben laßt. Da kannst du es nachlesen.
Du weißt nichts davon? Nun, ich will dir auf die Sprünge helfen. Am 28. Februar 1946 wurde ich eingelocht. Untersuchungshaft. Der Grund: Verstoß gegen das Rauschmittelgesetz. Gegen eine Kaution von fünftausend Francs wurde ich am 25. März 1946 auf freien Fuß gesetzt.
Ich hatte mir, zusammen mit zwei Kameradinnen, mit denen mich nichts verband außer der Freude am Rausch, mit Hilfe gefälschter Rezepte Eubine beschafft, ein Medikament, das wie Morphium wirkt.

Zuerst tippte Nadine, so hieß sie, glaube ich – Himmel, mein Gedächtnis! – also Freundin Nummer eins tippte auf der Maschine den Titelkopf der Rezepte, dann füllte Antonia, doch, ich glaube ziemlich sicher, daß sie Antonia hieß, Freundin Nummer zwei, die Rezepte mit der Hand aus. Ich war die Botin und legte die Rezepte bei den Apothekern vor. Anschließend teilten wir die Droge untereinander auf. Nein, es ist nicht mein schlechtes Gedächtnis, das mich die Namen vergessen ließ. Nein! Ich habe die beiden nie wiedergesehen, Freundin Nummer eins verduftete sogar. Sie saß nicht mit uns in Untersuchungshaft.
Und ich war enttäuscht, weil wir uns so blöde angestellt haben. Warum mußte ausgerechnet ich die Botin sein? Ich war auffälliger als die beiden. Wir hätten uns vorher schon ausrechnen können, was passieren würde, nämlich daß sich irgendwann ein Apotheker für mich interessieren würde. Wenn sich ein Mann für eine Frau interessiert, will er mehr über sie wissen, zumindest ihren Namen. Ein Apotheker muß nur aufs Rezept schauen, schon hat er den Namen. Auf meinen Rezepten stand aber jedesmal ein anderer Name. Und immer das gleiche Medikament. Außerdem waren sie unterschrieben von Ärzten, die es entweder gar nicht gab, die bereits tot oder schon lange nicht mehr in Paris ansässig waren. Der Apotheker brauchte keine großen detektivischen Fähigkeiten, um das herauszufinden. Der Trottel alarmierte die Polizei, statt mich zur Rede zu stellen. Ich hätte ihm ein reizvolles Versöhnungsangebot gemacht. Aber er war nun einmal ein Denunziant.
Antonia und ich gestanden beim ersten Verhör. Warum sie uns daraufhin noch so lange in der Zelle gelassen haben, verstehe ich bis heute nicht. André hat wohl eine Weile gebraucht, um das Geld für die Kaution zusammenzukriegen. Er wußte, daß ich mir geschworen hatte, mich umzubringen, sollte ich jemals wieder eingesperrt werden.
Im August war die Verhandlung.
André hatte einen Rechtsanwalt bezahlt, damit der mich verteidigen sollte. Monsieur Lacroix hieß er, den Namen vergesse ich nie, weil er mir das Kreuz aufbürdete und sich davonmachte. Er

verreiste, bevor die Verhandlung stattfand, nicht ohne mich noch gnädig mit seiner Vertreterin bekannt gemacht zu haben: Mademoiselle Ragot. Bei mir nannte ich sie Mademoiselle Ragout, weil ihr Mondgesicht und ihre Figur ziemlich durchgekocht aussahen. Das Fräulein erschien rechtzeitig im Gerichtsflur, aber dann verschwand sie wieder. Fürsorglich setzte sie mich noch davon in Kenntnis, daß sie einen kurzen Einkauf erledigen und im Nu zurück sein werde. Meine »Sache« würde ohnehin noch auf sich warten lassen.
Aber dann rief der Gerichtsdiener meinen Namen auf, und Mademoiselle Ragout köchelte unerreichbar vor sich hin.
Alles machte mir angst: der Raum, die Maskerade und die Worte, die zum *Fall Alice Ernestine Prin* vorgelesen wurden. Ich verstand nichts davon. Meine Angst drohte mich zu vernichten. Plötzlich hörte ich, wie der Richter von meinem Strafregister sprach. Da sagte ich klar und deutlich: Jungfrau, mein Präsident.
Der Mann hörte auf zu reden und sah verwirrt zu mir hin. Ich dachte, er habe mich nicht verstanden, und wiederholte: Jungfrau. Der Richter hob die Augenbrauen, und ich erklärte: Ich spreche von meinem Strafregister, mein Präsident.
Alle im Saal lachten, außer dem Richter und den Gerichtsbeamten. Schweigen Sie! herrschte der Richter mich an.
Nachdem ich mich eine Zeitlang gefühlt hatte wie das Opfer von Kannibalen, die in ihrer fremden Sprache und mit ihren fremden Sitten Tänze um mich herum vollführen und beratschlagen, auf welche Weise sie mich zubereiten wollen, bevor sie mich verzehren, schlug der Richter mit dem Hammer auf das Pult. Ich zuckte bis ins Herz zusammen.
Alice Ernestine Prin wird verurteilt zu zwei Monaten Gefängnis und dreihundert Francs Strafe, donnerte seine Stimme durch den Raum. Und durch meine Gedärme. Mein Körper wurde von einem schrecklichen Zittern befallen, und meine Zähne schlugen aufeinander. Da fügte der Richter hinzu: Unter Berücksichtigung der Tatsache, daß die Dame Prin niemals zu Gefängnis oder Bußgeld verurteilt wurde, daß die Auskünfte, die zu ihr eingeholt wurden, günstig sind, daß sie also strafmil-

derungswürdig ist, ist es begründet, Artikel 1 des Gesetzes vom 26. 3. 1891 in Kraft treten zu lassen. Aus den Gründen, die den vorgenannten Artikel 1 in Kraft treten lassen, wird die Ausübung der vorgenannten Gefängnisstrafe gegen Frau Prin aufgehoben.

Und kurz darauf saß ich draußen auf einer Bank und schluchzte, als wäre jemand gestorben. André hielt mich so lange fest, bis meine Zähne aufgehört hatten, aufeinander zu klacken. Die Schlußworte des Richters lernte ich auswendig, damit ich sie jedem Polizisten vortragen könnte, der auf die Idee käme, mich doch noch einzusperren.

Also gut, du bist nicht von der Polizei. Woher dann? Erzähl mir keine Ammenmärchen, von wegen Faszination und du mußtest einfach mehr wissen. Du machst dir Notizen, diskret, aber ich bin ja nicht blind. Du bist keine Zeitungsschreiberin. Und fürs Kino – wie wäre ich gebauchpinselt – braucht man Kameras. Du gehst unprofessionell vor, Kind, wenn du mit meinen Seelenergüssen Knete verdienen willst. Du stellst keine vernünftigen Fragen, du erinnerst mich fast nie an den Faden, der mir im Fluß meiner Erinnerungen verlorengegangen ist. Du mahnst nicht zur Kürze, und vor allem: Du hast schon zuviel Zeit verplempert. Zeitungsschreiber, das weiß ich aus Erfahrung, fragen wenig, hören gar nicht zu und schreiben viel Quatsch, den sie auch ohne ein Gespräch geschrieben hätten. Wie hoch wäre denn dein Stundenlohn?

Es sei denn, es ist doch die Polizei, die dich bezahlt. Nein, dafür bin ich eine zu kleine Nummer.

Oder willst du ein Buch schreiben? Ein Buch! Über mich!

Daß ich nicht lache!

Ich warne dich, ohne meine Einwilligung läuft da gar nichts.

Ich will dir sagen, wer du bist, feines Fräulein: Du wirst von André bezahlt. Ja? Komm, weich meinem Blick nicht aus, du Schlange, du gehörst zu seiner Armada, ausgeschickt, um Kiki zu retten, angeblich, aber Armadas führen Krieg.

Und ich lass mich nicht besiegen.

Da, trink deinen Rotwein selbst. Ich hab die Schnauze voll.

14. September 1951

Entschuldige, Kleine, ich habe dir unrecht getan. Nun, reden wir nicht länger davon. Ich kann es nicht leiden, wenn über einen Streit einen Augenblick länger geredet wird, als er dauert. Gut, man hat sich gestritten. Einer hatte unrecht, der andere hatte recht, oder beide hatten unrecht, oder beide hatten recht, was soll's.

Ich bin nicht gerade süchtig nach Streit, einem kräftigen Krach bin ich allerdings auch nie aus dem Weg gegangen.

Wenn ich einen dadaistischen Film gedreht hätte, wäre es einer übers Streiten gewesen. Eine ist wütend, eine schreit, der andere schreit zurück, sie sind im schönsten Krach, die Augen funkeln, die Brust bebt, der Körper ist gestrafft. Sie schreien, und das Blut pulsiert durch ihre Adern. Sie haben nicht nur Stimme und Wut, sie haben Augen zu sehen, wie ihr Gegenüber glüht. Das Blut strömt überallhin, nicht nur in die Lungen, nicht nur in die Galle, ganz im Gegenteil, was da festsaß, wird fortgeschwemmt, die ganze Bitterkeit, Enttäuschung, Verletzung, alles, was alt und krank macht; und übrig bleiben die gut durchbluteten Organe, bleiben die leuchtenden Augen, die geschwollenen Lippen.

Das Feuer, das dann lodert, nicht für die Ekstase zu nutzen, ist mehr Vergeudung, als einen Hasen laufen zu lassen, der einem geradewegs vor die Flinte läuft.

Hast du mal Liebe gemacht, Kleine, direkt nach einem Streit? Hast du dies unvergleichliche Pochen gespürt, überall, dieses heftig strömende Blut in den Adern? Ach, ich vergaß, du hast noch gar nichts erlebt als Wüstheit und Gemeinheit und Krieg und immer noch Krieg nach dem Krieg. Du weißt nicht, wo dein Leben hingehen soll, siehst keinen Sinn und hast keine Liebe.

Es ist gut, daß du gestern zu mir in die Rue Bréa gekommen bist, Kleine. Ich war so zornig auf dich. Aber ich hab mich an dich gewöhnt. Ohne unsere Gespräche hätte ich wieder früher am Tag mit dem Rotwein angefangen. Du hättest mir deine Geschichte bei unserem ersten Treffen erzählen sollen und nicht so krämerisch von Worten gegen Lohn reden. Wenn ich eins nicht leiden kann, so sind es Krämer, Menschen, die sich nicht verschwenden, die immer aufpassen, ob sich auch lohnt, was sie tun, und die mitnehmen, was sie kriegen, wenn es nur billig ist. Von Krämerseelen bekommst du nie alles, sie halten immer einen Rest zurück. Und sie weiden dich aus wie ein Tier, dessen Mitte sie zuvor aufgeschlitzt haben, um besser mit den Händen hineingreifen zu können. Mit gierigen Händen greifen sie nach allem, was du zu bieten hast.

Solche Männer laufen in Massen herum, wahre Aufläufe. Für mich sind sie verflixt verführerisch. Wenn sie ihre Hände flehentlich nach meinen Schätzen ausstrecken, fühle ich mich geehrt. Aber, Kleine, mit diesen Typen fällst du rein. Einige Zeit empfangen sie dankbar, dann fühlst du dich wie Königin und Kronjuwel zugleich, aber dann: Sie geraten in Zorn, wenn du dich weigerst, Teil ihres Krämerladens zu werden, etwas, worüber sie wortlos verfügen können. Und wenn du zu erkennen gibst, daß du auch etwas von ihnen brauchst, daß auch du bedürftig bist, besonders um fünf Uhr am Nachmittag, kommt das einer Gotteslästerung gleich. Verdammt, wenn du dazu noch weinst und dem Krämer so aufwendige gymnastische Übungen wie Mitfühlen, Trösten, Nur-für-dich-Dasein abverlangst, oh, da bricht Zorn über dich herein. Aber keiner, der zur Ekstase führt, Krämers Zorn ist nörgelnd, müffelnd, ewiges Lamento, immer nur Einwände, bis du dumpf und taub bist.

Nicht nur Männer sind Krämer, es gibt auch Frauen in der Gilde. Du erkennst sie daran, daß sie sich beklagen. Sie beklagen sich, zu kurz gekommen zu sein, und sie erzählen dir, was für gute und aufopfernde Menschen sie sind. Sie nehmen mit, was sie kriegen können, und sie sind nie richtig glücklich.

Die Männer, die von allen Frauen, denen sie was vorjammern können, im großen Korb die Gaben der Liebe einsammeln, sind zahlreicher als die Mäuse auf Montparnasse. Sie waren zahlreicher. Der Krieg hat, glaube ich, das Zahlenverhältnis zwischen Männern und Mäusen ganz und gar durcheinandergebracht. Ich liebe Mäuse. Ziemlich lange habe ich für eine

kleine weiße Maus gesorgt, sie war mein Haustier und mein Maskottchen. Am Anfang stand der Gewinn einer Ratte.
Kennst du den Höllenweg am Denkmal des Löwen von Belfort? Nein? Dachte ich mir. Heute gibt es dort auch keine Kirmes mehr. Der Krieg hat alles verändert. Den Höllenweg gibt es aber nach wie vor, gar nicht weit von hier. Weißt du, oben in der Rue Campagne Première – dort, wo Man Rays Atelier war und das Hotel d'Istria, in dem wir gewohnt haben, nachdem ich aus Amerika zurückgekommen war – zwängt sich ein merkwürdiger Weg zwischen zwei dreckigen Gebäuden hindurch. Es war immer schwierig, dort mit hochhackigen Schuhen zu gehen, man rutschte auf den ungleichen Pflastersteinen aus und verknackste sich leicht den Knöchel. Außerdem war es nicht schlecht, rennen zu können auf diesem Weg, der sich nach einiger Zeit verbreitert wie eine Schlange, die ein Stinktier gefressen hat, sich dann krümmt, als hätte die Schlange Bauchweh bekommen, und danach wieder verengt, um ebenso wie die Rue Campagne Première auf den Boulevard Raspail zu stoßen.
Der Weg wird auf beiden Seiten durch sehr hohe rostige Gitter begrenzt, ein feindseliger, unheimlicher Weg. Er heißt auch Passage d'Enfer. Es lohnt kaum, daß du ihn aufsuchst, heute ist alles verändert. Damals hauste dort ein Völkchen für sich: Schreiner, Mechaniker, Handwerker und Erdarbeiter. Ich setzte mich oftmals auf einen Schwatz und einen Pastis zu ihnen. Sie erzählten von alten Zeiten, als hätten sie damals gelebt. Seit dem Mittelalter soll der Teufel der Schutzpatron des Viertels gewesen sein, und tatsächlich roch das Viertel nach Schwefel und böser Verführung. Man Ray sagte, es sei ein mephistophelischer Duft. Wer auf die Idee gekommen ist, die Passage d'Enfer mit dem Namen des Colonel Denfert-Rochereau in Verbindung zu bringen – du erinnerst dich, er war der Held des Krieges gegen die Preußen –, weiß ich nicht. Auf jeden Fall war der Putzversuch vergebliche Liebesmüh. Sie haben in Erinnerung an die Belagerung von Belfort einen gewaltigen Bronzelöwen dort aufgepflanzt. Das hat nichts geändert.
Wenn es Frühling wurde, besuchte ich regelmäßig den Jahr-

markt am Löwen von Belfort. Ich begeistere mich auch heute noch für Jahrmärkte. Die Karussells machen mich schwindlig, es ist wunderbar. Ich schreie und jauchze, wo ich auch mitfahre. Es dröhnt und tönt von allen Buden im Walzertakt.
In einer der Baracken habe ich eine kleine Ratte gewonnen, das war, glaube ich im Frühling 1924. Sie war nicht größer als mein Daumen. Der Kerl in der Losbude hat sich verschluckt vor Lachen, als er mir die Ratte aus einem Käfig holte und in einen Briefumschlag steckte. Was sollte ich damit anfangen? Hach, hab ich gedacht, Treize braucht was Lebendiges, ich mache ihr eine Freude mit dem Tierchen. Also drückte ich den Umschlag an meine Brüste – das Tier sollte es gut haben – und rannte ins Café, wo ich Thérèse Treize vermutete. Richtig, sie saß auf der Terrasse. Ich stürmte zu ihr, strahlend, und sagte: Meine Süße, ich habe ein Geschenk für dich. Dann reichte ich ihr den Umschlag. Er war schon fast platt, nur eine Ecke pulsierte leicht. Treize griff danach, sie hat einen festen Griff, eine richtige Sportlerin. Sie freute sich. Ich sagte: Vorsicht, da ist eine kleine Ratte drin. Währenddessen hatte sie den Umschlag geöffnet und hineingeschaut. In dem Moment waren wohl meine Worte erst bei ihr angekommen, vielleicht hatte die Ratte ihr auch die Zunge rausgestreckt, auf jeden Fall erschrak sie fürchterlich und ließ alles fallen. Nun lag der Umschlag auf dem Boden, platt, nichts regte sich. Treize und die Leute an den Nachbartischen, die alles mitbekommen hatten, starrten hinunter. Schreckliches Schweigen. Treize sagte entsetzt: Es ist geschehen. Es ist furchtbar. Ich habe sie getötet.
Mit spitzen Fingern hob sie den Umschlag auf, tastete von außen, hielt die Hände darum, als wollte sie die Ratte wieder lebendig machen. Aber nichts, es regte sich gar nichts. So verharrte Treize eine Weile. Ich dachte, wenn ich jetzt die Hände um sie halten würde, glaubte ich wahrscheinlich, auch sie sei erledigt, weil sie gar nicht mehr atmete, so angestrengt versuchte sie, einen Hauch von Leben in dem Umschlag aufzuspüren. Irgendwann hatte sie genug, klappte den Umschlag energisch auf, holte die Ratte raus, nahm sie in die Hand und sah sie streng an. Da blinzelte das raffinierte Tier mit seinen

Knopfaugen, und Treize blinzelte zurück. Von nun an war alles klar zwischen den beiden. Treize nahm sie in ihre Jackentasche, und wir gingen gemeinsam essen: Treize und ich und die Leute von den Nachbartischen, die Zeugen der Adoption geworden waren.

Nun hatte Treize ihre Ratte. Sie schleppte sie überall mit hin. Bald fand ich, die Ratte brauche Gesellschaft, also schaffte ich mir eine weiße Maus an. Unsere Tierchen machten uns keine Mühe. Wir steckten sie in die Tasche, und los ging's.

Allerdings schafften wir uns auch Käfige für unsere Tiere an. Nicht um sie einzusperren, nein, nur um sie besonders wirksam spazierenführen zu können. Die Tierchen erwiesen sich nämlich bei gewissen Anlässen als sehr nützlich. Zum Beispiel zur Zeit des Ausverkaufs oder der Sonderangebote in den großen Kaufhäusern. Du wirst ja verrückt, wenn du dich zwischen den Weibern um die Tische drängelst. Sie sind so verbissen, stoßen mit den Ellbogen, stampfen dir auf den Fuß, als ginge es ums Überleben. Treize und ich suchten nach einer Möglichkeit, dem Nahkampf auszuweichen und trotzdem das Beste aus den billigen Angeboten herauszupicken. Wir fanden eine todsichere: Wir nahmen unsere Maskottchen in Käfigen mit. Die Käfige mit der Ratte Bibi und meiner Maus, die Maus hieß, stellten wir in die Mitte der Konfektionsabteilung. Klar, daß wir in aller Ruhe die Tische durchwühlen konnten. Die Konkurrenz war aus dem Feld geschlagen. Wir hatten Ruhe.

Ob die Maus mein Kindersatz war?

Ich will dir was gestehen, Kleine: Ich hatte eine Maus, weil ich keine Mutter hatte. Ich hatte auch eine Maus, weil ich kein Kind hatte. Ich hatte eine Maus, weil Treize eine Ratte hatte. Und vor allem hatte ich eine Maus, weil irgend so eine verdammte Schlampe auf Montparnasse einen Affen mit sich herumtrug und eine andere einen halben Meter Schlange. Ich brauchte keine Schlange, keinen Affen, nicht einmal eine Ratte: Ich hatte eine Maus. Die großen Tiere kannte ich von zu Hause, aus meiner Kindheit. Das Verbot, irgendein Tier mitzubringen, kannte ich aus der Zeit bei meiner Mutter, nun hatte ich mein eigenes Tier: *Maus.*

Meine Mutter hätte keinem Tier etwas abgegeben. Sie wurde hysterisch, wenn sich eine Mücke ein bißchen Blut bei ihr saugen wollte. Verdammt, was ist das schon: einer kleinen Mücke ein bißchen Blut abzugeben? Aber meine Mutter war die geizigste Krämernatur, die mir vor die Augen gekommen ist.
Ja, ich will verdammt sein, wenn ich ihr unrecht tu. Mist, Kleine, ich fang an zu heulen, wenn ich über sie spreche, ach, lassen wir's. Oder lassen wir's nicht. Sie war ein riesig verlogenes Stück Frau. Wie sie sich beklagte, es war kaum zu ertragen. Vom Schicksal gebeutelt sei sie. Schuld hätten die Eltern, Schuld meine Großmama mit dem großen Herzen und mein Großpapa. Dabei hatte sie kaum Grund zu Klage, sie hatte sogar einen anständigen Beruf, Linotypistin, damit kann auch heute noch eine Frau ihr Geld verdienen.
Hast du einen Beruf gelernt, Kleine? Na, siehst du. Hast dich durchschlagen müssen nach dem Krieg. Ich hab auch keinen, es sei denn, du zählst Modellstehen unter die Berufe. Aber Modellstehen ist eine Freude und ein Freundschaftsdienst, und es ist eine Gottesgnade, weil du einen guten Körper, ein gutes Gesicht und eine Begabung haben mußt, dich zu verwandeln. Aber kein Beruf, von wegen Lernen und Abschluß und gar Zertifikat. Obwohl, da hast du recht, die Fotos und Gemälde und Skulpturen, die meinen Stempel ebenso tragen wie den der Künstler, sind so gut wie Zeugnisse unter der Überschrift »Kiki«, Note gut.
Meine Mutter aber war Linotypistin mit Zeugnis und Stempel und Anstellung und sogar einer Wohnung bei der Druckerei. Es war eine Wohnung ohne Schimmel an den Wänden und ohne herumhuschende Wanzen.
Da muß ich an Soutine denken, bei dem ich eine Weile untergekrochen bin. Kleintiere, daß ein Zoo damit hätte gefüllt werden können. Und sein Domizil war noch königlich im Vergleich zu meinem vorigen Leben einer minderjährigen Clocharde.
Es war Winter. Ich war sechzehn, fast siebzehn Jahre alt. Wir froren erbärmlich, eine Freundin und ich. Da sagte sie, sie kenne einen Maler, einen seltsamen Russen, der würde uns vielleicht aufnehmen. Wir stapften durch den Schnee. Ich besaß

nur dünne Schuhe. Als wir bei Soutine vor der Tür standen, hörten wir, daß eine Frau bei ihm war. Eindeutige Geräusche. Wir waren schüchtern. Und dezent. Also hockten wir uns auf den Treppenabsatz und warteten. Besser auf dem Treppenabsatz als auf der Straße. Aber auch dort war es kalt. Die Kälte kroch von unten in mich hinein, als wollte sie mich vergewaltigen. Ich war völlig wehrlos. Wir warteten und warteten. Vielleicht bin ich irgendwann ein wenig eingenickt, daran erinnere ich mich nicht. Es war schon fast Morgen, als die Frau ging. Soutine entdeckte uns auf dem Treppenabsatz und holte uns sofort zu sich hinein. Er machte mir angst. Er wirkte gefährlich mit seinem verdreckten Arbeiteranzug und seinem wilden Gesicht unter den ungekämmten und ungewaschenen Haaren. Aber meine Angst legte sich bald. Er war sehr lieb mit uns. In jener Nacht verfeuerte er alle Möbel seines Ateliers, nur damit uns warm wurde. Allerdings war es vorher lausig kalt bei ihm gewesen, und er besaß nicht viele Möbel.

Ich hatte eine Odyssee hinter mir, seit meine Mutter mich vor mehr als einem Jahr hinausgeworfen hatte.

Zuerst hatte ich bei einem Mädchen gewohnt, das aus der gleichen Gegend kam wie ich. Ich hatte sie zufällig kurz vorher auf der Straße kennengelernt. Mein Glück. So wohnten wir also in einem kleinen dunklen Zimmer im Quartier Plaisance. Bis ich Robert kennenlernte, diesen Mistkerl. Als er mich raussetzte, durfte ich einige Zeit im Atelier seines Freundes wohnen. Dort lernte ich eine Tänzerin kennen. Sie gab mir zu essen, kleidete mich von Kopf bis Fuß ein und ließ mir die Haare schneiden, à la Ninon. Unter ihren Freunden war ein Maler, der mir Arbeit in einer Flugzeugfabrik verschaffte. Ich mußte Schrauben anziehen. Den ganzen Tag lang Schrauben anziehen. Ich war sehr zufrieden. Verdiente mein eigenes Geld. Zwanzig Francs auf die Hand.

Kiki Souvenirs, Kapitel X

Rue de Vaugirard

Dann fuhr die Tänzerin in Ferien, und ich durfte ihre Wohnung benutzen. Sie wohnt Rue de Vaugirard, ein altes Haus, das vorn einen großen Flur hat. Danach geht man über einen kleinen viereckigen Hof, man steigt ein Dutzend Treppen hinunter, wo die Keller sind und zwei kleine Zimmer mit Fenstertür. Ich mag meine neue Wohnung nicht, sie riecht nach Moder, als wüchsen dort Champignons. Ich habe eine Nachbarin, die ich fast niemals sehe. Sie geht auf den Strich Ecke Rue Vaugirard und Boulevard du Montparnasse. Wir grüßen uns. Jede Sonntagnacht kommt ihr Louis zu ihr.

Eines Tages hatte ich schreckliche Angst. Meine Nachbarin stritt sich mit einem Typen, der draußen vor ihrer Tür stand. Sie rief nach mir: Madame Kiki! Ich verkroch mich unter der Bettdecke und antwortete nicht. Sie schrie, die Leute wollten sie mit Vitriol bespritzen und ich solle den Concierge rufen. Ich zog die Decke über den Kopf und hörte auf zu atmen. Zum Glück hatte der Concierge den Krach gehört und kam mit einem Gewehr. Da waren die Männer aber schon weg.

Ich bin unter der Bettdecke liegengeblieben, bis ich keinen Mucks mehr hörte. Dann habe ich meine spitze Nase herausgesteckt und geschnüffelt wie eine Maus. Als ich nur Ruhe um mich herum witterte, habe ich meine Sachen gepackt und bin sofort abgehauen.

Da war ich also wieder auf der Straße.

Eine seltsame Unterkunft

Ich habe einen kleinen jungen Mann kennengelernt, der mit seiner Familie lebte. Er beteuerte mir, er wolle mich aus meiner miesen Lage befreien. Ich wußte ja nicht, wo ich schlafen sollte.

Einer seiner Onkel hatte einen kleinen Schuppen hinter dem Bahnhof Montparnasse, wohin ich mich nachts verkriechen konnte.

Ich habe auf einem Salzsack geschlafen. Es war Frühling, und ich legte seinen Überzieher über mich, er lieh ihn mir abends und holte ihn morgens wieder ab. Die Lichter des Bahnhofs leuchteten herein, aber ich schlief tief und hatte keine Angst. Am Morgen ging ich in die Wohnung Rue Vaugirard, wo ich nicht länger lebte aus Angst vor Vitriol.

Na so was, jetzt heul ich schon wieder, aber du kannst mir glauben, du Süße mit dem Blaubeermund, ich habe mehr gelacht in meinem Leben als geweint.

Besonders damals, als meine Mutter mich rausgeworfen hat, habe ich keine Träne vergossen, ganz im Gegenteil, damals habe ich sie gehaßt und war nur froh, daß der Horror endlich ein Ende hatte.

Es war doch Krieg. Meine Mutter hatte einen verwundeten Soldaten kennengelernt, er hieß Noël Delecoeuillerie, und sie nahm ihn sofort mit zu sich nach Hause. Er hätte mich gern gepflückt, der Herr Delecoeuillerie, das hat sie geahnt. Sie war schon vorher nicht besonders freundlich mit mir umgegangen, aber als er dann kam, war die ganze Mutterliebe futsch. Er hat sie übrigens geheiratet.

Du hättest ihre Klagen über mich hören sollen. Sie beklagte sich, weil sie mich am Hals hatte, immer wieder. Ich schrumpfte, wenn ich ihre Litanei hörte: Was um Himmels willen sie verbrochen habe, daß sie mit einem so hinderlichen Balg wie mir gestraft worden sei. Damit legte sie los, kaum daß sie mich vom Bahnhof abgeholt hatte.

Da kam ich direkt von der Großmutter und war durcheinander und bemüht. Paris 1913, es war sehr groß und verwirrend. Und verlockend. Und ich war bemüht, eine richtige Pariserin zu werden wie meine schöne Mutter. Ich schminkte mir die Lippen, während sie arbeitete, mit ihrem Lippenstift natürlich, womit sonst? Sie kam von der Arbeit nach Hause, und statt mich zu loben, daß ich nur mich selbst und nicht die Wände angemalt hatte, und statt mich zu unterrichten, es richtig zu machen, schlug sie mich und beklagte sich darüber, daß es mich überhaupt gab. Ich ging in die Schule in der Rue Vaugirard, gleich um die Ecke von unserer Wohnung in der Rue Dulac, um, wie sie sagte, meine Rechtschreibkenntnisse zu verbessern, damit auch ich Schriftsetzerin werden könne. Es dauerte allerdings nicht lange.

Ich war zwölf, als ich nach Paris kam. Dreizehn Jahre war das Mindestalter für Kinderarbeit. Sie wartete keinen Tag länger und schickte mich sofort zum Buchbinder in die Lehre. Sie bekam fünfzehn Centimes die Woche für mich. Dann begann der Krieg, und sie fand heraus, daß ich in der Fabrik mehr Geld verdienen konnte. Also ab. Als ich nach Paris geordert worden war, war meine Großmama sehr traurig gewesen. Sie hatte vergeblich versucht, ihre Tränen vor mir zu verstecken. Sie lachte damals häufig und angestrengt und versprach mir mit ihren kargen erdigen Worten, welch buntes Leben voller Chancen ein anstelliges, kluges, hübsches Mädchen wie mich in Paris erwartete.

Deine Mutter schickt dich auf eine Schule für feine Mädchen, versprach sie mir. Deine Mutter will dafür sorgen, daß du einen Beruf lernst, mit dem du dein Brot und die Wurst zu deinem Brot verdienen kannst, wenn du mal an einen Hallodri von Mann gerätst. Das passiert leider häufiger, als man sich wünscht.

Und sie versprach: Deine Mutter wird dafür sorgen, daß du dorthin ausgehst, wo anständige junge Menschen sind. Dann lernst du zur rechten Zeit einen Ehemann kennen, bekommst mit ihm Kinder, eine feine Wohnung, und ich komme zu Besuch, sooft wir beide uns sehen wollen.

Das machte mich sehr aufgeregt und ich fragte, wohin meine Mutter denn wohl mit mir ausgehen werde.

Zum Tanzen, sagte meine Großmama, Kind, in Paris wird getanzt, daß die Füße dampfen.

Das hatte mich damals tatsächlich ein wenig damit ausgesöhnt, daß ich von meiner Großmama fortmußte. Wenn mich überhaupt etwas damit aussöhnen konnte, dann das.

Was tat meine Mutter? Sie selbst ging zum Tanzen, und mich schickte sie arbeiten.

Nun ja, Kleine, nicht daß du denkst, ich wollte mich beklagen.

Ich bin nicht zu kurz gekommen. Über mich hat der Himmel einen kleinen Bottich Scheiße gekippt und darüber eine Badewanne voller Lachen. Das haftet nun an der Scheiße, und ich lach mich halb tot.
Stell dir bloß vor: Meine Mama hätte mich nicht verraten, alle Versprechungen wären Wirklichkeit geworden, ein anständiger Beruf, ein anständiger Mann, anständige Kinder, eine anständige Wohnung. Ich mach mir die Hose naß vor Lachen. Im Vertrauen, das passiert mir in der letzten Zeit manchmal. Nun, heute trage ich wenigstens eine Hose unterm Rock – was willst du. Trotzdem, jetzt muß ich nach Hause, sonst wird es peinlich.
Und, was ist, sind wir versöhnt? Wir können ja keinen Sex miteinander machen, könnten schon, aber ich bin dir mit meiner bepißten Kleidung sicher nicht appetitlich genug, und, um die Wahrheit zu sagen, mit Frauen mach ich's schon lange nicht mehr. Im Grunde bin ich gar nicht mehr sehr interessiert, das sind vielleicht die Wechseljahre, jedenfalls denke ich nicht mehr besonders oft daran.
Nein, ich muß jetzt gehen, ich fang an zu stinken.
Nächstesmal erzähl ich dir aus der Zeit, als Sex noch das größte für mich war. Alle Arten von Sex.
Salut, Kleine!

15. September 1951

Hallo, da bin ich, pünktlich um fünf Uhr. Gib mir einen Drink, meine Hände zittern. Himmel, diese Luft, sie duftet geradezu brünstig, Kupplerluft. Als ich hierherkam, lief ich der Sonne entgegen: schwefelroter Ball wie von einem gemalt, der nur Umrisse setzen kann und keine flirrende Luft schafft. Und jetzt du, Kind. Scheinst die Sonne gesoffen zu haben, deine Augen glänzen. Gibt es einen Grund außer diesem Licht?
Hätt ich glatt vergessen. Sex. Ist ja niedlich, wie verschämt du

lachst. Ich würde gern dein Porträt malen, Kleine. Deine grauen Augen, die strähnigen Haare, dein langer Hals. Du beeindruckst mich: Cocktail aus schüchtern und entschlossen. Ein wenig wie Treize.
Treize hieß eigentlich Thérèse. Ich glaube, es war Desnos, der sie umgetauft hat. Viele Frauen haben sich eigene neue Namen gegeben, sind auf Montparnasse in die Cafés, die Ateliers, die kleinen schmutzigen Gassen eingetaucht und haben ein anderes Leben angefangen. Herkunft und Konvention legten sie ab wie ihre braven Kleider.
Youki war auch so eine. Sie kam aus richtig reichem Hause. Später wurden wir Freundinnen. Sie hat mir die ganze Geschichte erzählt. Der Vater war Großbauer, Kulak, wie die Russen sagen, Soutine hat Youki deshalb gehänselt. Die Mutter hatte einen Drang zu Höherem und deshalb Angst, ihr Zuckerpüppchen könnte auf dem Lande in Gummistiefeln Plattfüße bekommen. Also schickte sie ihre kleine Lucie, so hieß Youki nämlich früher, nach Paris aufs Großstadtpflaster. Zur Großmutter. Das Gegenteil von meiner Geschichte.
Als Youki stand die kleine Lucie aus einem Lotterbett auf, nach drei Tagen und drei Nächten. Mit Foujita. Meinem Foujita. Der ein Bild von mir gemalt hat, das ihn berühmt machte. Und mich so reich, daß ich loslaufen konnte und mich einkleiden wie ein Zirkusäffchen. Davon später.
Youki war neunzehn, als sie Foujita kennenlernte. Und Foujita war schon verheiratet. Ich mochte seine Frau Fernande Barrey, sie war ungewöhnlich, machte keinen Hehl aus ihrer sexuellen Gier. Als Lucie und Foujita für drei Tage im Hotelbett verschwanden, rannte Fernande überall herum und suchte ihren Mann. Sie war wirklich beunruhigt. Ich erinnere mich noch. My Man und ich hatten uns gerade verliebt und saßen auf der Terrasse irgendeines der Cafés auf dem Boulevard, vielleicht sogar hier an diesem Tisch, meine Kleine, ich habe es vergessen. Da kam Fernande herbeigestürzt, mit irren Augen und wirren Haaren, und fragte uns, ob wir Foujita gesehen hätten. Der Sommer begann gerade erst, ich weiß noch wie heute, wie sehr mich die Kastanienblüte entzückte. My Man drückte Fernande auf

einen Stuhl und besorgte ihr einen Absinth. Er war sehr energisch mit Fernande. Ich kannte ihn noch nicht lange, und es gefiel mir. Er forderte sie auf, den Absinth in einem Zug und unverdünnt zu trinken. Sie folgte ganz brav. Anschließend schüttelte sie sich. Ihre schwarzen Augen, die schon riesig waren, wenn Fernande nicht gerade dabei war, vor Angst um ihren Mann verrückt zu werden, die aber erschreckend groß gewesen waren, als sie uns nach Foujita gefragt hatte, verengten sich nun fast auf Normalgröße. Wir atmeten auf. Und Man Ray holte ihr gleich noch einen Absinth. Den trank sie verdünnt.
Nun erzählen Sie, was Sie bedrückt, sagte My Man. Sein Französisch war damals noch sehr komisch. Fernande berichtete. Vor zwei Tagen hatte Foujita sich von ihr verabschiedet, um in die Rotonde zu gehen. Sie hatten verabredet, sich später zum Diner zu treffen. In einem kleinen Lokal, das damals hier um die Ecke stand, heute existiert es nicht mehr. Als Fernande dort eintraf, ein wenig verspätet, denn sie hatte unterwegs Freunde getroffen und war auf einen Drink mit ihnen ins Sélect gegangen – das Wetter war so traumhaft, daß alle nur daran dachten, wie sie irgendwohin zu spät kommen konnten, um den Weg zu verlängern –, war Foujita nicht da. Der Wirt versicherte ihr, Foujita noch nicht gesehen zu haben, und Fernande blieb sitzen, in der Erwartung, auch Foujita sei irgendwo hängengeblieben, um den aus allen Fugen platzenden Frühling zu kosten. Doch Foujita kam nicht.
Man Ray fragte nun wie ein Polizist in einem Detektivroman. In Wirklichkeit fragen sie anders, das weiß ich. In Wirklichkeit fragen sie gar nicht, sondern stellen Behauptungen auf. Und dann tun sie dir weh und wollen, daß du ihre Behauptungen bestätigst. Man Ray fragte richtig, so wie man es von einem anständigen Polizisten erwartet. Ob Foujita viel trinke. Nein, Fernande lachte, Foujita ist der einzige Mensch auf Montparnasse, der überhaupt keinen Alkohol trinkt.
Hatten Sie Probleme in Ihrer Ehe? fragte Man Ray.
Fernande machte große Augen. Nein, antwortete sie brav und schüttelte ihre wirre Mähne, ganz im Gegenteil. Foujita hat mir in diesen Tagen sehr viel – sie zögerte und lächelte verlegen,

dann fuhr sie fort – Liebe gezeigt, die Nächte sind so lau ... Sie wurde sogar ein wenig rot, das hatte ich bei Fernande noch nie gesehen. Sie war bezaubernd. Und ich mußte lachen. My Man blieb ganz ernst.

Hatte Foujita vielleicht eine Schaffenskrise? fragte er weiter. Nun empörte Fernande sich richtig. Foujita ist ein großer Künstler, sagte sie und richtete sich auf, er ist fleißig und nüchtern und begabt. Er hat keine Schaffenskrise nötig.

Ich glaube, sie liebte ihn wirklich.

Man Ray erhob sich, um von der Bar einen dritten Absinth zu holen. Fernande rief ihm hinterher, sie hätte lieber einen Sherry, trocken, mit einer Olive drin. My Man brachte einen Absinth und einen Sherry mit einer Olive. Er stellte beides vor Fernande hin und sagte dann ernst: Ich glaube, Sie sollten ins Leichenschauhaus gehen, ich kann mir nur vorstellen, daß Ihr Mann einen Unfall hatte.

Fernandes Augen wuchsen wieder auf Tellergröße. Sie kippte zuerst den Sherry runter, dann den Absinth, dann stand sie auf, strich ihren Rock glatt, sagte: danke! und rannte weg. Ich sah noch, wie sie nach einem Taxi winkte, einstieg und auf den Taxifahrer einredete.

Danach sah ich Fernande lange Zeit nicht mehr. My Man und ich waren ja auch sehr beschäftigt miteinander. Irgendwann stellte Foujita mir Youki vor. Sie war sehr schön. Klein, zierlich, aber doch kraftvoll mit einem herrlichen Hintern und gut geformten Beinen. Sie hatte ein perfektes Gesicht: rund und gesund wie ein Landkind, natürlich geschwungene schwarze Augenbrauen, dunkle Augen, zugleich verträumt und intensiv, ein hübsches Näschen und einen Mund mit einem schönen M-Schwung oben und einem weiten V unten. Youki hatte dicke lange schwarze Haare. Sie war so schön, daß Picasso zu Foujita sagte: Sie ist noch schöner als dein Bild. Und Foujitas Bild war wunderbar. Er hatte die nackte schlafende Youki gemalt. »Youki die Schneegöttin« nannte er es.

Alle sprachen damals von dieser amour fou zwischen Youki und Foujita. Und alle Männer waren, glaube ich, ein wenig neidisch auf Foujita. Youki hatte ihn so zielstrebig verfolgt, wie es

sich die Männer in ihren Träumen ausmalen, auch wenn sie selbst immer meinen, den Jäger hervorkehren zu müssen.
Der Künstlerwelt war Youki durch einen jungen Mann geschenkt worden, der sie in der Metro angesprochen und eingeladen hatte. Und Youki hatte nicht nein gesagt. Da war sie natürlich schon hungrig auf eine andere als ihre brave Welt – wäre sie sonst mitgegangen? Der junge Mann war ein ehrgeiziger Dichter, er wurde später berühmt, Henri Jeansen. Zu einer Zeit, als alle verarmten, verdiente er viel Geld. In den dreißiger Jahren schrieb Jeansen Drehbücher, die er nicht verkaufen mußte; sie wurden ihm aus den Händen gerissen.
Als er Youki in der Metro anquatschte, waren beide jung. Und Youki war schön. Sie war mehr. Youki wurde bestimmt öfter als zehnmal täglich angesprochen, in der Metro, auf der Straße, sonstwo, überall da, wo sie und Männer waren. Aber sie ging mit einem jungen Dichter, der in den dreißiger Jahren berühmt werden sollte. Und sie verliebte sich in einen jungen japanischen Maler von seltsamem Äußeren, der ein Genie war und ein so erfolgreiches dazu, daß er ihr zu ihrem einundzwanzigsten Geburtstag ein Automobil schenken konnte, das niemand sonst besaß: einen großen gelben Ballot mit Karosserie von Saoutchik und einer Bronzeminiatur von Rodins »Mann mit gebrochener Nase« als Kühlerfigur. Einen Chauffeur aus dem Baskenland schenkte er ihr gleich dazu. All das beweist, daß Youki viel mehr als nur jung und schön war.
Sie begleitete den jungen Jeansen, wie sie mir erzählte, zuerst in das Literatencafé Napolitain am Boulevard des Italiens, später ging sie schon ziemlich selbstverständlich in das Café Raoul an der Rue Favart gegenüber vom Théâtre Opéra-Comique, das gerade eröffnet und von den Literaten augenblicklich besetzt worden war. Heute Metro fahren, von einem Ort mit Vorhängen vor den Fenstern und Türen, damit kein Lüftchen in die Geborgenheit zieht, zum nächsten, wo man auch nur leise spricht und lächelt und sich keine Exzesse gestattet, außer vielleicht den, zu viele Pralinés zu essen – und morgen heimisch sein, wo die blassen verhungerten Gestalten sich nachts um eine Flasche Roten scharen, um die bourgeoise Welt in einem Feuer

aus umstürzlerischen Worten zu verbrennen, das war Youkis Größe.
Sie erzählte, daß sie es sich tagsüber im Bett gemütlich machte, um Apollinaires »La Femme assise« zu lesen. Apollinaire war noch nicht lange tot, aber von den jungen Dichtern bereits zum geistigen Ziehvater erkoren. Apollinaire beschreibt in »La Femme assise« die Rotonde, und die Neugier, gerade erst entfacht durch die Literaten, setzte Youki gewaltig zu. Sie schnappte sich ihre Katze, verständlich auch, welche Dame begibt sich ohne Begleitung in anrüchige Gegenden, und fuhr – Metrofahrerin – zum Boulevard Montparnasse. Ihre Katze unter dem Arm, bummelte sie vor der Rotonde auf und ab, unsicher, ob sie sich einfach so hinsetzen konnte. Nun? Was geschah, Kleine?
Nein, es war nicht so, daß Foujita dort saß und sie freundlich einlud, sich neben ihn zu setzen. Eine Gruppe saufender, palavernder Studenten lud sie ein. Es waren Spanier. Ihr Französisch mit dem harten rrrrr und den eigenartigen Nasallauten gefiel Lucie. Den Spaniern gefiel Lucies Katze, sagten sie. Und Lucie gefiel ihnen auch. Sie bestellten ihr Likör; spanische Männer besitzen Grandezza, sogar Studenten, die zusammenlegen müssen, um den Likör zu bezahlen. Sie scherzten und lachten stundenlang. Bis Lucie es jedem einzelnen aus der Gruppe versagt hatte, sie nach Hause zu begleiten, und mit ihrer Katze heimfuhr. Es hatte ihr sehr gefallen, aber sie war nicht satt geworden. Die Neugier war gewachsen. Eine unbestimmte Neugier auf mehr als Studenten. Auf mehr als verliebte Blicke und Scherze und Likör. Also machte sie sich am folgenden Tag wieder auf den Weg. Ohne Katze. Sie setzte sich allein an einen Tisch auf der Terrasse. Sie setzte sich so geschickt hin, daß sie nicht nur die Straße überschauen, sondern auch einen Blick ins Innere werfen konnte.
Da kam ein Japaner, zierlich und doch muskulös, eher klein als groß, mit einer für einen Mann ungewöhnlichen Frisur mit geradem Pony über den Augenbrauen und goldenen Ringen in den Ohrläppchen. Und Youki brannte. Was es war, das sie entzündete, hat sie mir nie erklären können. Sie brannte einfach.

Ich glaube, Foujita war das Allerexotischste, was Montparnasse aufzubieten hatte. Und genau das wollte Youki haben: das Allerexotischste, was da war.
Sie war also verliebt.
Ihr Amor ging an ihr vorüber. Die schöne Lucie bebte. Er sah sie nicht einmal. Das war ihr noch nie passiert. Ein Mann ging an ihr vorbei und bemerkte sie nicht. Er ging ins Hinterzimmer der Rotonde und setzte sich dort an einen Tisch zu anderen Männern. Lucie stellte ihren Stuhl so hin, daß sie ihn beobachten konnte. Das war natürlich für eine anständige bourgeoise Dame ganz fürchterlich wagemutig.
Nach einiger Zeit verabschiedete Foujita sich höflich von den Männern, verließ die Rotonde, ging abermals an Lucie vorbei, die ihn geradezu anstierte. Er beachtete sie nicht. Einen Likör, bestellte sie laut beim Kellner, der in der Nähe stand. Auch daraufhin wandte Foujita sich nicht nach ihr um. Er entfernte sich, verschwand aus ihrem Blickfeld.
Lucie war so verzweifelt, wie sie es noch nie erlebt hatte. Sie trank einen Likör nach dem andern. Schließlich hatten die Liköre sie ganz klar im Kopf gemacht, und diese Klarheit sagte: Ich will! Ich will diesen Mann! Sie erhob sich, ging schnurstracks zu dem Tisch im Hinterzimmer, an dem Foujita gesessen hatte, und fragte laut: Wer von Ihnen kennt den Asiaten mit der Hornbrille und der dichten schwarzen Ponyfrisur?
Männer. In der Rotonde. Und eine schöne Frau. Sie luden sie zu sich an den Tisch ein. Lucie setzte sich. Was trinken Sie? Likör. Sie trank also Likör. Die Männer stellten sich vor. Sie wiederholte ihre Frage. Einer, der Oeconomou hieß und dunkle Haare hatte, sagte: Ach das, das ist Foujita. Ich kenne ihn gut. Und dann, mit einem Blick auf ihre glühenden Wangen, fügte er hinzu: Ich war Trauzeuge bei seiner Hochzeit.
Oeconomou fragte, warum sie sich für Foujita interessiere. Und sie antwortete, völlig unbeeindruckt durch die Tatsache, daß es sich um einen verheirateten Mann handelte: Ich will ihn unbedingt kennenlernen. Der dunkelhaarige Mann lachte und warf ein Porträt von Foujita auf eins der Blätter, die auf dem Tisch herumlagen. Lucies Aufleuchten, als sie die Zeichnung, die er

ihr schenkte, entgegennahm, rührte ihn wohl. Jedenfalls sagte er: Geh doch einfach hin, er wohnt hier in der Nähe. Geh jetzt gleich. Er ist zu Hause.
Das war zuviel verlangt von einem bourgeoisen Töchterchen. Lucie schrieb ihre Adresse auf, gab sie Oeconomou und sagte: Bitte geben Sie Foujita meine Adresse. Er lachte und fragte, ob auch er sie einmal besuchen dürfe. Sie verneinte und ging fort. Trotz der ungezählten Liköre schwankte sie fast gar nicht.
Sie wartete acht Tage lang. Sie war sehr unglücklich. Das hinderte sie aber nicht daran, nachts zu den Dichtern am Boulevard des Italiens zu eilen, dort Likör zu trinken und über ihre unglückliche Liebe zu Foujita zu reden. Schließlich erbarmten die jungen Männer sich ihrer. Hast du Lust, morgen einen Maler vom Montparnasse zu besuchen? fragte einer ganz angelegentlich und lächelte unergründlich. Lucie fragte: Foujita? Der Dichter grinste. Einverstanden, sagte sie. Morgen. Ich bin da.
Einige der Dichter, die Foujita kannten, nahmen Lucie also mit zu einer Stippvisite in sein Atelier. Dort beschäftigten sie sich intensiv mit Foujitas Bildern und ließen Lucie so allein mit Foujita, wie es in einem kleinen Atelier mit mehreren Personen möglich war. Ich möchte Sie kennenlernen, sagte Lucie. Und Foujita schenkte ihr zur Antwort einen Fächer. Eine galante Geste. Einen schönen japanischen Fächer. Heute abend in der Rotonde? Abgemacht.
Sie gingen, die Mission war erfüllt.
Als sie ihm in der Rotonde gegenübersaß, versuchte sie nicht, ihre Gefühle zu verbergen. Sie sah ihn an. Er wurde verlegen und sah auf seine Schuhe. Schließlich hob er den Blick, und sie sahen einander in die Augen. Das war ihre erste gegenseitige Liebkosung. Warum haben Sie mir nicht geschrieben? fragte sie ihn schließlich. Und er sagte: Oeconomou hat gesagt, du bist eine überkandidelte Russin. Russische Frauen gehen mir auf die Nerven.
Von dem Augenblick an hörten sie nicht mehr auf zu reden, bis sie ein Hotelzimmer suchten, wo sie für drei Tage und drei Nächte verschwanden.
Nicht nur Youki und Treize haben sich neue Namen gegeben

oder sie geschenkt bekommen, auch bei vielen anderen war es so. Mein Spitzname war nicht gerade originell. Kisling wurde Kiki genannt und Kees van Dongen ebenso. Wir waren die drei Kikis. Kisling ist Pole, eigentlich heißt er Moïse, aber auf Montparnasse wurde niemand Moïse genannt. Kisling war ein eingebildeter Fatzke, du kannst es dir kaum vorstellen, eingebildet und unverschämt ehrlich. Ich war lange Zeit sein Modell.
Da gehörte ich schon zum Künstlervolk auf Montparnasse. Du erinnerst dich: Ich hatte dir erzählt, wie ich mit einer Freundin eines Nachts Soutine besuchte und er seine Möbel verfeuerte. Seitdem waren Soutine und ich Freunde. Er, zwei andere Malerfreunde und ich streunten in jenem Winter 1917 zusammen durch das winterlich kalte oder feuchte und matschige Viertel. Wir waren ein schönes Quartett: Ich trug allen Trödel, den ich im Viertel gefunden hatte, einen schönen großen Männerhut, ein altes weites Cape und drei Nummern zu große Schuhe. Sobald der Frühling kam, lief ich barfuß, aber im Winter hielt ich das nicht aus.
Die Fabrik in St.-Ouen, in der ich zumindest mein Brot verdient hatte, entließ mich. Das war ärgerlich. Sie entließen alle jungen Frauen, wir sollten allein zurechtkommen. Sie beschäftigten nur die Frauen weiter, die Kinder hatten oder deren Mann im Krieg war, und nannten das soziale Leistung. Als ob wir keinen Hunger gehabt hätten!
Die konnten natürlich nicht wissen, daß meine Mama mir kein Brot, keinen Wein und auch kein Bett gab. Aber, Kleine, geweint hab ich nicht deswegen. So kam ich eben gar nicht mehr aus meinem Viertel heraus, und niemand konnte mir irgend etwas vorschreiben. Es gab mir allerdings auch niemand etwas zu essen. Meine Freunde kämpften selbst gegen den Hunger.
Ich versuchte, Geld aus den Spielautomaten herauszuholen, indem ich ganz vorsichtig zwei Sous hineinwarf. Manchmal purzelte mit einem mächtigen Klirren ein Schwall Münzen heraus, den ich auffing, wie es das kleine Mädchen im Märchen mit den Goldtalern tut, die vom Himmel herabregnen. Dem kleinen Mädchen war, soweit ich mich erinnere, als einziges Klei-

dungsstück ein Unterhemd geblieben. Ähnlich ging es mir. Auch ich trug mein Cape über dem nackten Hintern. Die Hände voller Sous, rannte ich zum nächsten Café und machte auf feine Dame. Ich trank einen wunderbar heißen Café crème und aß dazu ein Croissant. Es ist mir drei-, viermal passiert. Diese Augenblicke gehörten zu den glücklichsten meines Lebens.
Und weißt du, wen ich vor dem Automaten wiedergetroffen habe? Den jungen Mann, der mir den Schuppen seines Onkels als Nachtquartier angeboten und seinen Mantel geborgt hatte. Auch er versuchte, mit zwei Sous sein Menü des Tages einzuspielen. Wir führten einen wahren Tanz auf, als wir uns sahen, umarmten einander und schlugen uns gegenseitig auf die Schultern, bis uns so heiß war, daß wir keinen Kaffee mehr nötig hatten. Durch ihn lernte ich eine Reihe junger Maler kennen, die ebenso heruntergekommen waren wie ich. Allerdings hatten sie in der Mehrzahl irgendeinen Raum, auch wenn er kalt war, nach Moder roch und natürlich kein Gästebett zu bieten hatte. Aber dort übernachtete ich. Mal bei dem einen, mal bei dem anderen. Oh, nicht was du denkst. Wir waren Kumpel, Freunde. Wir schlugen uns gegenseitig auf die Schultern, erzählten einander Witze und tanzten auf den Straßen. Ich posierte für sie, so verbrachten wir die Nächte. Wenn mir zu kalt war, hörte ich auf, dann tranken wir Tee und sangen. Einer von ihnen kannte viele fremde Länder, er erzählte davon, und nur von den Bildern, die er heraufbeschwor, wurde uns warm. Er war sogar schon in Afrika gewesen.
Einer der jungen Männer gefiel mir, ein blonder mit guten Manieren. Wir waren beide schüchtern, sexuell passierte nichts zwischen uns, aber wir verbrachten viel Zeit miteinander.
Die Rotonde war damals der Treffpunkt der Künstler – der richtigen Künstler, nicht der jungen Kerle, mit denen ich herumzog. Und dann waren da im Hinterraum die Modelle, schöne Frauen mit langsamen Bewegungen, die mich wahnsinnig neugierig machten. Was hatten sie an sich, daß sie dazugehörten zu den *richtigen* Künstlern? Was hatten sie an sich, daß Libion sie in den Hinterraum ließ? Libion war der Wirt der Rotonde, und mir verbot er, den hinteren Raum zu betreten.

Weil ich keinen Hut hätte, sagte er. Also mußte ein Hut her. Ich erzählte allen, daß ich einen Hut brauchte, mit dem ich in die Rotonde dürfe.

Schließlich kam einer meiner Freunde mit einem Hut an, er war nicht schön, wahrscheinlich hatte er ihn einer Greisin geklaut, aber von nun an war Libion freundlicher zu mir. Ich durfte hinten in der Rotonde sitzen. Das war gigantisch für mich. So lernte ich immer mehr Maler kennen. Und viele baten mich, für sie zu posieren.

Im Vertrauen, Kleine, ich tat es nicht gern. Ich schämte mich nämlich, wenn ich mich ganz ausziehen sollte. Nicht so sehr wegen des Nacktseins, es gab einen besonderen Grund: Die Haare an dieser gewissen Stelle waren schlecht entwickelt, was sage ich, sie waren einfach weggeblieben. Also sah ich zwischen den Beinen aus wie ein Baby. Nicht wie ein gerupftes Huhn, nicht wie rasiert, nein, so als wäre ich noch gar keine Frau. Es war mir entsetzlich peinlich. Immer, wenn ich posieren ging, nahm ich vorher einen schwarzen Stift und malte mir eine Behaarung. Es gelang mir immer besser, ein kleines Fell zu imitieren. Ich wurde eine Meisterin darin.

Daß sie mich in der Fabrik rausgeschmissen hatten, schien mir nach kürzester Zeit wie ein Glück. Ich rutschte unaufhaltsam ins Künstlermilieu hinein, es zog mich mit seinem verrückten Charme mächtig an. Ich wohnte hier und da, bevorzugte verheiratete Leute. Es war eine maßlos aufregende Zeit für mich. Ich fühlte mich wie auf dem geraden Weg zum Paradies – wenn ich nicht schon angekommen war. So uneingeschränkt fröhlich war ich später selten wieder. Und mein Lachen, meine Witze, meine Lieder und meine parodistischen Tänze in meinen drei Nummern zu großen Schuhen bezauberten natürlich die Leute. Die Frauen der Maler, bei denen ich ein oder zwei Nächte wohnte, freuten sich über die Abwechslung. Sie fühlten sich nicht bedroht.

Ich war mehr ein verrücktes Kind als eine Frau, und ich war alles andere als schön. Ich machte mir auch überhaupt gar keine Gedanken darüber, ob ich schön war oder nicht. In meiner Kindheit war es eine Selbstverständlichkeit gewesen, daß ich häßlich war: Meine lange spitze Nase, meine scharfen Züge, so etwas paßt nicht zu einem hübschen Mädchen. Auf Montparnasse, nachdem meine Mutter mich hinausgeworfen hatte, fühlte ich mich weniger als Frau denn als Kumpel. Kumpel der Maler. Kumpel der Männer. Kumpel ihrer Frauen. In der kurzen Zeit mit Robert war es anders gewesen, da hatte ich die Leiden des Frauseins kennengelernt, es hatte mir den ganzen Kram zwischen Mann und Frau gründlich verleidet. Ich war mager, hatte kaum Brüste, kein Fell, glatte Pflaume, kein Kaninchen, und meine Frisur war Wildwuchs. Aber ich war verrückt, fröhlich und gesund.

Zu essen bekam ich von Rosalie, sie hatte eine Kantine für Künstler in der Rue Campagne Première. Dort gab es Suppe für wenig Geld. Rosalie war früher Modell gewesen, eine Italienerin mit dicken Brüsten und einer Schürze vorm Bauch. Eine *Mamma*. Aber eine mit Temperament. Manchmal beschimpfte sie mich auf rüdeste Weise, weil ich die Unverfrorenheit besaß, von ihr für sechs Sous eine Suppe gekocht haben zu wollen. Dann schickte sie mich weg, und mein Magen knurrte. Wenn ich am nächsten Tag wiederkam, drückte mich Rosalie an ihren dicken Busen, lamentierte, weinte fast und gab mir Suppe satt für umsonst.

Ebensolche Schwankungen gab es in den Beziehungen zwischen Rosalie und ihren anderen Kunden, am schlimmsten mit Modigliani. Modigliani kam täglich zu Rosalie, die beiden waren dicke Freunde. Er war ja auch Italiener. Manchmal allerdings beschimpften sie sich auf italienisch, und manchmal wurden sie sogar gewalttätig. Dann bekam ich Angst und lief weg. Modigliani machte mir sowieso angst. Er sah wild aus und gab oft so seltsame Knurrlaute von sich. Ich hielt mich immer fern von ihm. Aber, Kleine, er war wunderschön. Und wäre er mir ein paar Jahre später begegnet, hätte ich mit ihm Liebe gemacht, darauf kannst du dich verlassen. Aber später war er tot.

Ich machte dann Liebe mit Mendjitzky. Mendjitzky war nett. Er war riesig nett, und ich mochte ihn gern. Eigentlich mochte ich ihn, seit ich ihn als einen der Freunde Soutines kennengelernt hatte. Er hatte etwas Feines an sich, so etwas Zartes, Sensibles, und ich hatte seit meiner Zeit mit Robert von groben Kerlen ein für allemal genug. Mendjitzky war doppelt so alt wie ich, ich war siebzehn, er vierunddreißig. Er malte in der Tradition von Cézanne Landschaften, Blumen, Porträts. Er liebte Musik, und bei ihm lernte ich ein wenig Klavierspielen. Außerdem nahm er mich mit in Konzerte oder spielte mir etwas vor, Ravel liebte ich sehr.

Wie unsere Liebe entstand? Ach Gott, Kind, wie entsteht Liebe zwischen einem siebzehnjährigen Mädchen, das Hunger, kein Zuhause und ein fröhliches Lachen hat, und einem vierunddreißigjährigen Mann, der sensibel ist, Musik liebt, ein Modell braucht und für Frauen seines Alters wahrscheinlich ein ausgemachtes Kind ist? Er rührte mich nicht an, er verschlang mich nicht mit Blicken, und mir fiel er nicht sonderlich auf. Er hatte schöne Hände. Irgendwann posierte ich für ihn, dann schlief ich bei ihm, dann nahm er meine Hand, wenn wir mit Soutine und den Kumpanen herumstromerten, dann nahm er mich mit in sein Bett, und schließlich fragte er mich, ob ich noch Jungfrau sei. Das war eine sehr peinliche Frage. Ich sagte: halb und halb. Und erzählte ihm die Geschichte mit Robert. Die erzähle ich dir jetzt nicht, vielleicht nie, vielleicht irgendwann einmal, ich erinnere mich nicht gern daran. Ich erzählte sie auch Mendjitzky nicht vollständig, aber er begriff. Er begriff, daß ich gar nicht wußte, ob ich eine richtige Frau war. Allein schon aufgrund meiner nackten Pflaume.

Von da an adoptierte er mich als seine Frau. Es war angenehm. Von nun an hatte ich Sex mit einem Mann. Das war nicht übel. Von nun an hatte ich einen Galan, so wie es sich für eine Frau gehörte. Ich ließ meine Haare gerade schneiden und Locken machen. Mendjitzky liebte Frauen mit langen Locken. Von nun an schlief ich jede Nacht im gleichen Bett. Und ich fror weniger. Zu zweit schlafen hat eindeutige Vorteile, wenn es draußen kalt ist. Von nun an schminkte ich mich. Ich ließ das wilde Mädchen hinter mir und beschloß, eine Frau zu sein.

Ich ging wieder arbeiten. Mendjitzky war arm, und wenn wir regelmäßig essen wollten, mußte ich Geld verdienen. Das gehörte zum Leben mit einem Galan dazu, soviel wußte ich.

Ich stand stundenlang Schlange bei der Arbeitsvermittlung, bis ich endlich eine Arbeit in der Fabrik fand. Für hundert Francs im Monat mußte ich Flaschen waschen. Eine blöde Arbeit, aber ich hatte einen Galan und ein Bett, und wir hatten zu essen, Brot und Suppe, bevor wir unsere nackten Körper aneinander wärmten. Das war das Paradies, dafür konnte ich ruhig ein paar Stunden meine Hände in kaltes Wasser tauchen.
Dummerweise verlor ich einen Weisheitszahn. Da wurde das Flaschenwaschen die Hölle. Ich hatte solche Schmerzen, daß ich überhaupt nichts zu mir nehmen konnte. Ich wurde zu schwach, um stundenlang mit den Händen im kalten Wasser herumzufuhrwerken. Dann arbeitete ich als Packerin. Nach acht Tagen hatte ich mir um ein Haar einen Daumen abgehackt mit der Karton-Guillotine. Der Schnitt entzündete sich und eiterte so, daß an Weiterarbeiten nicht zu denken war.
Also wieder hungern. Aber auch nicht die Knute irgendeines Aufsehers in irgendeiner Fabrik. Hatte was für sich. Ich verließ morgens rechtzeitig das Haus, ging zur Rotonde oder zur Parnasse-Bar, wo es einen schönen Araber gab, der jeden Morgen kam und sechs Croissants aß, ohne zu bezahlen. Ich versuchte, es ihm gleichzutun. Manchmal gelang es.
Aber Geld mußte reinkommen. Husson, der die »Revue Montparnasse« machte, engagierte mich als Verkäuferin. Das war ein prima Job. Abends machte ich mich schön, spazierte über den Boulevard du Montparnasse von Terrasse zu Terrasse und verkaufte die Zeitung. Fünf Sous pro verkauftes Journal waren meine. Das gab Butter aufs Gemüse. Ach ja, und immer wieder mal verdiente ich Geld damit, meine Brüste zu zeigen. Ich verstand nicht, was daran so Besonderes war, aber das Geld kassierte ich mit Vergnügen. So leicht verdiente es sich sonst nicht: zehn Sous für einmal Bluse öffnen. Anfassen war nicht, nur hingucken.
Wenn ich hungrig war, ging ich zur Toilettenfrau der Rotonde. Madame Brosset hieß die Gute. Sie fand mich zu mager, aber sie mochte, wie ich sang. Und sie mochte meine Witze und mein Lachen. Sie gab mir immer gut zu essen, sie wollte, daß ich zulegte. Und dann ließ ich mir von den Köchen warmes Wasser

machen und nahm ein warmes Bad bei Madame Brosset. Bei ihr habe ich mich zu Hause gefühlt.
In jener Zeit in der Rotonde lernte ich Kisling kennen. Kiki Kisling. Er war abscheulich zu mir. Saß drei Tische von mir entfernt, stierte mich an und fragte laut in den Raum: Wer ist denn die neue Hure? Ich tat so, als sähe und hörte ich ihn nicht. Angesehen hatte ich ihn vorher schon. Er hatte einen Pony in der Stirn, Kuhaugen und sah aus wie gut durchgebraten, so braun war er. Er machte mir angst.
Als ich nach Hause kam, erzählte ich Mendjitzky sehr ärgerlich von dem Kerl und wiederholte, was er gesagt hatte. Und was tat mein Galan? Er erstarrte vor Ehrfurcht und sagte bewundernd: Oh, das ist Kisling. Als wäre Kisling ein Götze. Dabei war er nichts als ein unverschämter Kerl mit Kuhaugen und verbrannter Haut.
Nächstesmal in der Rotonde, wer kam herein? Der Indianer. Und was macht er? Er flüstert mit dem Kellner, der führt ihn an meinen Tisch und stellt ihn mir vor. In dem Augenblick allerdings stürmten andere Freunde herein, wir waren viele am Tisch, und Kisling warf mir nur noch einen bedauernden Kuhblick zu.
Und weißt du, was dann geschah? Ich wandere über die Terrassen und verkaufe mein Journal, wer schreit da über die Tische hinweg: Hallo, Schwalbenschwanz, wie geht's? Und als ich meine Schwalbenschwanznase in die Höhe strecke und so tue, als hätte ich ihn jetzt nicht und nie zuvor gesehen, ruft der doch wahrhaftig: He, syphilitische Alte, komm her, ich spendier 'nen Roten!
Da nahm ich meine Zeitungen und machte kehrt. Für den Abend hatte ich genug. Am liebsten hätte ich ihm den Stapel Journale auf den Kopf geschlagen, ihm den Roten ins Gesicht gekippt und ihm meinen Schwalbenschwanz in seine syphilitischen Weichteile gerammt. Aber damals war ich noch nicht so unverfroren. Und trotz allem: Das war Kisling. Und er gefiel mir.
Mendjitzky war schrecklich beeindruckt von dem, was dann geschah. Kisling entschuldigte sich bei mir. Und er bat mich,

für ihn als Modell zu arbeiten. Das war wirklich ein starkes Stück. Aber ich blieb hart. Ich sagte: Sie müssen mir versprechen, daß Sie mich nie wieder beschimpfen. Und er verzog sein indianisches Kuhgesicht zu einer aufrichtigen Fratze und sagte: Ich schwöre. Nie wieder. Und er setzte sogar einen Vertrag von drei Monaten auf. Papier lag ja immer auf den Tischen herum. Er schrieb: Kiki arbeitet als Modell von Kiki. Kiki beschimpft Kiki nie wieder. Vertraglich versprochen. Kiki und Kiki.

Es gefiel mir, für ihn zu arbeiten, aber da geschah etwas Eigenartiges. Wenn ich bei ihm war, überfiel mich so eine Melancholie. Und er bemerkte sie und versuchte, mich aufzuheitern. Bis dahin hatte immer ich die Leute aufgeheitert, und jetzt war da einer, der mich aufheiterte. Es war seltsam. Ich war oft traurig, und dann strengte er sich gewaltig an, mich zum Lachen zu bringen: Er stieß Indianergeheul aus, oder er furzte inbrünstig, das konnte er auf Kommando. Ich aber auch. Irgendwann hatte er mich dann soweit, und wir machten seltsame Geräusche um die Wette. Oder er kitzelte mich, und ich lief weg, und wir tobten durchs Atelier. Oder er erzählte unglaubliche Geschichten wie die vom Präsidenten der Republik, der als Schlafwandler bei Vollmond im Pyjama einen Zug zum Halten brachte.

Seltsam war, daß bei ihm meine Melancholie so plötzlich zum Vorschein kam. Er malte mich, wie ich das Kinn auf die Hand stütze, die Schultern sehen traurig aus. Weinende Schultern, scherzte Kisling, eine neue Pflanzensorte. 1920 malte er dieses Bild: eine Kiki, die einen völlig verlassenen Eindruck macht.

Da war der Krieg vorbei, und ich war immer noch ziemlich hungrig. Kiki Kisling war reich. Er hatte eine Erbschaft gemacht, 1916, als er wegen einer Verletzung aus dem Krieg nach Paris kam. Vor dem Krieg hatte er mit einem amerikanischen Bildhauer, Chapman Chandler, die Kneipen auf Montparnasse unsicher gemacht, Abend für Abend. Chapman hatte sich während des Krieges für Frankreich in der Luft geschlagen und war dabei draufgegangen. Er hatte Kisling als Erben eingesetzt. Nun war Kiki Kisling reich. Ich war arm.

Also klaute ich ihm einiges. Ließ Seife und Zahnwasser und solche unnützen guten Sachen mitgehen. Er sagte nie etwas.
Seine Frau, Renée, verehrte ich. Sie war so häßlich, daß es schon wieder schön war. Kiki Kisling erzählte mir einmal begeistert, daß am Abend zuvor bei einer Premiere im Cirque Médrano irgend so eine hergelaufene und beschwipste Schickse Renée fragte: Bist du ein Mann oder eine Frau? Und Renée hatte den Unterarm gehoben und ihre Muskeln gezeigt, aber auch ihre Faust, und hatte gesagt: Komm näher, dann kannst du's prüfen!
Kisling verehrte seine Frau ebenfalls. Er betete sie an. Sie war die Tochter eines Kommandanten der republikanischen Garde. Sie hatte das Temperament eines revolutionären Generals und kleidete sich wie ein bunter Papagei.
Auch so etwas konnte aus einem Zuhause kommen, in dem militärische Tugenden wie Gehorsam und Ordnung hochgehalten wurden. Später, als ich Treize kennenlernte, habe ich oft bedauert, daß sie nicht so geworden war wie Renée. Treize war in ihrer Familie viel geschlagen worden. Es herrschte strenge Disziplin unter ihrem Patriarchen-Papa, bei Verfehlungen schlug er zu. Treize hat er wohl zuviel geschlagen – oder zuwenig, was weiß ich –, auf jeden Fall war ihr nichts so wichtig, wie geachtet und geliebt und nicht mehr geschlagen zu werden.
Vielleicht war es das, was uns zusammenhielt: Wir wollten so gern geliebt und geachtet werden.
Da sind wir bei dem Thema, das ich dir gestern versprochen habe, sagst du. He, du bist mir ja eine ganz Schlimme.
Douze, ich nenne dich Douze. Weil du mich irgendwie an Treize erinnerst und weil du etwas sehr Sanftes an dir hast. Ja, das unterscheidet dich von Treize. So sehr Treize auch raus wollte aus ihrer Familie, die Disziplin, die Strenge, die schleppte sie mit sich herum wie der Teufel den Schwanz. Sie war streng gegen sich selbst, sie ließ sich nichts durchgehen, da war sie auch eine brave Schülerin ihres Tanzprofessors. Und als Tanzmeisterin hatte sie einen gewaltig strengen Ton. Gegen den kam nur Kiki mit ihrem lahmen Arsch und ihrer Badewanne voll Lachen an. Douze, ja, Douze paßt zu dir.
Und nun willst du von mir eine Lektion in Sex?

Oh, heute muß ich beim Lachen achtgeben, gestern war das eine arge Schweinerei. Kennst du mein Lieblingslied? »Les filles de Camaret«?

Die Mädchen von Camaret tun so,
als wären sie Jungfraun
aber . . .

Es war so etwas wie meine Erkennungsmelodie. »Les filles de Camaret« war mein Lied. Zu meiner Zeit wagte kein Spatz in Paris, dies Lied zu pfeifen. Er wäre als Dieb hinter Gitter gekommen. Ich war auch hinter Gittern.

Zweimal. Das erstemal in Villefranche, das zweitemal in Paris. Vom zweitenmal hab ich dir schon erzählt. Das erstemal haben sie mich grundlos festgehalten, das zweitemal grundlos freigelassen. Ich mochte Villefranche, aber nach diesem Vorfall bin ich nie wieder hingefahren.

Der eigentliche Grund meiner damaligen Reise war, daß ich Man sehnsüchtig machen wollte. Alle Männer von Paris schnalzten mit der Zunge, wenn sie mich sahen, und Man wirkte oft, als bemerke er mich gar nicht. Wenn ich Geschichten zum besten gab, indem ich unterschiedliche Rollen spielte, und so eine ganze Runde zum Lachen brachte, konnte es geschehen, daß Man gelangweilt in eine andere Richtung blickte oder aufstand und ein Bild an der Wand betrachtete. Oder aber, daß er irgendeinen völlig nebensächlichen Ausdruck, den ich nicht ganz korrekt gewählt hatte, ironisierte, bis alle über mich lächelten. My Man war wunderbar ironisch, und wenn es nicht gegen mich ging, liebte ich das an ihm. Er konnte sarkastisch sein, richtig böse, und das mochte ich auch – wenn wir zusammen lachten. Ich fuhr also nach Villefranche, weil ich es in Paris nicht mehr aushielt.

Immer wieder machte ich Man eifersüchtig. Das war anstrengend. Er sollte mitkriegen, daß ich ein Schatz war, etwas Besonderes; er sollte nicht so gleichgültig neben mir dahinleben und sich meiner bedienen, wenn er gerade mal eine Stunde frei hatte. Ich erzählte ihm von den Avancen, die mir gemacht wurden; er schien nicht zuzuhören. Ich flirtete, wenn er in der Nähe war; er wandte sich ab. Ich versteckte mich unterm Tisch

und verschwand mit Treize bis zum Morgen, wenn er mich nachts vom Jockey abholen kam; er verschloß seine Zimmertür im Hotel d'Istria, in das wir nach meiner Rückkehr aus Amerika gezogen waren. Dort mußte ich mich immerhin nicht wie ein blinder Passagier verstecken wie früher in seinem Atelier, wenn Kunden kamen.
Nun, ich verliebte mich auch von Zeit zu Zeit oder ging, allein aus Trotz gegen Man, mit dem einen oder andern ins Bett. Man Ray fehlte schließlich die Zeit dazu. Und ich war jung. Einmal war ich so unglücklich über Mans Gleichgültigkeit, daß ich – einfach so, nicht einmal ich selbst hatte erwartet, was passieren würde –, als ich ihn im Café sitzen sah, schnurzstracks auf ihn losging und ihn anbrüllte, er sei ein untreues, verlogenes Arschloch, er habe mir erzählt, als ich in New York gewesen sei, habe er vor Sehnsucht dicke Eier bekommen und trotzdem keine andere Frau angefaßt, aber das sei eine verdammte Lüge gewesen, er habe nämlich mit Marthe gevögelt, bis seine Eier blau angelaufen seien. Marthes Name fiel mir in diesem Augenblick gerade ein, es hätte auch jede andere sein können. Während ich allerdings so schrie, wurde ich immer sicherer, daß es wirklich Marthe gewesen war. My Man saß mit zwei Freunden zusammen. Sie sahen mich anfänglich erschrocken, dann belustigt an. Das machte mich erst recht wütend. Diese verdammten Kerle! Wenn einer Frau, die sich betrogen fühlt, das Herz zerreißt, grinsen sie nur. Das schlimmste aber: Man Ray blickte nur kurz auf und wandte sich dann wieder den beiden Typen zu. Ich hätte ihn umbringen können. Ich schrie immer lauter. Daß er sich wahrscheinlich auch jetzt noch mit ihr treffe. Daß deshalb für mich nichts übrigbleibe. Daß sie ihm wahrscheinlich den Schwanz abknabbere und dieser für mich so winzig sei, daß Man Ray ihn vor mir verstecke. Daß er sich nicht einbilden solle, ich ließe mir das gefallen. Ich würde Marthe die Brustwarzen abreißen, dann hätte er nichts mehr zum Aufgeilen. My Man sagte mit seiner sachlichsten, kühlsten Stimme irgend etwas zu den beiden Männern, woraufhin sie in lautes Gelächter ausbrachen. Da ging ich auf ihn zu, boxte ihn gegen die Brust und gegen die Oberarme. Als er immer weiter so tat, als

bemerke er mich nicht, versuchte ich, ihn vom Stuhl zu schubsen. Ich war so entsetzlich wütend und verletzt, weil ich ihm geglaubt hatte, daß er mir immer treu gewesen war. Plötzlich erhob My Man sich. Ich stieß vor Schreck einen Schrei aus. Er schnappte mein Handgelenk und zerrte mich wortlos hinter sich her aus dem Café. Ich wehrte mich, aber er besaß auf einmal gigantische Kraft. Er zog mich bis zum Hotel d'Istria, bis hinauf in unser Zimmer. Dort verschloß er die Tür. Dann versetzte er mir einen solchen Schlag ins Gesicht, daß ich hinfiel. Einen Augenblick lang war ich benommen und verwirrt. Ich begriff nicht, was eigentlich geschehen war. Und dann überkam mich Angst. Ich dachte, er wolle mich umbringen. Ich begriff gar nichts mehr. Log er nun und hatte mich nie geliebt, wollte er sich meiner entledigen? Oder hatte ich ihn betrogen und belogen, und er hatte nun endgültig die Schnauze voll und wollte mich deshalb umbringen? Beides war gleichermaßen schrecklich. Ich fühlte mich, als stünde ich vor einem entsetzlichen Wesen, das im Begriff ist, mir die Haut abzuziehen und mich anschließend zu rösten. Man Ray näherte sich mir. Ich ging rückwärts, sah ihm in die Augen, die schwarz waren vor Wut, und sagte leise: Rühr mich nicht an! Er kam näher. Da war ich am Fenster und riß es auf. Man kam immer näher. Seine Fäuste waren geballt. Ich stand vor dem geöffneten Fenster und brüllte: Rühr mich nicht an, oder ich springe hinaus! Ich kletterte auf den Fenstersims und schrie weiter. Plötzlich sah My Man hilflos und verwirrt aus, er ließ die Fäuste sinken. Da klopfte es an die Zimmertür, Man Ray öffnete, und unsere Hotelwirtin bat uns ganz freundlich und zuvorkommend, ein wenig leiser zu sein, wenn das Fenster geöffnet sei. Die Passanten könnten sonst auf die abwegige Idee kommen, die Polizei zu rufen.

Als sie wieder gegangen war, lachten wir beide, lachten, bis uns die Tränen die Wangen entlangliefen. My Man trug mich aufs Bett, schlürfte meine Lachtränen weg, schlürfte sich über meinen Körper, in meine Pflaume, wir liebten uns so innig wie seit Wochen nicht. Er schwor, er habe mich noch nie betrogen, schon gar nicht während meines Aufenthalts in New York und schon überhaupt nicht mit Marthe, die keine Brüste habe und sicher nicht einmal Nippel, die ich ihr abreißen könnte mit meinen Händen, die ihn erregten und verrückt machten; und einen Hintern habe sie auch nicht, und ich allein sei seine Violine, allein auf mir liebe er es zu spielen, bis das Zimmer von meinen Klängen widerhalle. Und ich berührte ihn mit meinen Händen, von denen er so gern berührt wurde, und schwor ihm, ich sei ihm auch immer treu geblieben, habe ihn nur manchmal eifersüchtig machen wollen, damit er aufmerksamer würde. Ich wußte, ich log ein wenig. Und wußte nicht, ob auch er ein wenig log.

Im Februar fuhr ich nach Villefranche. Mein Gefühl, daß ich ihn erregen und verrückt machen konnte, hielt nicht lange an. Daß er mit mir sprach, hielt ebensowenig an.

Leider stieg auch immer seltener Wut in mir auf, und Man war ohnehin viel zu faul, um wütend zu sein – so erklärte er seine stoische Ruhe zumindest. Ich wurde traurig. Und wenn ich traurig bin, lache ich. Trinke, probiere neue Räusche, flirte, verliebe mich. Weinen, das mache ich nur nachmittags gegen fünf Uhr, wenn ich die Schallplatte »Dinah« höre, die Man mir geschenkt hat. Eine halbe Stunde »Dinah«, eine halbe Stunde Tränenfluß.

Nachmittags um fünf ging My Man mir aus dem Weg. Und ich ihm. Dann war Treize bei mir. Sie kannte mich viel besser, als Man mich kannte. Sie gab sich einfach mehr Mühe, mich kennenzulernen. Sie kannte auch meine Tränen, meine Angst vor fremden Leuten und fremden Gegenden. Sie kannte meine Angst, öffentlich zu singen.

My Man erlebte in jener Zeit eine besonders fröhliche, aufgekratzte Kiki, begehrt wie nie zuvor, dekolletiert wie nie zuvor. Und doch machte sich zwischen uns eine Traurigkeit breit, die uns erdrückte, wenn wir zu zweit waren. Mit anderen gemeinsam lachten und sangen und tanzten wir ausgelassener denn je. Waren wir jedoch zu zweit, legte sich Schweigen zwischen uns, tödliches, lähmendes Schweigen.

Da schlug My Man mit verhangenen Augen und forscher Stimme vor, die Einladung Jean Cocteaus nach Villefranche anzunehmen. Jean Cocteau trauerte damals um Raymond Radiguet, seinen jungen, schönen und genialen Freund, der gerade gestorben war. Cocteau hatte sich aus Paris zurückgezogen und den Winter in Villefranche verbracht. Viele Freunde hatten ihn aufgesucht, und er hatte während seiner letzten Stippvisite in Paris auch Man und mir vorgeschlagen zu kommen.

My Man ließ also in einem unserer schweigsamen Gespräche träge fallen, wir könnten ja nach Villefranche fahren. Tapetenwechsel tue gut, das Licht am Meer sei auch sehr anregend. Er wolle wieder malen. Es war wohl auch deshalb so traurig zwischen uns, weil Man Ray unzufrieden war. Das Fotografieren, das er künstlerisch eigentlich nicht ernst nahm, hatte sich, unmerklich, wie er sagte, in seinem Leben so breit gemacht, daß er nur noch Fotograf war. Ich allerdings hatte es sehr wohl gemerkt, war auch mächtig eifersüchtig auf seine blöde Kamera, die er immer zwischen uns stellte. Die faßte er mehr an als mich.

Ich glaube bis heute, daß er irgendeine Verachtung sich selbst gegenüber empfand, weil er viel fotografierte und kaum malte. Er schätze das Fotografieren, so sagte er, weil es ökonomisch sei – in jeder Hinsicht, auch zum Geldverdienen. Mit der Kamera könne er Ideen schnell ausprobieren, sagte er. Und er liebte Geschwindigkeit, Schnelligkeit; alles, was ihn ohne viel Aufwand einem Ziel nahebrachte, schätzte er.

Er mochte auch schnelle Autos. Picabia, Francis Picabia, und Man sind einmal mit Picabias Sportwagen für drei Tage ans Mittelmeer gefahren. Es ging nur ums schnelle Fahren. Als Picabia My Man einlud, hat er nicht eine Sekunde gezögert, mich stillschweigend zu übergehen. Er hat nur gefragt, ob Man Ray Lust habe, mit ihm auf einen Kurztrip ans Mittelmeer zu fahren. Und My Man sagte: prima. Kein Wort zu mir, keine Frage an mich. So waren sie.

Er schätzte die Kamera vielleicht auch, weil sie gehorchte. Sie war schnell und gehorchte. Er versuchte irgendwann, sogar den Apparat zu übergehen und seine Fotos nur noch in der Dunkelkammer zu machen. So entstanden die Bilder, die nach ihm

Rayografie genannt wurden: Er legte einen Gegenstand auf das trockene Papier, belichtete es kurz wie ein Negativ, und es erschienen Bilder, als tauchten sie aus dem Nichts auf. Ich bin bei dieser Zauberei dabeigewesen. Es war phantastisch. Es entstanden Umrisse, Schatten, Atmosphäre mehr als Bild. My Man war zufällig in der Dunkelkammer darauf gestoßen, dann experimentierte er mit allem, was ihm zwischen die Finger kam: Thermometer, Gläser, Taschentuch, Bleistifte, Schlüssel, alles mögliche. Und es wurden eben keine Bilder dieser Gegenstände, sondern eigenwillige, sonderbare Formen, die sich ganz allein geschaffen hatten. Tzara nannte die Bilder »Dada-Fotografien«. Man Ray machte auch Rayografien von mir, von meinem Profil – meine Schwalbenschwanznase ist besonders geeignet für so etwas. Und er machte welche von uns beiden, wenn wir uns küßten. Das sah lustig aus, weil wir beide so lange Nasen haben.

Nun, ich habe mich wieder vergaloppiert. Man Ray schlug mir also eine gemeinsame Reise nach Villefranche vor. Und ich war glücklich wie ein Kind, das seinen Weihnachtswunsch erfüllt bekommt. Drei Tage lang waren wir glücklich. Wieder achtete ich nicht darauf, ob er mit mir redete, sondern plapperte drauflos. Als er mir dann kundtat, er könne leider nicht mit mir gemeinsam abreisen, war ich nur mäßig enttäuscht. Treize und Per Krohg wollten in Kürze hinterherkommen. Und eine Freundin begleitete mich. Ohne sie wäre ich nicht gefahren. Doch auch mit ihr hätte ich am liebsten sofort kehrtgemacht, es war so fremd in Villefranche. Ich brauche immer Zeit, bis ich mich irgendwo heimisch fühle.

Zum angekündigten Termin traf nur ein Telegramm und kein Man Ray bei mir ein, da nahm ich mir einen anderen Man. Auswahl gibt's immer genug. My Man erschien erst zur Gerichtsverhandlung.

Warum lachst du so verschmitzt? Schau, die Sonne ist schon ganz verschwunden.

Und ich habe nichts über Sex erzählt. Ach, du kleines, hungriges Weib. Statt dessen hab ich dich zum Lachen gebracht. Und war das etwa nichts über Sex, die Geschichte von Foujita und

Youki? Hättest du gern gewußt, wie lang sein Schwanz war? Und ob sie noch Jungfrau war?
Jetzt hast du den Sonnenuntergang auf dem Gesicht. Douce Douze.

16. September 1951

Du fragst, warum ich trinke. Welche Frage! Interessanter ist, warum ich aufhören sollte. Warum ich manchmal aufgehört habe. Es war 1935 oder 1936, warte. 1935 im Sommer lernte ich Margot kennen, Margot Vega, sagt dir der Name etwas? Sie war eine große Künstlerin, gut, eine mittelgroße. Auf jeden Fall war sie umwerfend. Nachdem ich sie getroffen hatte, schmiß ich mein ganzes Leben durcheinander. Sogar von André entfernte ich mich ein Stück, obwohl ich ihn nach wie vor liebte. Ich verschwand einfach von der Bildfläche des Montparnasse – ins Bett mit Margot. Alle tuschelten und fragten sich, was geschehen sei. Sie waren völlig perplex, als Margot und ich auftauchten. Kiki und eine lesbische Geschichte. Das hat viele umgehauen.
Margot war vierundzwanzig Jahre alt, als ich sie kennenlernte, zehn Jahre jünger als ich. Sie trat im Cabaret des fleurs mit einer Tanznummer auf, deren Leichtigkeit und Grazie mich entzückten. Ihre Haut war perlmuttartig, und wenn sie tanzte, erschien sie mir wie ein Engel. Ein Engel der lüsternen Sorte. Während Margot tanzte, sang Moumoune, eine üppige sechzehnjährige Kreolin von den Antillen. Ihrer Stimme zu lauschen war wie karibischen Rum schlürfen, heiß und lieblich, sie machte einen besoffen. Vielleicht war es sogar Moumounes Stimme, die meinen Körper für Margot vibrieren ließ; mein Körper, meine Seele, mein Herz, alles zitterte, als wäre es besoffen von karibischem Rum. Margot hatte ein wenig Ballett gelernt und drehte nun Pirouetten auf Zehenspitzen, dabei wippte eine Schleife auf ihren blonden Locken. Ich war verliebt, kaum daß sie mir beim Tanzen einmal kurz in die Augen gesehen hatte.

Die Neuigkeit machte natürlich in ganz Paris die Runde. Eine Zeitung verlieh mir sogar in Anlehnung an eine Cabaretnummer, die damals zu meinem Repertoire gehörte, den gleichlautenden schmeichelhaften Titel: »Der größte Frauenjäger«. Das war natürlich Quatsch. Ich bin nie hinter Frauen hergewesen. Manchmal habe ich mit Frauen Sex gehabt, aber ich war nicht hinter ihnen her. Männer wirkten auf mich wie Champagner, der ein kribbelndes Hochgefühl hervorruft, wenn er einem langsam durch die Kehle in den Magen rinnt, vorher schon, auf der Zunge, kündigt sich diese kleine Ekstase an. So geht es mir mit einer bestimmten Sorte Mann. Er betritt den Raum, und ich spüre, wie die kleinen Härchen auf meinen Armen sich aufrichten, wie das Blut in meine Lippen strömt, wie ich unruhig werde. Dann ahne ich: Mit dem da könnte es prickelnd werden. Das mit Margot hat mich erwischt, *obwohl* sie eine Frau ist. Mir lag nichts daran, Frauen zu kosten, als sexuelles Abenteuer gewissermaßen, das mich ein wenig aufregen sollte; es war mehr so, daß manchmal, wenn ich Liebe dringend brauchte, Frauen einfach in der Nähe waren. Youki, die kleine süße Youki, die probierte damals Sex mit Frauen aus, als ginge es um eine neue Cocktailmischung. Oder als besuche sie den neuesten Dada-Film.

So war es für mich nie. Nicht mit Männern, nicht mit Frauen. Ich brauchte einfach Liebe. Ohne Liebe ersoff ich, ging ich unter, starb ich. Ich mußte in meinem Herzen, meiner Seele, meinen Adern Liebe spüren, sonst fühlte ich mich tot. Wenn ich nicht liebte, war mir elend. Und wenn ich jetzt darüber nachdenke, fällt mir auf, daß ich immer die Menschen geliebt habe, die etwas hatten, das mir fehlte.

Was Margot hatte, das mir fehlte? Zuerst einmal hatte sie Jugend. Sie war in genau dem Alter, in dem ich 1925 gewesen war, als sich mir die Welt aufgeschlossen hatte: Surrealismus, Dadaismus, Tanzen, Singen, Schreiben, Lieben. Lieben, Lieben. 1925 malte ich. 1925 stritten Man und ich uns wie die Teufel. 1925 spielte ich in einem Film mit. 1925 fing alles an.

Und dann hatte Margot so etwas Helles. Sie war nicht nur blond, sie war hell. Wenn ich sie sah, wurde es in mir auch hell.

Damals zeigte sich die Welt ziemlich düster. Die Deutschen entwickelten sich zu Bestien. Immer mehr Schriftsteller und Maler kamen nach Paris und erzählten von den ungeheuerlichen Schweinereien, die die Deutschen in ihrem Land veranstalteten. Ich konnte es nicht hören. Ich wollte es nicht hören. Wer hielt denn so etwas aus, ohne loszustürmen und diesen Hitler zu ermorden; loszustürmen und Massaker zu veranstalten? Aber ich fühlte mich dazu nicht in der Lage. Und in Paris wurde es unter den Freunden immer politischer, sie diskutierten und diskutierten, sie beschworen Krieg und Umsturz. Zudem hungerten viele in Paris. Ich habe ein weiches Herz. Wenn ich jemanden hungern sehe, gebe ich ihm von meinem Essen etwas ab. Ich weiß, wie das ist: Hunger haben. Das krampft und läßt dich nur an eines denken: Wie und wo stöber ich bloß etwas auf, das meinen Magen besänftigt?
Um mich her war viel Elend. Ein anderes Elend als das der Maler, das ich zur Genüge kannte. Die hungernden Maler, Dichter, Bildhauer hatten immer noch etwas, auch wenn sie hungerten. Ich nenne es inneres Feuer, etwas brannte in ihnen, auch wenn der Magen leer war. Die Arbeitslosen auf den Straßen, in den öffentlichen Kantinen oder in den langen Schlangen vor dem Arbeitsamt, die Frauen mit den hungrigen Kindern, das war etwas ganz anderes. Sie waren verzweifelt. Sobald ich sie sah, spürte ich ihre Hoffnungslosigkeit, als wäre es meine. Das konnte ich nicht ertragen. Ich nahm viel Kokain. Täglich. Kokain macht heiter, leicht, fröhlich. Und wenn ich Margot ansah, war mir, als hätte ich Kokain genommen. Sie war so hell, so leicht, so schwebend. Sie war ganz von allein so, wie ich durch meine Dosis wurde.
Wenn ich verliebt bin, brauche ich weniger Stoff. Verliebt sein ist eine ganz wunderbare Angelegenheit. Und wenn zu diesem Drängen, diesem Gefühl, als wäre an jede deiner Poren ein Band geknüpft, das dich unweigerlich zu der geliebten Person hinzieht, auch noch Gemeinsamkeit kommt, als fändest du dich im andern wieder – dann brauchst du kein Kokain. Margot kam aus der gleichen Gegend wie ich, wir feierten ein Fest, als wir das entdeckten. Wir waren beide Bourgogniennes! Und

auch Margot war unehelich geboren. Sie hieß eigentlich Marguerite Bullier. Als sie verheiratet war, wählte sie als Künstlernamen Margot Vega. Es war ein romantischer, zärtlicher Name, ein guter Name für eine Tänzerin.
Der Ehemann von Margot gab keinen Mucks von sich, wenn er uns beide turteln sah. Er sprach nicht einmal das Wort Ehebruch aus, ich glaube, er nahm mich als Konkurrenz einfach nicht ernst. Wäre ich ein Mann gewesen, oh là là! aber so? Irgendwann schlug er uns lässig vor, wir sollten doch als Duo auftreten. Ich glaube, viele Männer stellen sich vor, wie sie mit zwei Lesbierinnen Sex haben, es erscheint ihnen als die absolute Eroberung. Margots Mann mischte mit, indem er sich zu unserem Impresario machte. Er entwickelte eine Nummer für uns und organisierte alles Nötige. Er war auch unser Manager. Wir durften kichern und tanzen und singen, er arbeitete. Und wir durften uns lieben. Er schien nichts dagegen zu haben. Als er allerdings spitz bekam, daß Margot anfing, Kokain zu schnupfen, roch er sauer. Das mißfiel ihm.
Für Margot und mich war es aber bald nach dem berauschenden Anfang eine mächtig heiße Geschichte geworden, gemeinsam Kokain zu schnupfen. Es eröffnete uns die Möglichkeit, immer neue Ekstasen miteinander zu erleben. Wir verschmolzen und wirbelten durchs All, es war unvorstellbar!
Im November 1935 traten wir das erstemal zusammen auf. Les Vega Sisters. Das war eine Show! Ich hatte mir die Haare gefärbt. Nun waren wir beide blond. Wir wirkten wie Zwillinge. Und wir tanzten auch wie Zwillinge. Es war ganz einfach: Ich bewegte mich, als wäre ich ihr Spiegelbild. Kiki, die berühmte Kiki, war verschwunden, und aus ihrer Asche stieg eine zweite Margot. Als dem Publikum vor Staunen die Kinnlade herunterklappte, hob ich plötzlich, ganz unschuldig und naiv, zu singen an und ließ dabei meine Hüften in meinem kurzen engen Rock kreisen: »Da gibt es keinen außer dem einen, der euch so Sachen machen kann.« *Y en a qu'un qui peut vous faire des trucs comme ça!*
Und dann sang ich »La Thune«, ein Chanson von Marcel Achard, die Geschichte eines Mädchens, das seinen Lebensun-

terhalt damit verdient hat, für ein Fünffrancsstück die Beine breitzumachen, und das nun sein Leben überdenkt und zu der traurigen Erkenntnis gelangt, daß es die Liebe nie kennengelernt hat. Ein romantisches Lied.

Wenn ich solche Lieder singe, spüre ich, wie hinter meiner Maske aus Lachen und Frivolität meine Einsamkeit hochkommt, meine Angst, meine riesige Sehnsucht, geliebt zu werden. Mir wird es unheimlich, wenn ich das merke, und ich schiebe ganz schnell etwas sehr Heiteres, sehr Anzügliches hinterher. Dann ist es wieder gut.

Die Presse, kleine Douze, beweihräucherte mich, feierte mich, ich war eine Diva, eine Göttin des Chansons. Ich erinnere mich noch an einen Artikel in der »Semaine à Paris«, der Autor begeisterte sich über die schöne Animatrice, redete von meinem Talent und von meiner glücklichen Hand, ein sentimentales Repertoire ganz leicht darzubieten. Fast alle jungen Künstler besuchten unsere Show und schmachteten uns an, vor allem mich. Anaïs Nin kam auch. Ich gefiel ihr allerdings nicht, sie fand mich vulgär. Aber ich war alles andere als vulgär. Ich besaß damals eine absolute Sicherheit, zur richtigen Zeit Provokationen zu improvisieren, von denen die Nachkommen der Surrealisten nur träumten.

Was für Provokationen? Ach, ich provozierte immer und überall, wo es mir einfiel.

Zum Beispiel? Nun, ich nenne dir eines. Ich nahm ein Sonnenbad auf der Terrasse des Café du Dôme. Es war Sonntag morgen, und die Prozession der Kirchgänger der Notre-Dame-des-Champs kam heran, hinreißend brave, bürgerliche Leute. Unsere Cafés waren in ihren Kreisen sehr berüchtigt. Als sie nun vorbeistaksten, senkten die Männer den Kopf. Sie hätten ja auf unanständige Gedanken kommen können, wenn sie uns Frauen auf der Terrasse erblickten. Und wir verworfenen Weiber hätten womöglich hinter ihrer Stirn lesen können! Welche Scham! Drei Schritte hinter ihnen, immer drei Schritte hinter ihnen, trabten die Frauen und die ordentlich gescheitelten Kinder, die gezwungen wurden, gleichfalls den Kopf zu senken. Ich hatte gute Laune, erhob mich, schlenderte zu einem Pulk, flötete: O ja, so etwas haben Sie niemals gesehen! und hob meinen Rock bis zur Nase, als bliese ein Orkan darunter. Ich kannte meinen nackten Unterleib, er war oft genug gemalt und fotografiert worden: Meine weiße Haut leuchtete wie Marmor. Aber sie kannten ihn nicht. Ich vermute, sie kannten überhaupt keinen nackten weiblichen Unterleib. Die Frauen schauten nicht hin, wenn sie sich wuschen, und die Männer schauten nicht hin, wenn sie, na du weißt schon was. Damals trug ich oft wieder nichts drunter. Es gefiel mir einfach besser.

Die Prozession stob auseinander. Die Mütter hielten ihren Kindern die Hände vor die Augen, und die Männer suchten das Weite, als sei ich der heilige Geist, der erschien, sie wegen ihrer lüsternen Phantasien zu strafen. Einer ließ sein Kuchenpaket fallen. Alle auf der Terrasse hatten ihren Spaß gehabt, und nun hatten wir sogar Kuchen. Das Leben machte Freude.

Anderthalb Jahre, bis Ende 1936, trat ich jede Nacht im Cabaret des fleurs mit unserer Show auf. Ich war die Attraktion von ganz Montparnasse, du kannst es mir glauben. Und die Presse blieb gut. Jede Nacht Spektakel. Anschließend feierten wir bei Margot in der Rue Labrouste weiter, oder wir gingen in die Rue Mazarine zu Youki und Robert Desnos. Ja, die schöne Youki war inzwischen Frau Desnos geworden. Robert und sie wohnten in einem unvergleichlichen Appartement zwischen allen möglichen Sachen, die Youki natürlich nie abstaubte, zwischen Tellern, Gläsern, Postkarten, ungerahmten Leinwänden, alten Schuhschachteln, bis oben hin voll mit Papieren, Notizen, Manuskripten. Bei den Desnos war immer etwas los. Alle möglichen Leute kamen zu allen möglichen Zeiten und diskutierten, sangen, lasen vor und tranken.

Es konnte zum Beispiel passieren, daß Robert, wenn ich fragte: Wer ist denn das da, dieser interessante Typ an der Tür?, antwortete: Kenn ich auch nicht. Muß hier zufällig reingekommen sein. Oder aus Versehen. Und ist geblieben. Wollen wir ihn fragen, oder wollen wir ihn unbehelligt lassen?

Nachts war es bei Youki und Desnos wie in einem intimen Cabaret. Da fühlte ich mich zu Hause. Ich sang und trug vor und hatte meinen zweiten Erfolg des Tages. Es war wie auf Wolken schweben. Oder wie in der Hölle schmoren. Hoch und heiß. Damit es leicht wurde, brauchte ich Drogen. Es war mein Job, Leute zu amüsieren, dafür wurde ich geliebt, dafür stand ich in der Zeitung, dafür applaudierten alle. Du kannst Leute nicht mit schwerem Herzen und müden Beinen amüsieren. Was tun? Kokain ist einfach wunderbar, es macht das Herz leicht und die Beine munter. Ich bin dem Stoff noch heute dankbar für alles, was er mir ermöglicht hat.

André aber war alles andere als dankbar. Und André liebte mich auch nicht für die Leichtigkeit, die das Kokain mir gab. Ich glaube, es war im Oktober 1936. Da stand er mit versteinertem Gesicht vor mir, als ich verschwitzt und blühend und glücklich in die Garderobe des Cabaret des fleurs kam. Ich dachte, er hätte Durchfall oder so etwas. Aber er stellte sich hin wie ein betrogener Ehemann im amerikanischen Kino und sagte: Es muß ein Ende haben. Die Droge oder ich.

Nun ja, als erstes habe ich natürlich gegrinst. Dann sagte ich trotzig: Wie kommst du auf diesen Mist? Du oder die Droge. Natürlich du, immer nur du.

Nein, erwiderte er in diesem pathetischen Ton. Es ist schon lange die Droge, die mehr zählt. Sie zählt mehr als alles andere.

Ich ärgerte mich und wollte, daß auch er sich ärgerte: Du meinst wohl, weil ich nicht so miesepetrig bin wie du und nicht mit so 'ner Fresse rumlauf, bin ich vollgekokst. Du spinnst.

Er war nicht aus der Fassung zu bringen. Kiki, sagte er, ich weiß, wovon ich rede, du machst mir nichts mehr vor. Allen anderen ja, mir nicht.

Ha, gab ich spitz von mir, dir nicht. Was sollte ich denn irgend jemandem vormachen als die Illusion des Glitzerns, des Lachens und der Heiterkeit auch in einer traurigen Welt?

Traurige Welt? Er wurde zornig. Du kriegst doch von der Welt nichts mehr mit! Du flatterst wie ein Schmetterling, du schwebst wie eine Wolke über der Welt. Du siehst sie gar nicht. Rund um dich her sind Angst und Nervosität, explosive Spannungen, und du flirrst und lachst und flatterst. Du wirkst, als gäbe es nichts Schweres für dich, als kenntest du überhaupt

keine Komplikationen, aber ich weiß: Du bist nicht oberflächlich. Es ist das Kokain.
Ich setzte mich hin, verschränkte die Hände im Schoß und spürte, wie ich zu zittern begann. Ich wußte, wo mein Stoff lag. Ich wagte nicht, ihn mir jetzt zu holen, aber ich brauchte ihn dringend.
Kiki, sagte André, ging in die Hocke und ergriff meine Hände. Er schaute mir eindringlich in die Augen, als er fortfuhr: Du merkst es vielleicht nicht, aber du veränderst dich. Du bist nicht mehr die Kiki, die ich vor fünf Jahren kennenlernte. Auch damals warst du oft betrunken, auch damals tauchtest du beinahe täglich in deine heitere Bewußtlosigkeit ein, aber etwas hat sich verändert: Du bist nie mehr oben, du bist nie mehr richtig da. Ich habe das Gefühl, daß der Wunsch, der dein Denken beherrscht – wenn du überhaupt denkst –, der nach der nächsten Ration ist. Manchmal bist du tagelang für mich nicht erreichbar, bist einfach zu, auch wenn du da bist. Ich will das nicht länger mit ansehen, ich halte es nicht mehr aus. Ich schlage dir vor, daß du dich von dem Stoff verabschiedest – mit meiner Hilfe. Ich will dir beistehen. Aber wenn du dazu nicht bereit bist, muß ich mich selbst retten. Dann trenne ich mich von dir.
Das Lachen war mir vergangen. Ich zitterte stärker. Er erhob sich und holte mir das Kokain aus dem Versteck. Halt dich doch nicht für so schlau, sagte er. Hier, nimm. Du brauchst es jetzt.
André ließ sich durch nichts erweichen. Er gab mir einige Tage Bedenkzeit, und dann wollte er eine Entscheidung von mir.
Ich liebte ihn. Und ich brauchte ihn: André war nicht nur mein Geliebter, er war auch meine Mutter und meine Amme. Er war mein Freund und mein Halt. Ich sagte ja.
Wir gingen zum Arzt, der eine zweiwöchige völlige Abgeschiedenheit von der Außenwelt befahl. Er wollte mich in die Klinik einweisen, aber da sperrte ich mich. Wenn ich in die Klinik muß, sagte ich zu André, mach ich das nicht. Dahin will ich nicht. Lieber sterben als in irgendeine Klinik zu fremden Menschen, die über mich entscheiden. Ich hatte die Horrorvorstellung, da nie wieder rauszukommen.

Damals wohnte ich bei André in der Rue de la Grande Chaumière. Er wurde mein Gefängniswärter. Der Arzt hatte André Spritzen mitgegeben und ihm gezeigt, wie er sie verabreichen mußte. Also behandelte mich André morgens, bevor er verschwand. Etwas zu essen stellte er mir hin.
Kleine, kein Entzug ist wie der andere. Das ist meine Erfahrung. Die Leute stellen sich immer vor, daß man weiße Mäuse sieht und wütend wird und schreit. Es war ganz anders: André ging. Ich hörte, wie er den Schlüssel umdrehte, und ich wußte, jetzt bin ich bis abends allein. Damals arbeitete André den ganzen Tag als Steuereinnehmer. Und ich wurde weder panisch noch wütend, ich wurde nicht einmal traurig. Ich war einfach vollkommen leer. Ein Gefühl der Leere, das ich kaum beschreiben kann, weil ich mich kaum daran erinnere. Will ich auch nicht.
So stelle ich es mir in einem Vakuum vor. Du riechst nichts, du hörst nichts, du fühlst nichts, du schmeckst nichts. Es ist alles da, und du bist trotzdem ohne jedes Leben. Tod ist anders, Tod ist dunkel und dumpf, irgendwie traurig und süß und müde. Leere ist Leben ohne Leben. Da ist Licht, da kannst du dich bewegen, kannst hören, tasten, fühlen, schmecken, kannst schreien und lachen und weinen. Und du weißt, daß du alles tun könntest. Aber die große Leere verschluckt dein Leben. Ich war nicht müde. Ich war hellwach und absolut leer.
Es beunruhigte mich nicht. Es war mir egal. Das einzige Gefühl, das ich hatte – wenn man überhaupt von Gefühl sprechen kann –, war das der Gleichgültigkeit. Egal ist besser. Es war ausgeglichen leer, das eine wie das andere, es gab kein Dazwischen, das irgendwie hätte von Bedeutung sein können. Alles farblos, reizlos, kraftlos.
André wurde unruhig. Eine Woche verging. Ich bekam meine Spritze, er ging fort, ich lächelte. Er kam wieder, ich lächelte. Ich aß nichts. Es schmeckte mir nicht. Ich trank Wasser, so viel, wie er mir hinstellte. Ich hatte keine Bedürfnisse. André schleppte mich wieder zum Arzt. Der guckte mir in die Pupillen, sagte: wunderbar! Haute mit einem kleinen Hämmerchen an mein Knie und in meine Fersen, sagte: prima. Und dann

haute er sich auf die Schenkel und sagte: Ganz ausgezeichnet, keine Spritzen mehr, und wenn es so weitergeht, ist sie in einer Woche über den Berg.
André war beruhigt. Mir war es egal.
Keine Spritzen mehr. Es änderte sich nichts. Gar nichts. Überhaupt gar nichts. Doch, vielleicht: Ich spürte, wie irgendwo aus der Leere so eine hinterhältige Traurigkeit angekrochen kam. Wie im Traum ein abscheuliches Biest in einem dunklen Tunnel auf dich zukriecht, du bleibst still stehen, du weißt nicht, ob du dich irrst, aber all deine Nackenhaare sträuben sich.
In meinem Bauch wartete irgend so ein verdammtes Loch darauf, sich zu öffnen und die Traurigkeit anzusaugen.
Zur Leere gesellte sich Unruhe.
Und dann hörte ich vom Hof einen Pfiff. Wir wohnten im zweiten Stock zum Hof hinaus. Beim erstenmal berührte der Pfiff meine Vakuumglocke nur von außen. Der zweite Pfiff drang ein. Ich sprang ans Fenster und wußte, schon bevor ich hinausgesehen hatte, was jetzt passieren würde. Draußen stand Luc, mein Händler. Ich bedeutete ihm mit Gesten zu warten. Dann suchte ich aufgeregt unsere Wohnung nach irgend etwas ab, das ich hinunterlassen konnte. Ich fand nichts als einen Bindfaden. Das mußte reichen. Luc knotete ein kleines Päckchen, so groß wie mein Daumen, an das untere Ende des Fadens, ich zog es hinauf. Er bedeutete mir, ich hätte Kredit. So wurde die Welt wieder wirklich.
Ein Gutes hatte die Kur allerdings: Ich brauchte weniger Kokain, um mich gut zu fühlen. Ich war sehr vorsichtig und nahm nur ganz wenig. Als André heimkam, konnte ich ihm perfekt die zweite Etappe der erfolgreichen Heilung vorspielen. So ging es Tag für Tag. André war überglücklich angesichts seiner heiteren zärtlichen Kiki. Und Kiki war überglücklich, der Käseglocke entkommen zu sein.
Weiter ging es. Zurück ins Cabaret des fleurs. Meine Triumphe waren größer als vorher. André begleitete mich auf dem Akkordeon, mit seiner Begleitung war ich besonders gut. Der Gatte von Margot Vega schloß Verträge für Januar 1937 ab. Die Vega-Sisters würden touren!

Um Weihnachten herum kam André mir auf die Schliche. Ich flehte ihn an, mich nicht zu verlassen. Er nahm mir das Versprechen ab, in eine Klinik zu gehen, sobald wir es uns finanziell leisten könnten. Ich stimmte zu. Finanziell leisten – das konnte lange dauern. Ich zumindest sparte nicht. Schon zu Beginn unserer Liaison, als André mich aufgefordert hatte zu sparen, hatte ich nur gelacht und gesagt: Mein Lieber, das kümmert mich einen Dreck. Eine Zwiebel, ein Stückchen Brot, eine Flasche Roten – das ist alles, was ich brauche; und jemanden, der mir das anbietet, den werde ich immer finden.
Im Sommer 1937 eröffnete ich mein eigenes Cabaret im vormaligen Oasis. Chez Kiki. Auf die Einladung habe ich mich selbst gezeichnet, die Stirn mit einem Ornament von Schmachtlocken wie eine griechische Statue.
Einige Monate lang empfing ich dort – in Boa, mit Handschuhen, Zigarillo rauchend und die Haare stramm nach hinten gekämmt, gelackt und gestriegelt wie die Travestiefrauen, die Le Monocle frequentierten. Hast du die Fotos gesehen, die Brassaï dort gemacht hat? Wahnsinnsaufnahmen, man begreift nicht, wie es ihm gelungen ist, so in die Tiefe dieses seltsamen Cabarets am Boulevard Edgar Quinet einzudringen.
Mein Cabaret war gut, das kannst du mir glauben. Ich selbst bin gut, André ist gut, und ich habe eine Nase für Talente. Bei mir debütierte Charles Trenet. Er war ein gigantisch guter Sänger. Bei mir war es beinahe so gut wie früher im Jockey. Auch mein Pianist René war hervorragend. Er war mächtig vollgekokst manchmal, dann spielte er besonders gut. Bis auf seine Ausfälle. Es konnte geschehen, daß er plötzlich in so eine Art Stumpfsinn fiel. Dann sackte er mitten im Chanson in sich zusammen, und nichts ging mehr. Wir kannten das. Es war der Preis dafür, daß er vorher besonders gut gewesen war. Wir waren vorbereitet. André setzte seine Mütze auf und spielte traumhafte Tangos. Es war perfekt: Auf dem Klavierhocker hockte der Pianist, im Stumpfsinn versunken, und unweit von ihm spielte André Tangos im schummrigen Licht. Plötzlich wachte René wieder auf, und das Piano tirilierte den brillantesten Jazz, den du dir denken kannst. Bis sieben Uhr morgens

dauerte der phantastische Wahnsinn in meinem Cabaret. Aber der Vermieter fand das Ganze zu laut und zu verrückt. Wir stritten uns, ich mußte raus. In jenem Augenblick war mir alles egal, und ich sagte zu, nach Roussel in die Klinik zu gehen. Ich war bereit, eine Entgiftung zu machen.

Und jetzt soll es das soundsovielte Mal passieren, wenn es nach André und dir geht, nicht wahr, kleine sanfte Douze? Aber es hat doch nie genützt. Schau, Jean Cocteau war viel häufiger auf Entzug als ich. Immer wieder. Kaum war er draußen, ging es von vorn los.

Acht Tage lang war ich in der Klinik. Doktor Dupuis arbeitete dort, ein Spezialist für Entgiftung. Entgiftet war ich, als ich rauskam. Aber sonst hatte sich nichts geändert.

Paris Ende 1937, das war Politik, Politik, Politik. Die Deutschen hatten Spanien von Flugzeugen aus bombardiert, hatten Almeria von Schiffen aus beschossen. Die Freunde, die ehemaligen Surrealisten, sprachen über nichts anderes als darüber, wie Spanien unterstützt werden könnte. Und ob nicht jeder anständige Mensch, der etwas auf sich hielt, dorthin fahren müsse, um die internationalen Brigaden zu stärken.

Aber ich war so gierig auf Leben. Ich war bereit, auf Kokain zu verzichten, aber doch nicht aufs ganze Leben. Mir war schon verdammt viel abhanden gekommen. Zuletzt Margot. Margot und ich waren nun Freundinnen, gingen kameradschaftlich miteinander um, mehr nicht. Sie lebte brav mit ihrem Gatten, ich brav mit dem meinen. Ich wurde nicht mehr gezeichnet. Ich sang nicht einmal mehr. André hatte mir sehr eindringlich geraten, nicht mehr zu arbeiten. Es war kein Verbot. Aber ein eindringlicher Rat. Ich befolgte ihn. André arbeitete also für uns zwei.

Ich gab mir wirklich mächtig Mühe.

Ich lebte wie eine anständige Kleinbürgerin: Morgens stand ich mit meinem Mann auf, wir nahmen gemeinsam einen Café crème und ein Croissant. Nicht im Café, nein, bei uns zu Hause in der Küche. Anschließend ging ich wieder ins Bett. Aber erst, wenn André verschwunden war. Später dann malte ich ein wenig. Es tat gut zu malen oder zu zeichnen. Dann besorgte ich etwas zu essen, kochte, und wenn mein André heimkam, war der Tisch gedeckt. Nach dem Essen ließ ich ihm das Badewasser ein.

Im Laufe des Tages kamen immer wieder Bilder in mir hoch: Einmal hatte ich mich auf einem Ball als Cécile Sorel verkleidet. Ich erschien oben auf der Treppe, ich glaube, es war der Bal Bullier, und alle wandten mir allmählich die Gesichter zu. Es hatte keine Verabredung, keine Ankündigung gegeben. Ich stand einfach auf der Treppe als Cécile Sorel, bereit für meinen Auftritt, und alle begriffen es. Stufe für Stufe ließ ich ein Stück Verkleidung fallen. Ich ziehe mich gern aus. Ich zeige mich gern. Es ist ein wahnsinniges Prickeln. Ich zog mich also sehr langsam aus. Stufe für Stufe.

Ich sah die ganze Treppenpartie noch einmal, während ich für den Abend einen Bohneneintopf vorbereitete, dessen Rezept aus der Gegend meiner Kindheit stammt. Kiki erscheint oben: Abendkleid, gewaltiger Schmuck und ebensolche Schminke. Kiki ist unten: Vom Schmuck ist nur ein Diadem aus Straußenfedern geblieben, die Schminke ist noch da und außerdem mein Körper, marmorweiß und strahlend schön. Ich war schön. So schön, daß ich mich Stufe für Stufe ausziehen konnte und, unten angekommen, mit frenetischem Applaus belohnt wurde. Für meine Parodie auf die Revue des Casinos de Paris, aber auch für meine Schönheit.

Ich erinnerte mich an meine Filme. Ich sah eine Szene aus meinem letzten Film vor mir. Es war erschreckend. Ich konnte alles sehen, als wäre ich im Kino. Der Film hieß »Cette Vieille Canaille«, diese alte Kanaille. Anton Litvak hatte Regie geführt. Das war 1933 gewesen. Gar nicht so lange her damals, gerade mal vier Jahre. Ich spielte eine Bandenchefin. Ich sah die Szene, wie wir im Frauengefängnis einen Neuzugang bekommen.

Die Zelle ist brechend voll, bestimmt fünfzehn Frauen. Die Atmosphäre ist gespannt, Haß, Wut, wir sind junge, heißblütige Frauen, geschaffen für die Freiheit und nicht fürs Gefängnis. Wir wollen Abenteuer bestehen, jede Gelegenheit ist uns recht. Die Neue versetzt uns in Aufruhr. Ich bin die Anführerin. Habe kurze schwarze Locken, dicke Ohrringe, glänzenden

Schmuck und bunte Kleider. Ich sehe ein wenig aus wie eine Zigeunerin. Stütze meine Faust in die Hüfte und bin stark. Wir überlegen, wie wir die Neue am besten einführen können. Es ist ein junges Mädchen, ich mustere sie von oben bis unten. Was hast du getan? fragen wir sie. Ein alter Doktor, stammelt sie, hat mich des Diebstahls bezichtigt. Aber ich bin unschuldig. Er ist mir zu nahe gekommen, ich habe mich widersetzt, da hat er mich angezeigt.
Sie ist unschuldig! Wir sind außer uns vor Lachen. Sie hält sich für etwas Besseres. Die Frauen greifen sich das Mädchen, werfen es auf eine Pritsche und verprügeln es. Ich halte mich abseits, rauche, stütze die Hand in die Hüfte und schaue von oben herab zu. Der Aufseher greift ein und holt das schreiende Mädchen aus der Zelle. Er hält uns eine Moralpredigt. Ich stehe in der Mitte und erhebe meine Stimme. Ich zeige ihm, daß eine wie ich nicht einzuschüchtern ist. Die Frauen, die hinter mir einen Halbkreis bilden, freuen sich über jede einzelne meiner frivolen und frechen Bemerkungen.
Ja, das war mein letzter Film. Ich grübelte, während ich die Wohnung putzte: Wieso habe ich vor vier Jahren noch in einem Film mitspielen können und hechele seit mehr als zwei Jahren von einer Entgiftung zur nächsten? Ich begann, André zu mißtrauen. Vielleicht war ich gar nicht so krank, und er wollte nur eine liebende Hausfrau, die das Nachtleben mied? Irgendwann trank ich wieder ein Glas Roten zum Essen. Irgendwann zwei. Dann begann ich zu trinken, bevor André nach Hause kam. Anfang 1938 warf er mich hinaus.
Nie war ich so einsam wie damals. Die Freunde mieden mich, ich machte ihnen, glaube ich, angst. Ich bekam es nicht hin, so fröhlich zu sein, daß sie mich liebten, ich war einfach nur besoffen.
Ich war verdammt allein.
Man Ray wohnte weit entfernt, er war in die Rue Denfert-Rochereau gezogen, weg vom Montparnasse. Foujita war nach Japan zurückgegangen. Kisling war noch reicher geworden, aber auch langweiliger. Er galt als *chic*. Seine Porträts gefielen den Bourgeois, die Stars ließen sich von ihm malen. Sogar

Youki und Desnos waren umgezogen, nach Saint-Germain-des-Prés, sie sprachen fast gar nicht mehr über Kunst, nur noch über Politik. Mit der gleichen Hitze, mit der Robert sich früher in die surrealistischen Experimente, ins automatische Schreiben, in die Schöpfung unter Trance gestürzt hatte, warf er sich jetzt in die Politik. Täglich saß er an seinem Tisch im Café Deux Magots und erhitzte sich gegen den Faschismus, den Antisemitismus, das Großkapital, die zweihundert mächtigen Familien, die die Welt beherrschten. Im Deux Magots trafen sich vor allem Journalisten und Schriftsteller mit Exilanten aus der ganzen Welt, vor allem natürlich Deutschen, die geflohen waren, weil sie Sozialisten und Kommunisten oder Juden oder beides waren. Unter ihnen waren ebenfalls viele Schriftsteller und Journalisten. Es gab auch italienische Exilanten, die vor Moussolini geflohen waren, und Leute aus Amerika. Es waren auch Frauen dabei, aber die sind mir kaum aufgefallen. Wahrscheinlich, weil die Männer das große Wort führten. Vielleicht auch, weil die Frauen wie Männer redeten. Elsa Triolet gehörte dazu. Sie mochte ich. Normalerweise verstand ich sie auch, aber wenn sie im Deux Magots loslegte, fühlte ich mich so fremd, als wäre auch ich im Exil. Internationale Brigaden, Nichtangriffspakt, Anarchismus, Trotzkismus, Stalinismus, Revisionismus, kleinbürgerlicher Eskapismus. Die Ohren klingelten mir von all den Wörtern mit *ismus* am Schluß. Und so wenig warme Augen gab es dort. Haß, Schärfe, Schläue und Verzweiflung, das alles lag in den Augen, aber keine Liebe. Sicher, es gab begehrliche Blicke im Deux Magots, aber sie waren gepaart mit diesem Feuer im Kopf, das hart und kalt macht. Man Ray hatte dieses Feuer im Kopf auch, er war auch hart und kalt gewesen, aber er hatte nie gehaßt, und er war nie verzweifelt gewesen, zumindest nicht auf dem Grund seines Herzens.

1933 war ich noch mit Anny Ondra aufgetreten, der blonden Deutschen, die viel Witz und Talent hatte. Jetzt hörte ich, Anny sei feige, stelle sich nicht gegen die Nazis, werde von ihnen sogar als blonde Puppe benutzt.

Man mußte Partei ergreifen, es gab nur noch Feinde oder

Freunde. Ich bekam Angst, den Freunden nicht zu genügen und vielleicht zur Feindin zu werden. Ich verkroch mich in meinem Zimmer in der Rue Tiébaut, wo ich wohnte, seit André mich rausgeschmissen hatte. Immer wieder einmal klopfte Moysès an meine Tür, sagte, er brauche mich, ich solle im Bœuf sur le toit singen. Ich glaubte ihm nicht. Hielt es für eine Geste des Mitleids, sagte: Ohne André singe ich nicht, kein anderer kann mich begleiten. Außerdem hatte ich Angst, mich nicht mehr an den Text zu erinnern, Ausfälle zu haben. André konnte mich auffangen, das wußte ich.

André und ich hatten uns einige Wochen lang nicht gesehen. Da stand er plötzlich in der Tür. Mir wurde schwindelig. Er fing mich auf, führte mich zum Bett, umarmte mich, und als ich endlich nach diesen vielen Wochen weinte wie ein verlassenes Kind, tröstete er mich, wie nur André es vermag.

Moysès hatte ihn aufgesucht und aufgefordert, mich zu begleiten, damit ich bei ihm aufträte. Er war wohl ein wenig unverschämt gewesen, hatte gesagt: André, ich brauche dich nicht, ich will Kiki. Aber Kiki singt nun einmal nicht ohne dich, also brauche ich auch dich. Und außerdem, so hatte er grob hinzugefügt, wie kann jemand, der Kiki einmal geliebt hat, sie jetzt so fallenlassen, wo sie, wenn nicht Liebe, doch wenigstens Arbeit braucht. Los, Alter, geh hin und klopf sie weich.

André war da. Er war nicht gekommen, mir noch einmal seine Liebe zu geben, dabei hätte ich sie so gern empfangen, aber er wollte mich begleiten, wenn ich wieder sänge. Das war gut.

Ich wusch mich wieder. Schminkte mich. Hatte wieder Freude an meinen verrückten bunten Kleidern. Und ich malte wieder. Nachmittags spazierte ich selbstbewußter durch die neuen Cafés am Boulevard Saint-Germain, das Flore, das Deux Magots, die Brasserie Lipp, und bot meine Bilder feil. Ich hatte erwartet, von den Leuten dort abgelehnt zu werden, sie waren so intellektuell und interessierten sich nur für Politik, aber nun rissen sie mir meine Bilder aus der Hand. Ich war siebenunddreißig Jahre alt, und ich war strahlend schön und erfolgreich und begehrt.

Im Mai 1939 unterschrieb ich meinen ersten Vertrag mit der

Plattenfirma Polydor über vier doppelseitige Schallplatten. Ich bekam einen Vorschuß von achthundert Francs. Gigantisch! André war mein Akkordeonist. Er schleppte mich ins Studio, wenn ich mich vor lauter Angst im Bett verkriechen wollte. Und dann stand ich in diesem kahlen Raum, André stimmte an, das Akkordeon gab schmelzende Töne von sich, er nickte mir aufmunternd zu, und ich sang. Unglaublich, aber wahr. Ich brachte es fertig zu singen – ohne Publikum, ohne begehrliche Blicke und ohne betrunken zu sein.

Meine Stimme macht den Leuten Gänsehaut. Ich habe sie auf der Schallplatte gehört, die ab Juli verkauft wurde, und ich bekam selbst Gänsehaut. Die Stimme war mir völlig fremd, aber sie hat mir gefallen. Du denkst vielleicht, ich will mir schmeicheln, aber meine Interpretation solcher Chansons wie »Les marins de Groix« oder »Le retour du marin« war etwas ganz Besonderes. Die anderen Sängerinnen hatten, und sie haben es noch heute, fast alle so etwas Austauschbares, etwas servil auf Bedienung des Geschmacks Ausgerichtetes. Ich habe anders gesungen, ohne es zu beabsichtigen. Ohnehin habe ich mehr gesprochen als gesungen. Und ich habe sehr einfach gesprochen, ohne mich irgendwie aufzuplustern. Ich war Kiki und habe Geschichten gesungen, die mich selbst amüsierten. Die Schallplatte verkaufte sich so gut, daß Polydor davon sprach, möglichst schnell die nächste folgen zu lassen. Ja, Kleine, 1939 im Juli begann meine Karriere als Star. Wer konnte ahnen, daß im September alles anders würde? Das ganze Leben. Seit Oktober 1938 hatte ich im Gipsy's gesungen, im Cabaret in der Rue Cujas. Im Gipsy's erfuhr ich, daß die deutsche Armee in Polen eingefallen war. Danzig war »dem Reich eingegliedert« worden, und die Panzer waren unterwegs nach Warschau. Zwei Tage später erklärten Frankreich und England den Deutschen den Krieg.

Das war die *Mobilisation générale*. Auch André wurde eingezogen. Im Gipsy's spendierte ich Champagner zu seinem Abschied.

Den Vorschuß von Polydor hatte ich fast völlig in Kokain umgesetzt. Das sagte André mir beim Abschied auf den Kopf

zu. Was sollte ich leugnen? André überließ mich der Obhut seiner neuen Freundin, Réjane, sie wohnte fast ein Jahr lang bei mir. Ich hatte seit Januar ein schönes Appartement mit zwei Zimmern und einer Küche in einem alten Hotel, das in Appartements aufgeteilt war, 288, Rue de Vaugirard.
André hatte noch Doktor Dupuis informiert, und der hatte mir eine Kur verschrieben, das Übliche. Abgeschiedenheit von allem. Spritzen und Entgiftung. Ich durfte nur eine Treppe tiefer auf die Toilette gehen, ansonsten blieb Réjane bei mir und paßte auf mich auf. In der Toilette versteckte mein Händler meine Ration Kokain. Ich bewahrte es in einer Mehldose auf. Réjane merkte nichts. Einmal allerdings – ich putzte die Küche – kippte plötzlich das Bord um, auf dem die Gewürze und auch meine Mehldose standen. Die Mehldose kippte ihren Inhalt ins Waschbecken. Mein Gott, die Preise stiegen ins Unermeßliche, und dieser weiße Schnee rieselte einfach so ins Waschbecken! Ich brach in schrille Panik aus. Réjane kam in die Küche, sie ist nicht dumm, sie erfaßte die Situation mit einem Blick.
Sie zog am gleichen Tag noch aus. Wann ich mit den Drogen anfing? Nun, es begann mit dem Alkohol. Wann? Laß mich überlegen. Keine Erinnerung. Roten gab's immer. Zu Hause bei Großmutter war Roter, der Nachbar trank zum Frühstück ein Glas, sonst fühlte er sich vom Tag angespuckt. Bei Krankheiten gab's ein Glas heißen Roten und dann ins Bett – manchmal mehr als ein Glas. Hemingway hat im Vorwort zur amerikanischen Ausgabe meines Buches geschrieben, man brauche sich um meine Nieren keine Sorgen zu machen, da ich aus dem Burgund komme. Weißt du übrigens, daß der Zoll mein Buch beschlagnahmt hat, als es verschifft werden sollte? Wegen des Verdachts auf Unanständigkeit. Dabei hab ich nicht einmal das Wort Scheiße gebraucht und ficken auch nicht. Ich habe auch nichts beschrieben, was der schwachen Phantasie der Zöllner hätte auf die Sprünge helfen können. Ich glaube, genau aus diesem Grund haben sie es festgehalten. Es war Rache.
Hem habe ich nie angemerkt, daß er Probleme mit dem Trinken hatte. Natürlich waren wie alle betrunken, wenn wir uns

nachts verabschiedeten, natürlich torkelten wir nicht, wir besaßen alle Haltung. Und wenn in den Zeitungen darüber geschrieben wird, wie viele sich totgesoffen haben, erhebe ich Einspruch: Modigliani ist ganz einfach verhungert, nicht ersoffen – was man schon daran erkennt, daß sein Saufkumpan Utrillo bis heute lebt.

Erzähl mir, wofür du dich entscheiden würdest, du mit dem blassen, entschlossenen Gesicht: Sterben wie Modigliani, inmitten von Fischkonserven und neben dir eine hochschwangere Frau, die sich zwei Tage nach deinem Tod aus dem Fenster stürzt, umgeben von Werken, die so genial sind, daß einem beim Betrachten Schauer über den Rücken laufen, sterben, verkommen, krank und geliebt; oder lieber leben wie Utrillo, tot wie ein ausgestopfter Fasan und ebenso ausgenommen von seiner schlauen Frau Kalb, die es nicht einmal dabei bewenden lassen konnte, für die serienmäßig fabrizierten Landschaften ihres Mannes abzukassieren, sondern auch noch in den Zeitungen Schmutzkübel über ihre gleichaltrige und geniale Schwiegermutter Suzanne Valadon kippen mußte? Na, was würde dir besser gefallen?

Ich habe Utrillo übrigens einmal nackt Modell gestanden, er hat nach mir eine seiner Montmartre-Ansichten gemalt. Menschen kann ich nicht, war sein Kommentar. Sein verlegenes Grinsen mochte ich lieber als sein Bild.

Nein, Kleine, ich glaube, es lohnt sich nicht, das Konservieren des Lebens zum Inhalt zu machen. In der Konserve verliert das Leben alles Lebendige. Ich persönlich kenne keinen einzigen alten Menschen, für den sich die Mühe gelohnt hat, so lange auszuhalten. Doch, meine Großmutter ist alt geworden. Aber sie hat nichts verloren. Sie war in Gesicht und Gestalt alt, solange ich denken kann, und sie war im Herzen jung – bis zu ihrem Tod.

Ich werde bald fünfzig Jahre alt – in einem Monat, mein Schatz, können wir Geburtstag feiern –, und ich habe jetzt schon alles verloren, was einmal mein Leben ausgemacht hat. Meine Schönheit hat sich in Fett und aufgestautem Wasser aufgelöst. Und das Wasser, so denke ich manchmal, sind all meine

aufgestauten Tränen. Kiki, das war Leichtigkeit, Lachen, Lust. Für die meisten. Die wenigsten hatten auch nur eine Ahnung von meiner anderen Seite – wie Kisling, der mich den Engel der Melancholie nannte. Ich glaube, sie konnten sie nicht ertragen. Mir ging es ja genauso. Wenn mir nach Weinen war, biß ich die Zähne zusammen und machte Witze. Meine Tränen kannte nur Treize. Und vielleicht Kisling. Und später André.
Wie viele Beerdigungen habe ich miterlebt. Schade, daß ich meine nicht erleben werde.
Salut, Kleine, ich glaube, du bist besoffen. Soll ich dich heute nach Hause bringen?

17. September 1951

Den ganzen Tag heute fühle ich mich unwirklich. Das Wetter ist süß und schwer wie Muskatellerwein, und ich fühle mich leicht und bereit. Bereit, mir zwischen die Schenkel streichen zu lassen, bereit, einem Kerl Striemen über den Hintern zu kratzen und zu jaulen wie eine rollige Katze. Bereit, den langen Gesang des Kommens anzustimmen.
Vorhin bin ich durch die Gegend gestreunt, jetzt lahme ich wie eine Alte. So einen langen Gang durchs Viertel habe ich seit Jahren nicht mehr gemacht. Ich lief an der Seine entlang. Ein Clochard bot mir seine Flasche an, und ich trank Rotwein mit ihm. Er gab mir auch von seiner Zwiebel und seinem Brot, es schmeckte köstlich. Dann setzte ich meinen Weg fort. Als hätte ich ein Rendezvous, das ich unbedingt einhalten müßte.
Sylvia Beachs Laden gibt es nicht mehr.
Ich bin sogar bei Lipp's vorbeigekommen. Und ich hatte den Geschmack von Pommes à l'huile auf der Zunge. Lipp's Pommes à l'huile waren immer fest, und die Marinade war besonders. Es gab ein Ritual für den Verzehr von Kartoffelsalat bei Lipp's: Man zermahlte etwas schwarzen Pfeffer über den Kartoffeln und tunkte das Brot in das Olivenöl, das köstlich war. Dazu trank man keinen Wein, es sei denn man mochte über-

haupt kein Bier. Man bestellte ein Distingué, einen großen mit einem Liter Bier gefüllten Glaskrug. Das Bier war kühl und genau richtig zu dem Kartoffelsalat.
Manchmal bestellte ich anschließend eine Cervelas, eine Wurst wie eine dicke, in Hälften geschnittene Frankfurter, die mit einer vorzüglichen Senfsoße bedeckt war. Oft allerdings war ich so gierig auf Kartoffeln, daß ich mir eine zweite Portion Kartoffelsalat bestellte, die ich sehr langsam aß, während ich mein zweites Distingué dazu leerte. Die zweite Portion aß sich wunderbar. Es war reiner Genuß ohne jeden Hunger.
Ich esse wahnsinnig gern. Ich koche auch gut. Und stell dir vor, Kleine, seit ich mit Man Ray zusammenlebte und regelmäßig aß, wuchs sogar mein Pelz; ich habe bis heute nicht die Behaarung einer Persermuschi, aber ich müßte auch nicht mehr viel mit dem Stift nachhelfen, wenn ich als Modell arbeiten würde.
Leider bin ich nicht mehr gefragt.
Heute ist ein Wetter, daß ich Lust auf einen Körper habe, der anderen Lust macht. Lebe ich eigentlich noch? Und wo lebe ich, wann, in welchem Körper? Hier sind meine Hände und hier mein Hintern, bis vor kurzem der gottverdammt begehrteste Hintern in ganz Paris. Ich kann mich auf diesen Hintern setzen und dich anfassen. Das bist du. Mittlere Temperatur bei dieser Luft, wie machst du das? Ich habe das Gefühl zu glühen. Ich sitze hier bei dir. Und doch bin ich auch woanders.
Ich muß mich nur umsehen. Wenn ich zum Beispiel dort oben an die Wand schau, dann sehe ich mich als kleines Mädchen mit kurzgeschorenen Haaren, und dort, links neben dir, sehe ich den Tingelstar in Berlin. Ich muß nur hinschauen und sehe alles. Und wenn ich noch länger hinschau, bin ich plötzlich drin und lebe. Berlin!
Keiner meiner Aufenthalte fern von Montparnasse ist gut ausgegangen. Ich wäre ohnehin nie nach Berlin gefahren, hätte ich nicht Geld gebraucht. Und für mich selbst hätte ich auch nie so dringend Geld nötig haben können, daß ich deshalb nach Berlin getingelt wäre.
Es war, laß mich überlegen, nachdem ich von der Côte d'Azur

zurückgekommen war. Davor hatte ich eine beschissene Zeit gehabt: Henri Broca geisteskrank in der Klinik, nachdem ich ihn monatelang zu Hause gepflegt hatte, und ich war fetter und fetter geworden. Das war Anfang der Dreißiger. An die Côte war ich von Jeanne Duc engagiert worden, zusammen mit Jean Blanc; wir sollten in ihrem Cabaret mit einem fortlaufenden Programm auftreten. Energisch hatte sie mich vorm ersten Auftritt auf Diät gesetzt und überwachte mich während der ganzen Zeit dort. Ich durfte kein Brot essen, keinen Wein trinken, mußte Abmagerungstabletten schlucken, täglich ein vierstündiges Tanztraining durchstehen und außerdem am Strand entlang marschieren – alles unter dieser brennenden Mittelmeersonne. Was hab ich die Frau verflucht! Aber als ich nach Paris zurückkam, sah ich phantastisch aus, schlank und mit der Hautfarbe einer Mestizin.

Zurück in Paris, traten Jean Blanc und ich mit unserem Cabaretprogramm in Océanic auf, dem Cabaret von Sacha de Horn in der Rue du Montparnasse.

Da wurde ich Ende des Jahres ins Krankenhaus gerufen. Meine Mutter sei schwer verletzt, ich müsse sofort kommen. Ich raste hin, zur Hälfte geschminkt, die Füße in den Pampuschen, die ich getragen hatte, als ich die Nachricht erhalten hatte. Ich wurde nur kurz zu ihr gelassen. Sie war nicht bei Bewußtsein. Von ihrem Gesicht war nichts zu erkennen, nur die geschlossenen Augen, die blau geschlagen waren. Über und über bandagiert. So einen Menschen hatte ich noch nie gesehen. Sie war einfach zur Mumie gemacht worden. Ich stürmte zum Arzt, er saß in seinem Zimmer wie versteckt hinter einem riesigen Schreibtisch. Ein unangenehmer Kerl; ich glaube, er war kurz davor, wahnsinnig zu werden. Sein Blick war ein wenig starr, und manchmal fielen seine Lider leicht herab. Er sprach monoton und vollkommen unbeteiligt. Zuerst verstand ich ihn nicht. Vielmehr waren es die vielen medizinischen Begriffe, die ich nicht verstand. Ich bat ihn, mir in verständlicher Sprache zu erklären, was mit meiner Mutter geschehen sei. Was mit ihr geschehen sei, antwortete er grob, wisse er auch nicht. Aber sie ist am Ende, sagte er, so viel steht fest. Sie ist bei einer Schlägerei

das Opfer eines Stuhls mit Eisenbeinen geworden. Sie hat einen zerschmetterten Kiefer und einen eingeschlagenen Gaumen. Wir können sie vielleicht wiederherstellen, aber das wird einige Zeit brauchen. Und es wird einiges Geld kosten.
Da stand ich mit hängenden Armen. Ich fühlte mich scheußlich. Mit einem Mal spürte ich, wie sehr ich sie liebte. Und daß ich sie nicht sterben lassen wollte. Es gab niemanden außer mir, der in der Lage war, die Krankenhauskosten zu übernehmen. Ich verabschiedete mich, nachdem ich versichert hatte, ich würde die Kosten tragen, die Hauptsache sei, daß meine Mutter wieder gesund werde. Bevor er mir noch die Hand gereicht hatte, versank der Arzt wieder in seinen apathischen Zustand. Ich glaube, er bemerkte nicht einmal, wie ich den Raum verließ.
Das Angebot aus Berlin war einige Tage zuvor schon eingetroffen. Der Bal musette in Berlin wollte mich verpflichten. Sie hatten mir ein Angebot mit einer ziemlich hohen Summe gemacht, aber ich war entschlossen gewesen, es abzulehnen. Nun sagte ich zu. Vor der Abreise allerdings marschierte ich zur Wohnung meiner Mutter und knüpfte mir ihren Gatten vor. Er sah auch ein wenig lädiert aus, am rechten Auge ein Veilchen, kein Vergleich allerdings zu meiner mumifizierten Mutter. Leider hatte der Vorfall sein dumpfes Gehirn nicht wacher geklopft. Also mußte ich ihm drohen. Wenn er nicht ausspucke, was vorgefallen sei, würde ich ihn mit meinem Schirm ebenso krankenhausreif zurichten, wie er es mit meiner Mutter getan hatte. Da fing er an zu jaulen. Nein, rief er, nein, das war alles ganz anders, Alice, glaub doch nicht, daß ich das war.
Wer war es? fragte ich, schwang drohend meinen Schirm und wiegte mich in den Hüften, wie ich es bei Boxern gesehen hatte.
Er nannte einen Namen, der mir nichts sagte.
Wer ist das? fragte ich, und meine Stimme grollte wie ein herannahender Zug. Vorsichtshalber ging ich gleich wieder ein wenig tiefer in die Knie. Aber es war gar nicht nötig. Mein sogenannter Stiefvater schlotterte ohnehin vor Angst. Allerdings war das auch nicht besonders hilfreich, weil die Angst ihn hinderte, einen verständlichen Satz an den nächsten zu reihen, so daß

eine klare Geschichte hätte herauskommen können. Ich mußte ständig nachfragen und selbst kombinieren, bis ich endlich, völlig entnervt, begriffen hatte.
Mein Stiefvater hatte bereits seit einiger Zeit eine Geliebte. Was er nur natürlich fand, da meine Mutter seine männlichen Bedürfnisse nicht mehr zu befriedigen bereit gewesen sei, wie er sagte. Diese Geliebte war offenbar noch so jung, daß ihr Vater sich für sie verantwortlich fühlte. Was mein Stiefvater nicht natürlich fand, da seine Geliebte alt genug war, seine männlichen Bedürfnisse zu befriedigen. Das spreche eindeutig dafür, daß sie für sich selbst sorgen könne, erläuterte er mir. Der Vater des Mädchens war anderer Meinung. Er hatte den Liebhaber seiner Tochter aufgesucht, um diesem klarzumachen, daß hinter der schwachen, verliebten Frau ein verantwortungsvoller Vater stand, der auch nicht davor zurückschreckte, seine Fäuste zu gebrauchen, um die Ehre seiner Tochter zu beschützen.
Irgendwie, sagte mein Stiefvater, sei es geschehen, daß meine Mutter und der Vater seiner Geliebten sich in ein Wortgefecht verstrickt hätten, was damit endete, daß der verantwortungsvolle Vater meine Mutter zu Boden streckte, indem er ihr den Schädel mit den Eisenfüßen des Stuhles einschlug, der ihm zum Sitzen angeboten worden war.
So war meiner Mutter der Kiefer zertrümmert worden. Ich wußte genug und ging. Als ich aus der Haustür trat, setzte gerade eine Frau ihren Fuß in den Hauseingang. Wir stießen zusammen. Das Lächeln, das sie mir zuwarf, sah aus, als habe sie eine große Freude noch nicht verdaut, aber auch als schäme sie sich wegen irgend etwas. Ich war sicher, die Freundin meines Stiefvaters vor mir zu haben. Ich sagte nichts zu ihr, mir fiel einfach nichts ein, das ich hätte sagen können.
Ich packte meine Sachen und fuhr umgehend nach Berlin. Vorher verabschiedete ich mich noch von Henri Broca, meinem Geliebten. Es bedrückte mich, von ihm fortzugehen. Er lag immer noch im Krankenhaus, und es ging ihm schlecht.
Es war früher Morgen, als ich in Berlin ankam, ich war müde und einsam. Die Stadt kam mir vor, als läge sie unter einem Lei-

chentuch aus Schnee begraben. Es war 1932, ein Jahr, bevor dieser Verrückte, der Hitler, an die Macht kam. Berlin hungerte und feierte, insofern ähnelte es Paris. Ich trat jeden Abend als Hauptattraktion im großen Cabaret Bal musette auf. Die Deutschen waren begeistert von mir. Vielleicht sollte ich besser sagen: Die Berliner waren von mir begeistert. Ich glaube, die Berliner waren ebensowenig typisch für die Deutschen, wie die Pariser typisch für die Franzosen waren und sind. Die Deutschen, die mir zujubelten, waren alles andere als das, was ich mir unter Boches vorstellte: Sie standen auf und klatschten, bis ich dachte, nun steige mir gleich der versengte Geruch ihrer Hände in die Nase. Sie trampelten auf den Boden, johlten und brüllten: Zugabe, Zugabe! Sie waren unersättlich. Daran habe ich mich später erinnert, als sie die ganze Welt erobern wollten. Unersättlich.

Täglich schrieb ich meiner Mutter. Ich hatte ihr alles verziehen, was sie mir jemals angetan hatte. Sie sollte wissen, daß ich sie liebte und für sie da war. Täglich fragte ich in meinem Hotel, ob Post für mich gekommen sei. Sie lächelten schon ironisch; sie hatten mir mitgeteilt, es sei in ihrem Hause üblich, den Gästen die Post unaufgefordert und unverzüglich auszuhändigen. Trotzdem fragte ich, wenn mir unaufgefordert nichts ausgehändigt wurde. In den Wochen, die ich dort verbrachte, habe ich nicht ein Wort von meiner Mutter gehört.

Da erhielt ich ein Telegramm von meinem Stiefvater: Mutter tot. Zwanzigtausend Francs Schulden. Benötige Geld für Beerdigung. Ja, wenn ich mir das heute überlege, stimme ich dir zu, kluge Douze: Ich hätte zurückfahren und ihm den Schädel mit einem Eisenstuhlbein einschlagen sollen.

Aber ich dachte nur daran, wie ich die zwanzigtausend Francs zusammenkriegen könnte. Zwanzigtausend Francs, das war eine Menge Geld. Und ich hatte meine Berliner Einnahmen immer direkt ans Krankenhaus überwiesen. Du hast recht, ich hätte von ihm eine Abrechnung verlangen sollen. Aber ich weiß bis heute nicht, was das ist: Abrechnung. Und ich war verwirrt. Meine Mutter war tot. Ich hatte keinen Abschied genommen. Ich hatte nicht mehr von ihr hören können, daß sie mich

geliebt hatte. Das letzte, was ich für sie tun konnte, war, ihre Schulden zu bezahlen und für ein anständiges Begräbnis zu sorgen.
Also telegrafierte ich nach Paris, an Monsieur Sticklen, meinen Agenten in der »General Office International Agency«, daß ich meinen Vertrag in Berlin verlängern würde, und an meinen Stiefvater, daß ich die Schulden bezahlen würde und daß er für ein anständiges Begräbnis sorgen solle.
Das war Mitte März, ich weiß es noch genau, weil ich über den Winter, der in Deutschland kein Ende nimmt, sehr unglücklich war. Ich verlängerte meinen Vertrag um einen Monat. Ich verdiente dort jeden Tag vierzig Mark, das war viel Geld. Aber es war auch harte Arbeit. Ich war sehr einsam. Und ich wäre so gern zur Beerdigung meiner Mutter nach Paris gefahren. Aber das war nicht möglich, da ich nicht erfuhr, wann sie begraben werden sollte. Ich erfuhr gar nichts. Nur Monsieur Sticklen beglückwünschte mich zu meinem Entschluß und schrieb, es sei sicher, daß eine längere Abwesenheit von Paris nur den Rummel um meine Rückkehr verstärken würde. Meinem Stiefvater schickte ich das Geld, das ich einnahm, aber von ihm hörte ich nichts.
Im April kehrte ich nach Paris zurück. Berlin hatte nach Kälte und Tod gerochen, Paris roch nach feuchten, harzigen Knospen und ein wenig wie ein Bauernhof, wenn die Sonne nach längerem Regen scheint. Würzig und erregend. Ich ließ mein Gepäck am Bahnhof zurück und nahm ein Taxi zur Wohnung meiner Mutter. Sie war ausgeräumt. Völlig leer. Ich fragte die Concierge, die sehr unfreundlich zu mir war. Sie gab knapp Auskunft, meine Mutter sei im Krankenhaus krepiert und habe ein Armenbegräbnis bekommen. Ich fragte nach meinem Stiefvater, und sie sagte grob, er wohne seit Monaten bereits mit seiner Verlobten in einem anderen Appartement nicht weit entfernt. Sie kenne die Adresse nicht. Manchmal sei er aufgetaucht, um Post in Empfang zu nehmen, die an ihn adressiert sei, aber seit einigen Wochen habe er sich nicht mehr blicken lassen.
Es war mein Moos, dachte ich bitter, das er sich geholt hat. Ich

stellte sie zur Rede und fragte, ob es denn wohl mit ihrem christlichen Gewissen zu vereinbaren sei, so rüde mit einer Frau zu reden, der eben die Mutter gestorben sei. Da spuckte sie vor mir aus und sagte: In dieser Straße pfeifen die Spatzen von den Dächern: Mademoiselle Alice macht Flitterwochen in Berlin, und ihre Mutter verreckt im Krankenhaus und verschwindet zwischen vier Brettern ins große Loch für Arme. Christliches Mitleid? Ich habe zu tun. Salut, Mademoiselle, lassen Sie sich nicht so bald wieder blicken, wir lieben Sie hier nicht.
Ich habe ein großes Mundwerk, auch wenn ich nicht im Recht bin. Und ich habe rasche Fäuste und fixe Knie. Aber damals war ich stumm wie eine Handtasche aus Krokodilleder. Ich versuchte auch nicht, den Drecksack von Stiefvater irgendwie zu erwischen. Ich kehrte zur Gare du Nord zurück und strich das ganze Kapitel aus meinem Gedächtnis.
So, Kleine, und jetzt laß uns ausnahmsweise schweigen. Mir ist übel, ich will trinken. Die Erinnerung tut weh. Wenn du jetzt weiterfragst, werde ich wütend. Laß uns schweigen und trinken!

18. September 1951

Ja, du siehst richtig: Ich sitze schon den ganzen Tag hier und warte auf dich. Ich konnte nicht schlafen. Bilder stürzten auf mich ein, Bilder die ich vergessen hatte, begraben und vergessen. Die Zeit der Tode. Meine Mutter starb zur Zeit der Tode. Und meine inneren Bilder aus dieser Zeit sind grotesk schön. Letzte Nacht wurde ich überflutet von Bildern schöner, begabter, liebenswerter, lebendiger Menschen, die plötzlich tot waren. Ich habe mich im Bett aufgesetzt und gewartet, bis es hell wurde. Dann bin ich herumgelaufen, bis mir die Füße weh taten und ich mich hier hingesetzt habe, um auf dich zu warten.
Ich muß reden. Jetzt muß ich reden. Und du mußt zuhören.
Es war nach dem Börsenkrach in der Wallstreet. Der hätte mich kaltgelassen, wenn die Stimmung in Paris und unter den befreundeten Amerikanern nicht so gespenstische Züge ange-

nommen hätte. Freunde starben, als hätte der Börsenkrach sie in seinem Sog mitgezogen ins schwarze Nichts. So viele Freunde.

Als läge Tod in der Luft.

Es begann, laß mich überlegen, ja, ich glaube, es begann mit dem Selbstmord von Jacques Rigaut. Jacques war Dichter und hatte zu den Surrealisten gehört. Er war der Schönste von allen gewesen, immer gut gekleidet, ein richtiger Dandy. Er ging aus und ein bei uns, jahrelang. Jacques hatte ebenso wie ich in Man Rays Film »Emak Bakia« mitgespielt. Er war Mans Freund, und er war mein Freund. Jacques war eigentlich immer dabeigewesen, wenn irgend etwas stattfand, Feiern, Eröffnungen, Diskussionen, ja, selbst bei Streitigkeiten hatte Rigaut nie gefehlt. Dabei hatte er zumeist eine versöhnende Rolle gespielt.

Ich erinnere mich daran, wie Jacques mich einmal auf einem Fest vor Man Rays Fäusten geschützt hat. Das war ein wildes Fest. Siehst du, und jetzt kommen die schönen Bilder. Es ist wirklich verrückt. Jacques war plötzlich tot, und wenn ich mich erinnere, sehe ich nur schöne Bilder! Das ist gespenstisch!

Besagtes Fest war eine Einweihungsparty. My Man bezog sein erstes eigenes Atelier in Paris, in der Rue Campagne Première, und zur Einweihung luden wir alle Freunde und Bekannten vom Montparnasse ein. Man Ray bestand darauf, daß auch *wichtige* Leute kamen. Er dachte damals viel ans Geldverdienen. Wir waren nicht gerade reich; mir allerdings kam unser Leben königlich vor.

Unsere Gäste brachten etwas zu trinken mit. O ja, so ein Getränk wie damals habe ich nie wieder gesoffen, Tristan Tzara mixte einen ganz besonderen Cocktail: Er nahm einen Eimer, und dahinein leerte er wahllos eine Flasche nach der anderen. Dementsprechend laut wurde unser Fest. Am nächsten Tag allerdings hatten wir einen entsetzlichen Kater, und die Concierge übergab uns eine Unterschriftenliste der Nachbarn, die unseren Auszug forderten. In der Nacht aber fühlten wir uns wunderbar.

Warum Jacques Rigaut mich vor Prügeln schützen mußte?

Geduld, Kleine, die Bilder wollen betrachtet sein, sonst werden sie bösartig.
Jacques war die Inkarnation des Herzensbrechers, ich glaube, jeder weibliche Gast bot ihm an, mit ihm die Besenkammer zu besichtigen. Irgendwann baumelte er oben an der Decke an einem Haken, den er von der Galerie aus hatte ergreifen können. Die Seufzer und Juchzer hättest du hören sollen. Am liebsten hätten die verliebten Weibchen ein Rettungsnetz aus ihren Armen gewebt.
My Man war es trotzdem gelungen, zwei Mädchen für sich allein zu erobern. Er scharwenzelte um sie herum, bediente sie, schäkerte, faßte sie um die Hüften. Daß er ihnen nicht auch noch in den Ausschnitt grabschte und ihre Titten hervorholte, war schon erstaunlich. Ich schaute mir das eine Weile an – bis ich genug hatte. Da näherte ich mich ihm von hinten, holte mit der Rechten weit aus und scheuerte My Man eine Backpfeife, deren Klatschen mich selbst beeindruckte. Die Mädchen machten unschuldige Rehaugen, was meinen Ärger nur noch mehr anfeuerte. Ich überschüttete sie und My Man mit einem Schwall von Schimpfwörtern. Zuerst waren alle nur beeindruckt und hörten zu. Doch plötzlich begriff My Man, was eigentlich geschehen war, so sah er jedenfalls aus: zuerst, als sei ihm etwas Betäubendes auf den Kopf gefallen, und dann, als erwache das Gehirn wieder. Er erhob sich noch ein wenig schleppend, sprang dann aber mit einem Ruck vor mich und wollte nach mir greifen. Da war ich aber schon entwischt.
Man Rays Atelier hatte eine Galerie, zu der eine Treppe hinaufführte und die wir in ein Schlafzimmer verwandelt hatten. Dorthin flüchtete ich. Man war wütend und ritterlich entschlossen, vor aller Augen die ihm und seinen Damen widerfahrene Schmach zu rächen. Ich kauerte mich hinter das Geländer der Galerie. Dort lauerte ich. My Man stürmte hinter mir her, aber Rigaut, der schon lange nicht mehr wie Tarzan am Haken hing, bekam ihn von hinten zu fassen und zog ihn von der Treppe zurück. Man Ray zerrte an seinem Jackett, um sich zu befreien, aber Rigaut hielt fest und redete wie wild auf sei-

nen zappelnden Freund ein. Rigaut siegte, die beiden wandten sich lachend ab und schöpften zwei große Gläser voll aus dem Eimer mit der Spezialmischung.
Als die Gäste am Morgen fort waren, streckte ich My Man meinen nackten Hintern entgegen, er durfte mich verprügeln. Er machte etwas anderes damit, und wir versöhnten uns.
Die beiden Mädchen, so sagte er, seien Generalstöchterchen gewesen, die er als zahlungskräftige Kundinnen habe gewinnen wollen. Da hatte ich ihm nun einen Strich durch die Rechnung gemacht.
Die Concierge vernichtete übrigens die Unterschriftenliste der Nachbarn, nachdem My Man sich ganz allerliebst entschuldigt und ihr ein wenig Geld in die Schürze gesteckt hatte. Er behielt das Atelier lange, ich glaube, bis 1933.
Rigaut brachte sich um. Einfach so.
Ich weiß noch, wie alle davon sprachen. Hast du schon gehört? Rigaut ist tot, Selbstmord. Warum? Weiß keiner. Einfach so. Hat nichts hinterlassen, keine Nachricht, keinen Brief.
Ich sage dir, Kleine, so etwas ist beschissen: Da ist einer, von dem du denkst, er ist dein Freund, und dann macht er sich einfach so davon. Ohne ein Wort.
Mado Anspach brachte sich auch um. Das war nicht ganz so schlimm für mich, aber es machte mir angst. Mado war die Gattin eines belgischen Malers und die Geliebte von Derain. Sie konnte phantastisch Feste organisieren. Im Februar 1929 veranstaltete sie ihr letztes Fest, den Bal Ubu. Sie hatte natürlich wieder eine glänzende Idee gehabt: Das Fest fand im Bal Nègre, einem westindischen Tanzlokal, statt.
Le Bal Nègre war ein einfaches Tanzlokal in der Rue Blomet, das die Farbigen, die irgendwie aus den französischen Kolonien mitgebracht worden waren, besuchten. Samstags und sonntags wurde dort getanzt. Die Leute aus Martinique oder Guadeloupe können tanzen, da fallen dir die Augen aus dem Kopf. Der Tanzsaal lag hinten, vorn war ein ganz normales Café.
Hinten spielte ein Klarinettist von den Antillen einen Jazz der exotischen Art, das war bemerkenswert. Und in den Pausen traten folkloristische Gruppen in ihren traditionellen Kostümen

auf. Sie erzählten mit ihren Tänzen Geschichten aus vergangenen Zeiten: von Hochzeiten und dem, was der Hochzeit vorweggeht und folgt. Es war anmutig und witzig, ein Augenschmaus, vor allem die zarten Handbewegungen der Frauen rührten mich. Sängergruppen traten auch auf oder einzelne Sänger, Schwarze, die mit funkelnden Augen und rauhen Stimmen den Raum füllten, daß mir Gänsehaut über die Arme lief. Wenn die Auftritte beendet waren, ging der Tanz weiter. In diese Luft aus Rauch, Schweiß und Rum drang die aufputschende Musik. Und die schwarzen oder schwarz-weißen Paare tanzten orgiastisch.
Robert Desnos hatte den Schuppen entdeckt und lockte uns alle dorthin. Zum zweitenmal gingen wir allerdings schon aus freien Stücken und nahmen wiederum Freunde mit. Es war eine wirkliche Errungenschaft: Cocteau kam hin, Kisling, Pascin, Foujita und die ganze amerikanische Kolonie, Scott Fitzgerald, Hemingway, Henry Miller, Man Ray.
Leider fühlten sich die Männer und Frauen von den Antillen im Bal Nègre nicht mehr wohl, seit wir dort in Scharen verkehrten. Und so verschwanden die schönen Menschen mit ihren strammen Muskeln und der phantastischen Haut, die im Bal Nègre in allen Schattierungen geschimmert hatte. Übrig blieben wir und ein paar Schwarze, die nun zu uns gehörten. Dort veranstaltete also Mado Anspach den Bal Ubu. Kennst du »Roi Ubu«, das Theaterstück von Alfred Jarry? Es war eine Legende, ich hatte es nie gelesen oder gesehen, aber ich wußte genau, worum es ging: um die Entlarvung der bourgoisen Verlogenheit. Jarry war lange tot, er soll sich schon ziemlich jung totgesoffen haben, aber die Dadaisten und Surrealisten redeten von ihm, als wäre er einer der Ihren.
Der Bal Ubu war ein Kostümball, und wie immer konkurrierten die Montparnois miteinander um das phantasievollste Kostüm. Youki kam als Prinzessin in einem glänzenden Kleid mit einer Schleppe. Auf dem Kopf trug sie eine goldbestickte Haube. Ihre Zöpfe reichten bis zur Taille. Sie sah so brav aus wie nie vorher und nie wieder nachher. Foujita hingegen erschien als verführerisches leichtes Mädchen mit Seiden-

strümpfen, einem geblümten Kleid und einer Perücke. Ich trug ein kurzes Hemdchen aus weißer Baumwolle mit Spitzensaum, eine Mischung aus Nachthemd und Unterrock – mit einem Dekolleté, das fast bis zum Nabel reichte. Dazu trug ich eine schwarze Schärpe, eine schwarze Schleife im Haar und eine schwarze und eine weiße Perlenkette dicht am Hals. Kiki, noire et blanche.

Die Nacht war besonders ausgelassen. Damals experimentierten die allermeisten mit Drogen, einige Surrealisten sagten, sie täten es aus professionellem Interesse. Wir alle wollten keine Erfahrung auslassen. Heroin, Kokain, das war genauso leicht zu kaufen wie Zigaretten. Besonders wichtig war es mir damals aber nicht. Das kam erst, als mir an der Côte zwei Jahre später der Wein zwecks Abmagerung verboten wurde. Kokain hilft, schlank zu werden und fröhlich zu bleiben. 1929 beim Bal Ubu wußte ich davon noch nichts.

Eine schwarze Band spielte Jazz, daß du dachtest, der Bal Nègre von früher sei wiederauferstanden, und wir tanzten, als kämen wir von den Antillen und könnten unser Leben nur im Tanz spüren. Das Buffet bog sich unter den Delikatessen, und im Verlauf des Abends hörten die Kellner auf, Champagner im Glas auszugeben, sie verteilten statt dessen die Flaschen im Raum. Die Freude dauerte bis zum Morgen, und ich gehörte zu den letzten Gästen. Wir saßen mit einigen Freunden an der Bar und tranken den Champagner aus der Flasche. Wir waren herrlich beschwipst, aber keiner taumelte oder lallte. Da wies Foujita auf eine Frau, die auf der leeren Tanzfläche, den Schwarzen zugewendet, sich wand und zuckte, der ganze Körper war in Bewegung. Immer wilder ließ sie ihr Becken kreisen, bis es aussah, als wäre sie kurz vorm Orgasmus. Wir hörten sie Laute ausstoßen, die sich wie ein die Instrumente begleitender Singsang anhörten, es war der Singsang des Kommens. Treize sagte leise: Wir müssen sie schützen, sie bietet sich an, das kann gefährlich werden. Foujita lachte und fragte: Gefährlich? Für wen? Aber da kamen schon die Kellner, anscheinend von irgend jemandem geschickt, ergriffen zu viert die ekstatische Tänzerin und trugen sie wie eine Trophäe hinaus. Sie strampelte und kreischte,

als würde sie entführt, aber die Männer setzten sie erst draußen wieder ab.
Sechs Wochen später erfuhren wir, daß Madeleine Anspach sich umgebracht hatte – in einem Hotel in Marseille. Keiner wußte, was geschehen war. Hatte sie einen Anfall von Schwermut gehabt, oder waren ihr die Drogen ausgegangen? Letzteres glaube ich nicht, habe ich nie geglaubt. Madeleine war phantasievoll und unternehmungslustig genug, selbst in der Wüste Kokain aufzutreiben, wenn es sie danach verlangte.
Ein halbes Jahr später verbrannte Léna Amsel. Himmel und Hölle, die Erinnerung daran habe ich mir vor zwanzig Jahren abgewöhnt. Und doch sind die Bilder immer noch lebendig. Kleine, du hast etwas Schreckliches mit mir angestellt: Du hast in meinem abgestorbenen Körper einen Kinosaal eingerichtet, und da läuft nun ein Film nach dem anderen. Ich verliere mich im Kino; ich glaube immer, es ist das Leben.
Nun läuft dort auf der Leinwand ein Tod nach dem anderen ab, seit gestern nacht, und ich steige in die Bilder hinein. Wir sind im Bœuf sur le toit und verstehen uns wunderbar, Léna, Florence und ich. Florence ist eine Freundin von Léna.
Ich mochte Léna gern. Sie war Tänzerin und kam aus Wien. Sie hatte in einem Horrorfilm mitgespielt »Die Frau mit der goldenen Maske«. Vor Jahren waren Aragon und Léna ein Liebespaar gewesen, und ich bin sicher, wäre sie damals bei ihm geblieben, hätte sie nicht dieses Ende gefunden. Sie und ich, wir verstanden uns mühelos. Wir waren von der gleichen Art, großzügig und fröhlich. Sie war anmutig, sehr schön und ziemlich reich. Sie besaß übrigens auch eine kleine Maus, die sie überall mit hinschleppte. Ihr Französisch hörte ich mit Vergnügen, es hatte einen entzückenden Akzent.
Léna zeigte mir einmal ihre Hutschachtel, die bis oben hin angefüllt war mit Briefen und Telegrammen, in denen ihr Liebe geschworen wurde. Léna gehörte zu den Frauen, die jedesmal, wenn sie sich verlieben, behaupten, dies sei die erste wahre Liebe in ihrem Leben und auf einen wie diesen hätte sie immer gewartet. Alle vergangenen Liebhaber seien Irrtümer gewesen, vergessen, und morgen würde auch die Hutschachtel weggewor-

fen, weil nichts anderes mehr zähle als dieser eine, nach dem es keinen mehr geben werde. Einen Monat später legte sie dann seine Liebesbriefe in die Hutschachtel zu den anderen.

In jener Nacht war Léna mit einer Freundin ins Bœuf gekommen, um mich singen zu hören; wir wollten uns eine fröhliche Nacht machen. Florence, Lénas Freundin, fand ich vom ersten Blick an aufregend, eine Mischung aus naivem Kind, abenteuerlustigem Backfisch und dressierter Bourgoise. Ich hatte schon von ihr gehört, sie allerdings noch nicht kennengelernt. Als sie mich nun so neugierig anschaute, fragte ich sie einfach, was an der Geschichte, die ich über sie gehört hatte, dran sei. Sie lachte und sagte: Es stimmt alles, was auch immer du gehört haben magst.

Und dann erzählte sie mir ihre Geschichte: Sie war im vorangegangen Winter mit ihrem Mann nach Megève gefahren. Er liebte den Skisport, und er liebte es, sich mit ihr zu schmücken. Ansonsten war er ein entsetzlicher Langweiler, der es fertiggebracht hatte, ihr im Laufe der Ehejahre die Lust am Sex, die sie während ihres Heranreifens in verschwiegener, aber delikater Selbsterkundung als eine der schönsten Lebensfreuden entdeckt hatte, so sehr abzugewöhnen, daß sie sich für eine an Sex uninteressierte und zudem für Männer langweilige Frau hielt. Die Männer in dem Wintersportort allerdings waren in letzterer Hinsicht anderer Meinung. Marcel Duhamel und seine Freundin Gazelle, ebenso Max Ernst trafen in Megève ein, lernten Florence kennen, und Max Ernst setzte augenblicklich seinen Ehrgeiz darein, diese Frau zu erobern. Das war nicht schwer, da ihre Lust bereit war aufzuplatzen wie eine Knospe im Frühling.

Florence verliebte sich in Max Ernst, teilte ihrem Mann mit, daß diese Liebe ihr Schicksal sei, und fuhr mit Max nach Paris. Was sie nicht wissen konnte, war, daß sie für Max Ernst nicht mehr als eins unter vielen sexuellen Abenteuern bedeutete. In Paris wartete seine Verlobte auf ihn, frag mich nicht nach ihrem Namen, den habe ich vergessen, er hatte viele Geliebte in Paris, nachdem es mit Gala zu Ende gegangen war.

Florence erkannte, daß Max Ernst nicht der Mann war, der

ihren Ehemann ablösen konnte, und war verzweifelt. Es gab einige Tröstungsversuche unter den Surrealisten. André Thirion war am erfolgreichsten. Florence begriff in seiner Umarmung, so erzählte sie mir, und sie sagte, es sei ein Schock für sie gewesen, sie habe sich sogar geschämt, aber noch mehr habe sie sich gefreut, sie begriff also, daß ihre Lust nicht auf Max Ernst beschränkt war. Auch André Thirion konnte ihre Glut entfachen, und es gefiel ihr fast noch besser als mit Max. Thirion war allerdings so arm, daß sie unmöglich bei ihm bleiben konnte. Zudem dachte sie, wenn es mir gelingt, mit zwei Männern so scharf im Wind zu segeln, warum soll es mir da nicht auch gelingen, mit meinem Gatten aus der Flaute zu steuern? Also kehrte sie zu ihm zurück.

Sie war noch zu unerfahren, um nicht erschrocken zu sein über das, was passierte. Das erste, was sie schockte, war die Erkenntnis, daß sie jahrelang mit einem Mann gelebt hatte, der an ihrem Körper im Grunde und im Detail uninteressiert war. Der zweite Schrecken kam, als sie mit ihrem neuen Wissen über Lust ihren Mann und sich selbst davon überzeugen wollte, daß Sexualität auch in der Ehe und auch mit ihnen beiden eine prima Sache sein konnte. Ihrem Mann, der bisher ebenso mit seiner schönen Frau wie mit seiner Potenz geprotzt hatte, kam der Ständer abhanden. Er schrumpfte zu einem schlaffen Wurm, sobald Florence zu erkennen gab, wie wachgeküßt sie war.

Sie gab sich den ganzen Frühling hindurch Mühe, den Wurm aufzurichten. Das Gegenteil allerdings geschah: Ihr eigenes Feuer erlosch. Sie wurde traurig, weil sie nun wußte, was zu verlieren sie im Begriff war. Als ihrem Mann der Muskel allmählich wieder erstarkte und er seine hastige und unfrohe Verrichtung in ihr wieder aufzunehmen begann, stellte sich bei ihr das Gefühl von sexuellem Abgestorbensein wieder ein. Als ihr Mann allerdings, angetrunken, bei einem Essen mit Geschäftsfreunden Witze über frigide Frauen zum besten gab und dabei anzüglich in ihre Richtung blinzelte, schrieb sie in der gleichen Nacht noch einen Brief an André Thirion.

Er reagierte erstaunt, aber erfreut. Sie verabredeten, sich

Anfang November in Paris zu treffen. Vorher war er auf Reisen. Sie kam schon im Oktober nach Paris, und am ersten November lernte ich sie kennen. Das Datum vergesse ich nie. Florence hatte strahlende Augen, ein aufregendes Dekolleté und phantastische Beine. Ich gönnte ihrem Gatten von Herzen, daß er seine Witze nun mit belegter Zunge erzählen mußte. Florence wohnte zusammen mit Léna im Hôtel de la Haute Loire. Die Details sind mir alle seltsam scharf im Gedächtnis geblieben. Die Nacht war fröhlich und absolut, genauso wie Florence und Léna. Léna war immer ganz und gar so, wie sie sich im Augenblick fühlte. Im nächsten Augenblick konnte alles anders sein. Sie erzählte von ihrem letzten Liebhaber, einem Italiener, der, durch eine Liebe nach Paris verschlagen, in einem Herrengeschäft Anzüge verkauft hatte. Sie beschrieb ihn so plastisch, daß wir uns auf die Schenkel schlugen vor Lachen. Ein spießiger Italiener, der auf der Suche nach einem mitfühlenden Busen die Pariserinnen reihenweise flachlegte. Lénas Beschreibung zufolge säumten seinen Weg durch Paris das Geschrei frischgeborener Säuglinge, das Gewimmer verlassener Geschwängerter und zerwühlte Laken, aus denen scharfer Samengeruch dampfte. Und das alles, weil er eine *Mamma* suchte. Léna sagte heiter, sie habe noch nie so gut gefickt. Und fügte hinzu, sie habe ihm das Geld für eine Heimreise nach Italien gegeben, damit er seine wirkliche Mamma wiederfinden und unter ihren Rock kriechen könne. Sie ist ja wohl aus dem Alter raus, von ihm dick gemacht zu werden, fügte Léna fröhlich hinzu. Also habe ich eine veritable Aktion zur Rettung der weiblichen Menschheit geleistet. Aber, stellt euch vor, was passiert seitdem? Ich erhalte täglich mindestens ein Telegramm mit einem Heiratsantrag und einer Einladung zu seiner Mamma nach Neapel. Vielleicht sucht er jetzt, da er seine Mamma schon gefunden hat, immer mich.

Irgendwann zogen wir um in Moysès' Club Le Grand Écart, wo wir Derain trafen. Wir vier spielten mit selbstgemachten Tönen, bis es im Club still wurde und wir ein Quartett der unanständigen Geräusche vortrugen. Der Beifall feuerte uns an, noch Besseres zu leisten. Als wir außer Atem waren und eine Pause einlegen mußten, beschlossen wir, als Jazztruppe aufzutreten »Quartett d'Rrose Sélavy« wollten wir uns nennen, in Anlehnung an die Wortspielereien der Dadaisten zur Zeit der Trancen.

Wir waren allesamt betrunken, als Derain vorschlug, nach Barbizon zu fahren. Dort kenne er ein auf einem Hügel gelegenes Schloß – und ringsum flaches Land. Nirgends auf der Welt sei ein Sonnenaufgang romantischer als dort. Dahin sollten wir fahren und die Sonne mit unserem vierstimmigen Gesang begrüßen.

Florence und Léna waren begeistert. Léna war wie närrisch, wenn es ums Autofahren ging – ebenso Derain. Ich hatte Angst. Autofahrten machen mir sowieso angst, und mir war das Ganze mit einemmal unheimlich. Also sagte ich nein, wir sind alle viel zu betrunken, laßt uns hierbleiben. Wir können auch auf den Montmartre steigen und dort den Sonnenaufgang feiern. Zur Antwort bekam ich ein spöttisches Johlen, und sie zerrten mich zu ihren Wagen. Ich sollte unbedingt zu Léna in ihren Bugatti steigen und Florence zu Derain, der auch einen Bugatti fuhr. Ich blieb bei meinem Nein, und also setzte sich Florence neben Léna.

Ich winkte ihnen zum Abschied. Und sie winkten zurück.

Ich habe Léna und Florence nie wiedergesehen. Am Ende dieser Autofahrt waren sie Asche, verbrannt.

Auf der Rückkehr von Barbizon hatte Léna wohl vergessen, einen Stein in den Gepäckraum zu legen. Das war aber notwendig bei kleinen schnellen Autos, damit sie schwerer wogen. Auf den Straßen lagen Zuckerrübenblätter, die die Bauern von ihren Karren verloren hatten, es war die Zeit der Zuckerrübenernte. Die Straßen waren glitschig. Lénas Bugatti kam ins Rutschen, schleuderte gegen eine Böschung, überschlug sich, und irgendwie bringen diese Autos es fertig zu brennen, obwohl niemand mit einem Streichholz rangeht. Léna und Florence sind verbrannt wie zwei Strohpuppen. Nichts ist übriggeblieben. Derain blieb unversehrt. Seltsam, das war der zweite Tod in jenem Jahr, der ganz in seiner Nähe passierte. Und nicht weit entfernt von mir.

Ich weiß noch, daß ich damals nachmittags um fünf zu zittern

begann. Ich hatte panische Angst davor, daß ich mich auch umbringen könnte. Es war wie eine Seuche.
Yvonne George starb auch. Yvonne war eine unglaubliche Tänzerin, Schauspielerin und Sängerin. Robert Desnos hatte sie etwa zehn Jahre zuvor bei uns angeschleppt, du erinnerst dich vielleicht: Sie war seine Muse für das Gedicht »Der Seestern«. Er hatte sich in sie verliebt, als er einen Artikel über ihr Debüt als Sängerin im Théâtre Olympia schreiben sollte. Eigentlich war sie Schauspielerin gewesen, in Brüssel sogar sehr erfolgreich. Aber sie hatte es sich in den Kopf gesetzt, nach Paris zu gehen. Belgier haben einen Akzent, der es ihnen in Frankreich unmöglich macht, ernste Rollen zu spielen. Zur Komödiantin war Yvonne aber nicht geboren. Sie hatte vor diesem Debüt als Sängerin nie öffentlich gesungen, nun trat sie mit alten Seemannsliedern auf.
Yvonne war eine große Frau, sie hatte ein klassisches, schönes Gesicht, leicht tragisch, war schwarzhaarig und hatte tiefblaue Augen. Ihre Stimme war eindringlich und fesselnd, und wenn sie sang, traf sie instinktiv die richtigen Nuancen. Sie trat in Musikhallen auf, in denen üblicherweise Sänger und Schauspieler anderen Niveaus auf der Bühne standen. Sie war nicht nur besser und intelligenter, sie war auch konsequenter. Sie machte alles genau so, wie sie es richtig fand, sie war zu Konzessionen nicht bereit. Sie wurde geliebt und gehaßt, während ihrer Auftritte verwandelte sich der Zuschauerraum in einen Hexenkessel.
Ich habe gar nicht erst versucht, von ihr zu lernen, sie war einfach fünf Klassen besser. Und obwohl sie so gut war und so anspruchsvoll, verunsicherte es sie vollkommen, wenn sie abgelehnt wurde. Sie war eine Vollblutkünstlerin mit einer sehr dünnen Haut über den Nerven.
Sie war viel auf Tournee. Wenn sie in Paris Station machte, lebte sie in Neuilly. Robert war damals wie besessen von ihr. Er pilgerte nach Neuilly, obwohl er genau wußte, daß er sich dort mit einem Schwarm anderer Verehrer treffen und artig mit Yvonne einen Champagner trinken würde. Sie war damals schon wild auf Drogen und hatte Robert angeheuert, ihr welche zu besor-

gen. Robert stand auf Opium, das er rauchte, obwohl der sittenstrenge Breton seinen Anhängern Drogen verbot. Der einzige mit Drogen-Erlaubnis war Malkine: zu Forschungszwecken.

Im Mai 1929 hatte Yvonne noch an dem Bankett teilgenommen, das zu meinen Ehren von Broca unter der Schirmherrschaft seiner Zeitung »Paris-Montparnasse« veranstaltet worden war. Sie war fröhlich gewesen, zumindest war mir nichts anderes aufgefallen. Und ich hatte mich gefreut, daß sie gekommen war.

Ein Jahr später war sie tot. Die Drogen hätten sie geschafft, sagten die Freunde. Ich konnte es nicht glauben.

Es kommt dir vor wie Krieg? Ja, vielleicht. Hier ein Tod und da ein Tod, und du weißt nicht, wer wird der nächste sein. Nein, es ist anders als Krieg. Unheimlicher. Es ist wie eine Krankheit, die keiner kennt, die aber wütet und tötet. Willkürlich, zufällig, treffsicher.

Dann krepierte Pascin. Dieser Tod brachte alles durcheinander. Pascin war eine Figur in dem Spiel zu fünfen, an dem auch Treize beteiligt war. Als Pascin starb, als er das wütende und unermüdliche Leben aus seinen aufgeschnittenen Pulsadern fließen lassen und dann mit einem Ruck zum Stillstand gebracht hat, indem er sich an der Eingangstür erhängte – vorher hat er allerdings noch mit seinem Blut an die Glastür geschrieben: Adieu, Lucy, adieu –, als er das alles also geschafft hatte, da brach das Spiel mit fünf Figuren auseinander.

Lucy war Per Krohgs Frau, und Treize war Per Krohgs Geliebte. Und Lucy war Pascins Geliebte. Und Per Krohg und Lucy hatten einen Sohn, der bei Per wohnte, den Lucy aber hartnäckig als Mutter weiterversorgen wollte, so daß sie immer nahe bei Per wohnte und zu allen Familienzeiten in der Wohnung war. Treize hatte nie eine Chance, mit Per so etwas wie eine Familie zu entwickeln. Da war immer Lucy. Sie war aber auch bei Pascin, um bei ihm die Lady Nummer eins zu sein. Ihm reichte das nicht. Er wollte unbedingt auch bei ihr an erster Stelle stehen.

Um die Wahrheit zu sagen, ich glaube nicht, daß jemals ein Mann bei Lucy die Nummer eins hätte sein können. Sie genoß

einfach das ganze Hin und Her, so konnte sie ihren Bewegungsdrang befriedigen und war frei. Und sie konnte sich sehr mächtig fühlen. Was sie auch war. Sie war so mächtig, daß Pascin in die Grütze ging. Er umgab sich zwar mit einer Horde halbnackter bildhübscher Modelle, die ihm alle jederzeit zu Diensten gewesen wären. Er feierte zwar jeden Samstag, als wäre Silvester, lud Freunde zu sich ein, begann die Feier bei sich zu Hause, wanderte dann mit seiner Kohorte durch die Kneipen von Montmartre, wo er auch wohnte, kehrte oft bei dem von einer Schwarzen geführten Chez Princesse Marfa ein, wo er den Schlagzeuger ablösen konnte und phantastischen Jazz spielte, ging anschließend vielleicht noch in sein Lieblingsbordell La Belle Poule in der Rue Blondel und kehrte morgens besoffen nach Hause zurück. Aber er war schrecklich einsam.
Er malte wie ein nüchterner, fleißiger und genialer Mann. Aber er war unglücklich. Ich glaube, er wollte Lucy und ein Kind mit Lucy, das sie so liebte wie Guy, ihren Sohn mit Per. Im Sommer 1930 war er tot.
Seit Pascins Begräbnis hat Per nie wieder ein Wort mit Treize gewechselt. Ich habe nie verstanden, warum. Aber ich hatte Angst um meine Freundin. Sie legte sich ins Bett und erklärte, sie werde erst wieder aufstehen, wenn Per sie besuche. Sie weigerte sich zu essen und sagte, sie werde erst wieder essen, wenn Per komme. Per fuhr wenig später nach Norwegen und brachte von dort Ragnhild mit. Die heiratete er. Völlig pervers, Kleine. Völlig verrückt. Warum konnte er jetzt heiraten, da doch nicht Lucy, sondern ihr Liebhaber tot war, und Lucy ihren Exgatten nun notwendiger brauchte als zuvor? Aber nein, jetzt fühlte er sich imstande zu heiraten. Ich weiß nicht, wie viele Jahre Treize das Spiel um Lucy mitgespielt hatte, es waren einige.
So ganz hat Treize sich nie von Pers Verrat erholt. Ich glaube, daß sie damals der Liebe abgeschworen hat.
Jeden Nachmittag um fünf hatte ich Angst, ich könnte mich umbringen, einfach so; und ich hatte schreckliche Angst davor, verrückt zu werden.
Und dann wurde Broca verrückt.
Mir ging es – wenn man von meinen Anfällen um fünf Uhr

nachmittags absieht – nicht schlecht. Ich trat allabendlich in La Jungle auf, in Pullover und Rock, und sang melancholische Chansons. Gleichzeitig bereitete ich eine Ausstellung meiner Zeichnungen und Gemälde in der Galerie von Georges Bernheim in Faubourg St.-Honoré vor, eine irrsinnig feine Adresse. Außerdem hatte das Concert Mayol angefragt, ob ich als ihr Music-hall-Star auftreten wolle, und ich hatte ja gesagt. Ich war also weniger denn je das Modell oder die Mieze von Man Ray oder sonst jemandem, ich wurde eine eigenständige Künstlerin. Trotzdem war da diese verdammte Todesstimmung in Paris, und außerdem war mir Henri oft so unheimlich. Ich ahnte schon seit langem, daß mit ihm irgend etwas nicht stimmte, aber ich wollte es nicht wahrhaben.
Wir zogen nach Arcueil. Es war das einzige Mal in meiner Pariser Zeit, daß ich fern von Montparnasse wohnte. Meine Proben für meinen Music-hall-Auftritt im Concert Mayol nahmen täglich viele Stunden in Anspruch. Eines Nachmittags kam ich, nachdem ich von zwei bis sechs Uhr geprobt hatte, nach Hause, und Broca saß auf genau dem Stuhl in genau der Haltung, wie ich ihn mittags zurückgelassen hatte. Ich begriff.
Das war der Beginn des Alptraums. Zum erstenmal in meinem Leben mußte ich die Verantwortung für einen Mann mit übernehmen. Ich sagte ihm, was er tun solle, und er folgte. Manchmal vergaß er aber, was ich ihm aufgetragen hatte, und kehrte nach kurzer Zeit zu mir zurück, weinend, weil er sein Geld verloren hatte oder weil er nicht mehr wußte, was er wollte.
Ich durfte ihn nicht mehr alleinlassen. Er vergaß das heiße Bügeleisen auf dem Hemd und setzte sich aufs Klo, wo er vergaß, was er tat und sitzenblieb, bis ich in eine rauchige Wohnung heimkehrte, froh, daß nicht mehr als meine Bluse verbrannt war. Broca war bald nicht mehr in der Lage, sich selbständig anzuziehen, halb bekleidet, zog er sich wieder aus, weil er vergessen hatte, daß er sich anziehen wollte.
Ich kümmerte mich darum, daß wir schleunigst nach Montparnasse zurückzogen, mietete uns ein Zimmer in einem kleinen Hotel und sorgte dafür, daß Broca daran gehindert wurde, das Hotel zu verlassen, wenn ich nicht bei ihm war. Es war die

Hölle für mich. Ich repetierte nachmittags im Concert Mayol, trat nachts im Jungle auf und hastete dann nach Hause, um Broca zu waschen, zu füttern und zu trösten.
Und eines Nachts träumte ich, daß Broca mit einem Messer in der Hand vor mir stand und sagte: Ich werde dich töten, dann wird es mir besser gehen. Erschrocken wachte ich auf und erblickte völlig verwirrt Broca, der mit einem Messer in der Hand über mir hockte und wiederholte: Ich werde dich töten, das wird mir guttun!
Er versuchte wahrhaftig, mir das Messer in die Brust zu stoßen. Er hatte schreckliche Kräfte. Und ich war ja auch ein wenig matt, so aus dem Schlaf gerissen. Ich wich immer nur aus, wenn er zustach. So zerfetzte er unser Bett, bis ich endlich wach genug war, um aus dem Bett zu springen und zu fliehen. Ich rannte im Nachthemd aus dem Hotel geradewegs zu Man Ray. Als ich ins Hotel zurückkehrte, war Broca fort. Sie sagten mir, er habe fürchterlich gewütet, und ihnen sei nichts anderes übriggeblieben, als die Polizei zu alarmieren. Ich begab mich sofort zur Gendarmerie und sorgte dafür, daß er ins Krankenhaus kam.
So sah es in Paris aus, als ich nach Berlin abreiste.
Wie Broca und ich zusammengefunden hatten? Ich hatte mich in ihn verliebt, als wir an der Herausgabe meiner »Souvenirs« arbeiteten. Er bekam es so hin, daß wir sehr viel arbeiten mußten. Eigentlich täglich. Und er bekam es so hin, daß ich Lust darauf bekam, von ihm genommen zu werden. Es war eine eigenartige Geschichte mit uns beiden. Wir haben nie zusammengepaßt. Am Anfang nicht und mittendrin nicht und am Schluß nicht, obwohl Henri Broca sich innerhalb der kurzen Zeit so sehr veränderte, wie man sich nur verändern kann.
Henri Broca und ich kannten einander schon seit Jahren. Er gehörte zum Montparnasse wie ich. Er war Karikaturist, malte, schrieb. Und seit unserer Liaison gab er diese Zeitschrift heraus, auf deren erster Seite immer ich prangte. Er betete mich an, so sagte er mir. Er sagte auch, er habe mich seit Jahren haben wollen und er habe Man Ray gehaßt. Das allerdings sagte er mir erst, nachdem er zum erstenmal seinen Jonny bei mir hat auf

Reisen gehen lassen. Aufregende Reisen, sie gefielen ihm. Er sagte, so etwas sei neu für ihn.
Für mich war der Wechsel aufregend: Henri Broca war in Anzug und Fliege ein Dandy, ein von oben herab blickender Lebemann mit Geist und Charme und leichter Blasiertheit. Nackt war er ein geiler Junge, der zu ungeduldig war, um mich auf die Spitze meiner Wollust zu treiben. Ich weiß gar nicht, ob ich wirklich verliebt in ihn war. Gefühle wie für My Man empfand ich für Henri nie. Zu Beginn faszinierte mich das Chamäleon, später war es Fürsorge und noch später Mitleid, was mich bei ihm hielt. Außerdem schmeichelte es genau der Kiki, die von Man Ray kleingekriegt worden war, daß Henri Broca sich für meine Talente körperlicher wie geistiger Art begeisterte. In meine »Souvenirs« steckte er so viel Zeit, so viel Sorgfalt und Aufmerksamkeit, wie mir, glaube ich, bis dahin noch nie von einem Mann entgegengebracht worden war.
Die »Souvenirs« sind auch prima geworden, nicht wahr, kleine Douze, so schöne Bücher gibt es nicht häufig. Das Buch war so ungewöhnlich schön mit den vielen Abbildungen der Werke, für die ich Modell gewesen war, und mit meinen vielen Zeichnungen und Gemälden, daß Edward Titus, der Mann von Helena Rubinstein, Henri und mich geradezu anflehte, ihm die Rechte für eine Übersetzung ins Englische einzuräumen. Er hat für die englische Ausgabe gute Arbeit geleistet. Als Übersetzer engagierte er Samuel Putnam, der von mir überaus angetan war; er galt als intellektueller Übersetzer, weil er Rabelais so übertragen hatte, daß es auch im Englischen Rabelais war; das sagten zumindest die Amerikaner. Da ich kein Englisch spreche, konnte ich die englische Ausgabe meiner »Souvenirs« nicht kontrollieren, aber ich fragte Man Ray, und er sagte: Putnam hat es meisterhaft verstanden, deine Mischung aus natürlichem Plappern, turbulentem Erleben und diskreter Anzüglichkeit im Englischen wiederzugeben.
Hemingway übersetzte mir sein Vorwort, als ich ihn darum bat; und es trieb mir die Tränen in die Augen und ein bedrücktes Gefühl in den Magen. Alle waren einverstanden mit seinem Text, also sagte ich nichts dagegen.

Ernest Hemingway, Vorwort zu Kiki's Memoirs

Es sind so viele Fotos in diesem Buch, daß Sie sich ungefähr ein Bild machen können, wie sie in den zehn Jahren, die gerade um sind, ausgesehen hat. Ich schreibe das im Jahre 1929, und mittlerweile ist Kiki fast schon ihr eigenes Denkmal und das der Epoche von Montparnasse..., die zu Ende ging, als sie, Kiki, dieses Buch herausbrachte.
Als Kiki zum Denkmal wurde und Monparnasse reich, wohlhabend, hell erleuchtet, als es Dancing gab, Trauben-Nuß und Haferflocken, und als sie im Dôme Kaviar verkauften, alles in einem Jahr, tja, da war's... vorbei.
Montparnasse, das sind die Cafés und die Restaurants...
Früher bestand der Unterschied zwischen denen, die arbeiteten, und denen, die nicht arbeiteten, darin, daß man die Penner am Vormittag im Café traf.
Das stimmte natürlich nicht ganz, denn die größten Bums – ich benutze das Wort in der amerikanischen, nicht der englischen Bedeutung (Penner bzw. Hintern) – standen erst gegen fünf auf, um dann in den Cafés freundlich mit den Arbeitern, die gerade Feierabend gemacht hatten, um die Wette zu trinken... Die Bums waren gute Leute und bewiesen schließlich, daß sie die stärkeren Nieren hatten. Aber sie schliefen auch den Tag über.
Der Schriftsteller oder Maler geht ins Café, wenn er den ganzen Tag gearbeitet hat und vor dem nächsten Tag nicht mehr daran denken will, sondern Leute sehen und über alles reden möchte, was nicht ernsthaft ist, und ein wenig vor dem Abendessen trinken will. Und beim Essen und danach vielleicht auch.
Es war eine Freude, nach der Arbeit Kiki zu sehen. Ihr Gesicht war von Natur aus schön, doch sie hatte ein Kunstwerk daraus gemacht. Sie hatte einen wunderbaren, wunderschönen Körper und eine angenehme Stimme. Die Sprechstimme, meine ich. Die Singstimme war weniger angenehm. Ohne Zweifel stand sie eher im Mittelpunkt jener Ära in Montparnasse, als Königin Viktoria jemals im Mittelpunkt der Viktorianischen Ära gestanden hat.

Diese Ära ist vorüber. Sie ist mit den Nieren der Arbeiter dahingegangen, die zuviel mit den Pennern getrunken haben.
Die Stimme hat Kiki immer noch, und um ihre Nieren brauchen wir uns keine Sorgen zu machen, denn sie kommt aus dem Burgund, wo so was besser gebaut wird als in Illinois oder in Massachusetts, und ihr Gesicht ist kunstvoller denn je. Der einzige Unterschied ist, daß sie jetzt mehr Material hat, mit dem sie arbeiten kann. Ich glaube, Kikis Buch ist eins der besten, die ich seit »Der ungeheure Raum« gelesen habe.
Es ist von einer Frau verfaßt, die, soviel ich weiß, nie »ein eigenes Zimmer« hatte, aber ich könnte mir vorstellen, daß es Sie an manchen Stellen an ein anderes Buch mit einem Frauennamen als Titel erinnern wird, von Daniel Defoe, und daß manche Stellen dem Vergleich standhalten. Wenn Ihnen die modernen Bücher der schriftstellernden Damen aller Geschlechter einmal zuviel werden, dann können Sie hier zu einem Buch von einer Frau greifen, die nie in ihrem Leben eine Dame gewesen ist. Ungefähr zehn Jahre lang war sie so sehr eine Königin, wie heutzutage überhaupt noch jemand sein kann, aber das ist natürlich ganz was anderes, als eine Dame zu sein.

So am Ende, wie Hem es darstellte, war ich weiß Gott nicht.
Ich nicht!
Aber die Ära ging in jeder Hinsicht zu Ende. Der Börsenkrach der Wallstreet im Oktober 1929 hatte den Montparnasse gelichtet. Da waren nicht nur die Tode. Viele Amerikaner verschwanden fast umgehend nach dem Börsenkrach. Die englisch-amerikanische Kolonie auf Montparnasse war geschrumpft, als mein Buch 1930 auf englisch erschien. Diejenigen aber, die es lasen, waren begeistert und feierten mich.
Ich war nicht am Ende. Ganz im Gegenteil. Jeden Nachmittag um fünf kämpfte ich gegen den Teufel der Angst und der Resignation an. Pierre Yrondy, den ich wirklich mochte, schrieb damals einen scheußlichen Artikel in seiner Zeitschrift »Mont-Parnasse«. Er schrieb, ich sei der Mittelpunkt einer unglaublichen Farce, die leider auf meine Kosten gehe.

Ich hätte nur gemalt und geschrieben, weil man mir gesagt habe, ich solle es tun. Ich sei ein braves Mädchen. Ich sänge »Les filles de Camaret«, mache Witze, sei lebendig und charmant. Aber das alles ließe ich ausbeuten. Das ganze Lob, von dem ich überschüttet würde, schrieb er, sei nichts als eine Art Lockmittel, damit ich den Leuten zu Diensten sei. Ich habe es nie vergessen. »Man lobt dich«, schrieb er, »um von Dir leichter dein Bestes zu bekommen. Du bist zu ehrlich und zu impulsiv, um nein zu sagen. Du läßt Dich manipulieren.« Und er riet mir, dazu zurückzukehren, nur ich selbst zu sein. Ein zu blöder Ausdruck: Sei du selbst!
Um ich selbst zu sein, muß ich erst einmal wissen, wer ich bin. Das weiß ich aber bis heute nicht.
Er machte mich wütend, aber danach ging es nur noch weiter aufwärts mit mir, weil mich Wut vorantreibt. Ich wollte mich nicht unterkriegen lassen, nicht von Hem und nicht von Yrondy.
Aber ich bin untergekriegt, Douze, nicht wahr? Schau mich an! Ja, ich weine, aber irgendwo in mir ist immer noch Leben, ist immer noch Trotz. Ich will mich nicht unterkriegen lassen!

19. September 1951

Hallo, Kleine, ich denke gerade über dich nach. Du bist seltsam doppelbödig. So grau und vernünftig, aber du verbringst deine Nachmittage damit, auf mich zu warten oder mit mir zu quatschen und für mich zu bezahlen. Das ist doch ein ganz liederliches Leben!
Treize hätte es so bezeichnet. Für Treize war Disziplin wichtig, und es war ihr wichtig, daß sie ausreichend Geld verdiente, um sich zu essen zu kaufen und ihre Wohnung zu bezahlen. Du bist ähnlich wie Treize, auch sie war doppelbödig, wäre sie sonst meine Freundin gewesen?
Erzähl mir von deinem Großvater!
Es ist gut, einen Großvater zu haben, der einem die Aufgabe erteilt, nur zu tun, was einem gefällt. Das ist ein schönes Testa-

ment, und es ehrt mich, daß ich diejenige bin, mit der du deine geerbte Zeit verbringst. Danke! Es rührt mich auch. Wann ist dein Großvater geboren? 1888. Darauf laß uns trinken! Was 1888 los war, weiß ich nicht, aber ich weiß, daß er ein prima Kerl war, weil er dir eine prima Erbschaft hinterlassen hat. Ein Haufen Geld mit der Auflage, es zu verprassen, das ist schon eine feine Sache.

Ich habe ohne Geld gelebt. Eigentlich immer. Wenn ich viel verdient habe, war es irgendwie ganz schnell wieder verschwunden. Im übrigen war es völlig gleichgültig, ob ich viel oder wenig Geld besaß, ich habe stets auf die gleiche Weise gelebt. Wie das möglich war? Nun, Paris, ganz besonders Montparnasse, war die Heimat der armen Künstler. Und die der reichen Künstler, die einmal arme Künstler gewesen waren. Du konntest mit einem Getränk einen ganzen Tag lang im Café sitzen bleiben, in manchen Cafés gab es Schreibpapier umsonst, und die Croissants wurden oft nicht gezählt. Bei Rosalie konntest du billig essen, und Wein kostete ohnehin kaum etwas.

Außerdem wurde ich eingeladen. Wenn ich hungrig war, fand ich immer jemanden, der mir zu essen gab. Manchmal wurde ich in teure Restaurants ausgeführt, oft teilte jemand mit mir Brot, Wein und Zwiebel. Das konnte das köstlichste Mahl sein, im Frühling an der Seine neben einem unterhaltsamen Gastgeber. Wenn ich durstig war, trank ich ohnehin aus fremden Flaschen. Der Wein war so spottbillig, daß du keinem etwas schuldetest, wenn du ihm halfst, seine Flasche zu leeren.

Wie die Männer überlebten, die arm waren?

Die Maler zahlten mit Bildern oder porträtierten einen Gast, der im Gegenzug die Zeche übernahm. Viele Dichter hatten Gönner oder schubweise Einnahmen. Mal konntest du sie mit geröteten Wangen in einem Restaurant der besseren Sorte erblicken, dann wieder sahen sie wochenlang so hungrig aus, daß ein Mensch mit Herz nicht anders konnte, als ihnen etwas zuzustecken oder sie zum Essen einzuladen. Unter den Amerikanern war Man Ray die große Ausnahme. Er war in Grenzen wohlhabend. Wir aßen regelmäßig.

Die anderen Amerikaner waren oft hungrig. Hem zum Beispiel

nahm manchmal den ganzen Tag über nur Obst zu sich und belog abends seine Frau, er habe schon gegessen, damit sie nicht auf Krampf versuchte, ihm irgendwas auf den Tisch zu zaubern. Er sagte oft, in seinen Geschichten strotze es von Beschreibungen delikaten Fressens, weil ihm der Magen beim Schreiben geknurrt habe und er an nichts anderes als an Essen habe denken können.

Zum Glück hatten die armen Amerikaner Sylvia Beach. Sylvia war eine eigenartige Frau; sie führte eine Buchhandlung in der Rue de l'Odéon, wo man auf durchgescheuerten Sesseln liegen und lesen und wo man Bücher auch ausleihen konnte. Außerdem nahm Sylvia Beach die Post für die Dichter, die sie liebte, in Empfang; ihre Buchhandlung war die Anlaufstelle für amerikanische Künstler.

Du mußt bedenken, daß der Hunger nicht das einzige Problem für Arme war, ein mindestens ebenso großes war die Kälte im Winter. Und für Dichter waren die Buchpreise ein großes Problem. Bei Sylvia Beach fanden sie im Winter einen warmen, behaglichen Ort mit einem großen Ofen, mit Tischen und Regalen voller Bücher, mit Neuerscheinungen im Fenster und Fotografien berühmter Schriftsteller an der Wand.

Sylvia hatte eine gewisse Ähnlichkeit mit einem Eichhörnchen. Ihr Gesicht war klein und wirkte durch die lebhaften dunklen Augen hellwach. Sie betonte ihr Frausein nicht sonderlich, und ich glaube, das war klug so. Denn sie hatte auffallend hübsche Beine und sehr dichte, wellige dunkle Haare. Ich ging manchmal zu ihr, um mit ihr ein wenig Klatsch auszutauschen und zu lachen. Ihr Lachen war wunderbar vergnügt. Hätte sie ihre Weiblichkeit nicht hinter ihrer Intelligenz und der strengen, ein wenig formlosen Kleidung versteckt, hätte es sicherlich um ihre Buchhandlung viel Aufruhr gegeben. So aber empfing sie in aller Freundschaft die Dichter, die sie liebte, und es gab überhaupt keine Probleme. Ich glaube wahrhaftig, daß sich nicht einer der Männer, die bei ihr ein und aus gingen, in sie verliebt hat, und daß keine Ehefrau jemals irgendwelche Eifersuchtsgefühle gegen Sylvia hegte, obwohl Ezra Pound, Hem oder manch anderer bei ihr verkehrten, als wäre dort ihr Zuhause.

Es gab auch reiche Amerikaner in Paris. Gertrude Stein zum Beispiel. Sie fütterte ihre armen Landsleute. Gertrude Stein lebte schon lange in Paris, als ich sie kennenlernte. Sie war mit ihrem Bruder Leo Anfang des Jahrhunderts aus Amerika gekommen und hatte sich, so stelle ich es mir vor, sofort darangemacht, interessante Künstler aufzupicken. Als ich sie kennenlernte, das war, glaube ich, Mitte der Zwanziger – da nahm Man Ray mich zu ihrem Salon mit –, lebte sie schon längst nicht mehr mit ihrem Bruder zusammen, sondern mit ihrer Freundin Alice. Alice war ein zartes Hühnchen, während Gertrude eine fette Henne war. Ich malte mir die beiden aus, wie sie Sex hatten; Alice mußte bestimmt aufpassen, nicht zerdrückt zu werden. Ihre Wohnung in der Rue de Fleurus strotzte von Bildern der genialsten Künstler Frankreichs, Picasso, Matisse, um nur zwei zu nennen. Man Ray hat von Gertrude Stein Fotos gemacht: Da sieht sie aus wie ein Mann, mit forschenden dunklen Augen unter buschigen Brauen, einer kräftigen Nase, die einem Indianerhäuptling zur Ehre gereicht hätte, und einem energischen, schmallippigen Mund. Auf einem Foto trägt sie eine Ozelotkappe wie ein römischer Feldherr, und genauso wirkte sie auf mich: energisch und gewohnt, die Marschroute zu bestimmen.

Nur ihre kleinen, weichen Hände überraschten, an ihnen erkannte ich die genußfähige und sinnliche Frau, die sie gewesen sein muß, sonst hätte sie nicht solche Freude an guter Kunst gehabt. Sie war raffiniert. Sie gab nur genialen armen Künstlern etwas in den Futtertrog – nicht nur Amerikanern, auch Franzosen –, und die schenkten ihr vor lauter Dankbarkeit Gemälde. Oder verkauften an Gertrude Stein für einen Spottpreis Bilder, die kurz darauf tausendmal soviel wert waren.

In den zwanziger Jahren tauchten einige legendäre Amerikaner auf Montparnasse auf und verschwanden wieder, nachdem sie die Ateliers abgegrast hatten. Der Händler Barnes zum Beispiel hat sich, glaube ich, nur zwei Wochen in Paris aufgehalten und in der kurzen Zeit alles durcheinandergewirbelt, weil er bei seiner Suche nach modernen Kunstwerken ganz Montparnasse und Montmartre aufwühlte wie ein Maulwurf – wenn Maulwürfe zu dieser Art systematischem Durchwühlen überhaupt imstande sind. Zum Beispiel entdeckte er Soutine. Er hatte in irgendeiner schäbigen Galerie zufällig ein Bild von Soutine erspäht, es gekauft und mehr sehen wollen. So kam er zu Zborowski, Soutines Händler. Soutine selbst lebte damals in Céret in den Pyrenäen. Barnes kaufte alles von Soutine, das Zborowski ihm zeigte. Als Barnes wieder nach Amerika fuhr, waren alle irgendwie durcheinander und aufgewühlt.

Ich habe mir nie Bilder schenken lassen, auch nicht als Bezahlung fürs Modellstehen – sonst wäre ich heute steinreich. Wer hat mich nicht alles gemalt! Du brauchst nur in meine »Souvenirs« zu schauen. Dort sind Gemälde von Kisling, Foujita, Per Krohg, Hermine David, Tonio Salazar, Alexander Calder und vielen anderen abgedruckt. Picassos Modell war ich auch, und der ist heute richtig reich. Ich besitze nicht ein einziges von all den Bildern. Was sollte ich auch damit?

An die Wand hängen? An welche Wand? Zu Hause? Daß ich nicht lache! Ein Zuhause habe ich nie gehabt. Mein Zuhause sitzt hier, in meiner Brust, in meinem Herzen und hier zwischen meinen Beinen. Da bin ich jetzt allerdings auch heimatlos. Nichts mehr los zwischen den Beinen. Es sei denn, es sticht mich mal eine Mücke. Mein Zuhause ist nicht einmal Paris. Paris ist groß und fremd. Schon auf Montmartre fühle ich mich wie ein Kind, das den Eltern verlorengegangen ist. Und erst auf den großen Boulevards! Mein Zuhause ist dieser Tisch hier, ebenso wie dieses Café und all die anderen Cafés auf meinem Boulevard du Montparnasse, der mir auch von Tag zu Tag fremder wird.

In den dreißiger Jahren, nachdem ich aus Berlin zurückgekehrt war, wurde mein Gefühl von Heimatlosigkeit auf Montparnasse bedrohlich. Ich war eine Waise geworden. Großvater, Großmutter und Mutter tot. Man Ray weit fort. 1933 war es, glaube ich, daß er aus seinem Atelier in der Rue Campagne Première auszog. Das war aber nicht nur sein Atelier, auch wenn ich ihn vorher schon verlassen hatte, das war *unser* Atelier gewesen, auch nach meinem Auszug war es *meins* geblieben. Das wußte Man Ray natürlich nicht, und ich hätte mir lieber die

Zunge abgebissen, als ihm davon etwas zu sagen. Man Ray blieb, nachdem ich ihn verlassen hatte, noch lange mein Zuhause, und jedesmal, wenn ich ihn besuchen ging, tat ich es mit dem Vorsatz, ihn zu verführen und wieder bei ihm zu bleiben. Aber er war so kühl, so unnahbar und dabei so freundschaftlich freundlich, daß ich nicht wußte, wie ich es anstellen sollte, an ihn ranzukommen. Na ja, also gab ich vor, eins meiner Fotos zu brauchen, und näherte mich ihm beim Fotoanschauen auf eine Weise, die Männer üblicherweise bewog, mich anzufassen, weil sie meinen Geruch in die Nase bekamen und die Nähe meiner Haut und meine Körperwärme sie schwach machten. Nicht so Man Ray. Seine Stimme wurde noch ein wenig kühler, seine Kommentare zu den Fotos fielen noch ein wenig sachlicher aus, und wenn ich mittels der Bilder versuchte, eine Erinnerung sentimental heraufzubeschwören, entfernte er sich vollends, vorgeblich, um uns etwas zu trinken zu holen. Ja, du hast recht, ich habe viel Macht über Männer besessen, und es ist verblüffend, daß ich ausgerechnet an Man Ray, bei dem ich mich als Frau vollkommen ohnmächtig fühlte, so gehangen habe. Ich kann es nicht erklären. Auf jeden Fall weiß ich, daß ich Mans Weggang aus *unserem* Atelier kaum unwidersprochen hingenommen hätte, wenn ich nicht vorher monatelang in Berlin gewesen und wenn meine Mutter nicht gestorben wäre. So war es ein Schlag mehr, und ich duckte mich und weinte, aber ich wehrte mich nicht.

Ich tanzte und sang und heimste Beifall ein. Anny Ondra kam von Berlin nach Paris. Wir traten im Eldorado gemeinsam auf. Unsere Show hieß »Au delà du Rhin«, sie kam recht gut an; und Anny Ondra war eine sehr hübsche und nette Deutsche.

Damals kamen immer mehr deutsche Emigranten. Die Schriftsteller, die im Dôme und in der Rotonde saßen, erzählten schlimme Dinge aus Deutschland, immer mehr Freunde sprachen von Krieg.

In Paris veränderte sich alles so sehr, daß du es dir kaum vorstellen kannst. In den dreißiger Jahren trieb alles auf die Spitze. Unsere Freunde stritten sich, aber nicht so, wie sie sich immer gestritten hatten; sie wurden Feinde, gehörten nicht länger zusammen. Man Ray verhielt sich sogar jetzt neutral, das bekam ich mit. Ich wußte, wie widerlich ihm Gewalt und Streit waren.

André hielt zu den Sozialisten.

Ja, damals, als ich völlig verwaist war, trat André in mein Leben. Als ich ihn das erstemal in einem Café sah, schlug mein Herz, und ich beugte mich zu Treize, die mit mir am Tisch saß, und flüsterte: Schau mal, dort, siehst du ihn auch, oder irre ich mich? Das ist doch Jean Gabin ...

Treize schwärmte ebenso wie ich für Gabin und starrte den fremden Mann an, als wäre ihr ein Geist erschienen. Nach einiger Zeit wortlosen Gaffens drehte sie sich wieder zu mir und behauptete entschieden: Das ist nicht Gabin, das ist ein Doppelgänger.

Wir liebten Gabin. Er hatte in so schönen Filmen mitgespielt, in »Pour un Soir« oder in »Tunnel«, Filmen, in die wir ohne Männer gegangen waren, weil unsere Aufmerksamkeit allein Gabin vorbehalten sein sollte.

Damals war ich die verwaiste Lady Blue, voll auf Trauer und das Elend des Lebens eingestellt. Ich sang sogar am liebsten melancholische Lieder. Und wenn du melancholische Lieder singst, Kleine – das mußt du dir merken, für den Fall, daß du einmal singen solltest, wenn die Erbschaft deines prima Großpapas vernascht ist –, dann werden die Leute schüchtern dir gegenüber. Sie haben, glaube ich, Angst, du könntest sie anstecken und sie würden auch traurig werden. Also, das Singen melancholischer Lieder bringt Beifall und freundliche Artikel in Zeitungen, letzteres nur vielleicht, ersteres ganz sicher, aber es bringt keine Freunde. Und bei mir ist es so, daß ich auch schüchtern werde, wenn die anderen mir gegenüber schüchtern sind. Ich befürchte dann, ich rieche schlecht aus dem Mund oder aus dem Bauchnabel oder habe vielleicht etwas Abstoßendes an mir, wovon mir keiner etwas erzählen mag, weil es so peinlich ist.

Also, ich saß neben Treize am Tisch und himmelte den Doppelgänger von Jean Gabin an, bis Treize mich unsanft mit dem Ellbogen anstieß und sagte: Kiki, warum gehst du nicht hin und fragst ihn? Wenn er Gabin ist, ist es wunderbar, und wenn er nicht Gabin ist, kann es genauso wunderbar sein. Ich wehrte erschrocken ab. Unmöglich, Treize, sagte ich, unmöglich. Das kann ich nicht.

Sie fing an, mit mir zu diskutieren und erzählte mir, wer ich sei – als ob ich das nicht selbst gewußt hätte. Sie erklärte mir, daß halb Paris, und zwar die männliche Hälfte, sich die Finger danach lecke, meine Bekanntschaft zu machen. Als hätte ich nicht gerade die Erfahrung gemacht, daß die Männer sich eher auf Abstand zu mir hielten, allen voran Man Ray. Du bist unlogisch, Kiki, sagte Treize, und ich entgegnete, daß ich nie behauptet hätte, logisch zu sein, daß sie aber keine echte Freundin sei, weil sie mir nämlich verschwiegen habe, daß ich aus dem Mund stinke.

Sie riß die Augen auf und sagte: Seit wann riechst du unangenehm aus dem Mund? Das ist mir noch nicht aufgefallen.

Da schimpfte ich los: Siehst du, so bist du, wenn ich aus dem Mund stinke, fällt es dir noch nicht einmal auf, weil ich dir nämlich gleichgültig bin und du dich vielleicht sogar darüber freust, daß die Männer sich für dich interessieren, weil sie vor mir Reißaus nehmen.

Treize näherte sich mir über den Tisch hinweg und schnüffelte. Sie schüttelte bedächtig den Kopf und kam noch näher. Hauch mal! sagte sie sachlich. Ich schob ihren Kopf zurück und fauchte: Jetzt ist es sowieso zu spät. Er ist nämlich gegangen.

Während wir gestritten hatten, war Jean Gabin Nummer zwei abgehauen.

Ich war todunglücklich. Und ich gab Treize die Schuld daran, daß er gegangen war. An diesem Tag ließ ich Treize keine Chance auf Versöhnung. Sie versuchte es noch eine Weile, und dann verabschiedete sie sich, weil sie, wie sie sagte, keine Lust hatte, sich von meinen Launen tyrannisieren zu lassen.

Am kommenden Tag allerdings erschien sie nachmittags bei mir und forderte mich mit energischer Stimme auf, ins Café mitzukommen, in dasselbe wie am Vortag.

Du weißt, daß viele Leute Tag für Tag um die gleiche Zeit ins selbe Café gehen. So hielt es auch André. Er war also wieder da,

und mein Herz bummerte noch stärker als beim erstenmal. Er hatte ein wunderbares Lächeln, ein wenig amüsiert, ein wenig ironisch, genau wie Gabin.
Treize warf mir einen scharfen Blick zu, dann stand sie plötzlich auf und zog mich hinter sich her an seinen Tisch. Bonjour, Monsieur, sagte sie fröhlich, wir interessieren uns für Ihre Identität. Sind Sie der Schauspieler Jean Gabin? André lächelte so, wie es nur zwei Menschen auf der Welt tun, Gabin und er. Und dann sagte er: Bedaure, ich bin es leider nicht. Ich bewundere Gabin auch sehr, und es schmeichelt mir ganz außerordentlich, daß Sie mich mit ihm in Verbindung bringen. Darf ich Sie zur Entschädigung zu einem Café crème einladen?
Ich bestellte einen Pernod und trank den Anisschnaps ohne Wasser. Meine Hände waren feucht, und ich brachte kein Wort heraus, nippte nur hastig an meinem Gesöff und folgte Andrés und Treizes Gespräch mit den Augen wie bei einem Tennisspiel. Sie unterhielten sich artig über Jean Gabin und seine Filme.
Mir gefällt die Art, wie Gabin ein Mann ist, sagte der Fremde, und ich verschluckte mich am Pernod. Über solche Sätze hätte Man Ray sich totgelacht. Er hätte gesagt, Gabin sei ein Mann, der Frauen reihenweise dazu bringe, sich freiwillig auszuziehen, das gefalle ihm an dessen Art, ein Mann zu sein.
Treize lächelte artig und entgegnete: Mir gefällt Gabins Männlichkeit auch sehr. Sie ist so unaufdringlich. Ich wollte gerade einwerfen, daß ich noch nicht die Ehre gehabt hätte, Gabins Männlichkeit zu Gesicht zu bekommen, und daß ich doch stark hoffe, daß sie alles andere als unaufdringlich sei, da erzählte André, daß er leider mit einer ganz anderen Vorstellung von Männlichkeit aufgezogen worden sei, er gehöre in eine Offiziersfamilie, in der Zucht, Ordnung, Todesverachtung und Säbelrasseln als die wahren Attribute der Männlichkeit gelten. Da war Treize aber in ihrem Element. Schauerlich berichtete sie über ihre Kindheit, in der den Kindern durch Prügel und Auspeitschen, das Rückgrat gebrochen wurde, vorgeblich, um sie zu disziplinierten und ordentlichen Menschen zu erziehen.
Ich wurde eifersüchtig und bestellte den zweiten Pernod, den

ich mit Wasser trank. Wieso spreizte Treize sich so, obwohl der Kerl doch mir aufgefallen war? Sie vergaß mich ganz offensichtlich, säuselte und piepste über die Verderblichkeit militärischer Erziehung und äugelte ihn dabei an, daß mir Hören und Sehen verging – und ihm bestimmt auch.
Irgendwann, es war nach dem vierten Pernod, beschloß ich, mich in das Gespräch einzuschalten, und fragte ihn, wo er denn wohne. Worüber die beiden gerade gesprochen hatten, wußte ich nicht, weil ich intensiv damit beschäftigt gewesen war, mir zu überlegen, was ich denn mal sagen könnte. Er zuckte zusammen, sah mir gerade in die Augen, wie um mir zu beweisen, daß seine Erziehung erfolgreich gewesen war, und hauchte dann: Gestatten, André Laroque, Boulevard Edgar Quinet... Mehr brachte er nicht heraus. Das verwirrte Verstummen von Männern war mir vertraut, also bekam ich leichtes Oberwasser. Ich schlage vor, sagte ich, wir begeben uns jetzt mal dahin, ein kleiner Tapetenwechsel kann nicht schaden...
André erstarrte zu Eis, und dann taute er und zerfloß zusehends. Er lud uns zu sich ein, bezahlte wie Jean Gabin in einem Kriminalfilm, wenn die Polizei hinter ihm her ist und er so rasch wie möglich fortkommen will, und dann sorgte er dafür, daß er in der Mitte ging und freundschaftlich seine Hände über unser beider Hüften verteilen konnte. Ganz angelegentlich. Aber ich spürte die Hitze seiner Hand, und ich spürte, daß das einer war, der Freude daran hatte, weiblichen Formen mit den Händen nachzuspüren.
Während unseres Spaziergangs war Treize angestrengt amüsant. Ich wurde wieder ärgerlich, weil ich dachte, daß sie ihre Rolle als Kupplerin gewaltig übertrieb, und weil ich befürchtete, daß André ihr aus der Nähe noch besser gefiel als Jean Gabin. Dann hätten wir zu dritt ins Bett gehen müssen, denn mir gefiel er aus der Nähe auch besser als Jean Gabin, und das wollte etwas heißen. Vor allem hieß das, daß ich entschlossen war, mir seine Männlichkeit aus der Nähe zu betrachten.
Seine Wohnung gefiel mir ebenfalls. Sie hatte nichts Spießiges. Im Zentrum stand ein Klavier. Das gefiel mir ganz besonders. Außerdem entdeckte ich ein Akkordeon. Treize und ich forder-

ten André auf, uns etwas vorzuspielen, während wir uns über die Cognacflasche hermachten, die er – uns zu Ehren, wie er sagte – geöffnet hatte. Als ich ihn spielen hörte, war ich vollends hin. Er spielte so sanft und betörend, wie der Cognac schmeckte, den er uns serviert hatte. Treize entdeckte die Bücher, setzte sich in eine Ecke, lauschte der Musik und begann zu lesen. Das paßte mir gut, denn so löste sie sich fast in Luft auf.

Ich erhob mich und suchte das Schlafzimmer, das in der kleinen Wohnung nicht schwer zu finden war. Es war so ordentlich, daß ich eine Weile argwöhnte, er habe vielleicht eine Frau, die uns überraschen könnte, aber es sah einfach nicht nach Frau aus in der Wohnung. Ich öffnete seinen Kleiderschrank und suchte nach einem Indiz für die Anwesenheit einer Frau. Nichts. Also legte ich mich nackt in sein Bett. Ich war sehr erregt und streichelte meine Brüste, bis meine Nippel hart vorstanden. Da stand ich noch einmal auf, stellte mich vor den Spiegel und schminkte sie rosarot. In dem Augenblick trat André ins Zimmer. Entschuldigung! sagte er, nachdem er einen Blick auf mich geworfen hatte, und huschte aus der Tür.

Was sollte ich nun tun? Doch Mundgeruch, dachte ich und wurde wieder Lady Blue. Aber da öffnete sich die Tür vorsichtig, André blinzelte mit seinem Gabin-Lächeln und fragte: Darf ich? Ich lächelte mein Kiki-Lächeln als Antwort, und also stürmte er herein. Seine Männlichkeit war beachtlich, und was er damit anstellte, gefiel mir so gut, daß es mich nicht im geringsten störte, als er mir anschließend gestand, er sei kein Künstler, sondern Steuereinnehmer.

Es dauerte sicherlich ein paar Stunden, bis wir wieder zum Vorschein kamen; da saß Treize immer noch in der Ecke, in der einen Hand ein Buch von Francis Carco, in der anderen die Flasche Cognac, die leer war. Treize sah grau aus, grau wie ihre Ratte. Sie empfing uns lallend mit den Worten: Alles in Ordnung? Dann bringt mich nach Hause, meine Mission ist beendet, Damen und Herren. Ich lachte, André sagte erschrocken: Aber Thérèse, Sie dürfen nicht so viel trinken, das bekommt Ihnen nicht!

Er sollte uns noch häufig vorwerfen, zuviel zu trinken. Und ich

sollte immer darüber lachen. Bis mir das Lachen verging.
Du wirst mein Begleiter auf dem Akkordeon sein, sagte ich ihm am nächsten Morgen. Du wirst sehen. Wir werden Erfolg haben, wir zwei!
Ein neues Leben begann. Verrückt verliebt, fand ich mein Lächeln wieder, meinen Optimismus, meine schlüpfrigen Chansons. Das Leben war von neuem ein Fest. Mit André vergaß ich die Vergangenheit, die Angst vor der Zukunft, die Arbeitslosigkeit, die Armut in Paris. Ich betrank mich selten, die Liebe berauschte mich mehr als alles.
Wir debütierten im Cabaret des fleurs, Rue du Montparnasse. Ich wurde ein richtiger Star. »Wonderful you!« sang ich, und mein Herz sang mit. Mit André an meiner Seite erlebte ich etwas völlig Neues: Ich wurde durch das Akkordeon gehalten und geführt. Ich hatte immer solche Angst gehabt beim Singen: Angst, aus dem Takt zu kommen, mich nicht an den Text zu erinnern oder plötzlich furzen zu müssen. Treize hatte mir so unauffällig wie möglich zur Seite gestanden, indem sie mir die Texte zuflüsterte, wenn ich sie vergessen hatte. In den Musichalls gab es Souffleusen, die versteckt saßen und uns die Texte flüsternd entgegenzischten, wenn wir ins Stocken kamen. Trotzdem war es scheußlich, und ich hatte immer Angst vor dem Absturz, vor dieser Sekunde, in der ich mich fallen fühlte. Und meine Musiker hatten meine Angst eher geteilt, als daß sie mir hätten helfen können. Alle Pianisten hatten Angst, einen Fehler zu machen, und sie waren so mit ihrer Angst beschäftigt, daß sie von *mir* gehalten werden wollten, was ich auch tat, so gut ich konnte. Ich machte Witze vor den Auftritten, ich nahm sie in den Arm, ich unterstützte sie, indem ich die Aufmerksamkeit auf mich zog.
Mit André aber erfuhr ich, was es bedeutete, einen Mann an meiner Seite zu haben, der völlig uninteressiert an eigenem Ruhm war, dem es allein darum ging, meinen Auftritt, meine Person, meinen Gesang zu unterstützen. André ist ein begnadeter Akkordeonist. Er spielt auch wunderbar Klavier, aber Akkordeon spielt er wie der Gott der Verführung, schmelzend, weich, dann fröhlich, temperamentvoll, leidenschaftlich und

dann wieder zart, fragend, vorsichtig. Während er spielte, sah er völlig ungerührt aus, immer mit einer Zigarette im Mund, die längst erkaltet war, und zumeist mit einem Blick auf mich. Er spielte Akkordeon, wie er liebte, und ich konnte mich erstmalig bei einem Auftritt so hingeben wie in der Liebe, denn ich wurde von Andrés Akkordeon so gehalten wie von seiner Männlichkeit in der Liebe. Nichts konnte mir geschehen. Verlor ich den Text, improvisierte er, kam ich aus dem Takt, führte er mich zartfühlend zurück. Ich war so dankbar, Kleine, das kannst du dir nicht vorstellen. Und ich blühte auf wie eine Urwaldpflanze im Regen.

André, der in einem strengen bourgeoisen Milieu aufgewachsen war, blühte ebenso auf wie ich. Er entdeckte eine neue Welt, den Flitter, den Glanz, die überbordende Fröhlichkeit der Nacht, die ich meisterlich beherrschte. Unser Programm war eine gute Mischung aus Provokation, Geist und Volkstümlichkeit. Ich interpretierte »La boucle retrouvée« von Apollinaire, das mein Freund Robert Caby mit Musik unterlegt hatte:

Il retrouve dans sa mémoire
La boucle de cheveux châtains
T'en souvient-il à n'y point croire
De nos deux étranges destins

Du boulevard de la Chapelle
Du joli Montmartre et d'Auteuil
Je me souviens murmure-t-elle
Du jour où j'ai franchie ton seuil

Il y tomba comme un automne
La boucle de mon souvenir
Et notre destin qui t'étonne
Se joint au jour qui va finir.

Brassaï, ich weiß auch nicht, warum er mich so mochte, fotografierte uns viele Male im Cabaret de fleurs. Brassaï verehrte mich wie eine Marienstatue; seit er – es war, glaube ich, 1924 – zum

erstenmal auf mich gestoßen war, fotografierte er mich immer wieder mit seiner geliehenen Kamera.
André hatte allerdings seinen Preis, und der hieß: Treue. Er gab mir Halt, und ich gab mich hin wie nie zuvor, aber er verlangte, daß ich ihm im nächtlichen Getümmel nicht verlorenging. Das machte einige Männer ärgerlich. Vorher, als ich Lady Blue gewesen war, hatten sie mich beklatscht und gemieden, jetzt, da ich aus der Tristesse auftauchte wie Phönix aus der Asche, neugeboren und erotisiert bis in die Nasenspitze, wollten sie zugreifen und machten mich runter. Einer schrieb in der Zeitung, aus mir sei eine Bourgeoise geworden. Ich würde zwar noch meine frivolen Lieder singen, aber vorher spazierte ich wie ein braves Mädchen am Arm meines Galans über den Boulevard und anschließend spazierte ich an seinem Arm in sein Bett.
Viele der alten Freunde ließen mich fallen. André zählte nichts nach ihren Wertvorstellugen. Er war *nur* ein Steuereintreiber, der Akkordeon spielte und mich für sich allein beanspruchte. Dabei spielt er nicht einfach nur Akkordeon. Er ist ein Künstler auf diesem Instrument. Ohne ihn hätte ich nie Schallplatten machen können. Und unsere Schallplatten sind einmalig und wunderbar. Kurz nach dem Krieg, es ist gar nicht so lange her, da wollten sie mich noch einmal engagieren. Sie haben gefleht, ich möchte doch bitte singen. Ich habe gesagt, nicht ohne André. Es gibt keinen Akkordeonisten wie ihn.
Man Rays und meine alten Freunde verachteten André. Und sie verachteten mich, sie fanden mich spießig, weil ich mit André nach Hause ging. Weil ich zu Hause sogar kochte. Weil André seine Hand auf mein Knie legte und plötzlich für keinen mehr eine Lücke war zwischen Andrés Hand und meinem Schoß. Sie waren brutal.
Meine Liaison mit Henri Broca hatte ihnen gefallen, die war verrückt und Dada. Daß ich dabei fast umgebracht worden wäre, kümmerte sie nicht. Hauptsache Dada! André aber paßte plötzlich auf mich auf, er versteckte sich nicht hinter einer ironisch distanzierten Fassade wie Man Ray, nein, André war da. Er war einfach ganz und gar und immer da.
Er nahm mir den Wein aus der Hand, wenn ich anfing, quer zu

gucken. Und er vertrieb die Jungs, die mir Stoff verkaufen wollten. Er ließ sie einfach nicht an mich ran. Und ich habe es genossen. Es war eine einzigartige, wunderschöne Zeit!
Nie in meinem Leben hatte sich jemand so fürsorglich meiner angenommen. Meine Großmutter war nicht der Mensch, der auf jemanden aufpaßte, und sie hatte auch keine Zeit dafür. Meine Mutter paßte zwar auf, aber nur darauf, ob ich brav Geld verdiente und ihrem Galan nicht etwa schöne Augen machte. My Man paßte in seinem eigenen Interesse auf: daß ich ihn nicht zu sehr beunruhigte, daß ich das Mittelmaß hielt, mit dem er leben konnte. Nicht zu nahe bei ihm, das hätte ihn genieren können, und nicht zu weit weg, dann wäre er ja allein gewesen. Meine Einsamkeit an seiner Seite hatte er nie bemerkt. Auch Henri Broca war nur mit sich selbst beschäftigt gewesen. Als er mich erst einmal besaß, wurde er neidisch. Zuerst, ja, da bewunderte er mich, da half er mir, mein Buch zu veröffentlichen, da half er mir, meine Ausstellung in George Bernheims Galerie vorzubereiten; aber sobald wir zusammenlebten, war er entsetzlich neidisch auf meinen Erfolg. Ganz besonders neidisch war er auf jeden Erfolg, an dem er keinen Anteil hatte. Als ich es 1930 fertigbrachte, meine Ausstellung ohne ihn durchzustehen und dann auch meine erste Show im Concert Mayol aufs Parkett legte, obwohl mein Alltag voller Mühsal war, weil er zu Hause wie ein Kind an mir hing, wurde Broca immer verrückter. Er erschien plötzlich Ecke Boulevard du Montparnasse, Boulevard Raspail, nur mit einem Hemd bekleidet, unten herum war er völlig nackt, und rief nach mir. Sie holten mich raus, und ich mußte ihn beruhigen, bevor ich weiterarbeitete.
Broca gehörte zu denen, die vor mir ausspuckten, weil ich mit André ein so spießbürgerliches Leben führte. Als ich aus Berlin zurückgekehrt war, hatte ich endgültig mit ihm Schluß gemacht. Ich hatte gesagt: Henri, ich bin nicht in der Lage, für irgend jemanden Krankenschwester zu sein. Ich brauche selbst Hilfe. Er schaffte es auch ohne mich, aus dem Krankenhaus zu kommen, und begann sogar wieder zu arbeiten. Anfang 1933 brachte er eine weitere Ausgabe von »Paris-Montparnasse« her-

aus. Später wurde er wieder krank, verschwand aus Paris und ging zu seiner Familie nach Bordeaux. Dort starb er 1935. Als ich von seinem Tod erfuhr, ließ es mich merkwürdig kalt. Er war einer der vielen Männer gewesen, die zuerst all ihre Kraft daran gesetzt hatten, mich zu kriegen, und die mich dann, wenn sie mich hatten, bekämpften, weil sie Angst hatten, in meinem Schatten zu stehen. Nichts anderes war ihnen mehr wichtig, als mich kleinzukriegen. Sie hatten wohl die Vorstellung, daß sie ungeheuer groß würden, wenn sie eine Frau wie mich kleinkriegten.

Es ist ihnen, verdammt noch mal, immer wieder gelungen.

Mit André erlebte ich zum erstenmal in meinem Leben etwas ganz anderes. Ich interessierte ihn maßlos. Alles an mir interessierte ihn: meine Stimme, meine Brüste, meine Meinung, meine Lust. Es war so wunderbar für mich! Und ich wurde übermütig. Damals spielte ich auch in dem Film »Cette vieille Canaille« mit. Ich war gut, du kannst es mir glauben. André brachte mich zu den Dreharbeiten hin, und er holte mich auch wieder ab. Ich fühlte mich unglaublich geborgen. Ich konnte mich völlig aufs Spielen konzentrieren, weil es einfach gar keine anderen Sorgen gab, an die ich hätte denken müssen.

Du hast ganz zu Beginn unserer Gespräche nach meiner Krönung zur Königin des Montparnasse gefragt, kleine Douze. Jetzt will ich dir eine ehrliche Antwort geben: Es war großartig, und es war wie ein Mogelpaket. Weißt du, diese Pakete, die wunderbar und immer aufs neue eingewickelt werden, aber nichts enthalten. Eigentlich war ich todunglücklich an jenem Tag. Man Ray und ich waren auseinander. Und daß mit meinem Geliebten, Henri Broca, etwas nicht stimmte, hatte ich von Anfang an geahnt.

Meine Krönung zur Königin des Montparnasse ist in meiner Erinnerung verbunden mit einer gespenstischen falschen Fröhlichkeit. Schau dir meine Fotos aus jener Zeit an: Feste, Feste, Feste. Ich immer im Mittelpunkt, immer den Kopf in den Nacken geworfen – das macht einen langen Hals und einen triumphierenden Eindruck. Triumph! Viktoria! Im gleichen Jahr noch erschien mein Buch. »Kiki Souvenirs«. Ein bezauberndes

Buch. Ein Buch voller Liebe und Komplimente für mich. Foujita hatte für die französische Ausgabe das Vorwort verfaßt. Foujita war damals schon berühmt, die Armut der frühen zwanziger Jahre war rauschhaftem Erfolg und Reichtum gewichen. Die Presse hatte ihn berühmt gemacht, weil sie seine Einfälle, vor allem seine Verkleidungen auf den Bällen liebte; über Foujita zu berichten ersparte ihnen die Mühe, eigene Ideen zu entwickeln. Seine Ohrringe, seine Samtanzüge, seine Hornbrille und sein sorgfältig gestutzter Schnäuzer, das alles hatte ihn zu so etwas wie einem Aushängeschild für alles gemacht, das mit dem Glanz der Boheme zu tun hatte.

Schon zwei Jahre vor meiner Krönung zur Königin des Montparnasse hatten Youki und Foujita begonnen, für ein Casino-Hotel in Deauville Reklame zu machen. Der Direktor lud werbewirksame Künstler ein, in seinem Hotel Ferien zu machen, und lockte damit jene Reichen an, die sich gern mit Künstlern umgaben. Youki erzählte mir, wie wohl sie sich in Deauville fühlte, und forderte mich wiederholt auf mitzukommen, aber seit meinem Reinfall in Villefranche mied ich diese Orte. Youki warb um mich: Du lebst dort in aller Freiheit, du kannst ins Casino gehen oder nicht, du kannst aufstehen oder im Bett bleiben, du kannst dich groß herausputzen oder einfache Sachen anziehen, ganz nach Lust und Laune. Du unterhältst dich mit allen oder kümmerst dich um niemanden. Es ist ein perfekter Zufluchtsort.

Damals lebten Man Ray und ich noch zusammen, und ich sagte, ich bräuchte alles andere als einen Zufluchtsort, und wenn ich fliehen müßte, hätte ich einen Ort, nämlich mein Dorf zu Hause. Youki lachte und ließ mich in Ruhe. Sie wurde immer schöner. Und sie wurde auch immer mondäner, aber wenn wir allein waren, kicherten wir wie kleine Mädchen.

Auf der Gala, auf der ich zur Königin gekrönt worden bin, war auch Foujita aufgetreten, als Clown, so verkleidet, daß ihn keiner erkannte. Damals wirkten Youki und Foujita wie ein glückliches Paar, aber auch ihr Glück war ein Mogelpaket. Zwei Monate nach dem Fest begann ihre Katastrophe. Sie waren wie immer nach Deauville gefahren. An den Geldspielen dort nahmen sie nicht teil, wie Youki beteuert hatte. Der Direktor hatte sie davor gewarnt und gesagt, das Geldspiel sei nichts für Künstler, sie sollten es den gelangweilten Industriellen oder anderen Reichen überlassen. Was Foujita und seine Freunde auch beherzigten. 1929 aber berichtete irgend so ein bescheuerter Journalist, dem wohl nichts anderes eingefallen war, Foujita habe Millionen beim Bakkarat verloren. Daraufhin erhielt er in Paris eine Aufforderung, Steuern nachzuzahlen. Er hatte eine neue Sekretärin, ein freundliches Ding, das wohl ein wenig unbedarft war. Sie ging jedenfalls mit dem Schreiben zu den Behörden und bestätigte den Betrag, der als Einkommen angegeben war.

Als Foujita und Youki zurückkehrten, standen sie vor der Aufgabe, binnen acht Tagen hunderttausend Francs zu zahlen. Ich weiß noch sehr gut, wie verzweifelt Youki war. Sie versuchte, einen Aufschub zu bewirken, sie zog sich an wie eine arme Büßerin und trat als Bittstellerin vor den zuständigen Beamten, um das Ganze rückgängig zu machen. Ohne Erfolg.

Foujita schlug einen anderen Weg ein. Er organisierte fieberhaft eine Ausstellung in Tokio, schon im September wurde sie eröffnet. Ich erinnere mich noch gut an all diese Monate, weil Foujita mich mit seiner Jagd nach dem Geld sehr beeindruckte. Außerdem waren diese Monate für mich so rasant, daß ich noch genau weiß, bei welchen Anlässen Youki dabeiwar und bei welchen nicht. Meine erste Autogrammstunde zu meinen »Souvenirs« fand Ende Juni 1929 statt. Anschließend feierten wir Freunde in der Coupole weiter, und Foujita und Youki waren dabei. Youki stand mit einer edlen Perlenkette und ohne Hut an der Bar der Coupole, eine erregende Frau.

Ende Oktober fand die zweite Autogrammstunde statt, zu der angekündigt wurde, daß jeder, der das Buch kaufte, ein Autogramm und einen Kuß von mir bekommen würde. Sie standen Schlange vor der Buchhandlung Edouard Loewy. Im Oktober war Youki nicht mehr dabei, da war sie mit Foujita in Japan. Ich habe das bedauert, denn Foujita war ein wichtiger Teil meines Buches; neben seinem Vorwort enthielt es auch sein berühmtes Bild von mir »Nue couchée à la toile de Joury«. Er selbst

schrieb in seinem Vorwort, er habe mit diesem Bild so viel Geld verdient, daß er es gar nicht habe begreifen können.
Ich vermißte die beiden, dachte immer daran, daß es mit ihnen gemeinsam fröhlicher sein könnte in diesem Winter 1929 nach dem Krach in der Wallstreet. Auch Robert Desnos vermißte sie. Er hatte sich in Youki verliebt; die hatte ihm allerdings gar keine Hoffnungen gemacht, ganz im Gegenteil, sie hatte ihn schroff abgewiesen, als er sie fragte, ob sie nicht seine Geliebte werden wollte. Robert war nun einmal etwas ungeschickt und plump in solchen Dingen. Im letzten Jahr waren sie jedoch gute Freunde geworden, weil Desnos im Gegensatz zu Foujita zuhörte, wenn Youki Kummer hatte und sich ihren Kummer von der Seele reden wollte.
Sie kehrten im Februar 1930 zurück. Da waren die Steuerschulden immer noch nicht abgegolten, obwohl Foujita in Tokio viel verkauft hatte. Youki erklärte sich heroisch bereit, arbeiten zu gehen. Das war sehr komisch, weil sie natürlich gar nicht wußte, wie sie das anstellen sollte. Das Auto, das Foujita ihr zu ihrem einundzwanzigsten Geburtstag geschenkt hatte, hatte sie vor ihrer Abreise nach Tokio schon verkauft, und ihren Chauffeur José, der ihr Freund geworden war, hatte sie entlassen. Irgendwann in der Zeit verkauften sie auch ihr Haus und zogen in das Hôtel de la Paix am Boulevard Raspail und später in eine kleine Wohnung in der Rue Lacretelle.
In all diesem Durcheinander hatte Foujita nichts Besseres zu tun gehabt, als sich zu verlieben. Es wunderte mich nicht. Sich zu verlieben ist die allerbeste Medizin gegen Trostlosigkeit. Außerdem hatte sich Youki in dieser Zeit als echter Kumpel bewährt. Wie sie Foujita beigestanden hat, das hatte niemand von der schönen kleinen Person erwartet. Sie hatte doch nie gelernt zu kämpfen, außer vielleicht darum, ihren Foujita zu bekommen. Ein echter Kumpel ist aber kein Rezept gegen Trostlosigkeit, dann könnte man ja boxen gehen, um sich gut zu fühlen. Die meisten Männer, die boxen gehen, um sich gut zu fühlen, verlieben sich trotzdem. Weil verlieben nämlich einfach wirksamer ist.
Er hatte sich in eine kleine Französin verliebt, ihren Namen

habe ich vergessen. Sie war unbedeutend. Sie hatte alle möglichen Clownerien entwickelt, um Youki an der Nase herumzuführen. Zum Beispiel fuhr sie mit ihrer Freundin nach Marseille, damit Foujita von Saint-Tropez, wo er mit Youki Ferien machte, immer mal auf einen Abstecher zu ihr kommen konnte. Einmal blieb Foujita zu lange dort, und Youki bekam es mit der Angst. Sie telegrafierte verzweifelt an Robert Desnos, der daraufhin per Anhalter nach Saint-Tropez reiste, um seine Königin zu erlösen. Als er ankam, war Foujita aber auch schon wieder da, und sie machten zu dritt Ferien. Das alles passierte in diesem scheußlichen Jahr 1930, als so viele starben.
Ende 1930 ging Foujita nach New York, weil er dort eine Ausstellung hatte. Dorthin nahm er Youki schon nicht mehr mit, und ich glaube, sie drängte ihn auch nicht. Er blieb länger in Amerika, als es für eine Ausstellung notwendig gewesen wäre. Ich glaube, Robert Desnos hat sein Bestes getan, um Youki in der Zwischenzeit zu trösten. Trotzdem waren wir alle überrascht, als Foujita 1931 mit seiner neuen Geliebten nach Brasilien verschwand.
Glücklicherweise hatte er von den vielen Selbstmördern, die ohne Abschiedsbrief verschwunden waren, eines gelernt: Er schrieb Briefe. Einen an Youki, einen an Robert. An Youki schrieb er, sie solle ihm das einfache Leben gönnen, nach dem er sich so sehne. Und an Robert schrieb er, Youki und Robert seien füreinander bestimmt. Weg war er.

Foujita, Mon amie Kiki. Vorwort zu Kiki Souvenirs

Vor langer Zeit kam Kiki zum erstenmal in mein Atelier posieren, es war eine bescheidene Garage. Sie trat sehr vorsichtig ein, schüchtern, die Spitze des kleinen Fingers auf den kleinen roten Schnabel gelegt, während sie ihr Hinterteil stolz wiegte. Als sie ihren Mantel ausgezogen hatte, war sie absolut nackt, ein einfaches kleines Taschentuch von einer lebhaften Farbe hatte sie mit einer Sicherheitsnadel an den Kragen ihres Mantels geheftet, so daß es aussah, als trage sie ein Kleid unter dem Mantel.

Sie nahm ihren Platz vor der Staffelei ein, sagte, ich solle mich nicht rühren, und begann ruhig, mich zu zeichnen.
Als die Arbeit beendet war, hatte sie alle meine Stifte abgelutscht oder abgebissen und den Radiergummi verloren. Sie tanzte, sang und lachte begeistert und nahm sich etwas Käse. Dann verlangte sie Geld fürs Modellstehen und verschwand.
Drei Minuten später bezahlte ihr ein amerikanischer Sammler einen verrückten Preis für die Skizze.

Meine erste große Ausstellung im April 1927 hatte gezeigt, daß ich nicht nur Modell war, sondern eine eigenständige Künstlerin. Ich besaß Talent. Als Mädchen hatte ich mit Begeisterung gezeichnet. Und ich hatte es nie aufgegeben, aber auch nie wichtig genommen. Meine Porträts sind alle recht gut gelungen.
Dann kamen die Wahl zur Königin und die Herausgabe meines Buches. Es gab Gründe zum Feiern. Wir alle hatten Grund zum Feiern. Foujita mit seinem riesigen Erfolg, der es ihm sogar erlaubte, ein großes Haus im Square Montsouris zu mieten. Davon war ich allerdings weniger begeistert, denn der Square Montsouris lag eine Reise vom Montparnasse entfernt. Aber Foujita, der einzige Antialkoholiker unter uns, hatte dem belgischen Kriminalschriftsteller Georges Simenon eine phantastische Bar abgekauft, das versöhnte mich mit dem Haus.
Doch Hem, der auch reichlich Grund zum Feiern hatte, öffnete das Mogelpaket. Er schrieb in seinem Vorwort zur amerikanischen Ausgabe: Kiki war eher Königin, als Königin Viktoria in ihrem Zeitalter gewesen war.
Ich wollte es nicht hören. Es machte mir angst. Hem war wie ein Gespenst, das um Mitternacht bei der Hochzeitsfeier erscheint und verkündet, am nächsten Morgen werde die Braut tot sein. Ich stand doch am Anfang, verdammt!
Nun, ich beruhigte mich: Hem war todunglücklich. Die Trennung von seiner süßen Hadley und seinem lustigen Sohn mit den dicken Bäckchen hatte ihn furchtbar mitgenommen. Seine

neue Tusse war reich und raffiniert, Qualitäten, die besonders glitzern, wenn man arm und brav ist, aber sie war keinen Deut mehr als das. Und Hem war nun reich und tieftraurig. Ich war nun eine Künstlerin, eine Malerin und eine Schriftstellerin, ich war die Königin des Montparnasse, und wenn ich sang, wurde es still in den Ballsälen. Ich feierte und lachte und warf den Kopf nach hinten und war viel mehr Viktoria, als Viktoria es jemals gewesen war – und ich war todunglücklich. Ich wußte nicht, warum.

Meine Stimmungen beunruhigten mich fürchterlich. Jetzt kam es nachmittags gegen fünf so dicke, daß ich mir anschließend kalte Kompressen aufs Gesicht legen mußte.

Bis dahin hatte ich am Tage vielleicht einen Roten getrunken, aber ich war tagsüber nie betrunken gewesen. Und Drogen hatte ich nur zum Spaß genommen, es war einfach ein verdammt gutes Gefühl, mit Kokain im Blut zu singen. Keine Angst mehr, überwältigende Freude am Dasein. Jetzt aber begann ich, mich damit nachmittags aus der Trauer und der Angst zu holen, wenn ich sie nicht mehr aushalten konnte. Es war scheußlich.

In mir trieb ein Gespenst sein Unwesen, das verkündete: Morgen ist die Braut tot.

Nachts feierte ich, immer mittendrin. Und begriff gar nichts. Warum diese Todesangst, warum dieser schwarze Sog? Ich dachte, ich würde verrückt.

Treize fürchtete das gleiche. Wir haben nie darüber gesprochen, aber ich weiß es. Nachmittags schirmte sie mich ab. Sie sorgte dafür, daß ich irgendwelche Drogen zur Verfügung hatte, obwohl sie eigentlich dagegen war. Sie bekam einen ganz verschreckten Blick, wenn sie mich ansah.

Als Henri mich dann töten wollte, als seine Verrücktheit endlich ausbrach, war ich fast erleichtert. Jetzt hatte meine Angst einen Grund.

Oh, Petite, wir haben uns festgeredet, und mir schlägt das Herz bis in die Kniekehlen. Du kennst die Todesangst, nicht wahr? Nun, für mich war es so, daß einer mit gezücktem Messer vor mir stand und es ernst meinte. My Man hatte auch auf mich geschossen, wenn wir uns stritten und ich mit Fingernägeln auf

ihn losging. Aber er benutzte einen Spielzeugrevolver mit Platzpatronen.
Schau, douce Douze, die Lichter auf dem Boulevard. Eigentlich ist dieses Viertel vollkommen anonym, denkst du nicht auch? Anonym und gesichtslos. Es bekommt ein Gesicht nur durch deine Erinnerungen, durch die Bilder in deinem Kopf. Ich setze dir meine Bilder in den Kopf, so ist es, nicht wahr?

20. September 1951

Salut, Douze, ist dir auch so heiß?
Nein, an Villefranche erinnert dieses Wetter mich nicht. Es erinnert mich an die vielen Sommer in Paris, in denen die anderen verschwanden und wir blieben. Man Ray sagte immer, er sei doch kein Angestellter, der dafür spare, einmal im Jahr unter der Knute der Arbeit hervorzukriechen, in den Süden zu fahren und sich dort unter die Knute der Fröhlichkeit zu begeben. Er war überhaupt kein fröhlicher Mensch. Er war auch kein freier Mensch. Wäre er frei gewesen, hätte er gemalt. Er hat aber fotografiert. Manchmal malte er, das war wunderbar. Mich hat er gemalt, ein herbes Porträt, alles andere als die lachende Sängerin. Vor allem aber hat er Aufträge erfüllt. Gut, er nahm sich immer irgendeine Freiheit heraus, er war kein Hoffotograf. Manche seiner eigenwilligsten Fotos allerdings waren Versehen, zum Beispiel das Foto der Marquesa Casati.
Das war eine komische Geschichte.
Es passierte in unserer verliebten Anfangszeit, als Man Ray noch in seinem Hotelzimmer lebte und ich bei ihm. Wenn Besuch kam, tat ich so, als wäre ich das Zimmermädchen, und entfernte mich. Dann setzte ich mich ins Café gegenüber, und wenn der Besucher das Hotel verließ, kehrte ich zu My Man zurück.
Eines Tages klopfte es eindrucksvoll energisch an die Tür, und bevor Man noch »Entrez« gerufen hatte, stand eine Frau im Zimmer. Sie war so bemerkenswert, daß ich sie nur anstarrte und darüber meine Rolle vergaß: eine ganz in Schwarz geklei-

dete große Frau – und ihre Augen wirkten riesig. Ich liebe es seit meiner Kindheit, mein Gesicht durch Farbe zu verändern. Manchmal malte ich mir die Muster meiner Ohrringe über die Augen. Trug ich zum Beispiel dreieckige Ohrringe, deren Fläche blau und deren Rand grün angemalt war, schminkte ich meine Augen entsprechend, so daß ich vier blaue Dreiecke in grünem Rahmen mit mir herumtrug. Weil ich die Verwandlung durch Schminke so spannend fand, faszinierte mich auch die Kunstfertigkeit, mit der andere ihr Gesicht veränderten. Die Besucherin hatte nichts als Schwarz und Weiß benutzt, um ihre Augen hervorzuheben. Sie sah fast gespenstisch aus.

Auf dem Kopf trug sie eine Art spanischer Mantilla aus schwarzen Spitzen, dadurch wirkte sie noch größer, als sie ohnehin schon war. Als sie eintrat, neigte sie den Kopf, als sei sie eine Königin, die ihre Untertanen begrüßt. Man Ray meinte allerdings später, als ich ihm meinen Eindruck schilderte, ihm sei es eher so vorgekommen, als habe sie Angst gehabt, mit dem Kopfputz gegen den Türrahmen zu stoßen.

Man Ray ist ein kleiner Mann, sogar kleiner als ich, und ich bin wirklich nicht groß. Neben der Frau wirkte er, als ob er sitze, während sie stand. Ich mußte mir ein Lachen verkneifen. Ich verkroch mich auf einen Stuhl in der Ecke des Zimmers und beobachtete. Ich war entschlossen, nicht zu verschwinden. Das war einfach zu spannend.

Ich bin die Marquise Casati, sagte die gigantische Frau und bot Man Ray ihre behandschuhte Hand zum Kuß dar. Sein Kopf befand sich genau in der richtigen Höhe, um die Nase zwischen ihre Brüste zu stecken. Ich möchte, daß Sie mich fotografieren! sagte sie hoheitsvoll. Man Ray griff sich in die Haare, eine Geste, die ich an ihm liebte. Außerdem liebte ich es, daß er dadurch immer ein wenig aussah, als käme er gerade aus dem Bett.

Es muß jedoch in meinem Salon geschehen, fuhr die Marquise fort, denn ich möchte umgeben sein von allem, was mir lieb und teuer ist.

Sie vereinbarten einen Termin, und die Marquise rauschte aus dem Zimmer, wobei sie wieder den Kopf leicht neigte, als sie

durch die Türöffnung schritt. Als sie draußen war, zerzauste Man abermals gedankenverloren seinen dicken Haarschopf. Er schien mich völlig vergessen zu haben. Das war mir sehr recht, denn ich hatte Angst, daß er mit mir schimpfen würde, weil ich dageblieben war und nicht das Zimmermädchen gespielt hatte. Aber er war viel zu beschäftigt mit dem neuen Auftrag.
Ich muß rauskriegen, wer das ist, murmelte er. Sein Blick streifte mich, und er fragte: Kennst du sie? Dabei hätte er sich denken können, daß sie nicht aus meinen Kreisen stammte. Ich riet ihm, sich in Adelskreisen zu erkundigen. Die könnten ihm sicher Auskunft geben. Er machte sich sofort auf den Weg, und als er zurückkam, erzählte er mir irre Geschichten über die Frau.
Du hattest recht, sagte er, in Adelskreisen scheint jeder sie zu kennen. Sie rümpfen ein wenig die Nase, die Marquise soll sehr exzentrisch sein. Sie kommt aus Italien; hätte ich mir denken können, bei dem Namen.
Und bei dem Akzent, fügte ich lachend hinzu. Aber Man Ray war noch nicht lange genug in Paris, um Französisch von Französisch mit italienischem Akzent unterscheiden zu können.
Sie soll viel Energie darauf verwenden, sich in Szene zu setzen, fuhr Man Ray fort, wahrscheinlich wird sie mir die Arbeit schwermachen. Solche Leute benehmen sich beim Fotografieren, als würde ein Film über sie gedreht. Ich war neugierig und fragte ihn, was er noch alles über sie erfahren hatte.
Also, antwortete er in seinem drolligen Französisch, sie feiert gern und viel und skurril. In Italien besitzt sie eine Villa, die von einem großen Garten umgeben ist. Für ihre Feste hat sie die Bäume in ihrem Garten vergolden lassen.
Mit richtigem Gold? fragte ich staunend, ist sie so reich?
Anscheinend, erwiderte My Man und zerstrubbelte wieder seine Haare. Anscheinend. Ich sah ihm an, woran er dachte, und küßte ihn. Dann flüsterte ich, während ich fortfuhr, seine Stirn mit meinem Mund zu liebkosen: Wenn du ihr ein bißchen Gold abnimmst, könnten wir hier fortziehen, in eine richtige Wohnung, und ein Baby bekommen und eine richtige Familie werden. Damals war ich wahnsinnig verliebt in ihn. Er

schob mich ein Stück von sich weg, schaute mich an und fragte: Das willst du wirklich?
Ich nickte heftig.
Da lachte er und sagte: Ich muß ein toller Kerl sein, wenn ich Kiki zähme. Fein, das gefällt mir. Wir lachten beide. Denn mir gefiel es auch, gezähmt zu sein, was immer Man Ray darunter verstand. Wir legten uns aufs Bett, und My Man erzählte weiter von der Gräfin.
Ihre Gäste empfängt sie mit einer dreieinhalb Meter langen lebendigen Python um den Leib. Sie ist mit d'Annunzio befreundet, einem italienischen Dichter, den die Dadaisten sehr bewundern.
Bitte nimm mich mit, wenn du sie in ihrem Hotel besuchst, bat ich. Er zog erschrocken seine Augenbrauen in die Höhe. Ich trage auch deine Fotoausrüstung, bettelte ich. Dann denkt sie, ich sei deine Dienerin. Für Adlige ist das normal. Ich flehte und bettelte.
Doch er weigerte sich beharrlich. Ich lenkte ihn ab, sagte er, er müsse sich innerlich auf die Person einstellen, die er fotografieren werde, und wenn ich pausenlos plappere, sei ihm das unmöglich.
Als er zu ihrem Hotel an der Place Vendôme ging, begleitete ich ihn. Ich plapperte nicht, sondern ging schweigend neben ihm her. Doch dann setzte er mich im Café gegenüber vom Hotel ab. Es dauerte lange, bis Man Ray wieder zum Vorschein kam. Ich trank einen Café crème nach dem anderen und anschließend einen Roten nach dem anderen. Ich träumte vor mich hin und blickte währenddessen unablässig auf die Fensterfront des Hotels, als könnte ich sie mit meinen Blicken durchsichtig machen. Plötzlich blitzte es hinter einem Fenster gleißend hell auf und erlosch ebenso schnell wieder. Ich zuckte zusammen und dachte, jetzt hat sie ihn erschossen. Einfach so. Weil sie einen Revolver ausprobieren wollte. Oder weil sie erleben will, wie es im Gefängnis ist.
Ich wartete.
Schließlich hastete Man mit zerzaustem Haarschopf und blassem Gesicht aus dem Hotel. Er trank hastig einen Cognac und

rief dann ein Taxi. Er wollte schnell nach Hause. Ich fragte ihn nach dem Blitz.
Das war ich, sagte er, als ich meine Lampen einschaltete, zuckte es hell auf, und danach war alles dunkel. Es ist schrecklich in Frankreich. In den Zimmern werden die Stromkreise einfach zu schwach ausgelegt und viel zu niedrig abgesichert.
Ich wußte nicht, wovon er sprach, und fragte, ob der Schaden denn behoben worden sei.
Ja, antwortete er mißmutig und fuhr durch seine Haare, der Portier kam sofort und ersetzte die durchgebrannten Sicherungen, aber ich wagte es nicht, meine Lampen noch einmal einzuschalten. Ich entschied mich, es mit natürlichem Licht zu versuchen.
Warum? fragte ich freundlich und war ganz erschrocken, als Man Ray mich anfuhr, ich solle die dumme Fragerei lassen, ich hätte nun einmal keine Ahnung von Technik, und er sei viel zu erschöpft, um mir Lektionen in Physik zu erteilen.
Den Rest der Fahrt über schwiegen wir.
Am Abend wurde seine Laune noch schlimmer. Man Ray machte sich sofort daran, die Filme zu entwickeln. Er hatte sich für diese Arbeit im Badezimmer des Hotels eine Dunkelkammer eingerichtet. Dorthin verschwand er. In diesem Fall durfte ich das Badezimmer nicht betreten, selbst bei drohender Todesgefahr nicht. Das Entwickeln eines Films hatte Vorrang vor allem anderen.
Ich lag auf dem Bett, wartete auf Man Ray und langweilte mich. Um mir die Zeit zu vertreiben, stellte ich mir die Bilder vor, die Man aus der Dunkelkammer heraustragen würde: eine Dame mit einer Python um den nackten Körper geschlungen, die Spitzenmantilla als Schürzenersatz. Oder die Spitze vor dem Gesicht und die Nippel als aufgerissene Augen geschminkt.
Man Ray konnte phantastische Fotos machen, das wußte ich. Und ich wußte auch, daß er ein Faible für erotische Fotos hatte, die er pornographisch nannte, versteckte und nur ganz wenigen zeigte. Sein Traum war, ein Paar beim Geschlechtsakt zu fotografieren. Und ich hatte den Verdacht, daß es ihm weniger ums Fotografieren als ums Zuschauen ging. Sei's drum. Damals

schon wußte ich, daß wir gut zusammenpaßten: Er guckt gern, ich zeige gern. Besser konnte es doch gar nicht sein.
Er kam aus der Dunkelkammer in einer Stimmung, die ich noch nicht an ihm erlebt hatte: wütend, verbittert, unzufrieden. Ich erbot mich, ihn umzustimmen, und öffnete die Schenkel, aber er wollte nicht. Er müsse allein sein, sagte er und verschwand.
Als er gegen Morgen zurückkam, war er sehr betrunken. Aber er konnte noch reden. Allerdings kaum mehr Französisch. Er sprach ein komisches Kauderwelsch, und er gefiel mir gut so betrunken und mit diesem Kauderwelsch – und mit einem sehr bereitwilligen Ständer.
In dieser Nacht verstand ich nicht, was ihm Schlimmes passiert war. Er erzählte es mir erst, als die Geschichte eine für ihn völlig unerwartete Wendung nahm. Als nämlich die Marquise Casati von seinen Fotos hell begeistert war und ständig neue Abzüge kaufte.
Was Schlimmes passiert war?
Nun, nach dem Lichtausfall hatte er der Marquise gesagt, er wolle das natürliche Licht im Zimmer verwenden. Weil sich dadurch aber die Belichtungszeit verlängere, dürfe sie sich nicht mehr bewegen. Die Marquise Casati verhielt sich natürlich genau so, wie My Man es erwartet hatte, nämlich, als drehe er einen Film mit ihr als Hauptdarstellerin. Sie hatte ihn schon filmreif empfangen: in einem seidenen Morgenrock, die rot gefärbten Haare in Unordnung, als käme sie gerade aus dem Bett, die großen Augen sorgfältig geschminkt. Ihr Zimmer war angefüllt mit allem möglichen kostbaren Krimskrams. Auf einem Tisch stand ein üppiger Blumenstrauß – in einer Vase aus Jade und Edelsteinen. An diesem Tisch wollte Man Ray sie fotografieren. Aber es war kaum möglich, weil die Dame nicht stillhalten konnte.
Er war so wütend gewesen, weil die Negative alle verwackelt waren. Fehlschlag. Er schämte sich, glaube ich. Vielleicht hatte er auch Angst davor, noch einmal in die Suite der Dame zitiert zu werden, er ließ also nichts von sich hören. Sie rief ihn an. Er teilte ihr mit, die Negative seien wertlos, aber sie wollte unbe-

dingt einige Bilder sehen, egal, wie schlecht sie seien. Er machte ein paar Abzüge, auf denen so etwas wie ein Gesicht zu erkennen war – darunter ein Bild mit drei Augenpaaren, man hätte es für eine surrealistische Version der Medusa halten können. Wider Erwarten hielt die Marquise dieses Bild für eine Offenbarung. Sie haben ein Porträt meiner Seele geschaffen, hauchte sie, und dann bestellte sie Dutzende von Abzügen.
Komischerweise war genau dieses verpfuschte Foto dasjenige, das Man Ray in Adelskreisen und bei anderen Geldleuten bekannt machte. Diesem Bild hatte ich es also zu verdanken, daß wir aus dem Hotelzimmer auszogen. Einige Jahre später war Man Ray für die reichen und exzentrischen Adligen bereits der Fotograf en vogue.
So lud ihn auch der Comte de Beaumont ein, auf einem seiner irrsinnigen Kostümbälle zu fotografieren. Der Comte de Beaumont war eine Institution unter den Künstlern. Er besaß ein Theater, das Soirée de Paris auf Montmartre. Dort arbeiteten viele meiner Freunde, Cocteau und Tzara zum Beispiel, und im Foyer eröffnete Moysès eine Filiale des Boeuf. Trotzdem war mir der Comte de Beaumont nicht so vertraut, daß ich Lust gehabt hätte, Man Ray zu dem Ball zu begleiten.
Die Kostümbälle, die der Comte veranstaltete, waren bekannt dafür, daß sich dort alles versammelte, was sehr viel Geld hatte oder sehr berühmt war. Dazu diejenigen, die beides hatten, Geld und Berühmtheit. Die Gäste steckten massig Phantasie und Geld in ihre Kostüme, so erzählten alle, die schon einmal dort gewesen waren, und sie erzählten, daß es ganz anders zuginge als auf unseren Kostümbällen, wo es lustig und ausgelassen war. Ich mochte am liebsten die Kostümbälle in der Maison Watteau, von denen verpaßte ich keinen einzigen, denn dort hatte ich mehr Spaß als irgendwo sonst.
Tristan Tzara ging auch zum Comte de Beaumont, und er wollte mich mitnehmen, aber ich ließ die Männer allein gehen. Ich hatte Angst, mich da nicht richtig zu benehmen. So viele fremde Menschen machten mir immer angst. Man Ray hätte auch gar keine Zeit für mich gehabt, der Comte hatte ihm einen Raum in seinem Haus angeboten, wo er seine Kamera aufstel-

len und die Gäste, so wie sie eintrafen, der Reihe nach in ihren Kostümen fotografieren konnte. Der Comte hatte Man gebeten, so zu erscheinen, daß er nicht allzusehr auffallen würde, und Man hatte einige Mühe aufgewendet, sich inkognito herzurichten. Er trug eine Smokingjacke, aber sein gestärktes Hemd, der Kragen und die Krawatte waren ebenfalls schwarz, genau wie die Maske, die er über den Augen trug. Und dann hatte er sich etwas ausgedacht, das besonders diskret war, er versteckte nämlich in seiner Jackettasche eine Batterie, welche die in seinen Manschettenknöpfen versteckten Glühbirnchen speiste. Wenn er fotografierte, blitzten also seine dunklen Manschettenknöpfe rot auf. Nach dem Fest erzählte er mir, wie er den Grafen unbeabsichtigt erschreckt hatte. My Man hatte seine Ausrüstung versteckt hinter dem Eingang aufgebaut, und als der Graf zur Tür hereinkam, fotografierte Man auch ihn. Als die Manschettenknöpfe plötzlich rot aufleuchteten, stieß der Comte de Beaumont einen kleinen Schrei aus. Nachdem Man ihm die Konstruktion erklärt hatte, war er aber hellauf begeistert.

Er hatte Man Ray eingeschärft, das Ganze als privaten Auftrag zu sehen und nicht als künstlerische Arbeit, die der Öffentlichkeit zugänglich gemacht werden könne. Die Bilder seien für ihn selbst und seine Gäste bestimmt. Man Ray nahm das so ernst, daß er völlig hilflos war, als er seine Fotos verkaufen wollte. Er verschenkte einige Bilder an Freunde, an Picasso etwa, der als Toreador verkleidet gewesen war, oder Tristan Tzara, der auf einem Foto der maskierten, einen Zylinder tragenden Nancy Cunard einen Handkuß gibt. Ansonsten aber wagte Man es nicht, den adligen und reichen Leuten eine Nachricht zukommen zu lassen, daß sie auf dem Fest fotografiert worden waren. Er hatte deswegen längere Zeit schlechte Laune, grummelte, er habe soviel Zeit und Mühe aufgewandt, Beaumonts Wünschen entsprechend inkognito aufzutreten, und sei damit in seine eigene Falle getappt. Denn nun könne er nicht das Geld damit machen, das er sich versprochen habe.

Er liebte die Auftragsarbeiten nicht. Sagte er. Allerdings hatte ich manchmal den gegenteiligen Eindruck. Einmal wollte eine Frau von ihm nackt fotografiert werden, um ihrem Ehemann eine Freude zu machen. Sie sei nicht häßlich, gestand My Man, und ich hatte den Verdacht, daß er es sehr prickelnd fand, dem Ehemann die Frau mittels seiner Kamera so zu präsentieren, daß der auf den Fotografen eifersüchtig werden mußte. Eine andere Frau bot ihm einiges Geld, damit er ihre Reize auf einem Foto so ins rechte Licht rückte, daß jeder, der das Foto sehen würde, geil auf sie würde. My Man nahm den Auftrag an, und er nahm ihn ernst, soviel sagte er mir. Ich habe die Fotos gesehen. Wenn die Frau damit einen Mann finden wollte, wie sie Man Ray gegenüber behauptet hatte, dann hatte sie nun die Wahl. Ein Scheich hätte für diese geballte Ladung Erotik eine ganze Kamelkarawane gezahlt. Was sie My Man für die Fotos gezahlt hat, fand ich nie raus. Aber ich war höllisch eifersüchtig.

Das war ich gar nicht, als ein Kerl bei Man ankam und ihn nach einigem Stottern bat, er möge mit dem Auge der Linse auf einen bestimmten Körperteil zielen. My Mans Berichte von den Sitzungen haben mich sehr beeindruckt. Sobald die Kamera auf den Unterleib des Mannes gerichtet war, so erzählte Man, füllte sich dessen Komma mit Blut und wurde zu einem prallen Ausrufezeichen.

Diese Leute kamen natürlich zu Man, weil sie gehört hatten, daß er diskret war. Vielleicht war es der Comte de Beaumont gewesen, der ihnen den Tip gegeben hatte. Ich vermutete bei den meisten dieser Leute, daß es sich um Adlige mit Geld handelte.

Manchmal fotografierte Man Leichen. Zumeist Künstler, das waren Auftragsarbeiten. Als ich ihn schalt, weil ich es als pietätlos empfand, daß er mit seinen Lampen und Apparaten die Leiche störte, meinte er, Leichen zu fotografieren sei zwar weniger angenehm als Paare beim Geschlechtsverkehr, aber die Arbeit mache auch weniger Probleme, denn die Gefahr, daß das Modell sich bewege, sei äußerst gering. Und sehr entspannend wirke auf die Arbeit die Gewißheit ein, daß die fotografierte Person nicht am Ergebnis rumkritteln werde.

Man Ray war kein Liebhaber von Apparaten. Er wurde manchmal gebeten, reichen Leuten das Fotografieren beizubringen, und er verachtete sie, weil ihre erste Sorge dem Kauf der richtigen Ausrüstung galt. Auf den Apparat kommt es nicht an, sagte er bei jeder passenden Gelegenheit – es ist immer möglich, das Motiv mit den vorhandenen Hilfsmitteln in Einklang zu bringen und ein interessantes Resultat zu erzielen, auch wenn es dem akademischen Auge unzureichend erscheint. Hatte nicht Goya mit einem Löffel gemalt, wenn kein Pinsel zur Hand war? Man Ray maß einen Künstler allein an der Kraft seiner Phantasie und seiner Fähigkeit, sich auszudrücken. Je geringer und unzureichender die Mittel, um so höher der künstlerische Wert einer Arbeit. Er zitierte mit Begeisterung Tizian, der gesagt hatte, er könne den Leib der Venus aus Schmutz erschaffen. Man muß sich über seine begrenzten Mittel erheben, sagte My Man, Phantasie und Erfindungsgabe einsetzen. Dennoch hat er sich mit der großen Freiheit, von der er gern sprach, auch beschwindelt. Er machte viele Dinge, von denen er nichts hielt. Und er hatte sich von seinen reichen und mondänen Kunden in einen goldenen Käfig setzen lassen.

Ich fühlte mich oft von ihm alleingelassen. Und ich wußte nie, ob er wirklich so eingesperrt war, wie er behauptete. Ich argwöhnte, daß er diese fesselnden Aufträge nur benutzte, um sich von mir freizuhalten. Als ich nach Villefranche fuhr, zum Beispiel, war es ihm angeblich wegen seiner Aufträge nicht möglich mitzukommen. Er ermunterte mich zum Wegfahren, nannte alle möglichen Gründe, die dafür sprachen. Auch den, daß ich in Paris ebenfalls ohne ihn auskommen müßte, weil er bis über den Kopf in Aufträgen stecke.

Er wußte, daß ich Angst vor fremden Orten und fremden Menschen hatte, und er freute sich über Treizes und Per Krohgs Entschluß, mir nach Villefranche zu folgen. My Man redete zärtlich und fürsorglich auf mich ein, eine erholsame Zeit am Meer täte mir sicherlich gut, und er versprach, nachzukommen, sobald seine Aufträge erledigt seien.

Kiki Souvenirs, Kapitel XXIV

Villefranche 1925

Ich bin in Villefranche.

Es ist Februar. Es regnet. Ich bin ein wenig traurig. Ich vermisse mein Jockey.

Man hat mir ein schönes Zimmer in der vierten Etage gegeben. Ich wohne mit einer Freundin. Wir sind zur Bar runtergegangen. Da sind amerikanische Seeleute. Ich zeige mich distanziert, habe ein wenig Angst vor diesen großen Kerlen. Allmählich fühle ich mich heimisch in dem Hotel. Ich treffe Bekannte: eine Amerikanerin und ihren Bruder, Jean Cocteau und Freunde und so weiter. Ich beginne mich geborgen zu fühlen, und jetzt werden auch alle Seeleute meine Freunde.

Gegen fünf Uhr am Nachmittag beginnen wir zu tanzen, und gegen drei Uhr am Morgen hören wir auf. Es gibt viele Frauen, die aus Marseille, Nizza kommen und dem Schiff folgen, um ihr Sweetheart zu treffen. Das sind sehr nette Huren, die gute Manieren und Eleganz haben und sehr sentimental sind.

Wenn das Schiff abfährt, schwimmen sie in Tränen. Acht Tage stoppen die Tränen nicht. Die Frauen verbringen die Tage mit Schreiben und trösten sich abends mit anderen Seeleuten.

Treize und Per Krohg kommen. Sie sind voller Begeisterung für die schönen Seeleute, von denen wir fünf oder sechs adoptiert haben und die uns nicht verlassen. Per hört nicht auf, sie zu malen, und um sich zu entspannen, verhaut er mich, unterstützt durch Treize. Mich läßt das kalt, ich habe einen Hintern, der mich gegen alles schützt.

Um während der Reise und bei der Ankunft nicht allein zu sein, suchte ich angestrengt nach einer Reisebegleitung. Schnell fand sich Marie-Louise Robinet-Duris bereit, eine sehr junge Frau, die ich gar nicht sonderlich gut kannte. Wir stiegen ab im Hotel Welcome, das Cocteau ausfindig gemacht hatte und wo sich alle Freunde aus Paris trafen.

Villefranche-sur-Mer ist ein kleiner Fischerort, und das Hotel steht direkt am Hafen. In der Nacht konnte ich das Wasser hören, und am Morgen, wenn ich ins Bett ging, tuckerten die Fischerboote hinaus. Im Erdgeschoß gab es eine Bar, wo eine Dreimannkapelle zum Tanz aufspielte. Das dauerte immer bis zum Morgen. Wir hatten eine gute, fröhliche Zeit – nach meiner anfänglichen Panik, als ich mich wie ausgesetzt gefühlt hatte und an nichts denken konnte als daran, wieder nach Paris zu fahren.

Irgendwann stießen Treize und Per zu uns, und ich fühlte mich noch besser. Als dann das Telegramm von Man Ray eintraf, er könne sich zur verabredeten Zeit doch nicht freimachen, seine Geschäfte hielten ihn in Paris fest, gab es mir nur noch einen kleinen Stich, aber es hinderte mich nicht daran, mich wohl zu fühlen.

So sah Mans Freiheit aus. Es war die Freiheit zur Entscheidung. Ich glaube, er war froh, mich loszusein. Er war, glaube ich, froh, uns alle loszusein. Treize und Per mit ihrer aufreibenden Vierecksgeschichte. Und auch Jean Cocteau mit seiner schamlosen Trauer.

Raymond Radiguet war gestorben, Cocteaus große Liebe, die er »mein Sohn« genannt hatte. Er hatte Raymond, glaube ich, kennengelernt, als dieser, fünfzehnjährig, Cocteau aufgesucht hatte, um ihm ein Gedicht vorzulesen; Cocteau hatte seine poetische Begabung beurteilen sollen. Radiguet war ein schöner Mann gewesen, immer ein wenig in den Wolken, dunkel und melancholisch. Und Cocteau war alt, obwohl er so jung war. Cocteau war ein ganz und gar ungewöhnlicher Mensch. Auf den ersten Blick hätte man ihn einfach für einen jungen attraktiven Mann halten können, mit ovalem Gesicht, hypnotischen Augen, sinnlichem und traurigem Mund und dicken dunklen Haaren, die Frauenhände anlockten. Aber er war irrsinnig begabt und dazu leidenschaftlich, und er wagte es zu lieben. Diese Hingabe an die Liebe habe ich bei keinem anderen erlebt. Sie war es, die ihn zu einem so besonderen Menschen machte. Er war alles auf einmal: alt und jung, weise und verrückt, geil und hingebungsvoll. Und für Frauenhände in seinen Haaren hatte er leider nichts übrig.

Radiguet war da anders. Er brachte beides fertig: Zuerst lauschte er Cocteau in dessen Wohnung – mit einer ganzen Schar von Verehrern seines Liebhabers –, wenn dieser Auszüge aus seinen neuesten Werken vortrug, dann folgte er der Clique zum Restaurant Bernard, wo sie in der Regel speisten, und anschließend ins Boeuf. Dort flirtete er charmant und jungenhaft mit den schönsten Frauen, während Cocteau ihn mit brennenden Augen verfolgte.

Jean und ich, wir mochten einander sehr. Er war der einzige Mann, glaube ich, der tiefer in mich hineinblickte. Von Liebenden sagt man doch: Und sie erkannten einander. Dieses Erkennen dessen, was hinter der Maske ist, habe ich eigentlich nur bei Frauen, bei Schwulen und bei André erlebt. Die Männer, mit denen ich Liebe machte, wollten nicht tiefer blicken. Die wollten die fröhliche Kiki, die sie aufheiterte, die leichte, die sonnige. Die wollten meine festen Brüste; meine langen und dichten Wimpern faszinierten sie, sie streichelten sogar ihren Schwanz damit; meine lebendigen Bernsteinaugen wollten sie zum Verschwimmen bringen, und meinen Herzmund wollten sie öffnen, um mit ihrer Zunge darin zu spielen. Die wollten ihren Schwanz aufrichten und sich entladen und erneuern. Meine Lust wollten sie. Meine Last, diese schwarze, unerklärliche Angst und Traurigkeit, war ihnen viel zu schwer und schwanzsenkend.

Jean Cocteau hingegen liebte Menschen aus Schwarz und Weiß. Man Ray hat Fotos von mir gemacht, die er »Noire et blanche« nannte. Ich war sehr blaß geschminkt, und neben meine weiße Wange hielt ich eine schwarze Baoulé-Maske von der Elfenbeinküste. Ich glaube schon, daß er mich nicht nur aus dekorativen Gründen so zeigte. Er sah mich auch so. Allerdings machte es ihm angst.

Jean Cocteau hingegen hatte eine zärtliche Begeisterung für mein Singen und meine Clownerien, und er verstand meine andere Seite. Die Unruhe, die Zappeligkeit, den unersättlichen Hunger danach, gesehen und beachtet zu werden, die entsetzliche Angst vor Ablehnung, all das liebte Jean ebenso wie meine Leichtigkeit. Aber er war eben auch nicht mein Liebha-

ber. My Man brauchte das Gefühl, frei zu sein, vielleicht gerade deshalb, weil er so unfrei war.
Also ging er Verpflichtungen ein, um nicht zu mir nach Villefranche zu kommen. Tant pis, dachte ich, und von da an amüsierte ich mich, als käme Man Ray nie mehr. Treize und Per fuhren ab. Tant pis, dachte ich und blieb allein und amüsierte mich, als koste es mein Leben. Cocteau war einige Tage in Villefranche, dann verschwand er plötzlich und war eine Woche später wieder da; unverändert weiß gekleidet, blaß und in sich zurückgezogen vor Kummer, und trotzdem spürte ich, daß er mein Freund war. In Paris kam er oft ins Jockey, weil er es liebte, mich singen zu hören. Einmal schenkte er mir ein Collier, so prächtig, daß ich es gar nicht zu tragen wagte.
Cocteau begeisterte sich für Musik. Vielleicht wurde er deshalb von den Dadaisten, die keine Musiker unter sich duldeten, verachtet. Wahrscheinlich aber widersprach sein Lebensstil ihren puritanischen Vorstellungen. Er war reich, und er verheimlichte es nicht im geringsten. Er war fast immer frisch rasiert und gepudert, und wenn man ihn besuchen kam, trug er oft einen seidenen Morgenrock. Er wirkte aristokratisch und war sehr zuvorkommend. Gute Musiker zogen seine Freundschaft an. Er arbeitete mit Satie zusammen, und Darius Milhaud und Georges Auric zählten zu seinen Begleitern. Er hatte auch viele amerikanische Freunde; die Amerikaner schätzte er wegen ihrer Jazzmusik. In seinem Zimmer, voll von allem möglichen Krimskrams, Fotografien und Zeichnungen, hatte er in einer Ecke ein Grammophon stehen, daneben viele Jazz-Schallplatten. Wenn man bei ihm zu Besuch war, legte er mit ziemlicher Sicherheit irgendwann eine Platte auf und trommelte mit zwei eigens dafür bereitliegenden Trommelstöcken auf der Kante des Grammophons eine rhythmische Begleitung.
Man Ray war davon so beeindruckt, daß er die Idee übernahm. Er stellte ein Grammophon auf einen leeren Koffer. Auf dem Boden davor stand eine Fußmaschine mit Filzball, wie man sie beim Jazzschlagzeug für die Baßtrommel verwendet. Am Grammophon hatte Man Ray ein Becken befestigt. Um die

Konstruktion vorzuführen, legte er eine Schallplatte auf und begleitete sie auf dem improvisierten Schlagzeug. Später, als er ein Radio geschenkt bekam, verschwand diese Anlage.
Die Dadaisten lehnten Musik ab. Sie behaupteten, die Geisteskraft von Musikern sei beschränkt. Man Ray schaltete sein Radio aus, sowie einer seiner surrealistischen Freunde in sein Atelier kam. Sonst ließ er es meist laufen, weil es ihm gefiel, beim Arbeiten Musik zu hören.

Kiki Souvenirs, Kapitel XXV

Im Streit mit dem Gesetz

Per Krohg, Treize und einige andere Freunde sind nach Paris gefahren. Ich bleibe allein mit meiner Freundin. Sie ist achtzehn Jahre jung. Eines Abends will ich mich mit den Matrosen-Freunden in einer englischen Bar treffen, wohin wir sonst nie gehen. Ich habe kaum die Tür geöffnet, als der Wirt schreit: Keine Huren hier. Ich stürze auf ihn zu und schmeiße ihm eine Reihe Untertassen ins Gesicht. Mein Freund besänftigt den Krawall, aber die Polizei vom Schiff kommt!
Wir haben die Zeit, in eine andere Bar zu flüchten, aber ich bin leicht wiederzuerkennen und wohne auch in einem Hotel, das in ganz Villefranche schlecht angesehen ist, weil es zu gute Geschäfte macht. Am darauffolgenden Morgen gegen acht Uhr bittet man mich hinunterzukommen. Ich komme in der Halle an, und durch eine offenstehende Tür erkenne ich ein rotes Gesicht über einer Gendarmenuniform; er bedeutet mir, ich solle kommen. Ich rühre mich nicht.
Er geht und kommt mit einem Typen in Zivil zurück, der einen sehr gereizten Eindruck macht. Er sagt, daß er mich festnimmt und daß er der Kommissar von Villefranche sei, und zeigt mir seine Papiere.
Er wirkt verrückt, er zittert vor Wut. Als ich ihm nicht schnell genug folge, sagt er seinen Helfern: Allez! Hop! Schafft mir das da fort! Sie stürzen sich brutal auf mich, und der Kommissar gibt mir einen Faustschlag gegen die Schläfe. Diesen Schlag habe ich nicht

einfach kassiert, ich habe mit aller Kraft auf den Kommissar eingeschlagen. Also hat er gesagt: Dein Konto ist voll! Schläge und Angriffe auf die Staatsgewalt. Und er hat mich beschimpft bis zu seinem Büro.
Man hat mich in die Hände eines dicken, typischen Gendarmen gegeben, der eine viehische Fresse hatte und der mir reichlich zu schaffen machte. Es gab in dem Büro einen großen Revolver, aber ich wußte nicht, wie man ihn bediente!

Cocteau war Raymond Radiguet wehrlos ausgeliefert. Radiguet wirkte sensibel, aber zu seinem Gönner war er kaltherzig und grob. Er brachte es fertig, am Vorabend zur Eröffnung vom Boeuf sur le toit mit einem Freund – ich glaube, es war Brancusi –, einem spontanen, besoffenen Entschluß folgend, nach Marseille abzureisen, weiter nach Korsika zu fahren und erst vierzehn Tage später zurückzukommen. Das Boeuf war auch Cocteaus Laden, und die Eröffnung war auch sein Fest. Ich habe Cocteaus unglückliches Gesicht an jenem Abend gesehen, aber er hat sich nie von Radiguet losgesagt, auch nicht, als dieser bei den Dardels Hausverbot bekam, weil er ein halbes Jahr lang wie ein Schatten an Thora Dardel gehangen hatte – die er auch zum Vorbild für die Heldin Svea in seinem ersten Roman, »Le Diable au corps«, nahm. Es gibt heiße Liebesszenen in diesem Roman, und Nils Dardel war stinkwütend auf Raymond. Der Roman wurde übrigens ein verdammter Erfolg, und ich glaube, es war gut für Cocteau, daß Radiguet gestorben ist.
Der hatte kurz vor seinem Tod noch verkündet, er werde Bronia Perlmutter heiraten. Bronia war eine umwerfende Schönheit. Sie war mit ihrer älteren Schwester Tylia aus den Niederlanden gekommen. Bronia war sehr jung, sechzehn Jahre alt, als sie 1922 zu den Malermodellen stieß. Ich mochte sie, wir saßen oft zusammen auf den Terrassen. Bronia hatte blaugraue Augen und dunkelbraunes Haar, und sie strahlte etwas Romantisches aus, das die Männer anzog. Tylia war blond und robust.
Wie auf mich früher stürzte sich Kisling als einer der ersten auf das frische Fleisch, er nahm gleich beide als Modelle, von Tylia

malte er ziemlich viele Akte. Bronia traf man eine Weile regelmäßig mittwochs in Kislings Atelier an, wenn er seine Empfänge gab. Dann gebärdete sie sich als Gastgeberin, richtig nett, als spiele ein kleines Mädchen Dame des Hauses. Kisling und Renée haben sie dafür bestimmt nicht bezahlt, sie haben es geduldet.

Bronia war auch Modell von Nils Dardel, der allen vorschwärmte, sie könne sich in zehn verschiedene Mädchen verwandeln, süß wie ein Kätzchen oder kalt, zynisch und berechnend. Bronia arbeitete als Mannequin für Paul Poiret und dessen Schwester Nicole Groult, Man Ray machte eine Fotoserie mit ihr. Sie hatte einen phantastischen Körper, schmal und zierlich mit herrlichen runden Brüsten und festen langen Beinen. Bronia war eine aufreizende Mischung aus kindlicher Naivität und erfahrener Weiblichkeit.

Als sie Raymond Radiguet kennenlernte, flirtete er mit ihr, wie er es mit allen schönen Frauen tat. Ich glaubte immer, er täte es nur aus Sadismus, um Cocteau zu verletzen, aber bei Bronia schien er wirklich Feuer gefangen zu haben. Sobald Cocteau spürte, daß sich da etwas Ernstes anbahnte, mischte er sich ein. Von da an verbrachten die vier, Radiguet, Bronia, Tylia und Cocteau die Abende zusammen.

Bronia war polnisch-jüdischer Herkunft, und sie hatte Angst, daß Cocteau in seiner Eifersucht dafür sorgen könnte, daß sie ausgewiesen würde. Radiguet und sie veranstalteten eine fürchterliche Geheimniskrämerei, um so fürchterlicher, als wir alle davon wußten, daß und zu welchem Zweck sie sich in Hotels trafen; der einzige, der es nicht wußte, war Cocteau.

Warte, ich war im Frühjahr 1925 in Villefranche, da war Radiguet ein Jahr lang tot. Ende dreiundzwanzig, zu Weihnachten, war er gestorben. Anfang desselben Jahres war sein Roman rausgekommen, und er hatte sich wegen des Erfolgs schrecklich affig aufgeführt. Kurz bevor er starb, verkündete er aller Welt, er werde Bronia heiraten. Dann kriegte er Typhus.

Ich habe ihn nicht bedauert. Ich habe nur Cocteau bedauert – und Bronia: Sie war wirklich verliebt. Aber sie war noch ein Baby, sie hat sich schnell getröstet. Es passierte ja auch so viel.

Zwei Monate nach Radiguets Tod spielte Bronia in dem Film »Galerie des Monstres« eine Tanzpuppe. Ich habe auch mitgespielt; kennst du den Film?

Kiki Souvenirs, Kapitel XXVI

Im Gefängnis

Man hat mich in einen düsteren Keller gebracht, wo es ein Holzbrett gibt, das Wrack eines Fahrrades und Gerümpel. Ich bin dort lange auf einem Fleck geblieben und habe über mein Schicksal gegrübelt, als sich die Tür öffnet und eine meiner Freundinnen weinend hereinkommt, einen Korb unter dem Arm, gefolgt von dem dicken Gendarmen. Ich habe den Nacken des Gendarmen gesehen und meine Finger krampften sich wie von selbst zusammen. Danach hat man mich aus dem Keller geholt. Wir kommen nach Nizza. Ich steige in eine grüne Minna und komme vor großen, traurigen Mauern an.

Man holt mich.

Welche Ecken! Welche Türen! Man führt mich in eine Zelle. Eine Frau zeigt mir mein Bett und meinen Pißpott, der an eine Kette gebunden ist, und geht ...

Ich bin verängstigt. Es ist schwarz! Ich habe um Licht gebeten, aber man hat gelacht. Ich bin auf mein Bett gefallen und in Tränen ausgebrochen. Ich habe seit mehr als vier Jahren nicht mehr im Dunkeln geschlafen. Ich heule wie ein Hund in der Nacht, und die Frau da oben schreit: Haben Sie endlich mit singen aufgehört?

Neben mir, trotz der dicken Mauer, höre ich dicke Schluchzer. Es ist jemand weniger junges und, zweifellos, schlimmer dran als ich. Um fünf Uhr am Morgen fragt man mich, was ich essen will, denn ich bin nur in Untersuchungshaft hier.

Die Tage sind lang. Die Osterferien verzögern alles, und ich habe, obwohl man mir eine andere Zelle gegeben hat, den Eindruck, daß ich niemals hier herauskommen werde.

Ich bekomme Besuche: Eine dicke Mutter mit roten Backen, die mich duzt, nimmt meinen Tabak und meinen Wein, und am Abend schleicht sie sich sanft in meine Zelle, um mir warme Scho-

kolade zu geben. Um mich waschen zu können, muß ich meinen Eßnapf die ganze Nacht unter den Wasserhahn stellen. Und mein gußeiserner Pißpott, der niemals gereinigt wird, parfümiert die Zelle.
Man nimmt Fingerabdrücke von mir. Man untersucht mich mit der Lupe und notiert die Narben, die ich haben könnte.
Ein Freund hat einen Anwalt geschickt, aber der scheint nicht zu glauben, was ich sage.
Man läßt uns für eine Stunde raus. Jede in der Untersuchungshaft hat einen kleinen dreieckigen Hof. Man hat mir die »Drei Musketiere« geliehen, damit ich mich ablenken kann, aber ich mag das nicht mit all diesen Kostümen.
Ich soll vor Gericht. Das Gefängnisauto holt uns ab: vier Frauen, neun Männer und zwei Gendarmen, die nach Knoblauch riechen. Aber ich komme noch nicht dran und werde wieder ins Gefängnis gebracht. Das ist unangenehm. Für Augenblicke bin ich von Furcht gepackt, und ich habe Angst, verrückt zu werden. Die schlimmste Zeit für mich ist der Abend, wenn die Sonne geht: Meine Zelle wird dunkel, und ich sehe an der Decke ein wenig von der Farbe der Sonne, die sich schlafen legt. Und dann ist in der Nähe ein Bahnhof. Ich höre die Züge, das Pfeifen... und das ganze Gefängnis scheint zu schlafen... wir sind Vergessene!
Ich bin hier, seit zwölf Tagen hier und morgen komme ich vor die Strafkammer. Mein Anwalt hat mir versprochen, mich herauszuholen, wobei er bemerkte, daß mein Fall sehr schwerwiegend ist. Schläge und Widerstand gegen die Staatsgewalt, das kostet normalerweise sechs Monate Gefängnis. Wenn ich verurteilt werde, töte ich mich. Ich glaube, ich vergesse den Haß, der in mir wächst, nie, auch nach Jahren nicht.

Ins Jockey kamen viele Leute vom Film. Der Schauspieler Jacques Catelain war mir sofort aufgefallen, als er das erstemal eintrat und seine wunderschönen scheuen Augen niederschlug. Er hatte die Idee zu einem Film, in dem einige der »Stars« von Montparnasse auftreten sollten. Im Januar 1924 fanden in

Montparnasse Vorsprechproben statt. Daß sie mich nehmen wollten, war klar. Ich sollte mich selbst spielen. Auch Flossie Martin, eine ehemalige Tänzerin der Hoffman Girls, und der Zwerg Le Tarare spielten sich selbst. Bronia Perlmutter trat, wie gesagt, als Tanzpuppe auf, Tylia als Jongleuse. Die weibliche Hauptdarstellerin war noch ein Kind. Lois Moran hieß sie, fünfzehn Jahre alt, sie war die Partnerin von Catelain.

Du willst die Geschichte des Films hören?

Ach, sie ist einfach – wie ein Märchen.

Es gibt in dem Film einen Zirkus, den der Dompteur Buffalo leitet. Catelain und Louis Moran spielen zwei junge Menschen, Spanier, die zu diesem Zirkus stoßen. Louis tritt als Tänzerin Ralda auf, Catelain als Clown Richquette's. Der Zirkus kommt nach Toledo, wo eine Parade gezeigt wird: Jeder Darsteller hat einen Auftritt. Zuerst tanze ich, dann Flossie Martin, Le Tarare tanzt mit dem Bären, dann kommen Tylia und Bronia Perlmutter.

Buffalo ist scharf auf Ralda, doch die läßt ihn abblitzen. Der Zirkusleiter kann das nicht verwinden, will sich rächen und läßt den Löwen frei. Der Löwe greift Ralda an und verletzt sie. Zumindest war es so geplant, aber der Löwe spielte nicht nach Drehbuch. Buffalo zwingt Riquette's aufzutreten, obwohl dieser wegen seiner geliebten Ralda in höchster Unruhe ist. Die übrigen Zirkusleute verhelfen Riquette's und Ralda zur Flucht, so daß sie ein neues Leben beginnen können.

Die Aufnahmen begannen im Februar, aber es gab alle möglichen Schwierigkeiten. Der Löwe war sanfter als Bronia. Er war nicht bereit, irgend jemanden anzugreifen. Um ihn anzuheizen, beschaffte Catelain ihm ein lebendes Kaninchen, das er dem Film opfern wollte. Aber stell dir vor, der Löwe war ein größerer Angsthase als das Kaninchen, beide liefen voreinander weg. Catelain, der zugleich Regisseur und Hauptdarsteller des Films war, für den er auch das Drehbuch geschrieben hatte, ließ sich alle möglichen Tricks einfallen, um einen furchterregenden Angriff zustande zu kriegen.

Mir gefiel es gar nicht, mit so vielen Tieren zusammenzusein. Vor allem die Affen mochte ich nicht. Sie stanken abscheulich,

und außerdem rissen sie mich fast in Stücke. Und der Bär versuchte mich zu grabschen, sobald es nur ging, er hatte es richtig auf mich abgesehen. Ich bekam schlechte Laune und beschwerte mich über die Lampen, die mich beim Tanzen blendeten.
Meine große Szene begann mit einer lauten Ankündigung meines Namens vor der Zirkusvorstellung. Dann begann mein Tanz. Ich trug ein wunderschönes weißes Kleid mit schwarzen Mustern, hatte herrlichen Armschmuck, und auch um den Hals trug ich viele Ketten. Ich tanzte mit einem Tambourin eine Art spanischen Tanz, feurig und lockend.
Filmpremiere war im April im Artistic Cinéma in der Rue de Douai, und ich bekam von allen Seiten Lob zu hören. Ich wurde übrigens im Vorspann als Kiki Ray angekündigt. Hörte sich nicht schlecht an. Danach hatte ich große Lust, beim Film weiterzuarbeiten, aber es war nicht einfach, die richtigen Leute zu finden.

Kiki Souvenirs, Kapitel XXVII

Das Urteil

Heute wird man mich richten.
Richten! Wer hat das Recht, mich zu richten?
Ich habe mein Fläschchen Ammoniak in der Hand. Ich bin schwach, ich habe in dreizehn Tagen fünf Kilo abgenommen. Ich steige wieder in jenes Auto ein. Es riecht immer noch so schlecht! Ich treffe einige Männer wieder, die die vorige Reise mit mir gemacht haben. Sie sind entstellt, kaum wiederzuerkennen. Ob ich auf sie genauso wirke?
Der Gendarm will, daß ich mich auf seine Knie setze. Er will mir zweifellos eine Ehre erweisen. Ich ziehe die Knie von jedem beliebigen Banditen vor.
Wir kommen an.
Ein voller Flur. Hier werde ich bis mittags bleiben. Ich stehe in der Ecke. Auf der Erde liegt ein Mann und stößt Schreie aus, andere halten ihn. Er hat einen epileptischen Anfall. Die Richter glauben,

daß er simuliert. Der arme Typ hat seinen Führerschein ein wenig gefälscht. Der Winkel ist so eng, daß ich, wenn man mich ruft, über diesen zusammengekauerten Körper hinüberspringen muß.
Ich bin dran. Ich sehe nichts mehr, ich erröte, ich schäme mich! Mein Anwalt sagt, ich soll schweigen und den Eindruck von Bedauern hervorrufen. Ich antworte nicht: Ich habe keine Stimme mehr. Mein Freund ist da, gekommen, um für meine Ehre zu bürgen, mit Kameraden. Es tut mir weh, sie hier zu sehen, und ich weine. Vor mir ist eine alte Frau dran, die ein kleines Goldkreuz aus einem Nähkorb gestohlen hat. Sie weint: Freispruch.
Dann kommt ein großes Mädchen mit kurzen Haaren dran. Sie untersteht der öffentlichen Armenpflege. Sie hat keinen Anwalt. Ein Herr, mit dem sie geschlafen hat, hat sein Portefeuille verloren und bezichtigt sie des Diebstahls. Drei Monate! Es tut mir weh, ihr armes, elendes Gesicht anzuschauen.
Nun eine kleine dunkle Magere, fünfzehn Jahre alt, die einen Marseiller Akzent hat. Sie hat sich mit einem Sittenpolizisten geschlagen. Sie sagt, daß sie ihm das Fell über die Ohren ziehen wird! Und daß man sie geschnappt hat, weil sie nicht mit krummen Typen mitgehen will. Zwei Monate Gefängnis! Im Weggehen vertraut sie mir an: »Scheiße! Noch zwei Monate Filzläuse suchen!« Mit dem Akzent!
Ich bin dran.
Ich bin ihnen nicht sympathisch. Ein Richter mit weißem Bart, der in der Mitte, fragt mich, ob ich getrunken hatte. Ich antworte: nein. Er sagt, daß man um so weniger Nachsicht mit mir haben kann. Während er an seinem Bart zieht, fügt er hinzu, daß mein Freund im Saal ist. Ich habe zu meinem Freund geschaut und gesehen, daß, falls er einen Revolver hätte, der Richter sofort aufhören würde, an seinem Bart zu zupfen.
Der Kommissar ist gekommen, um zu erklären, daß ich ihn geschlagen und beschimpft habe. Ein Zeuge, durch ihn herbeigeholt, sagt mit einem kleinen malerischen Akzent: O ja, sie hat ihm einen ganz kleinen Schlag mit der Tasche gegeben. Und der Typ von der Bar, der nicht gekommen ist, hat zu Protokoll gegeben,

daß er mich zuerst beschimpft hat und schuld sei; daß er, da für das zerbrochene Geschirr bezahlt worden sei, seine Klage zurückziehe.
Der brave Matrose, der bei mir war, hat auf allen Schiffen gesammelt, und seine Freunde waren so empört, daß sie 25 000 F gegeben haben, um meine Freiheit zu kaufen. Aber der A… von Kommissar wollte mich nicht freigeben, er wollte, daß ich für mindestens sechs Monate Bohnen esse. Schließlich hat mein Anwalt plädiert. Er hat gesagt, daß ich meschugge sei. Er hat Bescheinigungen über eine nervöse Krankheit vorgelegt.
Das härteste war, als mein Anwalt verlangte: Sagen Sie »merci« zu diesen Herren!
Mühsam habe ich es rausgebracht.
Und ich war frei.
Ich bin nach Paris zurückgekehrt, und einige Abende später sang ich im Jockey ein Chanson, das dank meiner ein wenig bekannt ist, »Les filles de Camaret«.
Und ich bin gelaufen, mein altes Dôme sehen und den Papa Chambon, der mir sagte: Ah! Sie sind da, großer Schlingel! Und nicht vergaß, mir einen kräftigen Schlag auf die Hüften zu geben.
Und ich habe Ernest wiedergesehen, mehr Erstkommunikant und freundlicher denn je.
Ist er immer noch Jungfrau? habe ich mich gefragt.
Ach, Montparnasse! Wie brauche ich dich, um zu vergessen.

Cocteau trauerte irrsinnig lange und intensiv um Radiguet. Er flüchtete ans Mittelmeer, wo er das Hotel Welcome entdeckte. All die anderen kamen nur seinetwegen dorthin. Cocteau zog Menschen an. Er brachte es fertig, das Allerbeste an seinen Freunden herauszulieben.
In Villefranche saß er tagelang vor dem Spiegel und vertiefte sich in sein Selbstporträt. Ich glaube, er mußte sich täglich beweisen, daß er nicht auch gestorben war. Und er mußte sich wohl auch seiner Schönheit vergewissern. Radiguet hatte ihn so schrecklich verraten, daß Cocteau den Glauben an seine eigene Liebenswürdigkeit verloren hatte. Jeden Nachmittag ging er an den Hafen, ganz in Weiß gekleidet, setzte sich auf einen Pfosten

und sah den Fischern beim Reparieren der Netze zu. Irgendwann fiel ein schwarzer Vorhang über den Himmel, und allmählich zeigten sich die Sterne. Es war ein Ritual. Jean Cocteau mußte es Abend für Abend wiederholen. Dann kehrte er in die Welcome-Bar zurück und trank. In jener Zeit erlebte ich ihn nicht eine Stunde mit normal großen Pupillen. Er muß eine Unmenge Kokain bei sich gehabt haben.
Zu diesem Zeitpunkt hatte Bronia sich schon in René Clair verliebt. 1924, also das Jahr, das Cocteau trauernd verbracht hatte, war eine aufregendes Jahr gewesen. Der Film hatte uns alle in seinen Bann gezogen.
Fernand Léger war seit langem schon heiß darauf gewesen, einen Film ohne Drehbuch, nur aus rhythmisierten Bildern zu gestalten. Er fand Dudley Murphy, einen amerikanischen Kameramann, den Man Ray auch gut kannte, weil er schon mit ihm zusammengearbeitet hatte. Murphy nahm mit Hilfe einer Prismenlinse zerstückelte Bilder von meinem Gesicht auf. Außerdem filmte er meine Augen und meinen Mund in Großaufnahme. Mein Gesicht im Ganzen und in Einzelteilen durchzieht den gesamten viertelstündigen Film. Dazwischen tauchen eine Marionette von Charlie Chaplin, Metallscheiben, Haushaltsgeräte, Weinflaschen, geometrische Formen, Wörter und einzelne Buchstaben auf. Im Herbst wurde der Film vorgeführt, und alle, die eingeladen waren, reagierten begeistert.
In jenem Jahr hatte ich, glaube ich, den Höhepunkt meiner Schönheit erreicht, danach ging es allmählich bergab.
Oder nicht?
Es war auch das Jahr, in dem Man das Foto »Le Violon d'Ingres« von mir aufnahm. Er fotografierte meinen nackten Rücken, drapierte um meinen Hintern und um mein Haar edle Stoffe, so daß mein Profil und ein langer Perlenohrring – ebenso wie der Ansatz meiner Poritze – zu sehen sind –, vor allem aber mein Rücken, der geschwungen ist wie eine Violine. Geschwungen war, heute ähnelt er mehr einem in der Mitte eingebeulten Kartoffelsack. In die Mitte meines Rückens, dorthin, wo er sich verengt, projizierte Man zwei schwarze Formen wie die F-Löcher einer Geige.

1924 drehte René Clair »Entr'acte«, einen surrealistischen Pausenfilm zu dem Ballett »Relâche«. Dabei lernte er Bronia kennen, sie verliebten sich ineinander und heirateten wenig später.
Jean Cocteau trauerte noch im Frühjahr 1925, als wäre Radiguet gerade gestorben.
Und ich gab mir bei meiner Rückkehr nach Paris vor allem Mühe zu vergessen. Nie wieder wollte ich an den brutalen Gendarm denken. Seitdem habe ich nie wieder im Dunkeln geschlafen, neben meinem Bett brennt immer eine Lampe. Die Gefängniszeit verfolgte mich in meine Träume, aber ich redete nicht darüber.
Man Ray holte mich nach Paris zurück, und er hatte die ganze Episode bald vergessen, abgesehen davon, daß er mich danach von Schlägereien fernhielt, weil ich nur auf Bewährung freigelassen worden war. Treize und Man wußten das und erinnerten mich daran in Situationen, in denen ich den Kopf zu verlieren drohte. Ja, und dann erinnerte eine Reihe von Bildern daran, die ich von adretten, an Bars stehenden oder mit Mädchen zusammensitzenden Seeleuten malte.

24. September 1951

Diese Traurigkeit, Douze. Und wo ist Treize?
Was habe ich ihr getan, daß sie mich so allein läßt? Ich brauche sie. Mit ihrer Hilfe käme ich vielleicht da raus. Dieses Zittern, diese Angst, dieser Zwang; selbst wenn ich will, kann ich nicht aufhören. Vielleicht will ich auch gar nicht. Spann die Flügel und flieg hierher, Treize, wir trinken eine Flasche guten Roten! Und erinnern uns an die Zeiten, als wir schön waren.
Vielleicht ist sie heute noch schön. Es gibt Frauen, die sind mit fünfzig noch schön, schöner sogar als mit zwanzig, weil sie mit zwanzig nur schöner werden konnten. Was habe ich getan, daß aus meiner einstigen Schönheit eine solche Ruine wurde! Sag

jetzt kein Wort, oder ich zieh dir die Flasche über den Schädel. Wie mag Treize heute aussehen?

Wenn ich damals, als ich aus dem Gefängnis kam, jemandem androhte, ihn mit Flaschen zu traktieren, flüsterte Treize mir ins Ohr: Bewährung. Und ich riß mich zusammen. Man und Treize wußten, daß ich mir nichts mehr zuschulden kommen lassen durfte, sonst wäre ich wieder in den Knast gesperrt worden und hätte mein halbes Jahr absitzen müssen.

Dabei war es meine Art, mich handgreiflich zu wehren. Besonders wenn Kerle sich einbildeten, sie könnten mir unaufgefordert an die Wäsche gehen. Es gab da einige im Jockey, die in dem Gewimmel die Probe nahmen, ob mein Hintern echt war. Wenn das Gedränge noch die Möglichkeit bot, wirbelte ich herum und schlug zu. Wenn mir das zu mühsam war oder zu viele nette Leute darunter gelitten hätten, weil ich sie zwangsläufig auch getroffen hätte, sagte ich nur: Gib dir keine Mühe, Alter, ich spür nur meinen Geliebten.

Ausgelacht zu werden kann mehr schmerzen als eine Backpfeife. Aber mir gefiel es besser, Backpfeifen auszuteilen als gescheite Sprüche. Schau, kleine Douze, wir waren eigenartige Frauen, wir Montparnoises: Wir taten, was wir wollten, wir kleideten uns so verrückt, wie es uns gefiel; wir gingen mit dem ins Bett, auf den wir Lust hatten; wir schnitten uns die Haare »à la garçonne«. Damals, Anfang der Zwanziger, kam sogar ein Roman raus, »La Garçonne«, in dem solch eine Frau die Heldin war. Ich habe das Buch nicht gelesen, aber wir sprachen darüber auf den Terrassen; denn der Autor war aus der Ehrenlegion ausgeschlossen worden, weil er ein solches Thema gewählt hatte.

Die Bourgeois verwechselten uns mit Huren. Und die Kerle verwechselten das Ganze erst recht. Sie bildeten sich ein, sie könnten in den nächstbesten Schuppen auf Montparnasse gehen und einer Frau »à la garçonne« die Pranke auf den Hintern oder die Brüste patschen.

Treize hatte Angst davor. Sie gehörte zu uns, sie hatte dieses Leben gewählt, aber sie hatte furchtbare Angst vor Belästigungen. Wenn sie durch eine Straße ging, die nicht sehr belebt war, und Kerle auf dem Trottoir entdeckte, wechselte sie auf die andere Seite. Noch ängstlicher verhielt sich sich, wenn irgendwo Soldaten herumlungerten. Es konnte geschehen, daß sie umkehrte, nur um nicht an den Männern vorbeigehen zu müssen. Vor Männern hatte ich keine Angst, meine Ängste waren anders geartet. Wenn mir einer zu nahe kam, kriegte er eins aufs Maul. Und die amerikanischen Soldaten fürchtete ich schon gar nicht. Sie waren große Kinder, allesamt.

Im Jockey tanzten Treize und ich oft zusammen, das hielt die Kerle auf Abstand. Sie dachten, wir seien lesbisch. Manchmal suchte ich ihr auch einen Kavalier aus, indem ich herumschlenderte und mir über die Schultern der Männer hinweg anschaute, was sich in den Hosen tat. Wir hatten ein Zeichensystem vereinbart. Daumen runter bedeutete »kaum was drin«, Daumen hoch hieß »enorm«, Daumen rechts war das Zeichen für »Schlappschwanz«, Daumen links für »Achtung, Arbeit im Gange«. So hatte Treize eine sichere Orientierung.

Ein Jahr, bevor ich ins Gefängnis kam, hatte ich kräftig zugelangt. Es war an einem Samstagnachmittag im Sommer 1924, ich weiß es deshalb so genau, weil ich gar nicht auf die Idee kam, Angst vor dem Gefängnis zu haben. Nachdem ich einmal dringewesen war, hatte ich vor nichts soviel Angst wie vor dem Gefängnis.

Es war Sommer; Man Ray und einige seiner Surrealistenfreunde, so etwas kam zuweilen vor, beschlossen, daß wir sofort losfahren und uns ein schönes Wochenende auf dem Lande machen sollten. Wir packten also, und ab ging's mit mehreren Autos nach Duclair, einem Ort in der Normandie. Als wir ankamen – Männer, Frauen, Eheleute, Liebhaber und Mätressen –, herrschte Nacht und Nebel. Dichter normannischer Nebel. Wir stiegen in dem Hotel ab, das bis nach Paris für seine Ente berühmt war. Am Abend fielen wir in die Betten, mißmutig, weil wir ein vernebeltes Wochenende befürchteten. Am Morgen allerdings spannte sich ein Himmel wie hellblauer Taft über die Normandie. Wir hüpften und juchzten und schlenderten einmal durchs Dorf, noch bevor wir gefrühstückt hatten. Du kannst dir vorstellen, Kleine, daß ich mich nicht großartig geschminkt hatte. Es war Morgen, ich war noch gar nicht richtig aufgewacht, Farbe lege ich immer erst nach dem Frühstück auf. Trotzdem starrten uns die Dorfbewohner an, als kämen wir nackt aus dem Dschungel: vor Angst wie gelähmt und zugleich von dem Wunsch besessen, uns einmal anzufassen. Vor allem mich stierten sie an. Und hinter den Fenstern begann es zu rumoren, es schien, als breitete sich die Kunde von unserer Anwesenheit im Laufschritt aus.

Man könnte meinen, wir seien die ersten Fremden hier im Dorf, sagte Man Ray spöttisch, und ich erwiderte lachend: Sie hoffen, daß wir uns gleich ausziehen und Kriegstänze ums Lagerfeuer veranstalten.

Wir waren ungefähr fünfzehn oder zwanzig Leute, die am Mittag im ersten Stock des Gasthauses ihre Mahlzeit einnahmen. Es war köstlich, selten habe ich eine so wunderbare Ente gegessen, außen knusprig und innen von einem so zarten Fleisch, daß es von allein im Mund zerging. Und würzig: Die Kräuter, mit denen sie die Ente gefüllt hatten, waren garantiert frisch gepflückt. Allein der Duft entfachte die Gier, über dieses Tier herzufallen wie ein geiler Hengst über die Stute.

Jeder von uns trank mindestens eine Flasche von dem herben Rotwein, der nach Erde und Liebemachen im Morast schmeckte. Ich fühlte mich schwer und erdverbunden und zugleich himmlisch gut, als das Mahl seinem Ende zuging.

Bei uns war auch Benjamin Péret, ein Dichter, der Wein nicht besonders gut vertrug. Er erhob sich und lamentierte, er sei von seinen Tischnachbarn geärgert worden. Wer seine Tischnachbarn waren, habe ich vergessen, ist auch unwichtig. Wahrscheinlich hatte er einfach Blähungen und Sodbrennen. Außerdem war er dafür bekannt, daß er einen absurden Haß gegen Priester und die Kirche hegte. Auf jeden Fall brachten ihn einige Freunde an die frische Luft, auf den Balkon, der vom Speiseraum zur Straßenseite ging. Es war Sonntag nachmittag. Die Einheimischen defilierten die Hauptstraße entlang, sonntäglich gekleidet ging es auf und ab. Sie hatten den Kirchgang hinter sich, wahrscheinlich auch das Sonntagsmahl, und wollten sich nun zeigen und die Verdauung anregen. Ich vermute bei diesen sonntäglichen Spaziergängen auch immer, daß sie von

den Frauen angestiftet werden, die auf jeden Fall verhindern wollen, daß ihr Kerl sich daheim die Hose und ihr die Bluse öffnet.
Péret regte sich bei diesem Anblick noch mehr auf. Wer weiß, was ihm die Pfaffen angetan hatten! Irgendwann pöbelte er auf ein Paar herab, das vorüberging. Der Mann war wohl schwarz gekleidet wie ein Priester und trug einen Regenschirm am Arm. He, schrie Péret ihnen zu, Sie da! Wozu dient das Ding da, dieser künstliche Phallus, den Sie am Arm tragen? Ist Ihnen der echte abhanden gekommen? Aber wozu müssen Sie Ihren Defekt aller Welt vorführen, noch dazu, wo die Sonne scheint?! Der brave Mann brüllte nach einer kurzen Überraschungssekunde so laut, daß wir im Raum jedes Wort verstanden: Komm runter, und ich zeig dir, wozu das Ding dient!
Péret stürmte auf die Straße und wir alle hinterher. Eine anständige dörfliche Keilerei war nicht zu verachten. Was kam, war nicht von schlechten Eltern. Der anständige Bürger, der wirklich sehr schwarz und wie für kalte Zeiten gekleidet war, zog Péret eins mit dem Schirm über den Kopf. Ich war schnell die Stufen hinuntergesprungen, also stand ich neben Péret, riß dem Bourgeois den Schirm aus der Hand und brach ihn über meinen Knien in zwei Teile. Die warf ich im hohen Bogen in den Garten des Gasthofs, in dem wir so köstlich gespeist hatten. Nun begann der Kampf. Alle Spaziergänger ebenso wie die nahen Anwohner rotteten sich gegen uns zusammen. Sie waren eindeutig in der Übermacht. Sie schoben uns wie ein dicker Bauch gegen den Gasthof. Die Scheibe des Eingangs splitterte. Der Wirt stürzte heraus und verlangte Schadenersatz. Der Bourgeois verlangte ebenfalls Schadenersatz. So landeten wir auf der Gendarmerie.
Der Gendarm machte Sonntag. Wir mußten warten.
Dann erschien er, gutgelaunt, eine leichte Rötung auf der Stirn, vielleicht von der Sonne, vielleicht vom Wein, vielleicht von beidem, und erkundigte sich, was geschehen sei. Sofort redeten alle durcheinander, ein Stimmengewirr wie auf dem Fischmarkt. Der Gendarm stützte seine Ellbogen auf den Tisch und öffnete eine Flasche Rotwein. Ich bekam Lust auf ein Glas. Den

anderen ging es, glaube ich, ebenso. Als der Rote durch die Kehle des dicken Gendarmen gluckerte, wurde es ruhiger, und der Wirt und der Bourgeois erzählten, was geschehen war. Statt Péret sprach eine Frau, die zu uns gehörte und, wie sich jetzt herausstellte, die Verwandte irgendeines bekannten Politikers war. Ob der Gendarm den Politiker wirklich kannte, weiß ich nicht, aber er wirkte beeindruckt.

Nach einem weiteren Schluck aus der Flasche entschied er: Die Fremden tragen keine Schuld an der zerbrochenen Scheibe. Sie wurden schließlich von den Bürgern zurückgedrängt und konnten sich nicht wehren. Die Pariserin aber, die den Schirm zerbrochen hat, muß ihn ersetzen. So ist es gerecht.

Alle sahen mich an. Man Ray zog seine Geldbörse und regelte den Schaden.

Und nun packen Sie und verlassen den Ort! sagte der Gendarm gutmütig. Ich glaube, Sie sind hier nicht gern gesehen.

Als wir draußen waren, grinste Man Ray und sagte: Wir haben den Krieg gewonnen, nicht wahr, Kiki?

Es gefiel ihm nicht schlecht, daß ich so gut mit meinen Fäusten umgehen konnte.

Eine andere Keilerei, an die ich mich gern erinnere, fand im Jockey statt. My Man und ich saßen am Tisch, als der »Cowboy« – es war ein Russe, der wegen seiner Kleidung so genannt wurde – stockbesoffen um einen Tanz mit mir bat. Damals galt die Regel, Kleine, daß Frauen in Begleitung einem Fremden keinen Korb geben. Aber My Man wollte mich vor dem besoffenen Cowboy schützen und stand auf, um den Tanz zu verhindern. Der Cowboy war natürlich gekränkt und wollte an mich ran. My Man und er rangelten, und plötzlich lagen sie auf dem Boden. Mir gefiel es sehr, daß Man sich meinetwegen prügelte, und ich feuerte ihn ordentlich an. Eine wahre Armada von Kellnern marschierte auf, sortierte Arme und Beine der beiden auseinander, hob den strampelnden und brüllenden Cowboy hoch und trug ihn vor die Tür. My Man murmelte, er wolle seine Kleider abbürsten, und humpelte in Richtung Toilette. Mein Blut war aber gerade erst in Wallung gekommen, ich dachte nicht daran, jetzt schon zur Tagesordnung überzugehen:

Kleider abbürsten und fertig. Also marschierte ich nach draußen, um zu sehen, was aus dem Cowboy geworden war. Er saß auf dem Trottoir, und als er mich erblickte, pöbelte er mir Schimpfwörter entgegen. Wenn zu mir einer »Hure« sagt, sehe ich rot. Das war sein Verhängnis, denn als ich rot sah, ergriff ich eine Kamera, die Man mir geschenkt hatte und die ich vorsorglich hinter der Theke hervorgeholt hatte, bevor ich hinausgegangen war, und zog dem Cowboy damit eins über den Schädel. Damit er aber wußte, warum, erzählte ich ihm, was ich von besoffenen Russen halte, die sich als Cowboys verkleiden und anständige Französinnen belästigen. Da kreuzte Man auf und zog mich am Arm ins Jockey zurück. Er war zornig auf mich, weil ich mich in eine Auseinandersetzung unter Männern eingemischt hatte. Und außerdem – stell dir vor – war er erbost, weil ich die Kamera mißbraucht hatte. Er habe sie mir geschenkt, schimpfte er, weil er von meinen Schnappschüssen begeistert gewesen sei, und nicht, weil er mir eine Waffe habe verschaffen wollen.

Nachdem sie mich aus dem Gefängnis entlassen hatten, paßte Treize auf, daß mir die Hand nicht mehr ausrutschte. Treize paßte immer auf mich auf. Wie mag Treize heute aussehen? Wer paßt auf sie auf?

Als sie Anfang der Zwanziger auf Montparnasse aufkreuzte, sah sie aus wie ein Meerschweinchen. Ein dünnes Meerschweinchen mit Beinen, die verrieten, daß sie das Laufrad ständig in Bewegung gehalten hatten.

Treize gehörte auf Montparnasse nicht zu den schönsten, nicht zu den gebildetsten oder geistreichsten und schon gar nicht zu den einfallsreichsten Frauen. Aber Treize war am meisten Meerschweinchen von allen. Sie hatte große, glänzende Augen, sanft, duldsam und beharrlich; sie hatte einen kleinen runden Mund, den sie rot schminkte wie eine Kirsche, so wie du, kleine Douze, neuerdings; sie hatte einen Körper wie ein Mädchen, kleine Brüste, schmale Schultern, flacher Bauch, fester Popo, aber alles andere als männlich, kindlich eben, ein Körper wie die Frage danach, wie es im Leben weitergeht. Neugier und Trotz lagen in ihrer Haltung; Nachgiebigkeit, Biegsamkeit ohne jede Zerbrechlichkeit. Das Stärkste an Treize allerdings waren ihre Beine. Und das Schönste. Treizes Beine waren so schön, wie Beine nur schön sein können. Keine Gazellenbeine, die bei Männern den Beschützerinstinkt wecken, die Hoffnung, diese Frau möge nur vor ihnen zu Boden fallen. Irrige Hoffnung. Frauen mit solchen Beinen, die nach unten hin so schwach und dünn werden, daß jeder Schritt einem Wunder nahekommt, haben oft breite Schultern. Das sind diejenigen, die am bequemsten durchs Leben kommen. Am Boden lassen sie sich tragen, mit den Schultern setzen sie sich durch. Das sind die Kindfrauen mit den reichen alten Gatten und den amüsanten Gespielinnen und Gespielen. Das sind die Frauen mit dem verlogenen Gefühlsüberschwang, die sich lieben lassen. Die nie selbst lieben. Das sind, verdammt, die Frauen, die auch mit fünfzig noch getragen werden, die kein Wasser in den Beinen haben. Aber vielleicht sind sie kokasüchtig, vielleicht das.

Manche der Frauen, die sich auf Montparnasse herumtrieben, mochte ich nicht. Aber keine spielte das Kindchenspiel. Manche *waren* noch Kinder, wie Bronia zum Beispiel, aber auch sie schlugen sich allein durch. Anfangs hielt ich Nancy Cunard für so ein verwöhntes Weibchen, das schon als Baby aus goldenen Schüsseln gefüttert worden war und, erwachsen, Männer wie goldene Krücken benutzte.

Kennst du noch die Cunard-Line? Es war eine britische Schiffahrtslinie für die Reichen. Riesige Luxusdampfer, mit denen man um die Welt schippern konnte, wenn man jemanden auftrieb, der das bezahlte. Ich bin nie auf so einem Schiff gewesen, aber ich habe davon gehört: Sie waren wunderbar ausgestattet mit phantastischen Wandmalereien und edlen Teppichen. Es gab Tanzsäle und Speisesäle und Spielcasinos und Salons und wasweißichsonstnoch. Also nichts für mich, aber Nancy Cunard bewegte sich in solchem Ambiente eben genauso wie jemand, der darin aufgewachsen ist.

Sie hielt sich selbst für eine Künstlerin, versteckte ihre mageren Arme vom Gelenk bis zu den Achseln unter afrikanischen elfenbeinernen Reifen und machte die besten und interessantesten Männer verrückt. Wie sie das schaffte, begriff ich nie, aber sie besaß eine unglaubliche Macht über Männer.

Als Tristan Tzara sich in Nancy Cunard verliebte, hörte er auf, mein Freund zu sein. Irgendwie gab er sich von da an ständig Mühe, wenn schon nicht reich, dann wenigstens besonders elegant zu sein. Trotzdem weiß ich heute, daß Nancy anders war als die bourgeoisen Dämchen auf den zerbrechlichen Knöcheln. Sie kämpfte einen ganz verrückten Kampf um irgend etwas, das ich damals nicht begreifen konnte. Sie war schön, klug und gebildet, sie schrieb Gedichte, hatte hervorragende Manieren, brauchte vor keinem Ort und keinem Menschen auf der Welt Angst zu haben, sie wurde von ihren Liebhabern abgöttisch geliebt, und trotzdem wirkte sie auf mich, als sei sie immerzu nur mit Kämpfen beschäftigt. Ich fand das lächerlich. Es erschien mir so nutzlos. Wenn ich gekämpft hatte, war es notwendig gewesen: um eine warme Mahlzeit am Tag; um ein Bett in einem Raum, in dem der Schimmel mich nicht morgens überwuchert hatte; darum, nicht vor Hunger auf den Strich gehen zu müssen; darum, nicht verachtet und mißhandelt zu werden; darum, daß mich keiner auslachte, weil ich nur eine naive Landpomeranze war. Darum, geliebt zu werden.

Nancy Cunard war alles in den Schoß gefallen, und trotzdem kämpfte sie unablässig. Später begriff ich: Es waren böse Geister, derer sie sich erwehren mußte. Sie mußte sich aus freien Stücken all das beweisen, was ich aus Not tat. Sie bekam Zeiten, ja, sie bekam Zeiten wie Anfälle, da zog sie plötzlich herum, von Hotel zu Hotel, und ging mit wechselnden Liebhabern ins Bett. Man munkelte, daß sie sich die Kerle von der Straße auflas. Wie eine Hure; auch die zogen von Hotel zu Hotel. Man war schlecht angesehen, wenn man so etwas tat. Nancy Cunard aber war nie schlecht angesehen. Sie ist exzentrisch, sagten die Männer und lächelten.

Das ärgerte mich. Sie war und blieb ein verwöhntes Balg. Vielleicht war genau das der böse Geist, gegen den sie ihr Leben lang kämpfte.

Als Aragon Nancy Cunard liebte, hatte er immer traurige

Augen. Das änderte sich schlagartig, als ihn die Russin Elsa Triolet beherzt ins Bett zog.
Treize war nicht exzentrisch und weder ein verwöhntes Balg noch eine beherzte Frau, die irgend jemanden ins Bett zog. Treize war das Mädchen mit festen Beinen und Meerschweinchendisziplin. Und sie war unglaublich neugierig. Nur deshalb war sie ja zu uns gekommen. Sie wollte nicht länger in den Käfig mit dem Laufrad eingesperrt sein.
Kannst du dir vorstellen, wie schnell und unaufhaltsam ein Meerschweinchen in welche Ecken und Winkel flitzt, wenn es dem Käfig entkommt? Eine aus dem Käfig befreite Kraft, das war Treize, sie beherrschte alle Regeln des Käfiglebens. Sie wurde von der Neugier der Gefangenen aufs Leben vorangetrieben, aber sie hatte unterschwellig immer ein schlechtes Gewissen. Eigentlich erlaubte sie sich die Freiheit nicht. Deshalb brachte sie mich auch so beharrlich dazu, Unterwäsche zu tragen. Deshalb war sie eine strenge Gymnastiklehrerin. Deshalb arbeitete sie so diszipliniert.
Und ich glaube, deshalb suchte sie sich auch einen Mann wie Per. Sie hätte Robert Desnos haben können. Wie hat Robert später Youki auf Händen getragen! Er hätte auch Treize auf Händen getragen, wenn sie sich ihm hingegeben hätte. Aber Treize wählte Per Krohg und schuftete sich ab. Keine Frau, die auf Händen getragen werden wollte, hätte ihre ganze Kraft in Per Krohg gesteckt.
Treize war noch nicht lange auf Montparnasse, als sie Per kennenlernte. Es war, glaube ich, 1923, denn von da an unternahmen wir viel zu dritt. Auf Montparnasse wurde Per Krohg Pierre genannt, für uns war er keiner aus dem Norden, sondern ein Pariser wie wir.
Lucy, seine Frau, hatte sich schon einige Jahre vorher zu Pascin ins Bett gelegt, und Pascin, der ein richtig netter Kerl war, liebte Lucy so sehr, daß er sich ihretwegen ruinierte. Viele auf Montparnasse wußten von dieser Liebesgeschichte lange Zeit gar nichts, weil Lucy wie eine schreckliche Kleinbürgerin alles vertuschte, was ihre Affäre mit Pascin betraf.
Ich wußte es. Deshalb konnte ich auch Treize ermuntern, als

mir auffiel, wie ihre Augen sich verschleierten, wenn sie Pierre ansah. Ich wußte es schon lange, denn ich kannte Hermine David, hatte ihr auch Modell gestanden. Hermine David war Pascins Frau gewesen. Pascin lernte ich erst kennen, als ich schon Stammgast in der Rotonde war, wohin er oft kam. Er gehörte nicht richtig zu den Montparnois, weil er den Montmartre nie verlassen hat.
Treize erzählte mir später, was eigentlich mit Pascin und Lucy und Per und Hermine geschehen war. Pascin und Hermine David waren während des Ersten Krieges nach Amerika gegangen, für viele Monate nach Kuba und wieder zurück nach Amerika, wo er vom Geheimdienst sogar ins Gefängnis gesteckt worden war. Hermine ist keine schöne Frau, ihre vorderen Zähne stehen viel zu weit auseinander, aber sie ist eine verdammt gute Künstlerin, und ich glaube, die beiden lebten nicht schlecht miteinander. Sie heirateten sogar, im Zusammenhang irgendwelcher Formalitäten, nur so bekamen sie die amerikanische Staatsbürgerschaft. Aber als sie nach Paris zurückkehrten und Pascin zufällig Lucy wiedersah, in die er wohl Jahre zuvor schon einmal verliebt gewesen war, verfiel er ihr. Warum? Hab ich nie kapiert. Ich kann Lucy nicht leiden.
Sie ist eine machtgierige, verlogene Zicke. Ich mag sie nicht nur nicht, ich finde sie so abscheulich, daß mir das Blut kocht, wenn ich an sie denke. Sie hat so viele Leben zerstört. Aber es gibt ausgleichende Gerechtigkeit: Sie hatte schon als ganz junge Frau wabbelige Oberschenkel, richtig wabbelig und schwabbelig wie bei einer Großmutter. Und sie hatte einen fetten Arsch. Aber die Kerle waren ihr verfallen, Per und Pascin.
Pascin arrangierte es zuerst so, daß Lucy und Hermine sich anfreundeten. Was er sich davon versprach, möchte ich auch mal wissen. Ich kann mir vorstellen, daß die Idee Lucys protestantischem Kopf entsprang: Wir freunden uns als Paare an, dann können wir uns sehen, ohne daß uns einer auf die Schliche kommt.
Was mir an Lucy und Per gefiel, war, daß sie so gut tanzen konnten. Sie waren eine Zeitlang – da war ich noch ein Kind – auf Montparnasse das goldene Paar genannt worden, weil sie

sich im Sommer mit ihren Tanzauftritten in Skandinavien so viel Geld verdienten, daß sie den Winter über sorgenfrei malen und leben konnten. Wenn Treize und Per tanzten, sah es auch wunderbar aus, doch die wenigen Male, die ich Per und Lucy tanzen gesehen habe, waren ein Erlebnis.

Sie hatten in der Zeit vor dem Krieg, als im Bal Bullier die großen volkstümlichen Bälle stattfanden, die Spanier und Argentinier beim Tanzen beobachtet und das Abgeguckte zu Hause so lange geübt, bis sie auf der Tanzfläche neben den Südländern bestehen konnten. Irgendwann traten sie in Norwegen mit ihren Tangos, dem letzten argentinischen Tango, wie die Nummer hieß, dem Bärentanz, was immer das sein mochte, und anderen Vorkriegstänzen öffentlich auf. So wurden sie das goldene Paar.

Auch die Kriegsjahre verbrachten sie in Skandinavien, wo Guy, ihr Sohn, geboren wurde. Anfang der Zwanziger kehrten alle vier aus unterschiedlichen Richtungen nach Paris zurück, knallten aufeinander – und alles zerbrach. Sobald Hermine begriff, was ablief, zog sie aus. Lucy blieb bei Per und Guy in der Wohnung, und Pascin wurde ihr hörig.

Aber auch Per brachte es nicht fertig, sich von ihr zu trennen. Pascin und Per waren gute Freunde. Wenn Lucy aus Paris fort war, soffen die beiden miteinander und kümmerten sich gemeinsam um Guy. Dabei waren sie sehr unterschiedlich, Pascin hatte etwas Männliches, das an spanische Stierkämpfer erinnerte, Picasso hatte auch so etwas; Per dagegen war weichlicher mit seiner langen Haartolle, die ihm bis über die Ohren fiel, und dem Mund einer verwöhnten Frau, die gern Schokolade ißt.

Erst zwei Jahre, nachdem Lucy Pers Bett verlassen hatte, holte er sich eine neue Frau hinein, und das war Treize. Treize, das Meerschweinchen.

Treize war ein ganz besonderer Mensch. Sie hatte viel nachgedacht, sie hatte Vorstellungen von einer neuen Welt im Kopf, deshalb war sie auch zu uns auf den Montparnasse gekommen. Ganz anders als ich, die ich ja irgendwie hineingeraten bin. Treize hatte sogar studiert, das hatte ihr strenger Vater erlaubt.

In der Zeit nach dem Krieg, als ich hungerte und herumstreunte, studierte Treize zwei Jahre lang bei Georges Hébert. Hébert war eine Berühmtheit wie Isadora Duncan. Sie tanzte, wie er predigte. Er entwickelte eine Sportschule nach ihrem getanzten Bild vom Menschen. Der Unterschied zwischen der Duncan und Hébert bestand darin, daß sie eine lebendige, gefühlvolle Frau mit viel Liebe im Herzen war und er ein ehemaliger Offizier.
So brachte er seine Trainer und Schüler zum Beispiel in kasernenähnlichen Hütten unter, wo sie wohnten und aßen. Die Regeln, nach denen sie lebten, waren von einem Offizier erdacht und hätten die Duncan zu einem Tanz gegen den Tyrannen inspiriert, bestenfalls.
Er brachte seine Schüler und Tänzer auf riesigen Sportplätzen unter. Die Frauen bei ihm trugen weiße griechische Gewänder und boxten und lernten Speerwerfen, Tanzen und Gymnastik. Darüber weiß ich viel, kleine Douze, man konnte Treizes schulmeisterlichen Vorträgen nicht entkommen. Und ich wollte ihnen auch nicht entkommen, weil mir gefiel, was Treize predigte. Sie sagte: Der Geist und der Körper sind eins. Es ist ein Unding, den Körper zu trainieren, wenn das Herz unbeteiligt bleibt. Heraus kommt ein seelenloser Körper. Wenn ein Tänzer ohne Seele tanzt, wird es ein hohler Tanz. Wenn Kinder Sportunterricht bekommen, der nur auf ihre Muskeln zielt, haben sie am Ende starke Muskeln und ein leeres Herz, wir müssen also im Sportunterricht für beides sorgen. Ebenso unsinnig ist es, allein den Geist zu beschäftigen und den Körper zu vernachlässigen, so werden auch die Geistesinhalte morsch.
Mir gefiel das. Und mir gefiel Treize vom ersten Augenblick an. In ihrem runden Gesicht mit dem kleinen Kinn hatte sie einen Mund, der einen umhauen konnte. Wenn sie ihn verschloß, war er ganz klein und spitz, und wenn sie lachte oder auch nur lächelte, war er so überwältigend, daß alle sie anstarrten: Aus der Knospe platzte ohne Vorwarnung die riesige bunte Blüte eines breiten Maules. Unglaublich.
Und sie bewegte sich so beschwingt, daß sie mir in Geist und Körper gleichermaßen gute Gefühle machte.

Damals war sie Lehrerin in Héberts Schule, kam gemeinsam mit anderen Tänzern aus der Schule auf den Montparnasse. Sie war eine selbständige berufstätige Frau, hatte sogar schon eine Weile in Deauville in einem Sportzentrum unterrichtet.
Bald nachdem wir uns angefreundet hatten – das war am 14. Juli 1922 geschehen, den Tag werde ich nie vergessen –, kündigte Treize bei Hébert und suchte sich Räume für ein eigenes Gymnastikstudio auf Montparnasse.
Als Treize und Per sich ineinander verliebten, veränderte Treize sich sehr. Sie wurde ganz wild auf Sex. Dabei hatte ich vorher befürchtet, sie würde meine diesbezüglichen Gelüste nie begreifen. Das änderte sich nun schlagartig. Wann immer es möglich war, verschwand sie mit Per in irgendein Hotelzimmer, nur um mit ihm im Bett zu toben.
Er war nicht ihr erster Mann, ich habe sie gefragt. Aber sie sagte, er sei es trotzdem gewesen, denn sie habe vorher nicht gewußt, daß Sex zu diesem aufsteigenden, zitternden Jubel in ihrem Körper führen könne.
Warum sie sich im Hotel trafen?
Tja, die gute Lucy wurde eifersüchtig. Es war Treize und Per nicht möglich, ungestört in der Wohnung zusammenzusein, in der Per und Lucy immer noch wohnten, wegen Guy, wie Lucy verlogen betonte. Sie erdreistete sich sogar, Per einen irren Skandal zu machen, nachdem sie einen Brief von Treize an ihn gelesen hatte. Sie schrieben einander nämlich Briefe, wenn sie nicht telefonierten oder in irgendeinem Hotel Liebe machten. Per war sehr besorgt wegen Lucys Empörung, Treize aber sagte nur, sie habe noch mehr Briefe, wenn Lucy wolle, könne sie einmal zu ihr kommen und sie sich anschauen. Sie empfand Lucy gegenüber regelrechten Abscheu.
Lucy behauptete, Künstlerin zu sein. Sie stellte Puppen her und bemalte Seidenschals. Aber sie war eine verdammte Kleinbürgerin. Im Sommer, nachdem Treize und Per sich kennengelernt hatten, zog Per endlich um. Er hatte ein schönes Atelier in der oberen Etage eines zweistöckigen Gebäudes in einem Hof der Rue du Val de Grâce gefunden. Was tat Lucy? Na, was denkst du?

Sie zog in eine kleine Wohnung im Erdgeschoß des Hauptgebäudes. Sie war zum Abendessen bei Per und brachte Guy zu Bett, dann eilte sie zu Pascin und ging mit ihm aus. Morgens war sie rechtzeitig zurück, um mit Guy zu frühstücken und ihn für die Schule fertig zu machen. Danach ging sie zu Pascin, schickte das Mädchen, das bei ihm im Bett lag, fort und kümmerte sich darum, daß Pascins Modelle gut auf die Arbeit vorbereitet waren. Pascin mochte es, wenn sie verwaschene beige Wollstrümpfe trugen, die bis zu den Oberschenkeln reichten. So ging es bis zu Pascins Tod.
Treize vermied es, beim Abendessen anwesend zu sein. Und am Morgen blieb sie im Bett, bis Lucy verschwunden war. Lucy hat mehrmals versucht, Treize zu ihrer Freundin zu machen, aber Treize wich höflich aus.
Per malte einige wunderschöne Bilder von Treize. Er hat die Kraft ihres Körpers gesehen, aber er sah auch ihre zerbrechliche Seele, das zeigen die Bilder. Und doch hat er sie so verletzt, daß sie zerbrach.
Das begann bei Pascins Beerdigung. Wir alle waren mehr als erschrocken. Wir waren wie vereist. Am Tag der Beerdigung hatten sämtliche Galerien in Paris geschlossen. Der Zug, der dem Sarg folgte, war so lang, daß die Autos einige Zeit warten mußten, bis sie weiterfahren konnten. Es war furchtbar heiß, ich weiß es noch genau, als wir zum Friedhof in Saint-Ouen trotteten. Es war ein elendes Gefühl, so eisig und verfroren vor Entsetzen über Pascins Tod die Schweißtropfen zu spüren, die von der Brust hinabsickerten.
Hinter dem Sarg her fuhr eine Kutsche, in der Hermine David und der Rabbi saßen, danach kam Lucy, die, gestützt von ihrem Bruder, zu Fuß ging. Einige Reihen dahinter marschierten, ebenfalls eingehakt, Per und Treize. Ich ging am Arm von Henri Broca, und ich hatte eine verdammt beschissene klare Sicht auf das Unglück, das uns noch bevorstand.
Da bemerkte ich, wie Per sich von Treize löste, es sah aus, als müßte er sich gewaltsam von ihr losreißen, mit soviel Kraft zog er seinen Arm aus dem ihren. Ich bemerkte ihren erstaunten Blick. Und dann rannte er zur ersten Reihe, schubste Lucys

Bruder beiseite, nahm Lucys Arm und schritt so neben ihr her bis zum Friedhof.

Wo ist sie jetzt, meine Treize? Sie hat Jahre später, nachdem Per geheiratet hatte, auch geheiratet. Einen unwahrscheinlich dünnen Maler. So unglaublich dünn, daß mir klar war, wie gründlich Per Treize zerbrochen hatte, sie wollte ohne Hoffnung auf Liebe und Leidenschaft bleiben.

Ich witzelte noch am Tag ihrer Hochzeit: Du hast ihn nur aufgrund der alten Käfigregel geheiratet: Ein Meerschweinchen braucht einen Ehering, sonst ist sie eine alte Ratte und nichts wert. Also mogelst du dich mit einem unterernährten Aal aus der Affäre. Ich habe ihr nie geglaubt, daß sie diesen Mann liebte. Das habe ich ihr auch gesagt, und daß ich diese Heuchelei verabscheue. Am Tag ihrer Hochzeit hätten wir einander am liebsten die Augen ausgekratzt. Sie hat mich angeschrien. Ihre tiefe, sanfte Stimme wurde schrill und überschlug sich, wenn sie laut wurde. Meine dagegen wird immer voller und schöner, je lauter und wütender ich werde. Wie eine Kirchturmglocke.

Ich stand natürlich auf besserem Posten als sie. Ich mußte nicht in einer Stunde diesen ausgemergelten Mann heiraten, der nicht einmal ein guter Maler war. Er ist in nichts gut, höhnte ich damals in diesem winzigen Raum, in den Treize mich geholt hatte, damit ich sie für ihr Fest schminken und ihr beim Ankleiden helfen konnte. Ankleiden. Ha! Arm war er auch noch.

Wieder begnügst du dich mit einer Hungerration! Ich tobte, als ich sie dafür herrichtete, daß sie diesem mageren Nichtskönner, diesem Kerl, der ihr nichts geben konnte, weil er einfach nichts hatte, zum Fraß vorgeworfen werden sollte. Sie hat sich selbst geopfert. Vielleicht hätte ich weinen sollen, du sagst es, Hände ringen, flehen, bitten, mach das nicht mit dir, mach mich nicht zur Komplizin, aber, kleine Douze, so war ich und bin es wohl heute noch. Ich rase, ich tobe, ich schreie und demoliere ganze Haushalte, aber daß ich weine und flehe, das gibt es nicht. Dafür bin ich zu stolz.

Es fiel mir auch gar nicht ein. Ich war nicht traurig, ich war rasend wütend. Ich wollte sie von dieser Selbstopferung zurück-

halten und bereitete sie doch selbst auf das Schlachtfest vor. Also beschimpfte ich sie. Widerliche bourgeoise Heuchlerin! Ausgestopfter Lockvogel! Bietet sich dem hungrigen Kerl zum Fraß, nur damit er den Haken verschluckt. Führst nicht nur dich selbst, sondern auch ihn ins Verderben: Eine Ehe mit einer Frau, die ohne Liebe ist, davon wird auch der ausgemergeltste Hering nicht satt.
Dabei war er mir so scheißegal, wie einer mir nur scheißegal sein kann. Meinetwegen hätte sie ihn heiraten und ihm dann Gift zu fressen geben können. Wenn sie welches gehabt hätte. Ich hätte ihr geholfen, ihn zu zerstückeln und als mageres Schaschlik zu verhökern. Gulasch hättest du aus ihm nicht machen können. Wovor mir graute, war, daß er sich ihrer hemmungslos bedienen würde. Und daß sie mit ihrer Scheißdisziplin bei ihm bleiben würde, auch wenn er sie verhungern ließe. Er durfte nur eines nicht tun: sie schlagen. Dann würde sie gehen, das wußte ich. Geschlagen worden war sie von ihrem Vater so viel, daß sie sogar seinen Namen ablegte, als Robert Desnos ihr den Namen Thérèse Treize gab.
Aber sie hatte vorgesorgt: Ihr Bräutigam hatte viel zu dünne Ärmchen, er hätte gegen sie auch verloren, wenn sie nicht bei Hébert in Selbstverteidigung ausgebildet gewesen wäre.
Ich wußte: Sie würde ihn betreuen, ihn trösten und ihre schönen Beine anstrengen, um seine schlechten Bilder an irgend jemanden loszuwerden, dessen Mitleid größer war als sein Kunstverstand. Sie würde die wenigen Kröten zusammenhalten, die in die Kasse kleckerten, und in der Nacht irgendwelchen bourgeoisen Weibern privaten Tanzunterricht geben, damit die ihre leeren Stunden mit dem Traum von ihrer Zukunft als Ballettänzerin füllten. Sie würde natürlich nachts arbeiten, weil sie tagsüber den Gatten würde bedienen und abschirmen müssen, damit er mit voller Kraft sein Genie pflegen könnte. Mit ihrer vollen Kraft.
Er heißt übrigens Manuel Cano de Castro, ein Spanier. Er wohnte auf Montmartre und verdiente sein Geld damit, freundliche Männlein auf die Tafeln zu malen, auf denen in den Restaurants das Menü ankündigt wird.

Meine Sorgen hätten Treize nur ein müdes Lächeln entlockt; da ich sie jedoch bei der Moral packte, wurde sie wütend. Sei du bloß still, schrie sie zurück. Träumst doch selbst deinem Man Ray hinterher, wenn du mit André ins Bett gehst. Kannst doch nicht loslassen, willst immer weiter die verrückten Zeiten mit Cancan auf der Bühne, läufst immer noch ohne Unterwäsche herum, sieh dich im Spiegel an, du bist ein Abklatsch deiner selbst! Du bist nicht mehr die Königin des Montparnasse, das sind andere, du wirst alt, Kiki, und du willst es nicht wahrhaben.
Es war schrecklich. Sie starrte mich aus riesigen Augen an. Ließ die Arme langsam sinken. Kiki, schluchzte sie, ich habe es nicht so gemeint.
Ich hatte mich auf einen der wackligen Stühle gesetzt, die an zwei Wänden des Raumes standen. Ich sah Treize zu, wie sie ihre Finger im Schoß ineinander verschränkte und an ihnen zerrte, als trügen sie einen Kampf miteinander aus. Das einzige, was ich empfand, war Erstaunen darüber, daß in einem so kleinen Raum so viele Stühle an den Wänden standen.
Ich wies Treize auf das verrückte Zusammentreffen von Ärmlichkeit und Fülle hin. Über der Zimmertür hing eine Uhr, die uns beide plötzlich erschreckte, weil sie uns zeigte, daß wir unsere Zeit mit zänkischem Weiberkram vergeudet hatten. Nun sputeten wir uns und scherzten dabei über das Zimmer, das so paradox war wie Braut und Bräutigam.
Die Hochzeit wurde in einem Restaurant auf dem Boulevard du Montparnasse gefeiert. Fernande Barrey war da, Foujitas Exfrau, ein schöner Mann, auch ein Ex – nämlich der von der Mistinguett, Papazoff, der Maler, Robert Desnos und Youki und noch einige andere. Jeder zahlte sein Essen selbst, die beiden waren nicht in der Lage einzuladen. Das Essen ging gesittet vonstatten, aber ich ließ fast alles zurückgehen. So enttäuscht wie bei dieser Hochzeit war ich in meinem Leben nur einmal gewesen: als meine Mutter mich wegen ihres Liebhabers in die Ecke gestellt hatte.
Verrat! Treize verriet nicht nur sich selbst, sie verriet auch mich; sie verriet die Liebe.

Nach dem Essen fuhren wir in die Nähe von Passy, wo wir bei Birke, einem schwedischen Architekten, weiterfeierten. Dort trank ich, bis es weniger schlimm war.
Irgendwann setzte Treize sich zu mir, nahm mich in den Arm und flüsterte mir mit ihrer tiefen Stimme ins Ohr: Kiki, wir hatten eine wunderbare Zeit, alle miteinander, aber wir müssen erwachsen werden, weißt du, wir müssen einen Platz finden, wo wir hingehören und wo wir alt werden können.
Ich wurde verrückt vor Wut, als ich diese Stimme mein Ohr kitzeln spürte, meinen Arm um diese Taille eines Kindchens legte, die runden, festen Brüste durch das Hochzeitskostüm an meinem nackten Arm spürte und gleichzeitig diesen Ehemann ansah.
Er hatte Treize schon an dem Abend, an dem sie einander zufällig im Café kennengelernt hatten, gefragt, ob sie ihn heiraten wollte. Und kaum hatte sie ja gesagt, hörte er auf, gefällige Männchen für Restaurants zu malen. Er war ein Muttersöhnchen, das sich, getrennt von seiner spanischen Mama, jetzt Treize in den Schoß legte. Und er würde nicht einmal ein schlechtes Gewissen haben, weil er das alles völlig normal und richtig fand.
Da also wollte Treize sich niederlassen, da wollte sie zu Hause sein: auf der weißen Nasenspitze dieses Nichts. Ich meine, nichts gegen Nasenspitzen, die meine hat mich berühmt gemacht. Ohne mein Dreieck im Gesicht wäre ich nur die Hälfte wert.
Nun, ich schob also die süße Braut von meinem Ohr weg und verführte sie. Nein, nicht auf dem Tisch, sondern daneben, aber am Ende war es, als hätte ich sie über den Tisch geworfen und ihr meine Nase unter den Rock gesteckt. Ich verführte sie, in Erinnerungen zu schwelgen.
Und meine süße Treize, die die Taille eines Kindes, das Herz einer Löwin und im Kopf einen Anstandswauwau von der Größe eines Bernhardiners hatte, war ein wenig betrunken und wohl auch ein wenig aufgeregt; auch eine Heirat mit einem Nichts ist nicht keine Heirat, sie war also leicht angeschickert, und Alkohol pflegt Anstandswauwaus einzuschläfern. Zudem war Treizes Seele noch kindlicher als ihre Taille. Oh, sie war

leicht zu verführen. Ich zog also ihr Ohr an meinen Mund und flüsterte: Weißt du noch, die Bankette, die Broca für »Paris-Montparnasse« organisiert hat? Wie viele hat es eigentlich gegeben? So eine Frage, das wußte ich, zog Treize ins Geschehen. Sie zählte. Sieben, glaube ich, sagte sie. Kann das sein?
Und ich sah, wie die Bilder vor ihrem inneren Auge vorüberzogen. Das erste, sagte sie langsam, war in der Coupole, und es wurde zu Ehren von André Salmon veranstaltet. Oder, Kiki, sag, stimmt es? Ich kicherte. Broca hatte in seiner ersten Ausgabe so etwas geschrieben wie: Der Gastgeber wird eine Persönlichkeit sein, die voller Talente steckt, deren Bescheidenheit es aber nicht will, daß wir ihren Namen nennen. Und daneben ein Foto von Salmon. Er war so wenig bescheiden wie ich, Treize, weißt du noch...
Treize ließ ihren herrlichen breiten Mund aufblühen. Als Foujita auf die Bank stieg und in seiner Rede Salmons Verdienste als Kritiker würdigte, kriegte der ganz rote Ohren. Oh, Kiki, und dann stieg Marie Vassilieff auf den Tisch und hielt auch eine Rede. Diese winzige Frau mit den grauen Haaren wie eine Großmutter... Sie trug eine bunte, großkarierte Jacke und einen Schlips, und an ihren Ohren standen die Haare zur Seite ab wie ein Trapez ... fiel ich ein, und Treize fuhr fort: Und sie war betrunken und voller Begeisterung für Salmon, plötzlich, als hätte sie sich in ihn verliebt.
Treize und ich kicherten wie Schulmädchen bei der Erinnerung an den offenen Hosenstall des Lehrers. Vassilieffs Rede nahm und nahm kein Ende. Sie brachte immer aufs neue einen Toast aus, und wir tranken, und dann redete sie weiter bis zum nächsten Toast. Wer hat sie eigentlich vom Tisch runtergezerrt, Kiki?
Ich ließ in meinem Kopf das Bild der Tafel in der Coupole wiederauferstehen. Neben Marie Vassilieff sah ich Tono Salazar, und ich nannte Treize seinen Namen. Sie war einverstanden. Am schönsten war dein Bankett, Kiki, sagte sie schwärmerisch. Ich stimmte zu.
Die Gäste waren phantastisch, schwärmte sie weiter, es war so heiter, so ausgelassen...

Es war Mai, heizte ich ihre Erinnerung an, dein Lieblingsmonat, Treize, und weißt du noch, die Gäste waren so verrückt gekleidet, weil am Abend der A.A.A.A.-Ball stattfand und sie sich schon dafür angezogen hatten.
Treize gluckste: Foujita saß im Abendkleid neben dir.
Ich sagte nicht: Und Hermine David und Lucy trugen falsche Walkürenzöpfe unter breiten Fellhüten. Denn ich wollte Treize auf keinen Fall an Per erinnern. Wir waren immer schön, sagte ich, denk nur an die Gala im Bobino ...
Wo du die Königin warst, lächelte Treize zärtlich.
Und du die Tanzmeisterin. Weißt du noch, Treize, unser Auftritt mit den Montparnasse Girls, du hast es schwer gehabt mit uns...
Besonders mit dir, Kiki, du warst dagegen, mit den anderen zusammen zu tanzen, du wolltest immer nur du selbst sein und keine Nummer...
Quatsch, widersprach ich, ich konnte mir einfach die Schritte nicht merken, und um nicht stehenzubleiben, hab ich getan, was mir einfiel.
Treize lachte, ein breites, freches Lachen. Die einzigen, die tanzten wie einstudiert, waren Siria auf der einen Seite unserer Gruppe und ich auf der anderen, und ihr vier in der Mitte habt nicht nur eure jeweils eigenen Schritte getanzt, ihr hattet auch jede einen anderen Rhythmus, es war zum Verzweifeln.
Aber der Applaus, Treize, das Publikum hat getobt...
Weil ihr so verdammt sexy wart, grinste Treize, erinner dich an Clara, das kleine Modell von Pascin, ihr Trikot war seitlich so weit ausgeschnitten, daß es bis zu den Brustwarzen rutschte, wenn sie sich bewegte.
Siehst du, fiel ich triumphierend ein, und ich trug eine brave weiße Bluse, nichts da von wegen Busen zeigen. Und ich trug Unterwäsche. Das hattest du mir aufgetragen, für den Cancan...
Aber als du »Les filles de Camaret« gesungen hast, ließest du die Ärmel deiner Bluse zu beiden Seiten so herunterrutschen, daß die Männer im Saal nur noch auf den sinkenden Stoff starren konnten...
Allmählich flüsterten wir nicht mehr einander in die Ohren,

sondern tuschelten Gesicht zu Gesicht. Aber unsere Lacher, unsere Quietscher, unser Glucksen, du hättest uns hören sollen, du wärst auch näher gerückt. Sie taten es. Sie taten es fast alle, bis auf einen Mann, der mit dem Bräutigam ein ernstes Gespräch führte und uns sehnsüchtige Blicke zuwarf. Es war mir nur recht. Die Verführung sollte total sein. Treize bekam gar nicht mit, daß wir unsere Erlebnisse vor ihrem Hochzeitspublikum zum besten gaben. Sie erlebte alles noch einmal, ich sah es ihr an. Sie klatschte in die Hände wie eine Jungfrau vor dem ersten Ständer, als wir uns noch einmal die Jockey-Zeit in Erinnerung riefen.
Weißt du noch, im Jockey, wie ich dir mit den Fingern Zeichen gab?
Du hattest einen untrüglichen Blick, ich konnte ganz sicher sein.
Und du hast dir immer die Kerle gesucht, bei denen ich Daumen runter und Daumen rechts zeigte.
Ja, und wenn bei zu vielen »Arbeit im Gange« war, haben wir miteinander getanzt, ganz eng, ganz lasziv, anschließend war immer noch Arbeit im Gange, aber an uns trauten sie sich nicht mehr ran. Weißt du noch, Treize lachte laut auf, wie du dich unter einem Tisch verstecktest, wenn Man Ray kam und dich abholen wollte, du aber ärgerlich auf ihn warst und weiterfeiern wolltest ...
Ja, und dieser schöne Russe, der mein Liebhaber war ... Er war wirklich gut ...
Ihr wart ein schönes Paar ... ich habe es Man Ray gegönnt, aber du warst ihm auf eine eigenartige Weise treu ...
Sie wurde nachdenklich, das wollte ich verhindern. Schon einige Zeit vorher war der Mann zu uns gestoßen, der anstandshalber den Bräutigam hatte unterhalten müssen. Dieser hatte sich also auch genähert, klebte aber am äußersten Rand der Traube. Er war zu spät gekommen.
Als ich Treize an die Soldaten in Villefranche erinnerte, wurde seine Nasenspitze grün. Und als ich ihre Aufmerksamkeit ganz zart auf die Fotos lenkte, die Brassaï von uns gemacht hatte – wir hatten bei Lili gegessen und lagen anschließend zu dritt mit

zwei Hunden, auf dem Sofa zusammengekuschelt –, wurde sie noch grüner.
Wir waren betrunken, entschuldigte sich Treize leise.
Wir waren betrunken und satt und glücklich, ergänzte ich. Und wir liebten uns. Alle Männer waren uns gleichgültig, sie waren weit weg. Mir ging es jedenfalls so. Ich spürte deine Haut, deine weichen Hüften, spürte Lilis Haar an meinem Rücken, und ich war einfach wahnsinnig glücklich...
Treize schenkte mir einen vorsichtigen Blick und lächelte verlegen. Es ging mir ebenso, sagte sie. Wir waren eben betrunken.
Und wir verboten Brassaï, uns zu fotografieren, sagte ich grinsend.
Er tat es trotzdem, der Schurke.
Er sagte, er würde nur die Beine entwickeln...
Der Schurke!
O ja, er hat Fotos gemacht von drei Frauen, die so glücklich miteinander sind, daß kein Mann ins Bild passen würde...
Aber jeder Kerl, der diese Hüften, diese Brüste, diese Haare, Augen und hingegebenen Münder sah, wollte sofort ins Foto rein...
Deshalb hat Brassaï fotografiert, so hat er sich dazugelegt...
Was haben wir die Männer verrückt gemacht!
Von Per Krohg fiel kein Wort, nicht von Treize und nicht von mir. Ich wollte doch, daß sie an ihrer Hochzeit fröhlich war. Und sie war fröhlich, o ja. Und alles war da, alles: das Hôtel d'Istria, das Jockey und das Hôtel Raspail, wo Treize und ich einen Sommer lang gewohnt hatten, als Man Ray nach Biarritz gezogen war, ohne mich mitzunehmen.
Weißt du noch, Treize, wie du am Wasserrohr zu einem Sims im ersten Stock hinaufgeklettert und durch das Fenster eingestiegen bist, in das Zimmer von Monsieur Londiche, dem neuen Besitzer des Jockey, und seiner Geliebten?
Oh, ja, Kiki, wir hatten den Schlüssel vergessen und kamen in der Nacht...
Und das Geschrei von Monsieur Londiches Ziege weckte das ganze Hotel auf...
Ziege?

Sie hatte ein Ziegenkinn und einen kleinen Bart, und sie meckerte wie eine Ziege...
Ich erinnere mich – und sie schlief wie eine Ziege, an seine Beine gekauert, o ja, ich erinnere mich, sie trug sogar einen weißen Morgenmantel, der aussah wie ein Ziegenfell, aus dem die langen birnenförmigen Euter herausfielen.
Wir sprachen nicht davon, daß Per auch in dem Hotel gewohnt hatte in jenem Sommer. Oda Krohg, seine Mutter, war nach Paris gekommen, nachdem sein Vater, Christian Krohg, ein angesehener Maler, gestorben war, und Per wohnte in jenem Sommer zusammen mit seiner Mutter im Hôtel Raspail. Für mich war es nicht schlimm, daß Treize und Per unser Zimmer benutzten, um ihre Körper von unten nach oben elektrisch aufzuladen, wie Treize es nannte. Ich malte. In diesem Sommer malte ich mehr denn je. Ich malte Jean Cocteau, seinen forschenden, ernsten Blick, seinen traurigen Mund. Es wurde ein gutes Porträt, das mich sehr zufriedenstellte, weil es genau das zeigte, was ich zeigen wollte: einen schönen jungen Mann, in dem die Weisheit eines Alten lebte.
Ich malte auch Le Tarare, den Zwerg, der auf Montparnasse dazugehörte wie Treize und ich und Per und Man und all die Freunde. Auch dieses Bild gefiel mir, denn es zeigte Le Tarares Seele, die durch seinen kleinen Körper beleidigt worden war. Ich malte auch ein Porträt von Man Ray. In seinem Gesicht war auf diesem Bild viel Herz zu sehen; das Herz selbst verbarg er unter seinen verschränkten Armen.
Ja, auch Man Ray fehlte auf der Hochzeit nicht. Obwohl André zuhörte. Aber das war in Ordnung. Und Per war auch da. Obwohl er nicht einmal genannt wurde. Und daß er da war, war auch ganz richtig, denn eigentlich hätte er der Bräutigam sein müssen. Aber er hatte eine Dänin geheiratet. Bestimmt war es eine ganz belanglose Hochzeit, bei der Treize die ganze Zeit anwesend war.
Leider kann es auch so gewesen sein, daß die Hochzeit ganz nett war und Lucys Geist die ganze Zeit anwesend, Treize aber nur ein bißchen. So, wie es die ganze Liebe lang gewesen war. Du solltest dich nie in einen Ehemann verlieben, dessen Frau

einen anderen liebt und ihn verlassen hat. Also den Ehemann verlassen hat, nicht den anderen. Aber den Ehemann auch nicht läßt, eher schon den andern. Die einzige Chance, die du hast, in einer solchen Verwirrung zu deinem Recht zu kommen, ist die, daß du den *anderen* verrückt nach dir machst und ihm die Bedingung stellst, er solle die Ehefrau laufenlassen. Es ist die einzige Möglichkeit, ich sag es dir, denn dann wird die Ehefrau den anderen ganz schnell heiraten und noch ein Kind bekommen, und nun wird sie den Ehemann, auch wenn sie ihn immer noch nicht lassen will, nicht mehr halten können.
Aber so etwas hätte Treize natürlich nie getan. Also war sie für Per nie ganz so wichtig wie Lucy. Und als Lucy wieder zu haben war, wollte er plötzlich weder sie noch Treize. Zuerst habe ich es einfach nicht begriffen. Treize hat es erst recht nicht begriffen. Gemeinsam haben wir hin und her überlegt, was bloß der Grund dafür sein könnte, warum er nach der Beerdigung nichts von sich hören ließ.
Pascin war tot. Das stimmte. Es stimmte auch, daß Pascins Tod einen zum Gruseln bringen konnte. Die Pulsader aufschneiden, mit Blut ans Fenster schreiben »Adieu, Lucy« und sich dann noch aufhängen – ich bitte dich, wer macht das schon, außer er will, daß die anderen sich gruseln. Am liebsten ihr Leben lang.
Und das genau, glaube ich, war der Grund dafür, daß Per nach Pascins Beerdigung nie wieder zu Treize kam. Er gruselte sich zu sehr. Also heiratete er in Dänemark eine Dänin und lebte seither dort oder eine Norwegerin in Norwegen oder eine Schwedin in Schweden. Was weiß ich. Eine andere als Treize. Und dort im Norden, von wo er kam.
So erklärte ich mir das ganze Unglück mit Per und Treize. Und ich glaube, Treize hat es sich schließlich auch so erklärt, obwohl sie damals, nach Pascins Beerdigung, zum Skelett abgemagert war, weil sie geschworen hatte, sie würde erst wieder essen, wenn Per käme. Das hat sie in meinem Beisein geschworen. Nun, mein Beisein ist für Schwüre nicht besonders bedeutsam; ich selbst schwöre, was eben nötig ist, damit die Ereignisse sich anständig weiterentwickeln – und was *mir* schon alles

geschworen wurde von Himmel bis Hölle! Meist ging das Gegenteil in Erfüllung. Damals beeindruckten mich Schwüre genausowenig wie heute, aber trotzdem, klar doch, ging ich sofort zu Per. Der ließ sich verleugnen. Also schrieb ich einen Zettel: Gefahr! Komm sofort zu Treize. Kiki.

Wer nicht kam, war Per. Treize weiß bis heute nichts davon, und solltest du mit all den Juwelen, die ich dir erzähle, eine Karriere als Romanschreiberin machen, Kleine, laß das weg, solange Treize noch lebt; es würde ihr zu weh tun.

Als Per nicht kam, ging Treize vor Kummer wirklich fast drauf. Sie ließ keinen Menschen zu sich, nur mich, und wenn ich auf die Idee kam, ihr etwas zu essen zwischen die Zähne zu schieben – und ich konnte auch damals schon, mit fünfzig Pfund weniger, ziemlich stark sein –, gab es zwischen uns einen Ringkampf, bei dem Treize von solcher Hinterhältigkeit und Gemeinheit war, daß ich zu ihr sagte : Verreck, meine Süße, ich halte dein Händchen, aber bevor du mich nicht auf Knien anflehst, kriegst du von mir nichts mehr zu essen. Sie hat mich nicht auf Knien angefleht, dieser Dickschädel von einer Bourgeoise.

Aber ich habe Per auf Knien angefleht. Ich bin wirklich auf die Knie gegangen vor ihm, das Sich-verleugnen-Lassen hat ihm beim zweitenmal nichts genützt. Als die Kinderfrau mir sagte, Monsieur sei nicht daheim, hab ich sie beiseite geschoben und bin geradewegs in Pers Zimmer marschiert. Da saß er dann auch mit diesem leidenden Gesichtsausdruck, der mich schon immer an ihm gestört hat. Ich bin zu ihm gestürmt, auf die Knie gefallen, hab die Hände gehoben wie im Kino und gefleht: Per, Treize verhungert, wenn du nicht kommst, bitte erbarm dich. Als erstes hat er mir all seine Lebensmittelvorräte angeboten, trocken, herzlos, ironisch. Da bin ich aber aufgesprungen und hab ihn mir am Schlafittchen geschnappt. Hab ihm gesagt, was ich von Weicheiern halte, die, nur weil einer mit Blut einen Abschiedsbrief geschrieben hat, Weltschmerz bekommen und aus Weltschmerz mit Füßen auf den Gefühlen einer Frau rumtrampeln. Einer Frau, die noch lebt, noch keinen blutigen Brief geschrieben hat. Für die also noch gehandelt

werden kann. Aber wie lange noch? Ich habe ihm gesagt, er solle, verdammt noch mal, sofort mit mir kommen.
Der hat sich gewunden!
Sofort mitkommen sei nicht möglich, jeden Augenblick könne Lucy auftauchen, der es verständlicherweise erbärmlich gehe und die zudem noch den Nachlaß ordnen müsse, das habe Pascin so bestimmt. Lucy und Hermine David seien gemeinsam Erbinnen seines Nachlasses.
Die arme Lucy! höhnte ich. Sollte sie nur kommen.
Ich versprach ihm, die Tröstung der Badauernswerten zu übernehmen, ein kleiner Wechsel der zu tröstenden Personen, schlug ich vor, könne Tröstern wie Getrösteten nur guttun.
Mit Lucy sei das anders, die brauche auch praktischen Rat, erwiderte er.
Vergeblich bot ich meinen äußerst praktisch gearteten Rat an. Per bestand darauf, daß er bleiben müsse, versicherte aber, er werde sich direkt nach Lucys Besuch zu Treize auf den Weg machen.
Sie soll sich keine Sorgen machen. Alles ist ein Mißverständnis. Und er beschwor blumig seine Glaubwürdigkeit. Nun, was ich von Schwüren halte, habe ich schon gesagt, von blumigen Schwüren gar nicht zu reden.
Ich wäre bei ihm geblieben und hätte ihn an der Hand zu Treize geschleift, aber ich mochte sie nicht länger alleinlassen.
Der Kerl, der Schwüre von Glaubwürdigkeit und Vertrauen ablegte, ist nie bei Treize aufgekreuzt. Er hat nichts erklärt. Und sie hat wieder angefangen zu essen, bevor sie gestorben ist. Ich weiß es noch genau, es waren Salmiakpastillen.
All das schwang zwischen unseren Worten mit, als hätte ein orientalischer Märchenerzähler es vor uns ausgebreitet, obwohl kein direktes Wort darüber fiel. Diese vierzehn Tage meines Krankenschwesterseins mit Treize waren da.
Sie waren da, als Treize sagte: Kiki, so eine Freundin wie dich habe ich nie gehabt und werde ich nie wieder finden. Du bist ein Schatz und völlig einmalig.
Das alles bis hin zu den Salmiakpastillen war da, als der Bräutigam, der sich inzwischen bis zu Treizes Oberarm durchgewühlt

hatte, stolz dröhnte: Und nun hast du mich, mein Herz! Treize und ich prusteten gleichzeitig los.
Dieses Losprusten war der Höhepunkt meiner Verführung, ein Orgasmus, das beleidigte Kinneinziehen des Bräutigams gehörte dazu. Es war, als hätte ich Treize im letzten Augenblick davor gerettet, den Falschen zu heiraten, und zugleich war es ein Triumphgefühl – als hätte sie sich im letzten Augenblick für mich entschieden.
In dem Augenblick verstand ich den Triumph der Männer, die sich auf verheiratete Frauen spezialisiert haben: Kein Sieg kommt dem gleich, einem kolossalen Nichts ein Juwel zu klauen, das er hat stumpf werden lassen. Ich hatte sie nicht vor den Augen aller, einschließlich des Bräutigams, auf dem Tisch genommen, aber als sie nun bei seinen dümmlichen Worten loskicherte, fühlte es sich genauso an.
Wir haben es weitergetrieben, das heißt ich, und sie ist mir gefolgt. Ich bin irgendwann auf den Tisch gestiegen und habe »Les filles de Camaret« gesungen. Treize und ich haben auf dem Tisch einen Cancan vorgeführt, und ich weiß heute noch sehr genau, wie ich vor ihrer Hochzeitsfeier gegrübelt habe: mit einem der von ihr geschenkten Spitzenhöschen oder ohne? Na, wie fiel wohl meine Entscheidung aus? Du hast recht. Und das bei dem Bräutigam!
Treize hat mein nacktes Fleisch nicht gesehen, so versunken war sie ins Tanzen, ins Röckeschwenken und Beinewerfen, Treizes einzige Leidenschaft neben der für Per hatte ohnehin stets dem Tanzen gegolten.
Aber alle anderen sahen, was ich unter dem Rock trug. Wir tanzten, wir waren glücklich, und wir waren einander näher, als dieser Bräutigam trotz seiner langen krummen Sichel ihr jemals würde kommen können.
Liebe Douze, es zeigt dein mitfühlendes Herz, daß du nicht einmal Luft geholt hast, während ich erzählte. Nun tu's, sonst erstickst du!
Seit dieser Hochzeit, übrigens, habe ich Treize nur noch selten gesehen. Er sei besitzergreifend, entschuldigte sie die Seltenheit ihrer Besuche, und eifersüchtig. Ich ging nur zu ihr, wenn eine

offizielle Einladung ausgesprochen wurde. Aber die kam so gut wie nie. Weißt du, Kleine, ich verstehe es zwar, daß das Nichts sich nach der Hochzeit besitzergreifend zeigte, aber Treize verstehe ich nicht. So eine Freundin wie mich würde sie nie wieder haben, hat sie gesagt. Und jene vierzehn Tage, die sie am Rand des Todes verbracht hatte, waren in dem Hochzeitszimmer gegenwärtig, das weiß ich. Warum kam sie danach nicht mehr? Warum ist es, als wäre sie tot? Oder als wäre ich tot?
Es stimmt ja, ich bin so gut wie tot. Glaub bloß nicht, ich werde lebendig, wenn ich trinke oder Drogen nehme. Nicht mal Koka macht mich heute noch lebendig.
Ich gehe jetzt, Kleine, schlaf gut, für heute ist alles gesagt. Und mitkommen sollst du auch nicht, noch brauche ich keine Pflegerin. Und wenn, dann wirst nicht du es sein.
Ob Treize auf Margot eifersüchtig war?
Bestimmt. Aber ich brauchte Margot. Ich hatte immerhin Treize verloren.

25. September 1951

Vor langer Zeit hast du mich um eine Lektion in Sex gebeten. Nein? Du brauchst nicht zu erröten, liebliche Douze, es ist in Ordnung, mich danach zu fragen. Es ist überhaupt das allernormalste. Vielleicht ist es sogar der tiefste Grund, Kleine, der dich zu den Gesprächen mit mir getrieben hat. Siehst du, ich trage heute einen bunten Rock.
Ich habe gut gegessen. Habe drei Leuten die Zigeunerin gemacht und ein anständiges Mahl dafür bekommen. Ich bin gut gelaunt. Siehst du. Und riech einmal, ich dufte, stinke nicht nach Pisse. Hab mich gewaschen und gepudert. Nicht ganz so wie in alten Zeiten; ich habe mir nicht die Nippel geschminkt, daß sie aussehen wie Hibiskusblüten, habe mir nicht meine spärliche Behaarung an dieser gewissen Stelle mit dem Stift nachgestrichelt.
Aber ich bin gewaschen und gepudert, und der Puder ist noch

kein bißchen vom Schweiß verklumpt. Also, heute ist ein guter Tag, um mir Fragen zu stellen zu allem, was du wissen willst. Nein? Ach, douce Douze, schäm dich nicht! Es ist keine Schande, Jungfrau zu sein. Es gibt welche, die sterben als Jungfrau, obwohl in ihrem Loch mächtig rumgestochert worden ist. Das allerdings ist eine Schande. Eine Schande vor der Natur, vor dem Leben, eine Schande vor der Liebe.

Laß dich lieben, Kleine, zuerst einmal: Laß dich lieben!

Es ist nicht so wichtig, daß du selbst liebst, Douze, ganz im Gegenteil. Vor allem nicht beim erstenmal, aber eigentlich nie.

Es ist ein Verhängnis, wenn du mehr liebst als er. Es treibt dich in seine Nähe, dein Herz krampft sich zusammen vor Sehnsucht, dein Blick ist flehend und ängstlich und dein Mund wie der eines Kindes, das kurz vorm Weinen ist. Es gibt Frauen, die richten sich in solchen Verhältnissen ein, sie können nach einiger Zeit gar nicht mehr anders, weil solch vergebliches Sehnen die weibliche Kraft auszehrt wie Tuberkulose das Rückenmark. Du kannst Frauen dieser Sorte leicht erkennen: Sie haben bittere Falten von der Nase bis zum Kinn, sie haben glanzlose Augen und Haare, sie sind vorsichtig, wenn sie mit Menschen zu tun haben, sie haben immer Angst, etwas falsch zu machen und verstoßen zu werden.

Du wirst blaß. Bist du verliebt? Liebt er dich nicht?

Willst du von mir das Geheimnis erfahren, wie du Männer verrückt machen kannst, ist es das?

Oh, Douze, da kommen ja Tränen, weine nicht, Kleine, ich sag dir, das Geheimnis ist keins: Laß dich lieben, laß dich begehren, laß nur einen Mann an dich ran, bei dem du dir alles leisten kannst. Bei dem du häßlich sein darfst, stinkend, abstoßend, gemein, dumm, bei dem du keifen darfst und schluchzen und verrückt spielen und verletzen, nur bei so einem kannst du die Kontrolle fahren lassen, die das Kreuz ist, das eine Frau, die mehr liebt als der Mann, ihr Leben lang mit sich herumschleppt. Solche Frauen bekommen Nackenschmerzen.

Diese Kontrolle, die Frauen wie dir und Treize von klein auf eingetrichtert wurde – sie ist es, die Frauen daran hindert,

Ekstasen zu erleben. Sie ist es, die Frauen scharenweise als Jungfrauen sterben läßt.
Wie es bei mir war? Ich habe alles erlebt, Douze. Aber bis zu dem Zeitpunkt, als ich André kennenlernte, wußte ich nicht, wie es ist, geliebt zu werden. Meine Anfänge waren so, daß ich nicht begreife, wieso ich überhaupt noch Freude an Sex entwickeln konnte.
Du hast es sicher in den »Souvenirs« gelesen. Meine ersten Lektionen in Sex endeten nicht mit meiner Entjungferung. Der Kerl, der mir diesen Dienst erweisen sollte, war ein selbstgefälliges Schwein, das mich auf den Strich geschickt hat. Es ist dem groben Kerl nicht gelungen, durch mich zu stechen. Je hartnäckiger der grobe Kerl sich bemühte, desto undurchdringlicher wurde ich. Und wie hat er sich abgerackert!

Kiki Souvenirs, Kapitel VIII

Robert

Ich stand in Montparnasse vor einer Boutique mit chinesischen Sachen.
Schnee hatte meine Haare niedergedrückt, keine Spur von Frisur. Ein Wolfshunger.
Plötzlich fühlte ich in der einfallenden Nacht, daß jemand hinter mir war. Da sprach der Mann schon. Er war mager, groß, hatte kleine, durchdringende Augen.
Sie werden sich verlaufen, Fräulein, sagte er und lud mich ein, in seinem Atelier Schokolade zu trinken. Das Angebot machte mich schwach. Außerdem dachte ich, Atelier, der ist Künstler, also kann ich mitgehen.
Bei ihm war es warm, und die Schokolade hatte mir den Bauch gefüllt, ich wollte nicht gehen und wollte doch auch endlich die Liebe kennenlernen.
Als ich die Treppe zum Hängeboden hochstieg, zitterte ich an allen Gliedern.
Ich hatte große Angst vor diesem Mann … kein Vertrauen, er hatte einen diabolischen Kopf. Die ganze Spitze seiner Schuhe

fehlte. Das ist Mode, sagt er, wie Handschützer, an denen die Fingerspitzen fehlen. Also mache ich mir keine Gedanken darüber.

Ich will, daß er mich nimmt.

Ich habe geweint, ich habe gelitten.

Er war ungeschickt, und da er nicht erreichte, was ich wollte, liebte ich ihn um so mehr, weil ich hoffte, so dem Ziel näher zu kommen. Nach einem Monat war ich Halb-Jungfrau.

Robert holte Frauen vom Dôme und nahm sie vor meinen Augen. Das war das Unglück: Er wollte, daß ich auf die Straße gehe, sagte, da gebe es gute amerikanische Soldaten. Er schlug mich und beschimpfte mich, weil ich »unfähig sei, etwas zu tun«.

Ich suchte Arbeit, aber ich fand keine.

Eines Tages fand ich mich Boulevard Sébastopol, müde, erschöpft. Ein Neger hat mich angesehen. Er machte mir zuviel Angst... so schwarz... Ich war blind vor Tränen, ganz entmutigt... Eine Frau, die auf den Strich ging, faßte mich an der Schulter und sagte: Das ist hart, nicht wahr, armes Kind. Ich habe kein Geld, aber hier sind vier Briefmarken, verkauf sie.

Diese Frauen sind großartig. Sie sind aus Herz geschneidert.

Schlimme Tage waren das für mich.

Eines Tages fand ich eine Pose in der Rue Saint-Jacques. Der Maler gab mir Tee, er hatte kein Geld, und dann wollte er mich auch noch haben. Er versuchte es.

Ich wußte, daß mein Geliebter auf mich wartete, ich sollte das Abendessen bezahlen. Nahe bei der Gare Montparnasse habe ich mich auf eine Bank gesetzt und meine Tränen runtergeschluckt. Auf derselben Bank, auf der anderen Seite, saß ein sehr alter Mann, der ein hübsches kleines Paket bei sich hatte. Ich denke, daß das Kuchen sind, und gucke. Er guckt auch. Ich erzähle ihm von meinem Unglück.

Er sagt: Komm hinter die Gare Montparnasse. Du zeigst mir deine Brüste und bekommst drei Francs.

Ich habe Angst, ohne Geld heimzukommmen, und trotz meines Ekels mache ich, was der Alte sagt. Triumphierend komme ich heim mit Käse und Brot. Bei Robert vergesse ich all mein Leid.

Eines Tages setzte er mich vor die Tür, weil er mit seinem Freund in die Bretagne fuhr.

Ich liebte ihn so viel mehr als er mich, daß ich ihm sogar noch Tabak zusammengesucht und in die Bretagne geschickt habe, nur um ihm eine Freude zu machen.

Ich war also verstoßen worden. Mein Elend war gigantisch, viel zu groß für mich. Als bräche jetzt das Unglück meiner Kindheit hervor, die Demütigungen bei den Nonnen, bei denen wir Bastardenkel meiner Großmutter uns für Suppe anstellen mußten. Die Demütigung, mit kurzgeschorenen Haaren herumlaufen zu müssen, weil wir verlaust waren. Die Demütigung, auf den reichen Hof meines Vaters zu schauen, wo meine Stiefschwester mehr zu essen bekam als unsere ganze Familie.

Als meine Mutter mich verstieß, hatte ich keinen Schmerz empfunden, aber jetzt platzte diese Wunde auf, und heraus floß eine dicke schmutzige Brühe alten, nicht durchlebten Schmerzes. Jahre später, da hatte ich die Erinnerung an Robert schon fast verloren, kam all dies noch einmal hoch.

Tag für Tag ging ich zu Professor Popoff in seine Klinik nahe beim Bois de Boulogne. Ich erzählte ihm. Er machte nicht viel. Manchmal sagte er: Hm, hm. Manchmal räusperte er sich auch, als würde er ungeduldig, als ginge ich ihm auf die Nerven, als sei er sehr unzufrieden mit mir. Dann bekam ich Angst und erzählte ihm schnell einen Witz, damit er wieder gute Laune bekam.

Mendjizky hatte mich zu Professor Popoff gebracht. Er hatte Angst um mich. Seltsame Dinge waren geschehen. Eines Nachts hatte ich gedacht, ich sterbe. Es kam aus heiterem Himmel. Mendjizky und ich hatten uns geliebt, statt zu essen. Es war nicht selten, daß wir das taten. Aber an jenem Abend konnte ich anschließend nicht einschlafen. Eine eigenartige Unruhe war in mir. Ich wälzte mich und kratzte mich hier und kratzte mich da. Es kam mir vor, als hätten wir Ameisen im Bett. Und dann spielte mein Herz verrückt. Zuerst begann es einen neuen Rhythmus auszuprobieren. Nicht mehr dumdumm dumdumm, sondern dumdumdumdamm dammerdidamm, als hätte es Freude am Jazz gefunden. Es fühlte sich an, als hätte ich plötzlich unterschiedliche Instrumente in der Brust, mal eine Pauke, kräftig genug, um ein Theater zu füllen, und dann wieder eine zaghafte kleine Triangel. Dann begann mein Herz, seinen Platz zu verlassen, es raste in meinem ganzen Körper herum. Und dann machte es eine Pause.

Da dachte ich noch nicht, daß ich sterbe, aber als dann die große Trommel den Rhythmus für einen Veitstanz in meinem Körper anstimmte, saß ich im Bett und keuchte, weil ich keine Luft mehr bekam. Mendjizky wachte auf, riß erschrocken die Augen auf, als er mich sah, sprang in seine Kleidung und warf mich, nackt wie ich war, in seinen Mantel und über seine Schulter.

Er dachte wohl, ich sei nicht mehr bei Sinnen, aber ich bekam alles genau mit. Auf dem Weg zum Doktor rang er genauso nach Luft wie ich. Ich gurgelte, er solle mich hinunterlassen. Als ich auf den Füßen stand, knickten mir die Beine weg. Es war ein eigenartiger Zustand, ich war hellwach und trotzdem wie hinter einer dicken Nebelwand. Der Doktor machte nicht auf.

Mein Herz bewegte mit jedem Schlag meinen ganzen Körper. Ich hatte das Gefühl zu verbrennen. Mendjizky schleppte mich ins Café gegenüber vom Doktor und flößte mir löffelweise Kaffee mit Rum ein. Mir wurde so entsetzlich zumute, daß ich es gar nicht beschreiben kann. Mendjizky sagte anschließend, ich hätte eine leuchtend grüne Farbe angenommen.

Im Café scharten sich die Leute um unseren Tisch. Ein Kerl schob Mendjizky beiseite und sagte: Lassen Sie mich mal ran, ich kenn das, meine Frau hat solche Krisen alle naselang. Und er legte mich auf eine Bank, öffnete mir den Mantel, griff nach einem Scheuerlappen – mit dem wurde bestimmt in dem Café der Boden gewischt, so ekelhaft stank er – und schlug meine nackte Brust mit dem Lappen, als wäre ich ein Teppich, den er ausklopfen wollte. Es staubte, es stank, es tat weh, so verprügelt zu werden, ich war splitternackt, und um mich herum standen all die Kerle aus dem Café. Ich bekam keine Luft mehr. Ich erstickte. Ich wollte mich aufrichten, aber meine Kraft reichte nicht aus. Ich entschied mich zu sterben und wurde ohnmächtig.

Als ich zu mir kam, hatte Mendjizky mir den Mantel wieder angezogen und meinen Oberkörper aufgerichtet.

Er rief nach einem Taxi, und wir fuhren in die Klinik. Dort steckte mir eine Schwester einen Schlauch in den Hals, und aus meinem Innern kam eine ekelhafte grüne Brühe geflossen. Anschließend mußte ich ein Bad nehmen. Danach überreichte sie mich wieder Mendjizky.

Die Schwester war dick und fürchterlich. Sie tat mir mit jedem Handgriff weh. Und sie schnauzte mich vom ersten bis zum letzten Augenblick an. Nachdem sie mich grob am Arm gefaßt und zu Mendjizky geführt hatte, schimpfte sie: Komm nicht so bald wieder hierher; ich hoffe, das war dir eine Lehre und du läßt die Finger vom Kokain.

Vom Kokain? Mendjizky und ich fragten wie aus einem Munde. Wir klangen wohl so ehrlich überrascht, daß die Schwester mich losließ und sich mit in die Hüfte gestützten Fäusten vor mir aufbaute: vom Kokain! Oder welche Droge war es sonst? Du warst vollgepumpt bis oben hin, mein Kind, mit Gift. Erzähl mir nichts, du bist nicht die erste, die in diesem Zustand hier ankommt und gerettet werden will.

Aber ich... hob ich an und wollte sagen, ich habe nur den schrecklichen Kaffee mit Rum getrunken, da fiel mir ein, daß mir ein Kumpel von der Straße einen Kaffee spendiert hatte, kurz bevor ich zu Mendjizky nach Hause gegangen war. Hatte der mich vergiften wollen?

Von den Füßen ausgehend stieg eine heiße Angst in mir hoch, als hätte mich jemand auf glühenden Boden gestellt. Ich war dem Tod gerade noch einmal entwischt.

Ich grübelte, wer mich wohl umbringen wollte. Ich traute mich nicht mehr aus dem Zimmer. Ich bekam Angst davor, mit Menjizky Liebe zu machen, weil ich fürchtete, das Herzklopfen könnte wieder anfangen. Ich trank keinen Kaffee mehr. Ich aß

nicht mehr. Ich zuckte zusammen, sobald ich ein Geräusch im Treppenhaus hörte. Kam mein Feind jetzt mit dem Messer, um es mir in die Brust zu stoßen? Wer war mein Feind?
Ich wollte es gar nicht wissen. Aber ich fürchtete, daß mein Feind wußte, warum er mich umbringen wollte. Oder es war ein Verrückter, der es auf mich abgesehen hatte. Oder oder oder. Mendjizky sagte, ich litte an Verfolgungswahn und sei ein Fall für eine Psychoanalyse.
Ich wich vor ihm zurück. Psychoanalyse?
Ich dachte an den Kerl mit dem Scheuerlappen. Womit sollte mir jetzt weh getan werden? Mein ganzer Körper schmerzte immer noch, einen Monat nach dem Anfall.
Mendjizky lachte mich aus. Dummchen, sagte er. Psychoanalyse tut nicht weh. Du mußt nur reden.
Reden? Was für ein Quatsch! Ich glaubte Mendjizky nicht. Er wollte mich übertölpeln. Er belog mich, wie sie mich alle belogen. Ich aß gar nichts mehr. Auch nicht das, was Mendjizky mir gab. Vielleicht war er mein Feind. Ich legte mich ins Bett und beschloß zu sterben.
Da brachte Mendjizky eines Tages einen Mann mit einem Arztköfferchen mit. Ich drehte mich zur Wand und sagte, er solle verschwinden. Ich sei nicht krank. Und ich bräuchte auch keine Hilfe.
Er setzte sich neben das Bett und tat gar nichts. Er schwieg, bis ich wütend wurde, mich umdrehte und ihn anfuhr, ob er nicht gehört habe. Ich bräuchte ihn nicht, mir fehle nichts. Er lächelte mich freundlich an und sagte: Vielleicht brauche ich Sie.
Das machte mich neugierig. Ein Arzt, der mich brauchte? Wofür?
Ich fragte ihn. Er sagte bedächtig: Nun ja, Ihr Freund hat mir von Ihnen erzählt.
Ich brauste wieder auf. Wieso erzählte Mendjizky einfach irgend jemandem von mir? Und setzte einen wildfremden Mann neben mein Bett? Typisch! sagte ich. Hat er Ihnen auch erzählt, daß er mich im Café nackt einem fremden Kerl überlassen hat? Und daß dieser Kerl mich mit einem dreckigen Scheuerlappen verprügelt hat? Schöner Freund!

Professor Popoff, der war es nämlich, kratzte seinen Spitzbart, als hätte er Läuse, und dann redete er weiter in seiner bedächtigen Art: Ja, sehen Sie, das hat er mir auch erzählt. Und genau deshalb schlage ich Ihnen vor, daß Sie zu mir in die Praxis kommen und...

Sie wollen ja nur eine Psychoanalyse mit mir machen! rief ich vorwurfsvoll aus. Ja, woher wissen Sie? fragte er verblüfft. Als er mein finsteres Gesicht sah, begann er ganz kindisch zu lachen, was mich aufs neue sehr zornig stimmte. Ich wette, sagte er, Sie wissen nicht, was das ist: Psychoanalyse.

Gewonnen! gab ich mißmutig zu. Er erklärte. Alles verstand ich nicht, aber eins beeindruckte mich. Er sagte, man könne auch anders vergiftet werden als durch Giftstoffe, es gebe auch eine Vergiftung der Seele. Von innen. Und er hege den Verdacht, daß bei mir eine solche Vergiftung vorliege. Eine Vergiftung der Seele bewirke, daß Giftstoffe besonders schnell und tief wirken könnten. Er könne mich nicht davor bewahren, daß ich noch einmal Gift in den Kaffee geschüttet bekäme, aber er könne meine Seele entgiften. Das täte er, indem er mich reden ließe, bis ich alles Gift aus mir herausgeredet hätte.

Ich sagte ja. Sterben konnte ich immer noch, wenn Professor Popoff mich angelogen haben sollte und die ganze Quatscherei nichts nützte. Kurz bevor er aus dem Zimmer war, rief ich ihm nach, er habe meine Frage nicht beantwortet. Wofür brauchen Sie mich?

Ihr Fall ist interessant, sagte er, und ich will ein Buch schreiben über interessante Fälle. Dafür brauche ich Sie.

So war das also. Nun, damit war ich einverstanden. Er versicherte mir, daß er »meinem Fall« in dem Buch einen anderen Namen geben würde. Aber das war mir nicht wichtig. Ich hatte nichts zu verbergen. Und ich kannte niemanden, der Bücher von Ärzten über »Fälle« las.

Jeden Morgen um neun Uhr mußte ich bei Popoff sein. Er sagte, ich solle mich auf eine Art Chaiselongue legen. Da wurde ich bitterböse. Was bildete der sich ein, mich flachzulegen? Er versicherte, das gehöre zur Arbeit, aber ich sagte: Entweder sitz ich, oder ich geh wieder. Er rückte mir also einen Stuhl hin, so

daß ich aus dem Fenster schauen konnte. Er selbst wollte sich hinter mich setzen. Aber auch das ließ ich nicht zu. Man muß doch einen Menschen anschauen, wenn man mit ihm redet! Das hatte mir schon meine Großmutter beigebracht.
Der Professor seufzte, dann legte er sich selbst aufs Sofa, schloß die Augen und sagte: Hm, hm. Er erklärte, daß es ihm in seiner Arbeit verboten sei, dem Patienten in die Augen zu schauen. Ebenso sei es ihm verboten, seine Patienten anzufassen oder selbst viel zu reden, er könne mir das nicht gut erklären, es sei so eine Art Spielregel, an die man sich halten müsse, sonst dürfe man nicht mitspielen. Und wenn ich mich nicht aufs Sofa legte, müsse er sich eben hinlegen, das sei auch erlaubt.
Ich fand ihn ulkig. Aber es beruhigte mich, daß es ihm verboten war, mich anzufassen. Er lag so lahm auf dem Sofa, daß meine Angst vor ihm schwand. Einen Moment lang reizte es mich sogar, mich ihm freiwillig zu geben, aber er war schon alt. Und er kratzte seinen Bart, als hätte er Läuse. Zudem unterbrach er mein Nachdenken darüber, ob ich mich zu ihm legen sollte, indem er schläfrig sagte: Erzählen Sie doch einmal von Ihrem Vater.
Das elektrisierte mich. Ich schimpfte los. Einmal war er bei uns zu Besuch gewesen, als auch meine Mutter da war. Als meine Mutter fortging, um Wein zu holen, hat er mich auf den Schoß genommen und gestreichelt. Das war angenehm. Dann hat er mir Milch zu trinken gegeben. Als meine Mutter zurückkam, nahm er sie auf den Schoß und streichelte sie. Ich sollte aus dem Zimmer gehen. Während ich hinausschlich, fühlte ich mich ganz seltsam. Meine Knie waren so weich, und vor meinen Augen flimmerte es. Ich setzte mich vor die Haustür auf den Boden. Was dann geschah, weiß ich nicht mehr. Ich sehe mich in der Erinnerung irgendwann kotzen, gehalten von meiner Großmutter, die mir wieder und wieder den Finger in den Hals steckt, obwohl ich dagegen ankämpfe, weil ich so müde bin und nur schlafen will.
Später höre ich ein Gespräch zwischen Mutter und Großmutter. Großmutter sagt: Der Kerl kommt mir nicht wieder ins Haus. Er wird Alice töten. Sie war schon ganz schwarz im

Gesicht. Und du hättest sie verrecken lassen, du Schlampe. Meine Mutter sagte hochmütig: Nun, dann kann ich ja wieder verschwinden. Du wirst alt und wunderlich. Warum sollte er sie töten? Du phantasierst. Und meine Großmutter antwortete, indem sie zwei Mädchennamen nannte und sagte: Hast du vergessen?

Ich sagte zu Professor Popoff, mir falle plötzlich ein, daß meine Mutter vor mir bereits zwei Kinder geboren habe, die aber gestorben seien. Nie sei mir erklärt worden, welche Todesursache es gegeben habe. Es seien wohl Kinder desselben Mannes gewesen, der auch mein Vater sei.

Ich hörte damals nicht, was meine Mutter antwortete, obwohl ich mein Ohr ganz dicht an die Tür preßte. Da schlug mir das Holz gegen die Wange, und meine Mutter rauschte aus der Haustür, fort nach Paris.

Meine Großmutter verbot mir mit einem ungewöhnlich strengen Gesicht, jemals meinem Vater irgendwohin zu folgen. Ich fragte: Wird er mich sonst töten? Sie guckte finster und erwiderte nach einiger Zeit: Er wird dir so weh tun, daß du vergißt, wie du heißt. Und du wirst schreien, und ich höre dich nicht. Alice, geh nie mit ihm! Schwöre es bei deiner Liebe zu deiner Großmutter. Ich schwor. Und hielt den Schwur.

Manchmal stieß ich auf ihn, wenn ich durch die Gegend um Châtillon streifte. Er lud mich oft ein: Komm, Alice, Kleine, laß uns einen Spaziergang durch den Wald machen! Ich wäre gern mitgegangen. Ich sah ihm ähnlich, alle sagten es, und ich wußte es, weil er eine Tochter hatte, die, wenig jünger als ich, aussah wie mein Zwilling, obgleich sie lange Haare und schöne Kleidung trug. Ich war neugierig auf ihn, er war schließlich mein Vater. Aber ich erinnerte mich immer an die Stimme, mit der meine Großmutter gesagt hatte: Er wird dir weh tun, und ich werde dich nicht hören.

Also lief ich fort, sobald er mich fragte, ob wir durch den Wald spazieren wollten. Und mit meiner Halbschwester prügelte ich mich.

Professor Popoff schien eingeschlafen zu sein, während ich das erzählte. Er sagte nicht einmal hm, hm. Das ärgerte mich. Ich

rüttelte ihn am Arm und sagte: He, wenn Sie was über mich schreiben wollen, müssen Sie wenigstens zuhören, oder ist »Zuhören Verboten!« auch eine Spielregel?
Er schlug die Augen auf, machte sie schnell wieder zu, nachdem er mir ins Gesicht geschaut hatte, kratzte seinen Bart und sagte: Hm, hm. Dann machte er eine Pause. Und dann sagte er: Erzählen Sie weiter.
Der Kerl spinnt! dachte ich. Der ist verrückt!
Popoff kam mir vor wie ein Priester, der sich an Beichtgeschichten aufgeilt. Ich beschloß, erst wieder zu reden, wenn Popoff aufgestanden war und mir in die Augen schaute, so daß ich zumindest sehen konnte, wann er geil wurde. Also schwieg ich. Popoff schwieg auch. Ich schaute aus dem Fenster. Vor dem Fenster stand ein Baum. Er war kahl und schwarz vor dem grauen Februarhimmel.
Es war ein Pfirsichbaum. Ich sah ihn noch in einer Blüte, die mich sehnsüchtig machte. Sehnsüchtig darauf, das Leben zu genießen, durch die Welt zu stürmen, ohne die Angst, getötet zu werden. Da lag ich schon seit Wochen auf der Couch – das Sitzen auf dem Stuhl war mir zu unbequem geworden, und ich hatte Popoff von der Couch vertrieben – und erzählte, was mir gerade in den Sinn kam. Manchmal hörte ich Popoffs »Hm, hm«. Manchmal hörte ich es nicht. Ab und zu dachte ich noch mal, er sei vielleicht eingeschlafen, aber das war unwichtig geworden. Diese Stunden bei Popoff auf der Couch waren für mich eine Art einsamer Spaziergang geworden. Ein Spaziergang durch einen dunklen, unbekannten Wald. Auf solch einem Spaziergang können einem unheimliche, gefährliche Gestalten begegnen, aber auch ganz wunderbare. Es duftet, und der Boden unter den Füßen fühlt sich weich und kühl an. Die Sonne kann scheinen, aber es kann auch undurchdringlich finster werden.
Popoff war für mich so jemand wie der liebe Gott geworden. Lach nicht! Wirklich. Ich glaubte nicht daran, daß er mir helfen könnte. Ich fühlte mich oft so verloren und verlassen von Popoff wie von Gott. Er wies mir nicht den Weg aus der Dunkelheit, und trotzdem war er irgendwie da. Und immer,

wenn ich bei ihm gewesen war, hatte ich das Gefühl, einen kleinen Ersatz für Gott gefunden zu haben. Ach, ich kann das nicht beschreiben. Es klingt lächerlich. Aber es war so.
Ich erzählte ihm alles. Ich erzählte ihm auch davon, wie ich mich gefühlt hatte, als ich das erstemal Kokain schnupfte.

Kiki Souvenirs, Kapitel XI

Monsieur W.

Als ich völlig auf den Hund gekommen war, das war 1917, lernte ich einen Bildhauer kennen, der mich manchmal beherbergte. Eines Tages sagte er: Kiki, ich schicke dich mit einer Skulptur zu einem erstaunlichen Typen in ein schickes Quartier! Ich gehe hin. Ich klingle und nehme an, daß ein Dienstmädchen erscheinen wird, aber es ist der Typ selbst, der öffnet.
Ich konnte ihn nicht gut sehen, weil es bei ihm keine Fenster gab. Die einzige Lichtquelle waren eine Art große Kirchenfenster: ganz farbig und mit Lampen dahinter. Ich habe ihm den Zweck meines Besuches genannt. Er hat mich sehr freundlich empfangen und, ohne lange zu überlegen, zu mir gesagt: Meine Kleine, wollen Sie mir folgen.
Ich marschierte hinter ihm her durch eine Reihe von Zimmern. In der Küche, in die ich im Vorbeigehen einen Blick warf, bedeckten Geschirr und Silber, voll von Moos, Grünspan und Pilzen, den ganzen Erdboden.
Wir gingen auch durch einen großen Eßsaal, und gegen die Mauer gelehnt standen dort mindestens fünfzig Gewehre aufgereiht.
Von dort aus haben wir ein riesiges Atelier betreten, das reich mit Möbeln ausgestattet war. Er hat mir eine Schmetterlingssammlung gezeigt und dann Kleider, die aus China kamen, alle phantastisch bestickt. Er hat mich eines anziehen lassen. Ich habe Strümpfe aus weißer Seide übergestreift und bin zurückgegangen zur anderen Seite des Ateliers.
Überall dicker Qualm.
Er hat mich auf den Diwan plaziert und einen elektrischen Appa-

rat in Gang gesetzt, mit dem Elefantenhaare geglättet werden. Er hat mir gesagt, daß man Armbänder daraus macht.
Von Zeit zu Zeit sah ich, wie er nach einer kleinen Dose griff, mit einem hübschen kleinen Löffel etwas daraus nahm und an seine Nase hielt.
Ich wußte nicht, was das war, aber irgendwann ließ er mich kurz allein. Da habe ich es gemacht wie er, und ganz schnell fühlte ich mich sehr glücklich.
Ich habe vergessen zu sagen, daß der Bildhauer mir vorher schon angekündigt hatte, daß hier alles auf dem Boden herumlag, nicht selten auch Geldscheine oder Schmuck. Aber er riet mir, nichts zu nehmen, denn der Herr hätte Glasscheiben in die Wände eingesetzt und würde mich sehen.
Ich bin nur das Risiko eingegangen, fünf Francs zu stehlen. Ich fühlte mich glücklich, reich, das Kokain wirkte.
Er sagte: Komm. Ich nehme dich mit in ein sehr schickes Restaurant auf der Avenue des Champs-Élysées. Dafür lieh er mir Ringe und schöne Diamanten. Aber ich habe schlecht gegessen, das Koko hat mir jeden Appetit genommen.
Ich bin zwei Tage bei ihm geblieben, dann zurück zum Montparnasse. Als er mich einige Tage später anrief, weil er mich sehen wollte, bin ich nicht hingegangen, ich hatte mich gerade verliebt.
Danach habe ich nichts mehr von ihm gehört.

Professor Popoff fragte mich ganz selten etwas. Nach meiner Mutter fragte er manchmal und danach, wie ich mich gefühlt hätte, nachdem mein Großvater gestorben sei. Nach meinen ersten sexuellen Erfahrungen fragte er auch. Ich erzählte ihm von Robert, und er fragte, ob es davor schon irgend etwas gegeben habe. Bei diesem Thema war er für seine Verhältnisse penetrant im Nachfragen. Aber ich wehrte mich schon nicht mehr. Es machte mir längst Spaß, ihm von mir zu erzählen.
Dabei war auch so ein Gefühl von Bedeutung. Wenn er immer weiter zuhörte, immer wieder nachfragte, war ich vielleicht interessant. So hatte ich mich noch nie empfunden. Ich erzählte

ihm sogar davon, wie aufregend es gewesen war, mich selbst zu entdecken. Das passierte in der Zeit, als ich beim Bäcker arbeitete.

Ich wohnte bei meiner Mutter. Die Geräusche, die sie und ihr Liebhaber Gaston nachts von sich gaben, hatten mich anfänglich erschreckt. Ich hatte gedacht, er tue ihr weh. Aber dann hatten mich die Laute an diejenigen erinnert, die Katzen oft von sich geben. Und all die anderen Tiere, die ich mit meinen Freunden beobachtet hatte, wenn sie dieses seltsame Spiel spielten, bei dem wir nie genau erkennen konnten, ob sie einander weh taten oder Freude bereiteten. Und ich wußte, daß es eine Art Zwang war, der sie dazu trieb, sich dieser Tätigkeit, die ihnen die Töne der Qual entlockte, immer wieder hinzugeben. Ich fragte also meine Mutter, ob ich ihr nachts zu Hilfe kommen solle, wenn sie so jaule, oder ob sie dann rollig sei. Sie sah mich erschrocken an, schnappte nach Luft, drehte sich um, stürmte aus dem Zimmer, überlegte es sich anders, kehrte zurück und schlug mir rechts und links ins Gesicht, als wäre ich ein Kissen, das man ausklopfen muß. Da hast du eine Antwort, schrie sie, untersteh dich, uns weiter nachzuspionieren!

Meine Wangen brannten, als ich kurz darauf allein im Zimmer stand. Aber mehr spürte ich nicht. Es fühlte sich an, als wäre ich aus meinem Körper getreten. Ich staunte einfach nur. Ich setzte mich ans Fenster und schaute hinaus, ohne etwas zu sehen. Das Fenster ging auf einen Hof, an dessen gegenüberliegender Seite sich ein Hauseingang befand.

Auf eben diesen Hauseingang schaute ich ein paar Jahre später, an einem Sommertag, als es so lange hell war, daß ich nach der Arbeit beim Bäcker noch am Fenster sitzen und hinaussehen konnte. Ich hatte keine Freunde in jener Zeit und keine Vergnügung neben der Arbeit. Meine Mutter hatte einen neuen Freund, denjenigen, der später ihr Ehemann wurde; der es später zuließ, daß der Vater seiner Geliebten meine Mutter so zurichtete, daß sie daran starb. An mir interessierte sie in jener Zeit nur, wieviel Geld ich nach Hause brachte; ansonsten achtete sie vor allem darauf, daß ich ihrem Liebsten aus dem Weg ging.

Als Professor Popoff davon hörte, sagte er einen seiner seltenen Sätze: Sie müssen sehr einsam gewesen sein. Das erstaunte mich. Ich war nicht einsam gewesen, nicht unglücklich. Ich war gar nichts gewesen. Vielleicht, so dachte ich auf Popoffs Sofa, war ich noch gar nicht wieder in meinen Körper zurückgekehrt.

Vielleicht kehrte ich allmählich zurück, als ich entdeckte, wie ich mir zu jeder Zeit an jedem Ort auf ganz einfache Weise unglaubliche Freude bereiten konnte.

Es war also jener Sommer, als ich bei dem Bäcker arbeitete. Jene Zeit, als mir der Geselle täglich seinen Schwengel entgegenstreckte und ich dabei nichts empfand. Keinen Ekel, keine Scham, keine Angst. Es war so heiß in dem Raum, auch mir war heiß, wenn er das Brot aus dem Ofen holte, insofern konnte ich ihn sogar verstehen, wenn er sich ganz und gar auszog. Wenn er mir sein Teil dann aber stolz entgegenstreckte und sagte: Guck hin, Alice, so etwas Gutes siehst du nie wieder!, empfand ich nichts außer einer intensiven Wachheit. Ich wußte, daß hier etwas nicht stimmte und daß mir etwas drohte. Ich war wachsam. Mehr nicht.

So war die Lage, als ich an einem Sommertag aus dem Fenster schaute. Ich tat das oft. Stellte mich hinter das Fenster und schaute hinaus. Einfach so. Schaute mir die Wolken an, die vorüberzogen, und die Menschen, die über den Hof gingen. An jenem Abend erblickte ich ein Pärchen, kaum älter als ich, das sich in den gegenüberliegenden Hauseingang drückte. Er stand gegen die Wand gelehnt, sie lehnte sich gegen ihn. Sie küßten sich, und ich schaute hin. Ich sah, wie seine Hand über ihren Rücken glitt. Es war eine große, kräftige, behaarte Hand. Ich sah sie weniger, als daß ich sie wußte. Ich wußte, wie die Hand aussah, und ich spürte an meinem Rücken, wie sie sich anfühlte. Eine warme, kräftige Hand, die weniger streichelt als knetet. Die mir meinen müden Rücken durchknetet, bis mir heiß ist.

Mir wurde wohlig im Rücken, während ich aus dem Fenster sah. Das Mädchen trug eine brave weiße Bluse und einen schwarzen bis über die Knie reichenden Rock. Ihre sittsame

Frisur ebenso wie ihre adrette Kleidung zeigten, daß ihre Eltern aufmerksam für sie sorgten. Der Junge war etwas größer als sie. Er hatte dunkle, fast schwarze Haare, er war schlank, und die Ärmel seines ebenfalls weißen Hemdes waren bis zu den Ellbogen hochgekrempelt. Seine Arme waren kräftig, muskulös und behaart.

Ich stellte mich etwas seitlich neben das Fenster und schaute weiter hinaus. Ich dachte nicht nach, ich tat es einfach. Immer weiter küßten sie sich. Lange Küsse, die mich eher erstaunten als faszinierten. Was mich faszinierte, war die Hand, war der Arm, war dieser zarte Mädchenrücken, der sich in Fleisch und Haut preiszugeben schien, obwohl er sittsam bekleidet blieb. Da schob sich die Hand unter die Bluse, und ich erschauerte. Jetzt knetete die Hand den nackten Rücken, und einen Augenblick lang fürchtete ich, das Mädchen würde dem Ganzen ein Ende setzen, würde den Jungen wegschieben und fortlaufen. Einen Augenblick lang hatte ich ihr Erstarren gespürt. Aber er machte keine Pause, er war sanft und unaufhaltsam, und sie sank ihm erneut entgegen. Wieder Küsse, und ich starrte gebannt auf die Bluse. Ich wußte, was sich darunter tat, weil ich es fühlte. Seine Hand war wie ein weicher Stoff. Und doch hatte er rauhe Stellen an den Fingerkuppen. Er war ein Mann. Männer packen zu, das wußte ich. Sie achten nicht darauf, daß ihre Hände weich bleiben. Ganz im Gegenteil. Ihr unerschrockenes Zupacken mit Händen, die hart und fest und rauh werden dürfen, ist auch ein Versprechen an die Frau. Das wußte ich, ohne den Wortlaut und den Inhalt des Versprechens zu kennen.

Er hielt den Rücken. Er hatte Kraft. Sie könnte ohnmächtig werden, fallen, sie könnte ihm alles zumuten, er würde sie halten. Und er lockte den Rücken. Er lockte alles aus ihm heraus, was bisher verborgen gewesen war. Seine Hände besaßen die Macht, Gefühle, von denen sie bislang nicht einmal gewußt hatte, daß sie in ihr schlummerten, hervor und an die Oberfläche ihres Rückens zu locken. Sie wurde so heiß, daß ihre Haut sich mit einem feuchten Film überzog. Ich wurde feucht.

Da schob er ganz langsam, ganz allmählich seine rechte Hand nach vorn zu ihren Brüsten, seine linke Hand hielt sie zwischen den Schulterblättern fest, und das war auch nötig, denn sie schien auszubrechen, zusammenzubrechen – und dann war es vorbei, und er machte sie verrückt, indem er mit seinen weichen, rauhen, zarten, festen Händen ihre Brüste bearbeitete. Ja, bearbeitete. Ich fühlte, wie er es tat. Ich fühlte, wie verrückt das macht. Dieser ziehende Schmerz vom Nippel auf der Brust in den Nippel zwischen den Beinen. Diese unerwartete Verbindung wie eine elektrische Leitung, die durch den Körper zuckt. Ohne Umwege.

Ich sah, wie sie wahnsinnig wurde. Unvorsichtig. Wie sie ihren Unterleib zu bewegen begann. Gegen ihn preßte. Wieder entfernte. Ihr linkes Knie leicht anhob und gegen seinen Schenkel drückte. Ich bewegte meinen Unterleib leicht. Spürte seine Hand auf meinen Brüsten. Meine Nippel wurden steif und empfindlich, und die Berührung meiner Bluse, wenn ich mich bewegte, versteifte den Nippel zwischen meinen Beinen so sehr, daß ich ein Knie etwas anzog und die Oberschenkel zusammenpreßte.

Da.

Er schob seine linke Hand unter ihren Rock. Eigentlich konnte ich es nicht sehen, da er mir seine rechte Seite zugewandt hatte, aber ich sah die Bewegung des Mädchens. Ihr leichtes Zurückschrecken. Ich sah die Beule unter dem Rock, ich erkannte, wie sie ihren angehobenen Oberschenkel ein wenig abspreizte; und viel mehr noch, als ich sah, spürte ich. Ich spürte die Hand zwischen meinen Beinen. Spürte, wie sie sich um meine Pflaume wölbte. Die Hitze über der Unterhose. Den Stoff, der feucht wird. Das Erkunden meiner Formen, meiner Schlitze, und schließlich die rauhe, feste Haut auf meiner, die noch nie von einem Mann berührt worden ist.

Er knetet meine Brüste ebenso wie meine Pflaume, die ein Pfirsich geworden ist, geschwollen, die feinen Haare aufgerichtet, so daß jede Berührung sich in wellenförmiger Lust fortsetzt, bis ich schwimme, untergehe, auftauche in einem unendlichen Meer von etwas, für das es kein Wort gibt. Ich verwandle mich. Ich bin nicht mehr die dünne kalte Alice, die, müde von der Arbeit, enttäuscht von der Mutter, nichts spürt, wenn sie

geschlagen wird. Ich bin Fleisch und Haut und weich, und jedes Härchen auf meinem Körper spürt die allerkleinste Berührung, sogar die der Luft, und erzittert, und das Zittern breitet sich aus, bis ich ein einziges lustvolles Zittern bin, ein Ozean, der zittert, und dieses Zittern kann die Welt überfluten.
Das Mädchen zitterte am ganzen Körper. Der Mann zitterte mit ihr. Nun sah es aus, als tanzten sie – einen Kreis auf dem Fleck mit winzigen Trippelschritten –, bis sie die Plätze gewechselt hatten und ich seinen Rücken sah. Über diesen flatterten die zarten Mädchenhände wie Motten. Die beiden versteckten nichts mehr. Sie hatten vergessen, daß alle im Hof sie aus dem Fenster beobachten konnten.
Ich hatte vergessen, daß meine Mutter oder ihr Galan jederzeit hereinkommen, daß vielleicht irgend jemand mich hinter dem Fenster beobachten konnte. Ich knetete meine Nippel mit einer Hand, ich knetete meine Pfirsichpflaume mit der anderen, ich tauchte einen Finger hinein, es war glitschig und ein irrsinniges Gefühl, wenn ich den Nippel dort berührte. Ich wand mich und zitterte und wußte nicht mehr, was ich tat.
Das Mädchen schreit. Ich schreie nicht. Schnell entfernen sich die beiden. Er trägt sie fast, ihre Knie knicken ein.
Da steigt auch in mir ein Schrei auf. Ich mache weiter. Es ist viel zu gut, es soll nicht aufhören. Und ich mache immer noch weiter, nachdem ich auch den zweiten Schrei leise herauskeucht habe. Ich könnte immer weitermachen, will nie wieder aufhören, nie wieder arbeiten gehen, nie wieder von meiner Mutter geschlagen werden. Ich will dieses Zimmer nicht mehr verlassen. Ich gehe ins Bett. Ich schlafe nicht. Ich bereite mir die ganze Nacht lang Lust.
Von da an machte ich das jeden Tag. An vielen Tagen mehrmals.
Es war das erste Paar, das ich bei der Liebe beobachtet hatte. Ich habe danach noch viele gesehen, aber nie wieder hat es mich so erregt.
Das zweitemal wurde ich eingeladen, fast gezwungen, einem Paar zuzusehen. Ich wohnte bei meiner Landsmännin, nachdem meine Mutter mich hinausgeworfen hatte, du erinnerst

dich, ich habe dir von ihr erzählt. Sie hatte einen Freund, einen korsischen Arbeiter. Er war ziemlich alt. Aber er gab ihr zwei Francs pro Tag und Wurst und Käse. Wenn er kam, legte er sich mit ihr ins Bett. Beim erstenmal war ich nicht darauf vorbereitet. Ich wohnte erst einige Tage bei ihr in dem kleinen dunklen Zimmer im Quartier Plaisance. Ich schlief bei ihr im Bett, es war groß genug für uns zwei. Da kam er. Ich mochte ihn nicht leiden, er war alt, bestimmt schon dreißig oder vierzig, ein erwachsener Mann eben, und sie war ein Mädchen wie ich.
Er zog sich die Hose aus, kaum daß er im Zimmer war. Sie lachte, als sie mein Erschrecken sah. Bleib hier, sagte sie, ihm macht das nichts. Ich sprang aus dem Bett und setzte mich an den Tisch.
Er hüpfte zu ihr ins Bett und legte sich auf sie wie eine Stahltür. Es sah fast aus, als läge er allein dort. Nur ihre Haare schauten hervor. Die ergriff er und zerrte daran, während er begann, in den Unterleib meiner Freundin hineinzustoßen.
Ich war verwirrt. Eigentlich wäre ich ihr gern zu Hilfe gekommen, sie gab bei jedem Stoß Geräusche von sich, die in meinen Ohren nicht klangen, als ob sie etwas Gutes erlebte. Und wie er an ihren Haaren riß! Das mußte weh tun. Aber die Ohrfeigen meiner Mutter hatten gesessen, und außerdem wollte ich nicht, daß der Korse auf mich aufmerksam wurde.
Ich schaute auf die Tischplatte, wo der Mann seine Mitbringsel abgelegt hatte: korsischen Käse und gute Wurst. Wie gut sie war, entdeckte ich, als ich sie langsam aufaß, während die beiden weitermachten. Dann schlief er ein, und ich, satt wie ich war, wanderte durchs Viertel, bis es hell wurde und die Arbeiter aus den Häusern krochen. Da dachte ich mir, daß auch der Korse sich auf den Weg machen würde, und kehrte zu meiner Freundin zurück.
Kleine, kleine Douze, du bist blaß geworden. Soll ich dir so etwas denn überhaupt erzählen? Ich will dich nicht erschrecken.
Du willst weiter hören? Nun gut, du bist erwachsen.
Ob ich oft Leute dabei beobachtet habe? Ich denke schon. Meine Freude daran ist nicht groß. Das liegt wohl vor allem an

Robert. Als er die Mädchen vom Dôme mitbrachte und ich zuschauen mußte, habe ich gelitten. Ich liebte ihn doch so sehr! Und ich glaubte ihm, wenn er sagte, es sei meine Schuld, daß er nicht in mich reinkomme. Er brachte eine Hure mit, oder auch mal zwei, und befahl mir zuzuschauen. Er sagte: Guck hin, da lernst du, wie man das macht. Ich kam mir vor wie der letzte Dreck. Als sei ich keine richtige Frau. Die Huren waren schön. Sie waren geschminkt und trugen Strümpfe. Und sie hatten Brüste, er brachte immer welche mit Supertitten mit, und, was mich am meisten schmerzte: Sie waren an der Pflaume behaart.

Sie jaulten und stöhnten und quiekten und lachten, wenn er es mit ihnen trieb. Sie zeigten mir, welch ein phantastischer Liebhaber Robert war! Und ich litt nur, wenn er in mich stieß, ich weinte und empfand nichts als Schmerz. Was war ich für eine nichtsnutzige Schlampe! Ich liebte ihn immer mehr. Ich hoffte, durch die Kraft meiner Liebe würde alles gut.

Er schlug mich, bis ich überall blaue Flecke hatte, und ich liebte ihn mehr. Er demütigte mich vor den Mädchen, und ich liebte ihn mehr. Er schickte mich auf den Strich, und ich liebte ihn mehr. Und mich liebte ich immer weniger. Ich berührte mich in jener Zeit überhaupt nicht. Ich schämte mich, weil ich mir so große Freude bereiten konnte und doch unfähig war, mit Robert Freude zu empfinden.

Dann war er fort. Von einem Tag auf den anderen. Ich stand wieder auf der Straße. Und ich liebte Robert immer noch. Ich fühlte mich als Frau am Ende, bevor ich angefangen hatte, eine Frau zu sein. Ich schämte mich sehr. Und ich entwickelte mich zu einem geschlechtslosen Straßenköter, schmutzig, zerrissen, frech und barfüßig. Kein Gedanke mehr an Seidenstrümpfe.

Zum Glück wurde bald Soutine mein Freund. Soutine war so wahnsinnig schmutzig und arm und wahnsinnig, daß mein rasender Schmerz wegen Robert, der mich geschlagen und auf den Strich geschickt, der vor meinen Augen die Frauen gefickt und der mich nun verlassen hatte, irgendwie unterging in unserem täglichen Wahnsinn. Zum Glück war Soutine so verdreckt und verrückt, daß ihm die Schmutzigkeit und Verrücktheit meiner Lage normal vorkamen. Soutine malte damals schon am liebsten rohes Fleisch. Und er konnte sterbensunglücklich sein, wenn die Ratten, die es in seiner Wohnung zuhauf gab, das Fleisch gefressen hatten. Allerdings nur, weil er es dann nicht mehr malen konnte, und nicht etwa, weil wir mit unseren seit Tagen leeren Mägen weiterhin hungrig durch die Cafés streunen mußten.

Ich fühlte mich als Frau wie Abfall. Unbrauchbar. Und das völlig Absurde an der Geschichte war, daß ich immer noch Jungfrau war. Der Kerl war einfach nicht durchgekommen. Darauf war ich ganz und gar nicht stolz. Es erschien mir wie ein Defekt.

Und dazu dieser himmelschreiende Mangel an Behaarung auf meiner Pflaume, da stimmte etwas nicht! Meine Pflaume, mein Sex, mein Frausein, das alles hatte mir nur Gemeinheiten eingebracht, Brutalität, Schläge, böse Worte, vom Bäcker bis zu meinem Galan Robert.

Ich glaube, daran liegt es, daß es mich nicht begeistert, anderen beim Sex zuzuschauen. Aber ich zeige mich gern. Mein nackter Körper, mein Lachen, meine Posen haben mir, wenn ich mich zeigte, viel Gutes eingebracht. Die Maler waren nett zu mir. Sie trugen mich nicht gerade auf Händen, aber bei ihnen fiel kein demütigendes Wort. Sie wurden auch schon mal geil, sie berührten mich, ohne daß ich sie dazu einlud, aber das wollte ich ja auch: Männer dazu bringen, daß sie auf mich reagierten. Wie anders konnte ich rauskriegen, was mit mir und ihnen loswar?

In den meisten Fällen allerdings waren wir Kumpel. Ich stand auch Modell für Soutine und seine Freunde, obwohl es verdammt kalt war in ihren Ateliers. Ich zog mich trotzdem aus, und damit uns warm wurde, machte ich Quatsch. Ahmte die unterschiedlichen Instrumente eines Orchesters mit meinem ganzen Körper nach. Erzählte Witze, sang und tanzte. Irgendwann, wenn meine Nippel und Fingerkuppen steifgefroren waren, zog ich mich an, und wir marschierten hinaus, bis uns wieder warm war.

Verdient habe ich keinen Sou bei dieser Modellsteherei, aber

ich hatte eine Familie gefunden, das war viel mehr wert als Geld.
Zu meiner Familie gehörte auch Mendjizky, der Mann, der mich entjungferte und mir meinen Namen gab. Kiki. Wie er darauf kam, frag mich nicht. Er hatte viele Koseworte für mich. Kiki paßte und blieb hängen. Es ist gut, wenn ein Mann einer Frau einen Namen gibt. Wenn ein Mann einer Frau einen Namen gibt, ist das viel bedeutsamer, als wenn er sie entjungfert. Als es endlich geschehen war, war ich völlig überrascht. So lange hatte ich mich mit diesem Ereignis beschäftigt, es war in meinen sentimentalen Träumen etwas gewesen, das mein Leben verändern würde. Und ich hatte schon lange vor Robert vergeblich versucht, einen zu finden, der mir diesen Dienst erweisen würde.

Kiki Souvenirs, Kapitel VII

Verfehlte Einweihung

Wir waren am Boulevard de Strasbourg, es war ätzend kalt, kleiner, feiner Schnee fiel ununterbrochen. Meine Freundin riet mir, ich solle mich von einem Alten verführen lassen, mit der Begründung, daß keiner sonst einen so schmerzlos deflorieren kann. Das alles verwirrte mich ziemlich, aber ich fand ihre Sätze vernünftig. Währenddessen näherte sich uns ein Mann, er hatte ein blasses Gesicht, war glatt rasiert, sah sehr gut aus.
Er hat mich sehr beeindruckt, vor allem, als meine Freundin sagte, er sei sicher Schauspieler am Theater. Er war ungefähr vierzig Jahre alt.
Er hat gelächelt, hat uns Café crème und Croissants spendiert.
Und dann hat meine Freundin gesagt, daß er mich einweihen solle, daß ich das wolle und daß er mir damit einen Dienst erweise.
Dann ist meine Freundin weggegangen, und wir sind allein zurückgeblieben. Wir sind nach Ménilmontant gegangen, wo er wohnte. Sein Appartement war in der fünften Etage und schien mir sehr luxuriös.

Er hat mir gesagt, ich solle mich ausziehen, und mir ein großes Nachthemd von sich gegeben. Dann hat er uns Abendessen gemacht: Schweinebraten und Kartoffeln, und dazu gab es guten Wein.
Er erzählt mir, daß er mit seiner Frau in Clownsnummern auftritt, und daß die Frau gerade auf Tournee ist.
Er zeigt mir seine Kostüme. Sie sind phantastisch: mit Spiegeln und leuchtenden Steinen, wie die Kostüme von Fratellini.
Ich schaue mir alles mit aufgerissenen Augen an.
Dann nimmt er seine Gitarre und singt.
Ich liebe ihn schon ein wenig. Das Chanson, das er mir singt, vergesse ich nie:
Die Mondfrau strahlt,
denn sie hört heute abend
ein Schäferlied
und Worte voller Hoffnung.
Sie scheint zu sagen:
Beeilt euch, Liebende
Es ist, als scheine ein Lächeln
über den blauen Himmel.
Er hat mir gesagt, daß ich mich waschen und zum Schlafen fertigmachen soll. Ich habe mich schlafen gelegt, ganz glücklich bei dem Gedanken, daß ich jetzt die Liebe kennenlernen würde. Dieser Mann gefiel mir. Er war so sanft, so zärtlich!
Er hat sich dicht neben mich gelegt und tausend angenehme Sachen mit mir gemacht.
Aber am Morgen war ich immer noch Jungfrau.

Und nun hatte Mendjizky mich mit einem Finger durchgestoßen. Nichts weiter. Es hatte gar keine Bedeutung. Mendjizky und ich mochten einander sehr. Wir waren Kumpel, so wie Soutine und ich Kumpel waren. Und irgendwann hatte er angefangen, eigenartige Augen zu bekommen, wenn er mich ansah, und ich hatte mich bei unseren Ausflügen an seiner Seite gehalten. So war das wochenlang gelaufen. Wir rückten immer näher zusammen, berührten einander immer häufiger auf eine etwas andere Weise, als es zwischen uns Freunden üblich war. Die anderen bemerkten es, wir nicht.

Eines Tages sagte Soutine: Also, Kleine, jetzt geh mit zu ihm, bei mir hast du lange genug geschlafen. Mendjizky sah mich an und nickte; ich, die ich wochenlang übernachtet hatte, wo es sich ergab, auf der Straße, in Kellern, in fremden Wohnungen und fremden Betten, zögerte, überlegte, ob ich auf Soutine ärgerlich werden sollte oder nicht, ergriff schließlich Mendjizkys Hand – und von da an waren wir ein offizielles Paar. Offiziell heißt, daß alle uns dafür hielten. Und daß wir gemeinsam versuchten, etwas zwischen die Zähne zu kriegen. Mehr nicht. Wir waren Kumpel. Wie Soutine und ich Kumpel gewesen waren. Wir schliefen im selben Zimmer, weil nur ein Zimmer da war. Aber mehr war nicht.

Wochenlang passierte nicht mehr, als daß ich mich noch näher an ihn hielt, wenn wir durchs Quartier streunten. Und wir achteten darauf, daß nicht nur einer zu essen bekam. Dann wurde es nachts so kalt, daß ich zu ihm kroch. Er war viel älter als ich, er war Mitte Dreißig und ich siebzehn.

Er erstaunte mich, weil er nicht zeigte, daß er mich wollte. Das kränkte mich auch. Also ging ich zu ihm unter die Decke. Dort gefiel es mir, er hatte zärtliche Hände. Er machte nicht viel Aufhebens, er faßte mich an, wie ein Mann eine Frau anfaßt, alles zart und geil und voll Respekt. Es gefiel mir. Ich lernte schnell, ihn zu berühren, wie er es mochte. So vergingen wieder einige Wochen. Ich hielt es schon für mein Schicksal, daß ich die Lust erfuhr, indem Hände mich berührten, ich begann zu glauben, daß ich die richtige Liebe nie kennenlernen würde.

Es hatte sich nur wenig geändert. Ich hielt mich dicht bei ihm, wir teilten das Essen, und nachts lagen wir unter einer Decke. Fast wie Mann und Frau. Fast wie Vater und Tochter. Falls es so ist zwischen Vater und Tochter, das habe ich ja nie kennengelernt. Fast wie Kumpel.

Es war ein schönes Spiel, das wir mit unseren Händen spielten. Seine Hände gefielen mir. Er hatte sensible, schlanke und kräftige Finger. Sie erinnerten mich an den Clown. Mendjizky

hatte Musikerhände. Er liebte die Musik. In seinem ungeheizten Atelier stand ein Flügel, und er gab mir oft Konzerte.
All das gefiel mir. Mir gefiel auch sein Körper. Es machte mir Spaß zu untersuchen, wie ein Mann gebaut war, was geschah, wenn ich hier drückte und dort anfaßte. Wenn du so willst, hatte ich ein wissenschaftlich forschendes Interesse an Mendjizky. Irgendwann, bei einer unserer nächtlichen Erkundungsreisen über unsere Körper, steckte er dann seinen zarten, sensiblen und kräftigen Musikerfinger, den mittleren, glaube ich, in den Mund, bedeckte ihn mit seinem Speichel und tauchte ihn schließlich tief in mich hinein.
Die vergeblichen Versuche meines verflossenen Galans waren stets von entsetzlich hektischem Atmen seinerseits begleitet gewesen, und er hatte mir immerzu in die Brustwarzen gekniffen. Vielleicht wollte er mich mit dem Schmerz, den er mir da oben zufügte, von dem Schmerz unten ablenken. Doch das hat bei mir leider nur dazu geführt, daß ich mich überall zusammenkrampfte. Mendjizky ging nach einer anderen Methode vor, er überraschte mich. Er schob einfach seinen Mittelfinger immer weiter in mich hinein, als wäre ich eine Weinflasche und er der Korkenzieher, und bei dem kleinen Widerstand in mir stieß er zart, aber energisch und beharrlich weiter vor. Jede Weinflasche kann entkorkt werden. Als ich aufschrie, drückte er noch einmal leicht nach, wand seinen Finger aus mir heraus und fuhr in unserem spielerischen Streicheln fort, während das Blut zwischen meinen Beinen absickerte.
Ich wäre eine beeindruckende Braut für einen Mann gewesen, der das Laken am nächsten Tag aus dem Fenster hätte hängen wollen. Ich blutete, daß ich fürchtete, es höre nie wieder auf. Mendjizky beruhigte mich. Das sei so, sagte er, aber er verlor keine großen Worte darüber, daß er mich mit dem Mittelfinger zur Frau gemacht hatte.
Er war, glaube ich, klug genug, um zu wissen, daß er mir einen Dienst erwiesen hatte, indem er nichts weiter getan hatte, als mein etwas unnatürlich festes Jungfernhäutchen zu zerreißen. In die Liebe hatte er mich so nicht eingeführt. Kleine, keiner, der dein Jungfernhäutchen zerreißt, führt dich in die Liebe ein.

Du kannst es ebensogut selbst tun, wenn du Angst vor dem Schmerz hast. Mit dem Mittelfinger.
Mendjizky bildete sich nichts darauf ein, er fühlte sich nicht großartig anschließend, er sagte nicht eine einzige dieser dummen Phrasen, die Männern in solchen Situationen wohl einfallen, wie: Nun bist du meine Frau! oder ähnliches. Dafür liebe ich ihn noch heute.
Ebenso sanft, wie er seinen Finger vorgeschoben hatte, flößte er mir allmählich seine Liebe ein. Er nannte mich Aliki, Kiki, Zuckerschnütchen, Zaubermuschel, Muschelkönigin, Püppchen, Feenauge, Süße, und wir hatten immer öfter Sex zusammen, ohne daß er mir jemals weh tat.
Heute, Douze, denke ich: Hätte er mich nicht auf diese kluge weinkennerische Art entkorkt, wäre ich vielleicht immer noch Jungfrau. Ja, so war er, mein Galan.
Es ging lange mit uns, fünf Jahre, glaube ich. Er malte, ich stand Modell. Er verdiente kein Geld, ich verdiente etwas mehr. Es reichte für eine Mahlzeit am Tag, manchmal für zwei. Er war kein schlechter Maler, sein Talent war beachtlich, sein Kopf allerdings nicht so sehr, seine Ideen reichten nicht aus, um Neues zu finden.
So malte er schöne Bilder à la Cézanne. Nur, daß Cézanne die seinen hundert Jahre vorher gemalt hatte.
Irgendwie wußte Mendjizky das auch, glaube ich, er war auf eine so gepflegte Art melancholisch. Ich habe ihn nie für einen besonders großartigen Maler gehalten, aber das war gleichgültig. Ich lernte andere Maler kennen, deren Bilder mir besser gefielen. Foujita zum Beispiel. Und Kisling.
Mendjizky war ein Mensch mit Geschmack. Er liebte Musik, liebte Schönheit, die Harmonie der Farben. Er liebte Cézanne. Meine Erfahrung ist: Je geschmackloser einer ist, um so größere Kunst schafft er. Nimm Soutine. Soutine ist der absolut geschmackloseste Mensch, den ich kennengelernt habe – und sie waren fast alle von hochgradiger Geschmacklosigkeit. Soutine aber war am schrecklichsten.
Mendjizky hingegen hatte saubere Fingernägel, spielte Chopin und malte à la Cézanne. Hätte er hundert Jahre vorher gelebt,

hätte er den geschmacklosen Cézanne wahrscheinlich ekelerregend gefunden.
Das war, glaube ich, der Grund, warum Man Ray sich oft selbst verachtete: Seine Fotos waren so geschmackvoll. Und sie wurden immer geschmackvoller. Die Modefotos waren so wahnsinnig stilvoll, und die Mannequins waren so wahnsinnig schön, und die Dekors waren so wahnsinnig modefotomäßig, das alles brachte so wahnsinnig teure Aufträge rein. Nicht die Fotos von Poirets Kollektion selbst, der gab ihm kein Geld, der gab ihm nur die Frauen und die Kleider und den ganzen Modepalast, aber die Veröffentlichung der Fotos in diesen wahnsinnig schönen Zeitschriften machte Man Ray bei der richtigen Kundschaft bekannt.
Und er verachtete sich dafür. Er zitierte das Dada-Spektakel noch, als alles schon lange vorbei war. Man Ray beobachtete Salvador Dalí wie ein Buchhalter den Scheckfälscher, Dalí, diesen vollkommen geschmacklosen Kerl, Typ Stehgeiger oder Heiratsschwindler, der aber die beunruhigenden Bilder malte, von denen Man Ray träumte.
Jetzt erzähle ich dir von den Kunstwerken der Männer, mit denen ich ins Bett gegangen bin, und sollte dir doch von meinem Liebesleben erzählen. Aber, Kleine, das ist schwer zu trennen.
Ficken ist rein, raus, rein, raus. Es ist die Reibung, die die Wärme erzeugt, bei Mann und Frau. Ob du die Hand nimmst, den Mann oder sonstige Hilfsmittel. Aber was macht den Unterschied? Was macht, daß ich heute sagen kann, Mendjizky war ein lieber Kerl, ein guter Freund, mehr Kumpel als Vater, mehr Jüngling als Mann? Aber Leidenschaft, Hitze, Augenblicke, die dir noch Jahre später die Stimme rauh werden lassen, wenn du darüber sprichst, die habe ich bei ihm nicht kennengelernt. Dafür war er zu stilvoll, zu phantasielos, ja, und auch zu wenig heiß. Er war lauwarm, also blieb auch ich lauwarm. Lauwarm ist gut, da kannst du dich nicht verbrennen, da kriegst du auch kein Fieber; es ist eben wärmer als kalt.
Mehr ist nicht zu erzählen über die Jahre mit Mendjizky. Oder

doch, es wäre sehr viel zu berichten über all die anderen und über mich. Über Foujita und Kisling, über …
Und darüber, daß ich damals lieber zeichnete, als Liebe zu machen. Aber über das Zeichnen wolltest du ja weniger wissen.
Als Mendjizky von Paris fort in den Süden ging, forderte er mich auf, mitzukommen, aber nicht einmal das brachte er wie einen heißen Wunsch vor, eher wie eine zärtliche Bitte. Ich überlegte sogar eine Weile, aber dann, genau zum richtigen Zeitpunkt, lernte ich Man Ray kennen.

Kiki Souvenirs, Kapitel XXI

Jetzt ist er mein Liebhaber.
Der andere geht fort, und ich kann mich nicht entscheiden, ihm zu folgen.
Er geht fort.
Ich bleibe.
Ich führe das gleiche kleine Leben weiter wie vorher.
Mein neuer Freund ist nicht reich, aber wir essen regelmäßig, bei Delmas, bei Retelle, bei Rosalie.

Man Ray war nicht der Übergang vom lauwarmen Nieselregen in die Tropensonne, falls du das denken solltest, ganz im Gegenteil. Aber aus irgendeinem Grund, vielleicht war einfach die Zeit reif, oder es war meine wachsende Sehnsucht, geliebt zu werden, oder ich hatte bei Professor Popoff wirklich irgend etwas Neues in mir entwickelt, auf jeden Fall begann ich bei Man Ray, vor Sehnsucht verrückt zu werden.
Mendjizky war ein Freund gewesen, da hatte es eine zärtliche, kumpelhafte Nähe gegeben; für Man Ray war ich eine süße Puppe, die sich im Hintergrund halten mußte, wenn Geschäfte und sonstige ernsthafte Dinge anstanden. Das wäre ja vielleicht eine Weile gutgegangen, das Problem aber war: Er war nicht besonders scharf auf Süßes.
Heiß war er auf mich als Modell, absolut heiß. Nichts spielte

er lieber mit mir. Und ich zeigte mich gern. Ich hatte bei Popoff deutlich gemerkt, wie stark es mich erregt, mich zu zeigen. Und ich hatte beim Posieren gemerkt, wie mächtig ich mich fühle, wenn ich mich nackt zeige.
Heute hab ich mich dir gezeigt, Kleine. Mehr erzähle ich heute nicht, du bist so leichenblaß, daß ich Angst um dich bekomme. Komm, heute bringe ich dich nach Hause.

26. September 1951

Soviel Beharrlichkeit hätte ich dir nicht zugetraut. Heute willst du alles wissen, sagst du. Aber was heißt das? Glaub nicht, ich könnte die ganze Nacht durch Paris spazieren, Kind, ich habe Wasser in den Beinen. Einverstanden, daß wir weiter über Sex reden. Einverstanden, daß wir die ganze Nacht zusammenbleiben. Einverstanden, daß wir an der Seine entlanglaufen, aber dahinten, siehst du, dort, wo die Lichter flackern, da ist ein Café, da trinken wir ein Glas.
Du willst alles wissen, sagst du. Woher weißt du, daß ich alles weiß? Und woher weißt du, daß ich dir alles sage, was ich weiß? Du bringst mich zum Lachen mit deinem energischen Kinn und deiner weißen Nasenspitze. Wie stellst du dir das vor? Wenn es so einfach wäre, würden Sexschulen aufgemacht.
Die gibt es? Warum gehst du nicht hin, du Neunmalkluge? Und ich sage dir, die gibt es nicht!
In Japan? Im Orient? Ach, den Kram meinst du. Klar, du kannst lernen, wie du Männer verwöhnst. Dafür brauchst du nicht nach Japan zu gehen, such dir eine anständige Hure, die eine Moral hat bei ihrer Arbeit, die kann dir alles erklären. Aber doch nicht Kiki! Kleine, ich weiß bis heute nicht, wie man Männer bedient. Wo sie es brauchen und wie. Ist mir auch mächtig egal. Ich weiß, wo ich es brauche und wie. Und ich brauchte es! Und wie! Das war schlimm für mich, wenn ich es nicht bekam.
Es. Was ist es? Die Männer, die mich nicht näher kannten,

erzählten sich gern, wie geil ich sei. Ein Spruch machte die Runde. Angeblich hatte ich zu einem, der sich mir verweigerte, gesagt: Tu n'es pas un homme, mais une omelette! Es ist witzig, ich hätte es tatsächlich gesagt haben können, egal, aber der einzige Mann, der sich mir verweigert hat, war Man Ray. Man Ray war wie eine Frau. Wenn er mich bestrafen wollte, zog er sich von mir zurück. Das war schlimmer, als wenn er mich geschlagen hätte. Ich fühlte mich dann so einsam und verlassen, daß ich Todesangst bekam. Er war einfach nicht so heiß auf mich, daß er nicht genug von mir kriegen konnte. Das war furchtbar. Und ich war nie so rasend hinter einem Mann her wie damals hinter My Man.

Ich weiß nicht, wie er es fertigbrachte, aber er verschwand einfach in seine Dunkelkammer. Wir hatten schreckliche Streitereien deshalb. Ich fühlte mich gedemütigt und verschmäht und nicht begehrt.

Ich fuhr nach Châtillon, in der Hoffnung, ich könnte ihm fehlen und er würde begierig auf mich werden. Ich zermarterte mein Gehirn, bis ich auf die Lösung kam: Ich wollte ihn nur noch einmal in der Woche ranlassen, in der Zwischenzeit sollte er an den Nägeln kauen. Das schrieb ich ihm sogar, wild entschlossen, meinen Entschluß in die Tat umzusetzen.

Aber als ich zurück in Paris war, quälte ich mich damit mehr als ihn. Er hätte es länger ausgehalten als eine Woche. Mir juckte es aber zwischen den Beinen, ich wurde gereizt und fühlte mich, als sei ich leprakrank, so wenig rührte er mich an. Siehst du, Kleine, es war also ganz und gar nicht so, daß ich alle Männer verrückt machen konnte, ganz im Gegenteil, mein Problem war, daß ich verrückt nach Liebe war.

Stell dir vor, einmal, das war, bevor ich in Villefranche eingelocht wurde, stellte der Arzt bei Man Ray diese schreckliche Geschlechtskrankheit fest, Syphilis. Und mein Liebster kam nach Hause und warf mich raus. Hure! schrie er. Flittchen! Jetzt hab ich die Quittung dafür, mit einer läufigen Hündin zu verkehren.

Er hätte nie ficken gesagt. Aber ich sagte ficken. Ich war so gekränkt, das kannst du dir nicht vorstellen. Ich war stolz auf

mich, weil ich keine Hure geworden war. Das war Schwerstarbeit gewesen. Das war eine Leistung. So, als lebst du unter den Brücken und bist trotzdem sauber und läusefrei.
Aber ich brüllte ihn nicht an: Du Scheißkerl, bist dir doch sowieso zu schade gewesen, mich zu ficken! Welche Hure hat dir wohl die Krankheit an die Weichteile gehext? Ich nicht! Das sparte ich mir auf und ging erst mal zum Arzt. Ließ mir bescheinigen, daß ich gesund war. Und dann ging ich zum nächsten Arzt und ließ es mir noch einmal bescheinigen. Und schließlich noch von einem dritten. Mit den drei Attesten kehrte ich zu Man Ray zurück und sagte kalt: Hier. Ich war's nicht. Du solltest nicht so wild auf der Straße rumficken, du solltest es lieber deiner Frau mal anständig besorgen. Und deine Frau bin ich.
Aber er redete nicht mit mir. Er weigerte sich zu glauben, daß er die Krankheit irgendwoher sonst als von mir haben könnte. Da fuhr ich wieder nach Châtillon. Dort war ich sehr unglücklich.
Auch weil *es* mir fehlte.
Was ist es? Ja, natürlich, ich war eine wunderbare Liebhaberin meiner selbst. Ich liebkoste mich und drang in mich ein und zwirbelte meine Nippel, bis dieser Strom von oben nach unten mich zappeln machte und zittern und ächzen. Ja, natürlich, diese gigantische Entladung, dieses Feuerwerk, das meinen ganzen Körper zu einem Ausbund an Empfindlichkeit machte, so daß jede winzige Berührung die Elektrik in mir aufheizte bis zur Ohnmacht, ja, das alles konnte ich mir selbst schenken.
Warst du schon einmal zur Mittagszeit im Süden? Wenn die Zikaden sirren, daß du denkst, die Stromleitungen sind überlastet. Wenn die Hitze und der Blütenduft und die Zikaden und die Stromleitungen und der Wein vom Mittag und dein Liebster und du, wenn ihr verschmelzt zu einem Ball, zu einem kreisenden Wirbel von Gefühlen, das ist wunderbar.
Manche Frauen geben irgendwelche Laute von sich, daß der Mann glaubt, er sei gut. Ich habe nie irgend etwas dafür getan, daß irgendein Mann glaubte, er sei gut. Wenn er schlecht war, hab ich ihn aus dem Bett geschubst. Schlecht? Gut? Was das

heißt? Und woher ich weiß, ob ich gut bin? Ich weiß es ja nicht. Bei Man Ray glaubte ich alles andere, nur nicht, daß ich eine gute Geliebte bin.
Wenn ich für einen gut war, merkte ich es. Wenn der Mann nicht genug kriegen konnte, wenn er alles stehen und liegen ließ, nur um sich an mir zu reiben. Wenn er seine Masken fallenließ, die Maske des großen Kerls, die Maske des Gefühllosen oder auch die des Gefühlvollen. Wenn er diesen Blick bekam, den keiner vortäuschen kann, der einfach von selber kommt. Wenn das Gesicht die Form verliert, die nach außen gewahrt werden soll, wenn es weich wird und unkontrolliert und so einen Ausdruck bekommt, als erblicke der Mann etwas unglaublich Berauschendes und müsse unbedingt näher ran und mehr davon haben. Es ist diese Sehnsucht nach mehr. Wenn ich gut bin, will der Mann mehr.
Und er zeigt es. Er sagt es. Er hat eine andere Stimme als sonst. Nicht lieb, nicht zärtlich, nicht weich, aber auch nicht hart und fordernd, er hat einfach eine Stimme, die sich selbständig gemacht hat, die nicht mehr gehorcht, seine Stimme kommt von ganz tief innen, ebenso wie sein Entzücken an mir. Dagegen kommt er nicht an. Das ist stärker als er.
Man Ray kam dagegen an. Man Ray gab beim Sex keine Tiergeräusche von sich. Ich mag es sehr, wenn ein Mann sich in mir verwandelt. Ich gebe immer Geräusche von mir. Ich knurre und jaule und wimmer und stöhne und ächze. Ich schreie. Und ich schimpfe, wenn es nicht gut war. Ja, wenn ein Mann es mir nicht besser macht, als ich selbst es kann, oder wenigstens annähernd so gut, dann werde ich wütend. Es gibt nichts Schrecklicheres, als wenn du spürst, wie deine Lava in die Höhe steigt, aufbrandet, heiß und flüssig und so unglaublich mächtig, und dann spritzt der Kerl ab, und nichts läuft mehr. Das ist wie Wasser auf mein Feuer, das ist brutal. Dann schimpfe ich. Was sollte ich sonst tun?
Ihm sagen, wie gut er ist? Das mag man in japanischen Hurenschulen lernen. Ich sage ihm, daß er Bockmist gebaut hat. Und ich besorge es mir selbst, nachdem ich ordentlich getobt habe. Wenn ich nicht geschimpft und getobt hätte, könnte ich das

nicht. Dann wäre ich erstarrt. Es gibt Frauen, die wagen nicht, ihre Wut rauszulassen, wenn ein Kerl sie im Bett enttäuscht. Ich weiß es von Treize. Aber die erstarren, bei denen wird alles kalt. Sie ersticken ihre Leidenschaft, damit die Wut nicht aufbrandet.
Man Ray gefiel es sehr, wenn ich es mir selbst besorgte und er zuschauen durfte. Nichts konnte ihn so heiß machen. Er fiel über mich her, gerade in dem Augenblick, da ich ihn vergessen hatte. Und das mochte ich auch sehr.
Warum es mit einem Mann besser ist als allein? Oh, Kleine, du willst es genau wissen. Komm, wir gehen jetzt hier hinein, trinken einen anständigen Pernod und unterhalten uns drinnen laut über den Vorteil, den der Mann vorm Daumen hat.
Nein?
Kleine, Schamlosigkeit ist die erste Lektion, die du lernen mußt, wenn du etwas über Sex erfahren willst. Schau, was kann denn passieren, wenn wir zwei jetzt über den Wert des Mannes für uns Frauen reden. Laut reden.
Die da hinten könnten gucken? Laß sie! Sie könnten näher kommen? Na und? Sie könnten uns belästigen? Aber Kleine, du hast doch Hände und Füße!
Klar, also Prost darauf, daß wir nein sagen können, wenn wir nicht wollen! Und wenn wir nun ja sagen wollen, douce Douze? Zwölfmal täglich ein liebliches Ja? Was dann wohl die anderen sagen, was? Klar, der dreizehnte ist beleidigt, wie im Märchen die Fee, für die kein goldener Teller mehr da ist. Aber wenn wir zwölfmal ja sagen und ein dreizehntes Mal nein, dann ist es für den dreizehnten bitter und für uns immer noch zwölf liebliche Male so, wie wir es wollen. Kleine Douze, ein Mann ist ein Mann und süßer als eine Rose.
Er riecht einzigartig, er faßt sich einzigartig an, er hat einen einzigartigen Hintern und – er hat ein phantastisches Ding zwischen den Beinen. Ohne Frage eine große Errungenschaft der Schöpfung. Ich war immer hingerissen von diesem Tierchen, von der Wandlungsfähigkeit und der Kraft; mal rührend zart, dann wieder machtvoll. Zauberstab. Märchenquirl.
Schau, wie sie glotzen, die beiden dahinten. Unsere Worte rei-

chen schon, ihnen die Ohren rot zu färben. Es sind unsere Worte von der Lust am Mann. Sie hören das nicht oft. Sie hören oft, das sag ich dir, daß sie dies nicht dürfen und daß jenes schlecht ist, daß sie mit ihrem Tier ins Bordell gehen sollen, denn da gehöre es hin. Und von ihrer Alten zu Hause hören sie, daß sie nach Schnaps stinken und sich verpissen sollen.

Das glaubst du nicht? Du glaubst, daß Frauen alles erdulden, nur um einen Kerl zu kriegen? Vielleicht. Aber was passiert dann? Dann wollen sie ihn halten, nicht hergeben an eine andere, die ihm vielleicht besser zu Diensten ist?

Vielleicht. Aber auch Männer spüren, ob eine Frau nicht genug kriegen kann. Oder ob sie vorm Anfang schon genug hat.

Los, jetzt erzähl mir endlich, warum du das alles wissen willst.

Ich sag dir die Wahrheit: Du zahlst mir seit einem Monat den Rotwein, weil du die ganze Zeit nur auf dieses Gespräch gelauert hast. Und schämst dich so erbärmlich, daß du dich nicht traust, mit der Sprache rauszurücken. Arme Douze, hat sich mein ganzes Leben anhören müssen, nur weil sie nicht weiß, wie sie mich zum Reden bringen soll. Zum Reden über die wirklich wichtigen Sachen.

Das andere ist dir auch wichtig? Aber am wichtigsten, Petite, ist die Geschichte mit dem Sex, erzähl mir nichts! Wer ist denn dein Herzbube, daß es dich so quält? Kriegt er keinen hoch? Oder hat er eine andere? Los, ich will das jetzt wissen!

Nicht hier? Also gehen wir wieder raus. Ich könnte Gefallen daran finden. Frische Luft ist nicht zu verachten. Ich habe mein Leben im Rauch verbracht, in Cafés oder Kaschemmen, in Bars oder Ballsälen. Die einzigen Sportarten, denen ich etwas abgewinnen konnte, waren Tanzen und Liebe machen.

Hab ich dich endlich zum Kichern gebracht! So, und jetzt leg los!

Dein Chef. Und verheiratet. Und gleichgültig. Ach du Schreck! Betrüg ihn!

Ja, betrüg ihn! Betrüg ihn, auch wenn er von seinem Glück nichts weiß. Nichts macht schöner als ein Seitensprung. Nichts bringt mehr Spaß, als den einen zu lieben und mit dem anderen Liebe zu machen.

Du denkst, ich will dich verulken. Nein! Die Momente reinster Leidenschaft und Lust habe ich erlebt, wenn ich den Mann, den ich liebte, betrog. So ist es. Nimm Ivan Mosjoukine! So einen schönen Mann gab es nicht noch einmal. Die Russen, ich sag dir! Keine andere Nation hat solche Männer aufzubieten. Sie sind äußerlich Mann wie sonst keiner. Und sie sind innerlich Baby wie sonst keiner. Sie sind nicht eitel, weil sie gar nicht wissen, daß männliche Schönheit einen Wert hat. Sie sind einfach nur stark und Mann und süchtig nach Frau. Nichts hat einen solchen Wert für sie wie eine Frau. Du kannst einen Russen in den Wahnsinn treiben, wenn du ihn verliebt machst. Und einen Russen verliebt zu machen ist das leichteste von der Welt – wenn du weißt, daß du eine Frau bist. Betrüg deinen Chef mit einem Russen! Gut, ich verstehe, im Augenblick sind die nicht gerade dicht gesät hier in Paris.
Verreise! Fahr nach Berlin, da gibt es viele. Da kannst du ganze Kompanien in den Wahnsinn treiben, ich sag es dir. Und du kommst zurück und erkennst, daß dein Chef dir nicht genug zu bieten hat. Es geht nämlich nicht darum, liebliche Douze, ob *du* irgend etwas hast, das dem Mann gefällt, es geht darum, ob *er* dir etwas zu bieten hat. Darauf mußt du deine Scheinwerfer richten. Hast du doch erlebt im Krieg. Suchscheinwerfer machen, daß alles stockduster ist bis auf einen Ausschnitt, und der ist klar zu erkennen. Stell, bevor du dich verliebst, deine Scheinwerfer auf das ein, was ein Mann dir zu bieten hat. Dann kann nichts schiefgehen.
Bei mir ging es mit Man Ray daneben, weil ich mir solche Mühe gab, ihm zu gefallen. Ivan Mosjoukine, den nichts mehr interessierte, als die Frage, wie er mich glücklich machen konnte, liebte ich nie. Ich liebte Man Ray, und das Geniale war: Während ich mich von Ivan Mosjoukine beglücken ließ, wartete Man Ray im Hôtel Istria auf mich. Ja, er wartete. Wenn ich nach dem Auftritt im Jockey zu Mosjoukine in den Sportwagen stieg und meinen Kopf in seinen Schoß legte oder in sein Hotel fuhr und mit ihm Liebe machte, bis ich satt war, und dann nach Hause in mein Bett zurückkehrte – die ganze Zeit wartete Man Ray. Und dann kroch er ran an mich, die ich nach fremden Säften roch, auch

wenn ich mit Ivan zum Abschluß noch gebadet hatte, und war so begehrlich wie sonst nie. Er drückte sein zu einem Menhir angeschwollenes Ringelschwänzchen an mich, und ich, satt und zufrieden und meiner völlig sicher, widerstand ihm, bis er mich in geduldiger zärtlicher Handarbeit geöffnet hatte, ließ meine Beine auch dann noch geschlossen, wenn meine Orchidee schon zu einer fleischfressenden Pflanze angeschwollen war. Er bettelte, er seufzte, er war unermüdlich, und ich ließ ihn gewähren. Ich kokettierte mit meinem Widerstand, ich spielte, ich balgte mit Man, widerstrebte, ließ ihn ran, stieß ihn wieder raus und lockte ihn ein wenig.
Und erlebte mit meinem Man Ray, meinem Mann, der mich mit so kalter Schulter übersehen konnte, unglaubliche Ekstasen, als sei er nicht mein Mann, sondern mein Liebhaber, mit dem ich meinen Mann betrog.
Betrüg ihn, süße Douze, auch wenn er noch gar nichts von seinem Glück weiß. Er wird es riechen. Männer riechen den Samen anderer Männer und werden geil. Nichts macht sie begehrlicher als eine Frau, die noch nach Liebe dampft. Manchmal habe ich vermutet, daß es ihren Wettkampfinstinkt aufstachelt. Den Boden, der für den einen fruchtbar ist, will auch der andere beackern.
Was hältst du davon, wenn wir mal wieder eine kleine Pause einlegen? Meine Beine schmerzen. Hier, das sieht nach Bar aus, wollen wir hinein? Du zahlst, Kleine, ich bin blank.
Seltsamer Laden, viele Männer hier, sehen schwul aus. Ich mag Schwule. Jean Cocteau war mein bester Freund. Die hier mögen uns, glaube ich, nicht. Gut, gehen wir, Kleine, ich erzähl dir draußen von der Liebe zwischen Frauen. Und laß uns auch den Weg zurück einschlagen. Ich werde plötzlich müde. Mag gar nicht mehr reden. Du kannst mit in mein Bett kommen, wenn du willst, heute ist mir danach. Wir nehmen eine Prise Koks und lieben uns.
Ja, ich bin süchtig. Süchtig nach Haut, nach Berührung, nach diesem Gefühl, unendlich zu werden, über alle Grenzen mich zu ergießen, fließen, heiße, brodelnde Lava. Und es war gut, mit Kokain im Blut Margot zu lieben. Es ist ein seltsames

Gefühl, über die zarte Haut einer Frauenbrust zu streichen, den Nippel ebenso zu berühren, wie ich selbst es am liebsten habe, und die Frau erschauern zu spüren. Eine Pflaume zu zerteilen, hindurchzufahren, sie zu necken mit meiner Hand, kurzes Erhitzen und wieder zum Bauch oder zu den Schenkeln. Mit einer Frau fühlte ich mich sehr machtvoll. Ich wußte genau, was ihr guttat. Und ich war auf eine seltsame Weise selbst erregt, wenn ich ihr Lust bereitete. Es war, als spürte ich ihre Empfindungen in mir.

Mit einem Mann war es anders. Seine Gier erregte mich. Sein Begehren. Das Anwachsen seines Tierchens auf eine stolze Größe; aber ich fühlte nicht, was er fühlte. Wie sollte ich auch? Wenn ich einer Frau die Pflaume öffne, gibt es keinen Zweifel, da bin ich völlig sicher: Das ist gut, das braucht sie. Und wenn ich ihren Kitzler berühre, zuckt meiner.

Also, willst du? Ich lade dich ein. Betrüg deinen Chef mit mir, Kleine, ich zeig dir, was dir guttut.

Ja, ich bin süchtig. Es ist nicht moralisch, ich weiß. Ich war nie moralisch. Doch, ich war es! Aber ich hatte meine eigene Moral. Ich habe mich nie verkauft. Nie.

Aber ich habe mich auch nie versteckt. Ich finde, es ist unmoralisch, sich zu verstecken. Das ist, als ob ein Apfelbaum sich weigert, seine Äpfel zu zeigen, weil dann jemand Appetit auf sie bekommen könnte. Geiz verabscheue ich.

Ich genieße es, mich zu zeigen. Hast du von meiner Napoleon-Nummer gehört? Ich stopfte meinen Rock unter meine Weste, behielt die Strümpfe an und legte meine Hand in dieser berühmten Haltung auf meine Brust. Weil meine Behaarung so spärlich war und meine Haut so weiß, sah ich aus, als trüge ich weiße Strumpfhosen à la Napoleon. Es war eine prima Nummer, absolut umwerfend.

Meine Entkleidungsnummer war auch großartig. Dafür brauchte ich allerdings eine Treppe. Ohne Treppe funktionierte es nicht. Bei dieser Nummer hättest du einen Taschendieb durch den Raum schicken können; er hätte die Männer in aller Ruhe ausgeräubert, sie hätten es nicht bemerkt. Ich habe sie hypnotisiert.

Ja, ich habe meine Macht genossen. Macht ist nichts Schlimmes, Kleine. Es kribbelt bei ihnen und bei dir. Und es kribbelt, weil du eine Frau bist und es Männer kribbelt, wenn sie Frauenhaut sehen, die nach und nach entblößt wird. Das ist das Besondere, du hast danach gefragt.
Ich kann mir Lust bereiten, ja, aber die Atemlosigkeit eines Mannes, wenn er meine Haut berührt, wenn er meine Brüste erobert, wenn ich ihm einen Blick zwischen meine Schenkel gewähre, dieses männliche Begehren, das auflodert, wenn nichts als mein Frausein ihn entzündet, das ist das Besondere. Ich habe es nie begriffen, es war mir immer ein Geheimnis, warum Frauen Männer so erregen können. Einfach so. Ohne irgend etwas zu tun.
Auch wenn ich es mochte, mit einer Frau Liebe zu machen, ihre zarte Hand, die meine Blüte auseinanderbog und erkundete, ihre Lippen, weich und kosend auf mir, in mir, über mir, aber die Spannung, die zwischen Männern und mir knisterte, die habe ich mit Frauen nie erlebt. Trotzdem, douce Douze, lade ich dich in mein Bett ein. Frauen sind kundig und wissend, Frauen beglücken dich mit völliger Sicherheit, Männer sind unberechenbarer. Es kann der Himmel sein mit einem, er kann sich aber auch als Tölpel erweisen. Das siehst du vorher nicht.
Ach, Kleine, es gibt so unendlich viel Lust. Und ich war süchtig danach. Süchtig nach allem, was glücklich macht.
Und jetzt bin ich müde.

17. August 1992

Nun ist es an der Zeit auszupacken.
Ich schnüre die Bänder auf, grün und rot waren sie einmal, nun sind sie von vergilbter bräunlicher Farbe. Ich schnüre sie auf und puste gleichzeitig den Staub vom Schuhkarton, der, ehemals weiß, übersät ist von Altersflecken, ähnlich denen, die meine Hände sprenkeln wie auf einem Monet die Mohnblumen das Feld.
Bevor ich den Deckel lüpfe, betrachte ich meine Hände. Sie haben mir treu gedient. Ich konnte mich auf sie verlassen, wenn ich meine Artikel schrieb für die Provinzzeitung, für die ich mein Leben lang gearbeitet habe. Eine Provinzzeitung – manche rümpfen die Nase, wenn sie das hören, ich habe mich nie geschämt, ganz im Gegenteil. Als ich mich entschieden hatte, meinen Lebensunterhalt mit Schreiben zu verdienen – also meine Hände und meinen Kopf zu bemühen und alles übrige, das zu mir gehört, nur in den Fällen zu spüren, da ich mich freiwillig dafür entscheiden würde –, war ich so erleichtert, daß ich bereit gewesen wäre, einen viel höheren Preis zu zahlen, als den, von Paris fort und in die schmuddeligen Redaktionsräume einer Provinzzeitung zu ziehen.
Dieser verschnürte Schuhkarton enthält die Beweggründe für meine damalige Entscheidung. Als ich das erste Blatt hineinlegte, war ich genauso leer und genauso offen wie der Karton, damals. Der Krieg hatte mich leer gemacht von allem, was einmal als Aufgabe oder Sinn in mir gewesen war.
Das erste Blatt, das ich in den Karton legte und das ich jetzt mit nervösen Fingern hervorziehe, ängstlich, es könnte sogleich zu Staub zerbröseln und so die Rechnung dafür präsentieren, daß ich so lange gewartet habe, zu lange – das erste Blatt also trägt die Überschrift: 17. August 1951.
Damals begann es.
Ich muß die Blätter nicht alle durchwühlen, ich weiß es auch so: Die letzten Seiten stehen unter der Überschrift »26. September 1951«.
Da war alles entschieden.

Aber vielleicht war auch alles schon viel früher entschieden, und ich erkannte es erst im September 1951. Das mag sein. Vielleicht hatte mein Großvater über alles entschieden, als er mir sein gewissermaßen aus der Seine gefischtes Geld mit der Auflage vermachte, es zu verprassen.
Großpapas seltsame Erbschaft.
Schlimm genug, daß er gestorben war. Er war der letzte aus meiner Familie. Alle anderen hatten sich am Ende des Krieges davongestohlen. Ich habe es ihnen immer verübelt.
Und ich verübele es ihnen noch heute, da ich alt bin und nicht mehr lange leben werde. Heute weiß ich, wieviel Überwindung es kostet, dazubleiben; wieviel leichter es ist, wegzulaufen vor Schwierigkeiten. Und das Leben ist die größte Schwierigkeit überhaupt.
Es ist nicht in Ordnung, sich davonzustehlen, wenn man ein Kind zurückläßt, noch dazu ein junges Mädchen. Ich war fünfzehn Jahre alt, als meine Mutter starb, und das war eine Schweinerei. Mir war noch nicht einmal die erste Frauenblutung widerfahren, meine Brüste waren gerade dabei, sich zu Knospen zu entwickeln, und keine Rede davon, daß ich schon jemals verliebt gewesen wäre.
Der Krieg ist schlimm. Besonders schlimm aber, finde ich, ist er für jene, die gerade noch Mädchen sind. Manche entscheiden sich, Mädchen zu bleiben, ebenso wie Mütter sich entscheiden zu sterben. Manchmal denke ich, ich schrecke bis heute vor dem Frausein zurück.
Immerhin bin ich geblieben. Als mein Großvater starb, war ich kurz davor zu gehen. Vielleicht wußte er es.
Vielleicht wußte er das alles schon lange. Mein Großvater war ein eigenartiger Mensch. Er angelte sein Leben lang, auch während des Krieges. Mein Vater wurde Soldat wie alle, mein Großvater angelte. Er starb sogar beim Angeln. Die anderen sagten, er sei ertrunken, sprachen gar von Selbstmord, aber ich wußte, er war beim Angeln gestorben und dann von dem Fisch, der angebissen hatte, ins Wasser gezogen worden. Denn mein Großvater hätte die Angel auch im Tod nicht losgelassen. Nie.
Sein Testament war ein wunderschöner Brief, wenn auch nicht

der schönste, den ich jemals bekommen habe – ich habe viele wunderschöne Briefe bekommen. Schließlich spielte sich mein Leben auf dem Papier ab, auch mein Liebesleben.
Meine liebes Sauerkrautköpfchen, schrieb er, so hatte er mich oft genannt, weil ich den Kopf voller dünner Locken hatte – er hatte mich auch Regenwurm genannt, weil ich so dünn war und von oben bis unten gleich. Er nannte mich auch Schwertfisch, wegen meiner langen Nase, oder Seepferdchen, weil er mich schüchtern fand. Und wegen meiner langen Nase erzählte er mir Geschichten von langnasigen Menschen. Eine der Figuren, über die er immer wieder sprach, war Kiki. Kiki de Montparnasse.
Es waren unglaubliche Geschichten. Eine Frau mit einer langen, spitzen Nase war zur Königin gewählt worden, hatte Lieder gesungen und war berühmt geworden. Sie hatte ein Buch geschrieben, obwohl sie nie auf der Universität gewesen war, aber das Aufregendste war: Eine Frau mit einer langen, spitzen Nase war von Männern so sehr geliebt und begehrt worden, daß sie sie malten, fotografierten, anbeteten, sich ihretwegen prügelten und ihretwegen in Ohnmacht fielen.
In Ohnmacht gefallen war mein Großvater zweimal. Beinahe. Einmal, als er von ihr auf den Mund geküßt wurde, das zweitemal – blieb ein Geheimnis, bis meine Mutter beerdigt worden war.
Die Episode mit dem Kuß hat er mir so oft erzählt, daß es mir vorkommt, als wäre ich dabeigewesen.
Er kam gerade vom Angeln. Damals angelten viele in der Seine, und mein Großvater ernährte seine Familie mit Fischen. Er hat nie für irgend jemanden gegen Lohn gearbeitet. Es war ihm zuwider, irgendwen als Herrn anzuerkennen und sich »als Sklave« zu verdingen, wie er es nannte. Also angelte er, das machte ihm Freude, und er war niemandes Sklave. Das Angeln war seine große Leidenschaft. Seine zweite große Leidenschaft war das Lesen von Romanen. Darin war er wie eine Frau. Ich kenne keinen Mann, der unruhig wird, wenn auf seinem Nachttisch kein Roman liegt. Nun, ich muß gestehen, ich

kenne wenige Männer und noch weniger Nachttische von Männern.
Mein Großvater war alles andere als weibisch. Er war, glaube ich, ein leidenschaftlicher Mann.
Er angelte mehr, als seine Frau, er und seine Tochter, die meine Mutter war, essen konnten. Also tauschte meine Großmutter bei den Nachbarn Fische gegen alles, was sie ansonsten brauchte: Mehl, Zucker, Eier und so weiter. Und mein Großvater wanderte zu den Seen und Flüssen rund um Paris, angelte dort und tauschte seine Fische bei den Bauern gegen Wein und Käse.
Nirgends habe ich später so delikat gegessen wie bei meinen Großeltern. Es wurde erst schwierig, als meine Großmutter starb, kurze Zeit nach dem Tod meiner Mutter; einige Monate später schwand sie einfach dahin. Es wurde deshalb schwierig, weil ich nicht feilschen konnte und mein Großvater nicht feilschen wollte, wie er sagte. Und genaugenommen hatten wir beide eigentlich gar keinen Hunger.
Meine Großmutter war nicht krank, sie wurde einfach weniger, bis sie ganz verschwunden war. Und als sie verschwunden war, blieben nur mein Großvater und ich übrig. Wo mein Vater war, wußte ich nicht, und ich weiß es bis heute nicht. Er ist, wie man so sagt, im Krieg geblieben. Aber wo und wie, haben wir nie erfahren.
Also, mein Großvater kam vom Angeln zurück und mußte plötzlich einen Bogen machen, weil vor einer Buchhandlung eine lange Schlange von Männern bis hinaus auf den Bürgersteig stand. Er war ein wenig ärgerlich, weil er müde war und jeder Schritt zuviel und ihm lästig. Irgend etwas stieß mir aber auf, sagte er später, wenn er mit rauher, immer wieder erregter Stimme erzählte, vielleicht hörte ich irgendwo den Namen Kiki, vielleicht waren es aber auch nur die geröteten Gesichter der Männer, jedenfalls fragte ich den letzten, was er dort wolle. Und der sagte mir: Kiki sitzt da drin und verkauft ihr Buch. Welches Buch? fragte ich. Meine Kiki? Die singt doch und tanzt und schreibt keine Bücher. Doch, beharrte der Mann, es ist Kiki da drin, ob sie nun deine ist oder seine – und er wies auf

den Mann vor sich und dann auf die ganze Schlange – oder seine oder seine oder sogar meine, das schert sie nicht. Sie hat ein Buch geschrieben, worüber, das weiß der Himmel, ist mir auch gleich, ich kann sowieso nicht lesen, aber ich kauf's, Kamerad.

Und er beugte sich zu meinem Großvater und flüsterte ihm ins Ohr: Wenn du ihr Buch kaufst, küßt sie dich. Sie küßt uns alle. Wenn wir das Buch kaufen.

Mein Großvater stellte sich an. Er stand dort zwei Stunden lang, sagte er. Und im Laufe dieser beiden Stunden wurde er beinahe ohnmächtig mit jedem Schritt, den er voranrückte. Er erwog sogar, sich davonzumachen, als er so nahe war, daß er Kiki schon erkennen konnte. Er hatte Angst.

Ich stank nach Morast, sagte er, ich trug alte, schmutzige Angelkleidung, und vor allem: Die Fische in meinem Eimer stanken, wie Fische eben am Nachmittag stinken, wenn sie am Morgen geangelt worden sind.

Und dann stand ich vor ihr. Sie nahm ein Buch und schrieb ihren Namen hinein, und dann beugte sie sich zu mir und küßte mich auf die Wange. Ich hatte gesehen, wie sie es bei den andern getan hatte: Kuß und zurück. Bei mir verharrte sie, schnüffelte, küßte mich auf die andere Seite, und dann hauchte sie mit ihrer Stimme, bei der es dir durch und durch ging: Alter, du riechst gut ...

Als mein Großvater für das Buch zahlen sollte, kam er in verdammte Schwierigkeiten, wie er sagte. Denn er hatte nie Geld bei sich, er verachtete Geld. Um ihn herum murrte es. Die nachfolgenden Männer wurden unruhig, ebenso diejenigen, die um Kiki herumstanden. Er hatte den Kuß bekommen und sogar mehr Aufmerksamkeit darüber hinaus, das war keinem entgangen. Warum bezahlte er nicht?

Auf eine Prügelei mit den Kerlen, erzählte er, hätte ich es ankommen lassen, nach dieser Berührung durch ihren Atem; nach diesen Worten, nach dem Kuß fühlte ich mich stark, ich hätte Jack Dempsey oder Max Schmeling besiegt. Aber ich schämte mich mächtig vor Kiki. Sie mußte ja denken, ich sei einer, der nicht hält, was er verspricht. Also stellte ich meinen

Eimer mit Fischen – und er war voll, der Eimer – vor sie auf den Tisch, auf dem ihre Bücher lagen. Die Frauen hinter ihr quiekten; Weiber denken immer nur daran, daß irgendwas einen Fleck abkriegen könnte. Nicht so Kiki. Sie strahlte mich an und sagte: Kumpel, wenn die Fische so schmecken, wie du riechst, kriegst du zehn Bücher für den Eimer.

Ich war nahe dran, aus den Latschen zu kippen, und an das, was kam, erinnere ich mich wie an Sachen, die ich erlebt hab, wenn ich gesoffen hatte. Kiki stand auf, rannte irgendwohin, und ich hatte das Vergnügen, ihren göttlichen Arsch leibhaftig wackeln zu sehen. Zurück kam sie mit alten Zeitungen, faßte in den Eimer, wählte drei der besten Fische aus und warf sie auf die ausgebreiteten Zeitungsblätter. Das alles war so gekonnt, so fachkundig, daß mir das Herz stockte. Diese Frau war nicht nur unglaublich schön und aufregend – sie verstand etwas von Fischen! Und dann kam sie hinter dem Tisch hervor, wischte ihre Hände an meiner Jacke ab und – küßte mich auf den Mund.

Mein Großvater, der Hände wie Schaufeln hatte und den ich kaum jemals anders als heiter und zupackend erlebte, konnte diese Geschichte nicht beenden, ohne daß seine Stimme vor Erregung brüchig wurde. Und noch eines erstaunte mich zutiefst: Am Schluß hatte er Tränen in den Augen. Immer.

Von jenem zweiten Mal, als er wegen Kiki ohnmächtig geworden war, erzählte er nicht. Er sagte, Großmutter habe es verboten. Als aber meine Mutter gestorben war und wir nach der Beerdigung zu dritt im Café saßen und nicht wußten, wohin wir blicken und worüber wir reden sollten, schlug meine Großmama schließlich vor: Dédé, erzähl die Geschichten von Kiki, das heitert uns auf.

Mein Großvater fragte: Die eine? Und sie antwortete: Die andere.

Da wußte ich, daß ich nun ein Geheimnis erfahren würde.

Ich streunte auf Montparnasse herum, sagte er, immer in der Hoffnung, sie zu sehen. Da warst du gerade erst geboren, meine Kleine, und deine Großmutter hatte viel damit zu tun, deiner Mutter unter die Arme zu greifen. Ich fühlte mich ziemlich nutzlos, und außerdem ist das ein schwieriges Alter für einen Mann, mußt du wissen, bald fünfzig und Großvater, und meine Alte scherte sich um nichts anderes als darum, die Kacke aus den Windeln und die Kotze aus den Leibchen zu waschen... Deine Mutter, mein Nasenbärchen, roch köstlich, nach Brust und Milch und Lüsternheit, aber an meiner Alten hing ein säuerlicher Geruch. Unsere ganze Wohnung roch danach. Und nach Seifenlauge. Mein Ekel war ihr egal, das beleidigte mich besonders. Sie sagte: Einer muß die Babywäsche waschen, und in solcher Zeit ist eine Mutter für ihre Tochter da, ob es dir paßt oder nicht, Alter, deine Fische riechen auch nicht nach Parfüm von den Champs-Élysées.

Also streunte ich herum. In den Jahren nach dem Krieg hatte ich Kiki manchmal zufällig auf der Terrasse des Dôme oder des Sélect entdeckt. Wenn ich gewollt hätte, hätte ich ihren Anblick damals häufiger ergattern können. Da habe ich mir aber Zügel angelegt. Und deine Großmutter war nicht zu verachten, auch nicht als Vierzigjährige. Sie gefiel mir sogar als fünfzigjährige Großmutter, aber sie ließ mich einfach nicht ran. War immer zu müde vom Wäschewaschen.

Während er dies nach dem Tod meiner Mutter erzählte – wir saßen in irgendeinem beliebigen schmuddeligen Café, ich erinnere mich an nichts Bestimmtes mehr, nicht an den Namen und nicht an die Lage, wahrscheinlich war es nahe dem Friedhof in St.-Ouen, wohin sie meine Mutter geschafft hatten, einem Vorort, in dem heute vor allem Immigranten wohnen, damals wohnten dort Arbeiter –, während er dies also erzählte, vergaß ich die Umgebung und sogar den Anlaß. Ich sah, wie das Gesicht meiner Großmutter, sie war noch nicht alt, als meine Mutter starb, fünfundsechzig, sich erhellte, wie die Falten, die das Alter, die Trauer um die Tochter und der Krieg in ihr Gesicht gegraben hatten, sich in diesem hellen Licht auflösten, und ich sah ihre Erinnerung. Und so jung ich damals auch war, begriff ich doch, daß es um den Sinn ging, den sie damals erfahren hatte, als ihre Tochter Mutter wurde und sie ihr half. Es war, als habe es ihrem Leben Wert verliehen, ihrer Tochter zur Seite zu stehen. Ich sah auch, wie mein Großvater erstrahlte, wie seine Schultern, die seit dem Tod seiner Tochter hingen, so daß er von einem Tag auf den anderen aussah wie ein Greis, sich strafften und in seinen Körper wieder jene Spannung einzog, die ihn zu einem beeindruckenden Kerl machte, obwohl er alles andere als ein Beau war.

Kurz und gut, sagte er, Anfang der Dreißiger traf man Kiki selten. Da hatte sie auch ihre Kneipe noch nicht. Was mit ihr los war, weiß ich nicht, kannte ja niemanden aus ihrem Kreis.

Großvater räusperte sich und fuhr fort: Gut also, nur damit du es weißt: Irgendwann ging ich ins Bordell. Ich schämte mich. Dabei ging jeder ins Bordell, ja, die meisten, die ich kannte, gingen nicht einmal ins Bordell, sondern mit irgendeiner syphilitischen Schlampe in irgendeinen Hauseingang. Trotzdem schämte ich mich. Dabei hatte ich mir den Edelpuff vom Montparnasse ausgesucht: das Sphynx. Dort verkehrten, so erzählte man sich, die armen und die reichen Künstler aus aller Welt, dort kaufte man nicht eine Hure für eine jämmerliche halbe Stunde, dort wurde auch gelacht und getanzt, und alles mit Niveau.

Gut, Alter, hatte ich mir also gedacht, wenn's dir so verdammt in der Hose juckt, dann laß dich kratzen. Aber nur von einem sauberen, gesunden kleinen Schoßtier. Vor so 'ner Straßenkatze graute mir. Ich schämte mich auch, weil ich dafür Geld klauen mußte, aus der Teedose in der Küche.

War doch deins, dummer Kerl, sagte meine Großmutter brummig, hast es doch verdient mit deinen Fischen. Hast es nur nie wahrhaben wollen, daß ich auf den Markt gegangen bin und sie verkauft hab. Glaubst nicht, daß man zum Leben Geld nun einmal braucht. Nein, stimmte er zu, das glaub ich nicht. Damals brauchte ich aber Geld. Wollte mich schließlich nicht lumpen lassen. Und nicht noch mal Fische gegen Küsse bieten müssen. Da war Kiki.

Sie betrat die Bildfläche erst, als ich schon angesäuselt war. Das war ein Glück. Wäre ich nüchtern gewesen, wäre alles anders gekommen. So rannte ich nicht aufs Klo, nein, wie ein Mann von Welt blieb ich neben meiner Dame an die Bar gelehnt stehen und schaute zu, wie Kiki und ihre Bande in den Laden

rauschten wie ein Wasserfall in eine Salatschüssel. Es wurde augenblicklich eng. Und es wurde aufregend. Und mir zitterten die Knie. Aber das bemerkte niemand.
Kiki lachte. Kiki ließ sich bitten zu singen. Kiki trank Champagner. Kiki wirbelte durch den Raum. Sie war nicht nur der Mittelpunkt meines Lebens in diesem Augenblick, es ging allen wie mir: Sie war der Nabel der Welt. Irgendwann sang sie. Irgendwann tanzte sie. Und irgendwann verschwand sie die Treppe hinauf, und ich empfand eine Trauer, wie ich sie bis dahin nur empfunden hatte, als mir einmal ein kapitaler Fisch vom Haken gesprungen war. Der war so glitzernd und gut genährt und flink zugleich gewesen; ich hatte ihn nicht genau erkennen können, aber ich wußte, daß es der beste Fisch war, den ich jemals aus dem Wasser geholt hatte. Als der plötzlich verschwunden war, ebenso wie Kiki von einer Sekunde zur anderen da war und wieder weg, da habe ich vor Trauer und Wut in die Erde gebissen.
Und dann kam sie wieder. Ich sah sie erst gar nicht, sondern stierte verbiestert in den Ausschnitt meiner Dame, weil ich hoffte, so auf andere Gedanken zu kommen. Aber es ging eine Bewegung durch den Raum wie ein leichter Flossenschlag, und irgend jemand raunte: Ihre alte Nummer... Da guckte ich dahin, wohin sie alle guckten. Kiki stand oben auf der Treppe, zurechtgemacht wie ein Star aus den amerikanischen Filmen: Eine giftgrüne Boa war wie eine Riesenschlange um ihren Körper geschlungen, und sie hielt eine endlos lange Zigarettenspitze zwischen den Fingern, und ihre Lippen sahen aus wie ein blutig pulsierendes Herz.
Mein Herz spielte völlig verrückt, als sie nun Schritt für Schritt die Treppe herunterkam und sich dabei auszog. Ja, sie entkleidete sich. Und sie entkleidete sich auf eine Weise, wie ich es noch nie erlebt hatte. Ich hatte schon Frauen gesehen, die sich so ausziehen, daß Männer scharf werden sollen. Kiki zog sich aus, als wären wir gar nicht da und sie selbst ganz woanders. Ich habe lange und immer wieder darüber nachgedacht, so seltsam war es. Kiki öffnete einfach nur einen Knopf nach dem andern von ihrem langen Kleid, das von oben bis unten geknöpft war.

Sie begann unten. Knöpfte beiläufig, schlenderte die Treppe hinab, und das alles so langsam, daß es weh tat. Ja, mir tat alles weh. Es begann mit meinem Herzen. Ein blöder Schmerz, hier, in der linken Seite, der sich überallhin ausbreitete, bis mir sogar das Hemd so auf der Haut brannte, daß ich kurz davor war, es mir runterzureißen. Kiki setzte ihren Weg die Treppe hinunter fort.
Ich sah ihre Beine bis oben hin. Und der nächste Knopf.
Sie trug keine Unterhose.
Nie im Leben habe ich eine solche Qual empfunden.
Ich starrte, ohne mich regen zu können. Meine Augen brannten und schmerzten. Ich wußte, ich müßte weggucken, mich bewegen, irgend etwas tun, damit das aufhörte; mich ausziehen, zu ihr rennen, sie einfach nehmen, vor aller Augen, egal, mich in sie bohren, damit sie ein für allemal wußte, wer ich war und daß sie so etwas nie wieder tun durfte.
Mein Großvater hatte ein rotes Gesicht bekommen, seine Augen waren auf einen weit entfernten Punkt gerichtet.
Ich sah meine Großmutter an und erwartete eine katholische Rüge, aber sie lächelte nur, und da wußte ich mit der Sicherheit, mit der Kinder etwas wissen, das sie nicht wissen können: Sie wird fortgehen. Sie nimmt Abschied.
Ich schüttelte unwillkürlich den Kopf. So etwas wollte ich nicht denken, aber während mein Großvater fortfuhr zu erzählen, bohrte sich die Gewißheit in meinen schmächtigen Kinderkörper: Auch meine Großmutter wird mich allein lassen. Auch ihr bin ich nicht so viel wert, daß sie bei mir bleiben wird. Sie liebt ihre Tochter viel mehr als mich. Ich fühlte mich entsetzlich verlassen und ungeliebt, und ich beneidete rasend diese Kiki, von der mein Großvater erzählte, die so viel Macht gehabt hatte, daß alle vor Liebe zu ihr wie gebannt auf ihrem Platz blieben.
Bleiben.
Bei mir blieb niemand.
Damals setzte sich das fatale Gefühl meiner Bedeutungslosigkeit in mir fest. Vielleicht reichte es weiter zurück. Ich weiß es nicht. Aber damals setzte es sich fest, ich habe es bis heute behalten. Und es war so stark, daß es mich gehindert hat, mich

jemals auf einen Menschen so weit einzulassen, daß sein Fortgehen mir den Boden unter den Füßen hätte wegziehen können. Die Figuren, die ich mir ausdachte, über die ich schrieb, mit denen ich mich in meinem Kopf amüsierte, die konnten mich nicht verlassen. Die blieben, bis ich sie fortschickte.

Es ist wahr, murmelte mein Großvater, und ich sah, daß die Worte ihm schwerfielen, sie ist wirklich an dieser gewissen Stelle nur wenig behaart, es hatte sich ja damals schon rumgesprochen, sie hatte in ihrem Buch darüber geschrieben. Und ebenso wahr ist: Sie wußte genau, wie man Männer verrückt machen kann. Als dieser eine Knopf geöffnet war, der den Blick auf ihr Geschlecht freigab und auch wieder nicht, weil der Stoff hin und her schwang, begann sie, oben weiterzuknöpfen, streifte zuerst die Träger über die Schulter und gab quälend langsam ihre Brüste unserer Gier preis.

Es war kein Striptease, wie ihn die amerikanischen Soldaten so gern sehen, es war wie im Traum. Kiki war da und doch weit weg. Alles war echt und sichtbares Fleisch, und doch fühlte ich mich, als wäre es unwirklich, als wäre ich nicht wirklich da, als würde ich träumen und nach ihr greifen – und wissen, sie wird sich in dem Augenblick in Luft auflösen, in dem ich meine Hand auf sie lege. Bevor sie am Fuß der Treppe war, war sie nackt. Völlig nackt.

Und sie sah aus, als würde sie nun in einen See springen und schwimmen, nicht, als wäre sie in einem Bordell, wo jede Menge Männer auf sie stierten.

Und dann war es, als wache sie auf, ihre Augen machten eine verwirrte Runde durch den Saal, bis sie in meine Richtung blickte. He, Alter, sagte sie, willst du mich hochtragen?

Ich begriff erst, daß ich gemeint war, als meine Dame mich kichernd in die Seite boxte. Vor mir öffnete sich eine Schneise, so daß ich durch die gedrängte Menge gehen konnte. Kiki lächelte mich an. Nun? sagte sie. Und ich packte zu. Legte meinen Arm unter ihren nackten Hintern und den andern um ihren Rücken. Meine eine Hand war fürchterlich nahe an ihrer Brust und die andere fast ebenso nahe an ihrer Scham. Ich hob sie hoch und trug sie die Treppen hoch, es erschien mir ebenso

langsam und unwirklich wie Kikis Foltermarsch die Treppe hinab. Ich hörte nichts. Obwohl Kiki mir zuflüsterte: Hörst du, wie sie johlen, die Kerle? Sie beneiden dich, du bist mein Held! Oben angekommen, hauchte sie einen Kuß auf meinen Mund, es war wie Atem, ganz leicht, und fort war sie. Verschwunden hinter einer der Türen im Obergeschoß.
Ich war völlig benommen. Aber meine Glieder gehorchten mir noch. Unter wütendem Beifall marschierte ich die Treppe hinab, meine Knie zitterten, aber sie gehorchten.
An der Bar jedoch, wieder neben meiner Dame, wurde mir schwindelig. Ich spürte, daß ich umkippen würde. Meine Dame bemerkte es wohl, denn sie zischte: Reiß dich zusammen, Süßer, wenn du umkippst, lacht Kiki dich aus.
Das wollte ich nicht, aber es war nichts zu machen. Meine Knie wurden immer weicher, vor meinen Augen flimmerte es, und ich hatte Mühe zu atmen. Ich krallte meine Hände um die Theke, aber ich wußte mit tödlicher Sicherheit, daß ich in wenigen Sekunden nichts mehr in der Gewalt haben würde. Da kommandierte meine Dame leise: Mund auf. Ich gehorchte. Sie kippte mir eine Flüssigkeit in den Rachen, die scharf war wie Säure. Ich japste nach Luft. Und ich wurde wütend, aber ich konnte wieder sehen. Und stand auch wieder sicherer. Immer noch wackelig, aber sicherer.
Ich wartete, bis es noch sicherer war, erbat die Rechnung, obwohl meine Dame schmollte, zahlte die Zeche und stakste unsicher wie ein Seemann an Land aus dem Laden.
Danach habe ich Kiki nie wiedergesehen.
Mein Großvater blieb bei mir, bis ich einundzwanzig Jahre alt war. Es fiel ihm schwer, denn er sehnte sich nach seiner Frau und seiner Tochter, und ich bin nie sehr amüsant gewesen. Es war die Pflicht, die ihn bei mir hielt, nicht das Vergnügen. Den größten Spaß, glaube ich, habe ich ihm damit gemacht, daß er mir diese Erbschaft hinterlassen konnte.
Mein liebes Sauerkrautköpfchen! In der Kaffeekanne, Du weißt, die ganz hinten im Schrank steht und die wir nie benutzt haben, ist all das Geld, das Deine Mutter und Deine Großmutter und zuletzt auch ich gegen meine Fische einge-

tauscht haben, ja, zuletzt auch ich, denn Du ißt wie ein Regenwurm, und ich angle für Nasenbären. Und damit aus Dir kleinem Regenwurm ein großer Nasenbär wird, was mein größter Wunsch ist, bestimme ich, daß Du dieses Geld verpraßt. Tu damit, wozu du Lust hast, mir ist egal, was es ist. Spar Dir nichts auf! Dies ist mein letzter Wille, und ich weiß, daß er Dir heilig ist. Gib das Geld in kürzester Zeit für etwas aus, das Dir Spaß macht.

Dein Großpapa, der Dich liebt.

Jungfrauen im Alter von einundzwanzig Jahren sind rar. Ich war eine.

Ich bin bis heute eine geblieben.

Trotzdem kenne ich die Leidenschaft. Auch damals war ich leidenschaftlich entbrannt für einen Mann. Leider war er verheiratet. Leider bemerkte er mich nicht, auch wenn ich dreimal täglich in sein Zimmer ging. Er war mein Chef.

Ich überlegte kurz, ob ich das ganze Geld in die Anschaffung aufregender Kleidung stecken sollte. Doch ich wußte, das würde nichts ändern. Selbst in den teuersten Kleidern würde ich noch aussehen wie ein Regenwurm. Außerdem wollte ich lernen, wie ich Männer verrückt mache, indem ich mich ausziehe, nicht indem ich mich anziehe.

Mein Entschluß kam, als hätte er schon als Empfehlung im Testament gestanden: Ich wollte mit Kiki reden, ich wollte von der Frau, die es am besten wissen mußte, lernen, wie alles geht.

Ich setzte mich das erstemal in meinem Leben durch: Ich machte Kiki ausfindig und brachte sie dazu, mir ihr Leben zu erzählen.

Es war 1951. Wochenlang tafen wir uns an einem wackeligen Tisch im Café du Dôme. Am 26. September sah ich Kiki das letztemal. Wir verabschiedeten uns nachts an der Seine. Unser nächtlicher Spaziergang hatte zur Folge, daß ich krank wurde. Sehr krank. Für die Heilung verbrauchte ich den Rest meiner Erbschaft. Und ich nutzte die Zeit meiner Krankheit, um meine Zukunft zu planen.

Was hatte ich gelernt von Kiki?
Ich hatte gelernt, daß Männer verrückt werden, wenn ihre Phantasie angeheizt wird. Kiki hatte mit ihrem Körper, ihrer Stimme, ihrem Gesang, ihrem Tanz, ihrem Lachen Versprechungen gemacht. Das alles war bei mir nicht einsatzbereit. Aber ich hatte Worte parat. Und meine Sehnsucht. Und meine Phantasie.
Ich beschloß, meinem Chef einen Brief zu schreiben, der ihn verrückt machen würde. Es war mein erster Brief dieser Art. Ich überwand meine Scheu und schickte ihn ab. Er war erfolgreich. Am folgenden Tag bereits erhielt ich Rosen. Einen riesigen Strauß roter Rosen. Ohne Absender. Und einen Tag später wieder. Mit Absender und dem Zusatz: Romantische Gefühle brauchen romantische Blumen.
Das hätte ich romantischer ausdrücken können. Aber er war der Chef, und ich hatte soeben beschlossen, nicht länger seine Stenotypistin zu sein, sondern…
Sondern?
Es war mir gleich, Hauptsache, es bot mir die Möglichkeit, aus dem wirklichen Leben so weit wie möglich in die Phantasie zu emigrieren.
Das Leben erschien mir nach all diesen Gesprächen mit Kiki als unpassend für mich. Zumindest dasjenige, zu dem es mich hinzog, nämlich das Leben der Leidenschaft, des Abenteuers, der Verrücktheiten, Dramen und Ekstasen; es paßte einfach nicht zu meinem Körper. In keiner Hinsicht. Auch meine Konstitution reichte nicht aus für Dramen, wenn ich schon nach einem nächtlichen Spaziergang an der Seine so krank wurde, daß der Arzt mir verbot, das Bett zu verlassen.
Aber meine Phantasie! Sie war voller Leben und so stabil, daß sie mir eine aufregende Rekonvaleszenz bescherte. Mein Chef, der mich nie wahrgenommen hatte, als ich mich ihm leibhaftig präsentierte, verliebte sich in mich, sobald meine Phantasie ihn aufsuchte. Nach drei Rosensträußen bat er inständig darum, mir einen Krankenbesuch abstatten zu dürfen. Es gelang mir, dieses Ereignis um drei Monate hinauszuzögern. Während dieser drei Monate schrieb ich ihm Liebesbriefe, in denen ich mich

offener und verletzlicher zeigte, als jemals einem Menschen zuvor, und ich schickte sie ab. Als er schließlich in meiner Tür stand und ich ihn im schlichten Grauen empfing, klappriger und dürrer denn je, fühlte ich mich in einem Maße mächtig, wie ich es nie für möglich gehalten hätte. Er umarmte mich zart, demütig und voller Leidenschaft. Ich war das Bild seiner Phantasie geworden.

Wir lebten eine wunderbare Liebe. Monatelang. Bis er mich ganz besitzen wollte, da beendete ich die Geschichte. Für das wirkliche Leben fühlte ich mich nicht kräftig genug.

Kiki, so kräftig sie auch immer gewirkt hatte, war dem wirklichen Leben auch nicht gewachsen gewesen. Sie starb nicht lange nach unseren Gesprächen. Woran sie starb? Es ist gleichgültig, die einen nannten es Trunksucht, die anderen Drogensucht, dritte Wassersucht, vierte Lebensmüdigkeit, fünfte sagten, alles sei zusammengekommen. Ich glaube, sie starb, weil sie zu kräftig gelebt hatte. Wenn man zu kräftig ißt, verdirbt man sich den Magen. Genauso kann es mit dem Leben gehen.

Ich habe daraus gelernt.

Ich bin bis heute dünn geblieben, und mein Körper, der immer noch aussieht wie der eines Mädchens, ist kaum verlebt. Nur meine Augen sehen aus wie die einer alten Frau, die alle Leidenschaften kennengelernt hat. Habe ich auch. Auf dem Papier, in meiner Phantasie.

Als Kiki starb, wurde ihre Legende wieder wach: Ihre Beerdigung war ein Fest. Alle, die sich von ihr zurückgezogen hatten, weil sie ihren zerstörten Leib nicht mehr ertragen konnten, krochen hinter dem Sarg her, weil sie in ihrer Phantasie die Kiki ihrer Jugend unversehrt auferstehen lassen konnten.

Ich war ehrlicher. Ich trauerte um die Säuferin, die Geschichtenerzählerin, die Zigeunerin mit den Augen eines Kindes und einer Greisin. Ich wußte: Nachdem ich Kiki kennengelernt hatte, kam ein lauwarmer bourgeoiser Alltag für mich nicht mehr in Frage.

Meine Phantasie hat mir ein wunderbares Leben geschenkt.

Åsa Nilsonne
Dünner als Blut
Galgenberg-Krimi
ISBN 3-89136-517-9

Mord im Krankenhaus? Monika, einfache Polizistin in Stockholm, bekommt die Chance ihres Lebens. Sie wird aushilfsweise zur Kriminalpolizei versetzt, weil diese durch die Grippewelle personell geschwächt ist. Mord im Krankenhaus ist ihr erster Ermittlungsauftrag. Ein spannender Kriminalroman, der sich mit der Institution beschäftigt, in der der Tod zu Hause ist – dem Krankenhaus.

Pierre Bourgeade
Die Reise zu den Frauen
Roman
ISBN 3-89136-516-0

»Der Romancier zählt zum Kreis jener Erfolgsautoren, die ohne Skrupel erotische Unterhaltung und literarische Ambition vermengen. Mit sicherer Hand greift er in die poetische Trickkiste, ein Schuß Surrealismus und ein wenig Groteske sind stets dabei.« (Der Spiegel)

Edition Galgenberg
Rasch und Röhring Verlag